KB236801

현대시의 논리와 변명

백운복

국학자료원

책 머리에

    문예창작은 물론, 문학작품의 독서나 문학연구도 모두가 '감동'을 전제로 이루어지는 행위이다. 그만큼 감동은 문학행위를 존재하게 하는 원형의 에네르기인 것이다.

    작가가 문예작품을 창작하는 행위는 감동의 실체화요, 독자가 문학작품을 감상하는 행위는 감동의 재체험이며, 연구자나 비평가가 문학작품을 분석하고 평가하는 행위는 감동의 논리화라고 할 수 있을 것이다.

    문학연구나 문학비평은 어디까지나 문학작품을 보다 바르게 이해하고, 감동의 실체를 보다 체계적으로 구체화하는 작업이어야 한다는 것이 평소에 필자가 지니고 있는 신념이다. 이 책은 그러한 필자의 신념을 문학연구나 문학평론으로 그 동안 실험해 온 글들 중에서 선별하여 엮은 모음집이다. 따라서 다소 논의의 중복이 있는 부분도 있을 것이다.

    대학에서 문학을 가르치기 시작한지도 어언 20여 년의 시간이 흘렀고, 문학평론가로 문단에 이름을 내민 것이 1982년이니 금년이 꼭 20년째이다. 그 동안 문학연구와 문학비평에 대한 나의 흔적은 과연 무엇이었는가를 자책해 보면서 이 책의 출간을 의도하게 되었다.

    이 책은 크게 3개의 장으로 이루어졌다.

    제1장 시를 위한 논리와 변명에서는 연구논문의 성격을 지닌 글들이지만, 필자의 시에 대한 주관적인 시관(詩觀)을 담고 있는 논리를 선별한 것들이다. 감동의 실체를 논리화하고, 시 작품을 분석하고 평가하는 인식의 틀로 가장

긴요한 내용들을 나름대로 규명한 논의들이다.

제2장 현대시인의 시작품 논의에서는 필자가 그 동안 관심을 가져 온 작가와 작품들을 비평한 글들 중에서 필자 개인의 시관이 가장 잘 배어있는 평론들만 모은 것이다. 어찌 보면 제1장의 시적 인식과 논리를 실제로 실험한 글들이라고도 할 수 있다.

제3장 현대시조를 위한 논리와 변명에서는 통시적 시조성(通時的 時調性)과 공시적 자유시성(共時的 自由詩性)이 함께 아우르는 긴장과 갈등의 양식이라고 할 수 있는 현대시조의 논리와 변명을 정리한 글들이다. 현대시조가 엄연한 현대시의 양식체험임에도 불구하고 항시 현대시 논의의 뒷전에 물러서 있는 것에 대해 안타까움을 금할 수 없었으며, 필자는 현대시조의 시학을 규명하는 일을 과제로 삼고 있기도 하다. 3장은 이러한 필자의 과제를 출발하는 의미도 지니고 있다.

이 책이 필자의 생각과 의도를 얼마만큼 성과 있게 이루어냈는지 생각하면 벌써부터 두려움이 앞선다. 그러나 발간 의도 자체가 그랬듯이, 이 책이 그동안 어눌하게 이끌어 온 필자의 문학적 논리와 변명을 다시 한 번 자책하면서 앞으로의 문학연구와 비평의 길을 스스로 독려한다는 의미는 있다고 생각한다.

문학의 논리와 변명을 이끌어낼 때마다 항상 현재로 다가와 나의 어눌함을 엄하게 꾸짖어 주시는 박철희 선생님, 인생과 학문의 길이 무엇인가를 몸소 보여주시던 서강대학교 국문과의 은사님들, 그 분들께 이 책이 행여 누가 되지나 않을지 염려스럽다.

유통가치와는 무관한데도 선뜻 이 책의 출간을 맡아준 국학자료원 사장님과 편집부 직원들에게도 감사한다. 평화로운 글쓰기라는 소박한 소망조차도 나 때문에 항상 유보해야만 하는 아내에게는 미안한 마음뿐이다. 아들 현빈이에게는 이 책이 작은 의미가 되었으면 한다.

2001년 5월

백운복 삼가 적음

목차

책머리에 / 3

제1장 시를 위한 논리와 변명

시의 본질 ………………………………………………………… 9
시의 공간형성과 의미작용 ……………………………………… 26
시적 이미지 조성과 의미융합의 원리 ………………………… 43
현대시의 리듬실현 ……………………………………………… 63
한국문학의 정체성 모색 —'춘향'을 통한 시적 수용과 변모 ………………… 88

제2장 현대시인의 시작품 논의

서정적 한(恨)의 형상 —박재삼 ………………………………… 103
'밀핵(密核)'과 '반투명(半透明)'의 의미 —성찬경 …………… 132
우리, 그리고 인간성 회복 —안수환 …………………………… 148
고향과 꽃을 통한 인간성의 원형찾기 —권숙월 ……………… 156
자기 확인의 서정적 긴장 —김규화 …………………………… 168
역사와 서정의 유기적 매듭 —김계덕(金桂德)의 장편서사시 『불의 한강』 …… 176

소외(疏外)의 서정과 고통의 인식 —서정윤 ……………………………………… 183
자기 보아내기와 승천(昇天)에의 꿈 — 김은철 ……………………………… 192
일상적 삶의 혈관을 흐르는 이미지 — 박무리 …………………………… 201
체험적 일상에서 걸러낸 섬세한 무늬 — 이흥규 ………………………… 210
내 안으로의 끝없는 여행, 그 순응의 열망 — 신현봉 ………………… 218
일상에서 보아낸 의미의 무늬들 — 김철순 ……………………………… 225
시공(時空)을 초월한 비상(飛翔)의 의미 — 고창수 …………………… 238
현대시의 현장과 논리적 변명 ………………………………………………… 246

제3장 현대시조를 위한 논리와 변명

현대시조론의 형성 ……………………………………………………………… 263
현대시조의 양식론(樣式論) …………………………………………………… 277
현대시조의 현장과 논리적 변명 ……………………………………………… 295

제 1 장

시를 위한 논리와 변명

시의 본질

시란 무엇인가. 시의 구성요소는 무엇이며, 그것들은 어떻게 조직화하여 한 편의 시작품으로 형상화되는가. 시의 무엇이 우리에게 미적 감동을 주는가. 시를 시답게 하는 속성인 이른바 시성(詩性)의 실체는 과연 무엇인가.

이 같은 질문은 시작품의 출현과 더불어 오늘날까지 끊임없이 제기되고 있다. 그 해답을 찾기 위한 부단한 노력은 그간의 수많은 시 이론서와 평문의 발간량을 보더라도 얼마만큼 다양하게 진행되어 왔는가를 알 수 있다.

시대와 국가에 따라, 이념과 사상에 따라 그 문제는 다양한 관점을 제기해 왔으며, 시인과 시 이론가들도 각기 저마다의 시관(詩觀)을 펼쳐왔다. 그러나 그 어떠한 경우도 시에 관한 완벽한 해명이 될 수 없었던 것은 연구자들의 과오나 관점의 오류라기보다는 오히려 시 자체가 갖는 불가사의한 본질적 속성 때문이다. 따라서 시란 무엇인가에 대한 해명은 마치 인간이란 무엇인가에 대한 질문처럼 영원히 미래형으로 열려있을 것이다.

시가 '서정(抒情)'이란 명칭대로 개인의 감정과 정서를 표현하는 양식인 한, 사실 시의 본질적 속성은 오히려 논리를 배반하고 스스로 자유롭고자 하는 데에 있다고 할 수 있다. 따라서 언어를 사용하면서도 언어의 논리를 초월하고 있으며, 삶을 표현하면서도 삶의 논리를 배반하고 있는 것이다.

결국 시란 무엇인가에 대한 이해는 지금까지 나타난 시들이 공통적으로 지니고 있는 본질적 속성과 장르적 특성이 무엇인가를 이해하는 일로 갈무리할 수 있다고 본다.

1. '창작하는' 서정문학이다

너무나 당연한 말 같지만 시는 '만드는'(make) 것이 아니라 '창작하는'(create) 것이다. 이는 예술이란 무엇인가라는 질문의 해답을 찾아가면서 일반적으로 가장 먼저 제기되는 문제이기도 하다. 예술은 창작하는 것이지 만드는 것이 아니라는 말이다. 우리는 흔히 일상적인 물건들, 예를 들어 구두나 전자제품 등은 '만든다'라고 하고 예술작품은 '창작한다' 또는 '창조한다'라고 한다. 그렇다면 만드는 것과 창작하는 것의 가장 큰 차이는 무엇인가. 만든다는 것은 어떤 정해진 틀에 맞추어 얼마든지 똑 같은 것들을 생산해 내는 것이오, 창조한다는 것은 이 세상에 오직 한 번, 그리고 하나밖에 없는 것을 창출해 내는 것을 의미한다. 따라서 생산품은 생명력이 없는 하나의 사물에 불과하지만, 창작품은 창조자의 정신이 생명력을 지니고 영원히 살아 움틀거린다.

한편 시는 모든 문학 중에서도 가장 사적(私的)이고 개인적인 양식이다. '서정(抒情)'이란 명칭대로 시는 개인의 감정과 정서를 그리는 문학이다. 시를 1인칭의 문학이라고 하는 이유도 여기에 있다. 그리고 '그린다'라는 것은 이미지를 강조한 말이기도 하다. 이미지는 관념적이고 추상적인 대상이나 정서를 구체적이고 개성적인 것으로 육화(肉化)시켜 보여주는 시의 가장 근본적인 표현방법이라고 할 수 있다. 따라서 새롭고 독창적인 이미지 조형은 시에서 그만큼 중요한 항목이라고 할 수 있다. 한 개인의 주관적인 정서가 한 편의 시작품 속에 이미지를 통해 응축되었을 때 독자는 신비스러운 교감 (交感)을 통해 이른바 공감을 하게 된다. 그렇다고 이 사적인 개인의 감정이 난해하고 애매 모호함을 정당화시킬 수는 없다. 그것은 어디까지나 시라는 양식을 통해 질서화되어야만 인정될 수 있는 개성인 것이다. 이러한 시의 양식적 특성을 빌미로 근자에는 해체시라든지 포스트모더니즘이란 미명아 래 난해성의 극단과 작위적(作爲的)인 언어놀이를 마치 새로운 경향의 전위 적 기법인 듯이 독자를 오도하는 시들이 많은 것이 사실이다.

2. 시적 인식은 새로운 세계를 지향한다

시의 본질을 이해하기 위해 무엇보다 먼저 제기되는 것은 인식의 문제다. 우주의 어떤 대상이나 현상을 단순히 보고 지각하는 일상적 인식과는 달리 시적 인식은 이미 있어온 대상에서 출발하여 그 대상을 부정하면서 새롭게 보아내는 인식인 것이다.

가령 '진달래꽃'이나 '별'이 김소월의 「진달래 꽃」이나 윤동주의 「별 헤는 밤」에서 시적으로 인식될 때, 이른 봄 산 속에 피어 있는 진달래꽃이나 밤하 늘에 떠 있는 별을 지시하여 인식시키는 것이 아니다. 그것은 떠나가는 임 에 대한 정한의 서정을 일깨우며, 그리운 얼굴들을 상기시켜 주는 대상으로 인식되고 있다. 이 경우 진달래꽃이나 별은 그 본래의 일상적 의미를 부정 하면서 새로운 의미로 재현된 것이다.

> A. 펄펄 나는 저 꾀꼬리는
> 암수가 서로 좇는데
> 외로운 이내 몸은
> 누구와 더불어 살아 갈고.

> ― 「黃鳥歌」

B. 志操 높은 개는
   밤을 세워 어둠을 짖는다.
   어둠을 짖는 개는
   나를 쫓는 것일 게다.

— 윤동주, 「또다른 故鄕」에서

C. 이것은 소리없는 아우성
   저 푸른 해원을 향하여 흔드는
   영원한 노스탈자의 손수건

— 유치환, 「깃발」에서

두 마리의 날아가는 꾀꼬리를 보고 "암수가 서로 다정히 노닌다"고 묘사하고 있다. 이는 시적자아의 주관적 감정이 착색된 새로운 인식의 결과이다. "지조 높은 개"나 "어둠을 짖고" "나를 쫓는" 개 또한 개라는 대상과 시적자아의 서정이 결합한 시적 인식이다. 깃발이라는 대상이 "소리없는 아우성"과 "영원한 노스탈자의 손수건"으로 묘사되는 것도 이미 있어 온 깃발의 일상적 인식과는 판이하게 다르다. 이처럼 시적 인식은 일상적인 의미를 부정하거나 거부하고 그것을 다른 무엇으로 바꾸어 여태 있어 본 적이 없는 그 무엇인가로 형상함으로써 새로운 의미를 창조해 내는 것이다.

서정시란 본질적으로 어떤 대상의 기술이나 재현이 아니라 주관적 경험의 자기표현이다. 시인이 선택하여 형상해내는 대상과 현실의 새롭고 낯선 모습들은 결국 시인의 내적 세계를 표현하는 제재(題材)인 것이다. 한 편의 시작품은 이처럼 시인이 현실을 보는 안목이며, 그것의 인식이다. 사물과 사물을 연관지우고 인간과 세계사이에 새로운 매듭을 만드는 일, 그것이 바로 시적 인식이다. 이 인식행위는 세계는 내가 되고 나는 세계가 되는 이른바 함께 나누어 갖기(Mitteilung)에 몰입하는 행위이며, 시로 승화된 새로운 세계는 곧 그 몰입양상의 구체화라고 할 수 있다.

이러한 과정을 겪으며 시인이 재창조한 새로운 세계질서를 통해 우리는 시인의 내재적이고 잠재적인 인식을 읽어내며, 그것을 감동적으로 재체험하는 것이다. 한 편의 시작품은 바로 시인이 대상이나 현실을 어떻게 인식하고 있는지, 자아와 세계가 함께 나누어 갖는 일을 어떻게 수행해 갔는지를 우리에게 보여준다.

이처럼 시적 인식은 과학적 진리와 지식으로 알게되는 일상적 인식의 세계를 부정하고 항상 새로운 세계로 지향한다. 이것이 시적 인식이 지니는 가장 큰 속성이다. 사실 한 대상에 대한 어떠한 지식도 그 대상이 있는 그대로의 대상의 모든 모습에 대한 지식일 수는 결코 없게 마련이다. 오히려 반대로 한 대상의 여러 면이 무시되고 어떤 특수한 면만이 개념적으로 추출되었을 때에만 지식은 성립하게 된다.1) 가령 "달"이라는 대상을 놓고 생각할 때, 우리의 일상적 지식과 인식은 "달은 月(Moon)이다"에 머무를 수밖에 없다. 단지 막연한 달, 추상적이고 관념적인 달일 뿐이다. 그러나 그 인식이 깊어갈수록 어떤 사람은 어릴 적 고향에서 보았던 보름달을 떠올릴 수도 있을 것이며, 오염된 대기로 인해 사라져버린 도시의 달을 떠올릴 수도 있을 것이다. 다시 말해서 공적인 의미로써의 달이 아닌 개인적 의미로써의 달이 구체화될 것이다. 이 개인적으로 체험된 달의 의미는 일상적인 달이라는 언어 기호로는 도저히 표현할 수 없으며 자신만의 독특한 기호체계에 의해서만 가능하다.2) 이처럼 개성적이고 구체화된 내용이 시적 인식이며, 한 편의 시작품은 결국 그 인식의 표현이며 형상이다.

------

1) 박이문, 『시와 과학』, 일조각, 1984, 39쪽 참조.
2) 이 점과 관련하여 화이트(David A. White)의 견해는 매우 시사적이다. 그는 시적으로 생각하기(poetizing)와 일상적으로 생각하기(thinking)를 대비고찰하고 있다. 즉 "이 양자는 모두 언어로 말하는데 입각함으로 그 매체만으로는 차이점을 알 수 없다. 차이점을 찾기 위해 유일하게 남아있는 조건은 주어진 실체에 근거를 둔 것이다. 이 점에서 시적으로 생각하기는 신성 그 자체인 실체에 이름을 부여하는 것이다. 결론적으로 일상적으로 생각하기는 전체를 말해주고 시적으로 생각하기는 그 전체를 지배하는 부분―특정한 시기에 그 전체 안에 있는 모든 실체에 유일성을 결정하는 부분―에 이름을 부여하는 것이다."라고 설명해 보이고 있다. David A. White, *Heidegger and Language of Poetry*, Uni. of Nebraska press, Lincoln and London 1978, pp.154~156 참조.

3. 시의 언어는 표현의 매체이다

어떤 대상에 대한 시적 인식은 무한히 열려 있으며 시인의 주관적 경험에
따라 항상 새롭게 이름지어지기를 기다리고 있다.

   A. 머언 곳에 여인의 옷 벗는 소리

— 김광균, 「雪夜」에서

   B. 풀이 눕는다
     바람보다는 더 빨리 눕는다
     바람보다는 더 빨리 울고
     바람보다 먼저 일어난다

— 김수영, 「풀」에서

   C. 神의 精蟲
     빛날수록
     暗黑이다

— 성찬경, 「별」에서

   D. 생각해 보았는가
     아무도 몰래 묵묵히
     <보지>를 발음해 보며
     고개를 끄덕거리고 있는
     불타나 예수의 모습을

— 김영승, 「반성 563」에서

   E. 1. '양쪽 모서리를'
     함께 눌러주세요
     나는 극좌와 극우의

양쪽 모서리를
함께 꾸욱 누른다

2. 따르는 곳
  ⇩
극좌와 극우의 흰
고름이 쭈르르 쏟아진다

— 오규원, 「빙그레 우유 200㎖ 패키지」에서

눈 내리는 밤의 정경을 "머언 곳에 여인의 옷 벗는 소리"(A)로 청각화하여 묘사하고 있는 시적 인식에는 시인의 주관적 경험이 착색되어 있다. 그만큼 밤의 정경을 자아화하여 구체적으로 체감하고 있는 것이다. 바람보다 먼저 눕고 바람보다 먼저 일어나는 풀(B)은 일상적 논리와 인식을 거부한 시적 인식이다. 바람과 대비된 풀의 동작에서 나타나는 논리적 모순성을 통해 민중의 끈질긴 삶의 양식을 역동적으로 보여주고 있다. 별을 "神의 精蟲"으로 감각적이고 미시안적(微視眼的)으로 그려내고 있는가 하면(C), 세상으로 우습게 보는 시적자아의 태도가 끝내는 신성하고 숭고한 것까지도 결코 절대적 진리일 수 없다는 주관적 인식을 풍자적으로 그려내 보여주고 있다(D). 그런가하면 우유의 상품사용법이 적혀 있는 문맥이 그대로 패러디화하여 좌우 이데올로기의 대립이라는 정치적 문맥으로 변용되어 지배체제의 억압에 대한 비판을 함축[3]하기도 한다(E).

이처럼 낯설고 새로운 의미로 재구성하여 인식함으로써 일상적인 인식과 언어논리 체계를 거부하고 있다. 그러나 언어 없는 의식, 언어 없는 의미화, 언어 없는 서술은 불가능한 것이다. 만약에 무엇인가를 서술하여 그것이 무엇인가, 어떠한가를 의식하고 딴 사람들에게 전달이 되려면 그 대상은 반드시 언어로 대치되어야만 한다. 그것은 다름아니라 구체적인 대상이 추상화되어야만 가능하다. 시가 무엇인가를 언어로 표현해야 하는 한, 결국 시가

---

3) 김준오, 『도시시와 해체시』, 문학과 비평사, 1992, 169쪽.

근본적으로 성취하려는 것은 구체적인 대상을 추상하지 않은 채 추상화하려는 것이다. 달리 말해서 어떤 대상을 의미화하지 않고 의미화하고, 언어로 표현하지 않고 언어로 표현하려는 데 있다.4) 여기에 시적 인식의 표현이 갖는 특유의 모순이 발생할 수밖에 없으며, 결국 시는 이 같은 모순의 연장선상에서 이해될 수밖에 없는 것이다.

이런 점에서 시의 언어는 추상적 의미를 전달하는 매체인 일상의 언어와는 달리 시인의 주관적 경험이 스며있는 표현의 매체이다. 따라서 시의 언어는 일상적인 언어의미를 전달하는 것이 아니라, 그 언어와 관련된 다양한 경험을 구체적으로 보여주는 기호이다. 그만큼 시의 언어는 기술적 묘사를 통해 객관적으로 알리는 것이 목적인 일상언어와는 달리 독특하고 개별적인 의미를 함축하는 표현적 묘사를 위주로 하게 되는 것이다. 결국 시의 언어는 시인이 표현하고자 한 의미를 담는 가장 적절한 그릇으로 선택된 것인지 일상언어로서의 그 기호체계를 답습한 것은 결코 아니다.

4. 시적 세계관은 자아와 세계의 동일성이다

앞에서 살핀 바대로 시적 인식이란 우주의 어떤 대상이나 현실을 있는 그대로 보고 인식하는 것이 아니라, 그 세계를 자아화(自我化)하여 여태 있어 본 적이 없는 그 무엇인가를 새롭게 보아내어 새로운 세계를 창조해내는 인식이다. 시인이 세계를 자신의 내부로 끌어들여서 그 세계를 자아화하는 동화(同化)의 방법을 취하든, 자신을 상상적으로 세계에 투사하여 일체감을 이루는 투사(投射)의 방법을 따르든, 이는 대상에 주관적 감정을 이입하는 활발한 활동을 통해 이루어진다. 이 감정이입은 자아와 세계의 활동적인 교류를 의미한다.5) 곧 세계는 내가 되고 나는 세계가 되는 함께 나누어 갖기의

---

4) 박이문, 앞의 책, 46~47쪽 참조.
5) 우리가 관조대상이 감각적 현상으로 표출된 내용을 직접적이고 감정적으로 파

활동인 것이다. 이처럼 시적 세계관은 한마디로 자아와 세계의 동일성 또는 일체감이다.[6] 이 동일성으로서의 만남은 자아와 세계가 각기 특수한 성질을 유보하고 하나의 새로운 동일성의 차원으로 승화되었을 때 미적 체험이 된다.

달걀의 꿈은 병아리다.
그러나 이 도시에서는
병아리로 부화될 수 없는 달걀만이 달걀이다.
몇 달 전에 망해 버린 내 친구 양계업자
빈털터리가 된 그는 이제
외로운 밤시간을 갖게 되었지만
양계장에는 밤이 없다.
밤이면 낮보다 더 강렬한 불빛이
오직 생산!
생산만을 다그친다.

밤은 꿈꾸는 시간
꿈꾸면서 사랑을 나눈다는 관념은
그 양계장
양계장 같은 도시의 번영을 위협하는
불온 사상이다.
그리고 암탉들은 실제로
사랑하지 않았기에 더 많은 달걀을 낳는다.

악할 때는, 실제적으로 그것과 비유적인 자기의 감정을 자기의 내부로부터 대상에 투사하며, 그밖에도 이것을 대상에 속한 것으로서 체험하는 것이다. 이렇듯 일종의 독특한 심적 활동을 감정이입이라고 한다. 편집부 엮음, 『미학사전』, 논장, 1988, 327쪽.
6) 카이저는 자아와 세계가 자기표현적 정조의 자극 속에서 융합하고 상호침투하는 것, 곧 '대상성의 내면화'가 서정시의 본질이라고 했다. V. Kayser, 김윤섭 역, *Das Sprachiliche Kunstwerk*, 대방출판사, 1982, 520~521쪽 참조.

그것은 태어날 때부터
병아리로 부화될 꿈의 염색체가 제거된 달걀,
유해한 콜레스테롤의 함량이 극소화되면서
하얗고 깨끗하게 표정도 지워진
우량품 달걀.

병아리는 이 도시 어디에서도 찾아볼 수 없다.
다만 망해 버린 내 친구 양계업자의
외로운 밤시간에 환청으로만
길 잃은 한 마리가 삐약거릴 뿐이다.

— 이형기, 「병아리」 전문

달걀이 지니고 있는 일반적 특성을 상실하고 새로운 의미내용을 형상해 내고 있다. 즉 "병아리로 부화될 수 없는 달걀만이 달걀" 일 수 있는 것이다. 이는 곧 시적자아와 세계가 함께 나누어 가지면서 새로운 동일성의 차원으로 승화된 시적 인식이요, 시적 세계관이다. "양계장에는 밤이 없다.", "양계장 같은 도시의 번영", "사랑하지 않았기에 더 많은 달걀을 낳는다.", "하얗고 깨끗하게 표정도 지워진 / 우량품 달걀." 등과 같은 비극적 아이러니의 표현들에서도 우리는 자아와 대상이 각기 특수한 성격을 상실하고 새로운 동일성의 차원으로 승화되어 주제를 형상해가고 있음을 알 수 있다.

이처럼 시적 인식과 시적 세계관은 무엇을 대상으로 했느냐의 문제가 아니라 그 대상에 어떻게 일체화하면서 반응했느냐의 문제이다. 따라서 시란 결국 시인이 우주의 현실과 대상을 여하히 인식하고 반응하였는가 하는 그 시인의 대현실안(對現實眼)을 보여준다.

동일한 대상이나 현실에 대해 수없이 다양한 시적 인식이 나타나는 것은 곧 시인의 서로 다른 대현실안의 차이에 근거한 것이다. 동일한 제재가 시간과 공간에 따라, 시인이 의도하고자 한 주지(主旨)와 주제(主題)에 따라[7]

---

7) 시가 시대와 사회에 대하여 마치 타율적 인과에 종속된 감이 있으나, 결코 그런

각기 다양한 의미로 변형, 재창조되는 이른바 제재의 문학적 변이를 다루는 것을 제재론(題材論)이라고 한다. 시적 인식의 문제와 더불어 시의 본질적 특성을 이해하기 위해서는 자연 이 시적 세계관과 제재론의 문제를 고찰해 보아야 할 것이다.

A. 모진 春香이 그밤 새벽에 또 까무러처선
   영 다시 깨어나진 못했었다 두견은 우렀건만
   도련님 다시뵈어 恨을 풀었으나 살어날 가망은 아조 끊기고
   왼몸 푸른脈도 획 풀려 버렸을법
   出道 끝에 御使는 春香의 몸을 거두며 울다
   "내 卞氏보다 더 殘忍無智하야 春香을 죽였구나"
   오! 一片丹心

— 김영랑, 「春香」에서

B. 천길 땅밑을 검은 물로 흐르거나
   도솔천의 하늘을 구름으로 날더라도
   그건 결국 도련님 곁 아니예요?
   더구나 그 구름이 소나기 되어 퍼부을 때
   춘향은 틀림없이 거기 있을 거예요!

— 서정주, 「春香遺文 : 春香의 말 參」에서

C. 저 칠칠한 대밭 둘레길을 내 마음은 늘 바자니고 있어요. 그러면, 훗날의 당신의 구름같은 옷자락이 不希스레 보여오는 것이어요. 눈물 속에서는, 반짝이는 눈물 속에는, 당신 얼굴이 여러 모양으로 보여 오다가 속절없이 사라지는 피가 마를만큼 그저 심심할 따름이어요. 그러니 이 생각밖에는요. "당신이 오실 땐 그 많은 다른 모양의 당신 얼굴을 한

것이 아니고, 시가 독자적 자율의 원리로서 초역사적 성격을 띠고 있는 일면도 역시 있다. 시가 시대와 사회에 따라 제각기 다른 시적 세계를 표상한다고 할 때 역사적 사상(事象)의 표현일 수 있고, 독자적인 미적 관점에 의하여 형성된 의미구조일 때 그것은 초역사적 존재일 것이다. 박철희, 『문학개론』, 형성출판사, 1985, 119쪽.

얼굴로 다스리시고, 또한 대밭 둘레길에 사무친 恨의 내 눈물일랑은
당신의 옷자락에 載陽치듯 환하게 하시라"고요.

— 박재삼, 「待人詞」 전문

  모두가 판소리게 소설 『춘향전』을 소재로 선택하고 있는 작품이다. 일반적인 전통적 象으로서의 춘향이라는 대상이 시적자아와 만나면서 굴절되고 변형하여 새로운 의미로 재창조되고 있다. 우선 전통적인 춘향 설화의 구조를 완전히 상실하고 세 작품은 모두 죽은 춘향이를 묘사하고 있다. 이는 곧 주제를 지향하는 시적자아의 주지와 대상으로서의 춘향이 함께 나누어 갖는 매듭짓기의 결과이며 새로운 동일성의 차원으로 승화된 미적 체험이다.

  김영랑에게 있어 춘향은 "이 악물고 사또를 노려보든 교만한 눈"을 가진 독한 여인이요, 이도령 또한 "쑥대머리 귀신 얼굴된 춘향이 보고 잔인스레 웃는" 그런 사내로 묘사되고 있다. 이는 전통적 상에서 가리워진 춘향과 이도령의 인간적인 면을 드러내고자 한 것이며, 죽은 춘향의 묘사를 통해 시적자아에 잠재해 있는 어떤 거부적인 의식을 주제로 형상해가고 있는 것이다.

  춘향을 직접 화자로 내세워 스스로 고백하는 형식을 취하고 있는 서정주의 경우, 춘향은 도취와 광정(狂情)에 휩싸인 열정적인 한 여인으로 그려지고 있다. 이처럼 관능적인 춘향에게 시적자아가 바라는 영원한 사랑을 이승에서 완성시켜 줄 수가 없어 결국 기다림의 지연을 위해 춘향으로 하여금 유문을 쓰게 한다. 이것이 곧 시인이 선택한 주지의 결정이며, 영원한 사랑의 미학을 추구한 주제의 표출인 것이다.

  전통적 춘향의 설화구조에 가리워진 춘향의 마음을 시종 묘사해 내고 있는 박재삼의 경우는 또 다른 양상을 보이고 있다. 그에게 있어 춘향의 죽음은 옥중생활에 대한 견딜 수 없는 연민의 결과이다. 그러나 시적자아는 저승에서 다시 살아난 춘향이 마음을 통해 주제를 표출하면서 구원의 여인상을 형상해내고 있는 것이다.

이처럼 각 작품은 모두가 춘향 설화를 소재로 택하고 있으면서도, 그들은 각기 전통적인 설화구조를 배반하고 전혀 새로운 의미를 재창조해 내고 있다. 이는 곧 각 시인이 지닌 시적 세계관의 차이에서 기인한 것이다.

동일한 하나의 대상이나 현실이 그것을 체험하는 사람에 따라 아주 상이하게 인식될 수 있다. 그 차이는 분명히 통합된 총체적 반응을 결정하는 연상, 태도, 통찰, 기타 다른 심리적 인자들 때문에 나타난다. 랭거가 주장하고 있는 것처럼[8], 우리의 현실적 삶 속에서 사태들의 외양은 경험의 대부분이 그렇듯이 단편적이고 전환적이며 때때로 분명치 않다. 대부분의 경험이란 우리가 그 속에서 움직이는 공간, 우리가 흘러간다고 느끼는 시간, 우리에게 도전하는 인간적 비인간적 힘들을 의미한다. 시인의 직능은 이러한 경험들의 외양, 곧 우리가 살고 느낀 사태들의 외형(Semblance)을 창조하고, 이것들을 하나의 순수하고 완전하게 경험된 실재, 곧 하나의 가상적 삶(virtual life)을 구성하게끔 조직하는 일이다.

5. 시의 의미는 유기적으로 형성된다

이제 우리는 시적 인식과 시적 세계관을 통해 대상에 새로운 이름을 부여하여 새롭게 재창조된 의미는 어떻게 해서 구체화되고 작품 속의 내용으로 자리하는가의 문제에 직면하게 된다. 이것이 곧 시의 또 하나의 본질적 특성인 것이다.

시적 인식과 언어에서 이미 강조했듯이, 어떤 대상이 단순한 재료일 때의 성질과 소재가 되어 작품의 구성요소가 되었을 때의 성질은 달라진다. 시의 세계는 대상이나 재료의 단순한 모방이나 재현이 아니라, 시적 인식과 시적 세계관을 그 대상에 투영하여 표현한 것이기 때문이다. 따라서 시의 구성요

---

8) Susanne K. Langer, 이승훈 옮김, 『예술이란 무엇인가』, 고려원, 1987, 173~174쪽 참조.

소들은 그 자체들로 독립적인 의미를 지니는 것이 아니라, 긴밀한 내적 조
직을 가짐으로써 비로소 새롭게 창조된 그 작품 속에서만의 독창적인 의미
를 지니게 되는 것이다.

> 민들레씨를 따라
> 허공을 날자한들
> 흙 속의 질긴 인연
> 차마 뜰 수 없는가
> 핏줄만 까망 낱알로
> 방울방울 맺혔네.
>
> 쭉 곧은 잎새마다
> 바람으로 채운 동굴
> 칼끝에 묻어나는
> 매몰찬 毒素 풀어
> 아! 정녕 너는 바보스런
> 지휘봉이 그리메.
>
> 너 죽어 내가 사는
> 因果의 무대 위에
> 새하얀 독백으로
> 백혈구만 춤추는가
> 도시 속 화분을 딛고 선
> 베란다의 파수꾼.

— 신순애, 「파꽃」 전문

현대시조에서 가장 흔히 볼 수 있는 세 수의 연작형식을 취하고 있는 작
품이다. 첫째 수에서는 파 꽃의 양태와 속성을, 둘째 수에서는 꽃을 매달고
있는 곧은 잎새를, 그리고 셋째 수에서는 꽃과 잎새의 인과적 속성을 감각
적으로 그려내고 있다. 시적자아의 목소리는 겉으로 드러나지 않고 있으며,

서정과 인식은 파 꽃의 묘사에 몰입되고 있다. 그만큼 파 꽃의 양태와 속성은 본래의 실재적 의미와는 다른 새로운 이름을 부여받으면서 우리에게 구체적으로 다가온다. 시인의 인식과 시적 세계관은 곧 이 새롭게 재창조된 파 꽃의 의미 속에 스며있는 것이다. 특히 "핏줄만 까망 낟알로" 나 "칼끝에 묻어나는 / 매몰찬 독소 풀어", 그리고 "새하얀 독백으로 / 백혈구만 춤추는가"와 같은 묘사는 세 수의 시적 의미를 상호 유기적으로 이어주는 역할을 할뿐만 아니라, 파 꽃의 형상을 그만큼 새롭고 감각적으로 그려내는 데 매우 효과적으로 맺어져 있다. 이는 대상을 치밀하게 관찰하여 그것을 새롭게 인식하고 재체험해 낸 결과이다. 도시 속 화분에 심어져 있는 단순한 파 꽃을 통해 인간의 질긴 인연과 인과적 윤회를 보아내는 것은 곧 시적 인식과 시적 세계관의 특징에 다름 아니다. 시의 창작행위란 이처럼 어떤 대상이나 현실에 새로운 이름을 부여하는 명명행위이며, 그 새로운 이름은 결코 독립적으로 존재할 수 없으며 항상 부분과 부분, 부분과 전체의 상호 유기적 맥락 속에서 비로소 의미화하기 마련이다.

단순한 소재로 널려있는 수많은 대상들이 시인의 서정과 만나면서 그 소재는 비로소 생명을 부여받아 새롭게 열리며, 독특하고 개성적인 매듭을 이루어 한 편의 작품 속에 유기화하기 마련이다. 그러나 그 새롭게 매듭짓기와 유기적으로 의미형성하기가 얼마나 개성적이고 독창적이냐에 따라 그 작품이 우리에게 체험시켜 주는 감동의 모양은 다양할 수밖에 없다.

    A. 내마음 버혀내여 저 달을 맹글고저
       구만리 장천에 반듯이 걸려 이셔
       고온 님 겨신 곳에 가 비최여나 보리라

    B. 冬至ㅅ 달 기나긴 밤을 한 허리를 버혀 내여
       春風 니블 아래 서리서리 넣었다가
       어론 님 오신 날 밤이여드란 구비구비 펴리라

A는 정철(鄭澈)의, B는 황진이(黃眞伊)의 잘 알려진 시조이다.

이 두 작품은 일단 공통의 제재와 모티브가 있다. 즉 '달'과 '베어낸다'는 소재와 행위가 있으며, 모두 임에 대한 그리움의 서정을 노래하고 있다. 그러나 이 두 시조가 우리에게 주는 감동은 매우 다르다. 그 이유는 각 시인이 제재와 서정을 어떻게 매듭짓고 있는가에 달려있다.

A시조에서 '달'은 구만리 장천에서 모든 것을 비추는 보편적인 의미로 재현되고 있으며, 시적자아가 달이 되고자 하는 갈망도 임 계신 곳을 달처럼 비춰보고자 하는 서정으로 나타나 있다. 곧 이는 시조구조에 참여하기 이전의 단순한 재료일 때의 달의 성질이나, 작품 내용에 참여하여 구성요소가 되었을 때나 같은 성질만을 지님으로써 단지 모방(Mimesis)의 차원일 뿐이다.

그러나 B시조는 '동짓달 기나긴 밤'을 단순히 시간의 장단으로 인식하는 데 그치지 않고 임에 대한 그리움의 길이로까지 새롭게 함축하여 인식해 내고 있다. 또한 A시조에서는 내 마음을 베어내어 달의 보편적 속성에 투사하고자 하는 데 반해, B시조에서는 보편적 시간질서까지를 파괴하여 자아화한다. '기나긴 밤'의 '한 허리'를 베어내는 행위는 중장과 종장과의 상호 유기적 맥락에 의해서 비로소 개성적으로 새롭게 의미화한다(Semiosis). 곧 임이 없는 긴 밤을 베어내어 짧게 인식하고자 하고, 그 베어낸 길이만큼 차곡차곡 쌓아 두었다가 짧게 느껴지는 '어론 님 오신 날 밤'이면 굽이굽이 펴고자 한 것이다. 이는 시간의 길이에 대한 이중의 의미부여이며, 곧 이 작품 속에서만 획득된 새롭고 독창적인 의미의 창출이다.

이처럼 A시조는 보편적 인식에 대한 모방과 진술을 관념적으로 제시하고 있는 데 반해, B시조는 새롭고 개성적 인식에 대한 구체적인 창조를 유기적으로 재구성해 내고 있다. A시조보다는 B시조에서 보다 역동적인 서정성과 감동을 느끼게 되는 것은 바로 그같은 대상과 서정의 개성적 매듭짓기와 유기적 의미형성하기의 독창적인 모양에 기인하는 것이다.

지금까지 살펴 온 바처럼 시의 본질적 특성은 대상이나 현실을 새롭게 보아내는 시적 인식과, 자아와 세계가 각기 새로운 의미를 나누어 가짐으로써 일체화하는 시적 세계관, 그리고 작품 속의 구성요소들이 상호 유기적인 친밀한 내적 조직으로 결속되어 새롭고 독창적인 의미로 재구성된다는 유기적 의미형성으로 갈무리될 수 있다.

일상적으로 산재해 있는 모든 것들이 시의 제재가 될 것이지만, 시의 세계는 무엇을 대상으로 그렸느냐에 달려 있는 것이 아니라, 그것을 어떠한 시적 인식과 세계관으로 보아냈느냐에 달려 있다. 인간과 세계 사이에 새로운 매듭을 만들어 이름 없는 사물에 이름을 부여하고, 이미 있어 온 현실이나 대상에 낯설고 의미심장한 새로운 의미를 부여하는 일이 곧 시의 세계를 형상하는 일이다. 따라서 대상과 서정의 개성적 매듭을 위해 무엇보다도 대상에 대한 독창적이고 치밀한 몰입이 강조되어야 할 것이다. 그 치밀한 보아내기가 신비스런 직관과 조응할 때 영원한 생명을 지닌 작품이 탄생할 것이다.

우주의 모든 대상과 현실은 항상 무한한 형태로 열려 있으며 시인의 서정에 의해 새롭게 매듭지어지기를 기다리고 있다. 시의 본질적 특성이 바로 이 새로운 매듭짓기와 그것의 개성적 구체화에서 기인하는 한, 시란 무엇인가에 대한 질문 또한 영원한 진행형으로 지속될 수밖에 없다. 항상 새로운 경이로움과 감동을 인간에게 선사하면서.

시의 공간형성과 의미작용

1. 서 론

시간과 공간은 거기에 모든 현실이 관계를 가지고 있는 틀이다. 우리는 시간과 공간의 조건하에서가 아니고서는 그 어떤 현실적인 사물의 개념도 가질 수가 없다.[1] 곧 시간과 공간은 세계와 우주를 이해하고 해석하는 근간이며, 이들에 대한 의식 없이는 어떠한 사상이나 문제도 근본적으로 해명할 수는 없다. 시간과 공간에 대한 본질적인 연구가 철학을 위시한 인문과학은 물론 학문의 제 분야에서 관심을 보이는 것은 이 때문이다.

랭거가 주장하고 있는 것처럼[2] 우리의 현실적 삶 속에서 사태들의 외양은 경험의 대부분이 그렇듯이 단편적이고 전환적이고 때때로 분명치 않다. 대부분의 경험이란 우리가 그 속에서 움직이는 공간, 우리가 흘러간다고 느끼는 시간, 우리에게 도전하는 인간적 비인간적인 힘들을 의미한다. 시인의 직능은 이러한 경험들의 외양, 곧 우리가 살고 느낀 사태들의 외형(Semblance)을 창조하고, 이것들을 하나의 순수하고 완전하게 경험된 실재, 곧 가상적

---

1) E. Cassier, 최명광 역, 『인간이란 무엇인가』, 훈복문화사, 1973, 66쪽.
2) Susanne K. Langer, 이승훈 옮김, 『예술이란 무엇인가』, 고려원, 1987, 173~174쪽 참조.

삶(virtual life)을 구성하게끔 조직하는 일이다. 작가가 대상세계와 정신세계
와의 조우를 통해 한 편의 작품을 산출해 내는 창작행위나, 한 작품을 이해
하고 해석하는 독서행위도 근본적으로 서로 다른 여러 형태의 시간적·공
간적 경험에서 비롯한다. 곧 문학에 대한 인식의 근거는 '시간'과 '공간'의
두 범주에서 시작된다.3) 시간의 질서를 모방하는 문학의 분야로는 plot,
rhythm, 문법 따위를 들 수 있고 공간의 경우는 사상, image, 성격 등이 해당
된다고 볼 수 있다.4) 시의 세계는 이미지와 이미지의 유기적 결합, 곧 이미
지의 논리에 의해 구축된다고 할 때, 시의 경우 시간의 문제보다는 공간의
문제가 더 큰 비중을 차지한다. 시어들의 의미관계도 시간에 따라 연속적으
로 읽을 경우 어떠한 관계도 이해할 수 없으며, 오직 공간 속에서 동시적인
인지에 의해서만 의미관계는 해명될 수 있다.5) 곧 현대시의 미적 형태는 공
간 논리(Space-logic)6)에 근거를 두고 있다. 물론 여기서 제시하고 있는 공간
은 시작품에 나타난 장소나 공간 지시어를 의미하지는 않는다. 그것은 칸트
의 순수직관인 선험적 감성론에서의 공간과 관련된 개념이다. 칸트는 "공간
이 후천적으로 경험으로부터 추상되어진 경험적 개념이 아니고, 외계물(外
界物)이 감각으로써 표상되어지기 위해서는 경험에 앞서서 선험적으로 미
리 공간의 표상이 구비되어 있다"7)고 해명했다.

　시인은 곧 이 선험적 표상공간을 통하여 외적 현상의 관계를 지각하는 것
이다. 근본적으로 세계라고 하는 것은 개개인이 그리는 이미지이며 표상일
뿐, 세계 그 자체는 어디에도 존재하지 않는다. 동일한 세계, 동일한 사상을
보아도 각각 다르게 인식하게 되는 것은 '공간의 상대성' 때문이며, 선험적

---

3) Lessing 등이 문학을 「시간예술」이라 규정한 것은 그 자표와 대상에 의한 규정에
　지나지 않는다.
4) 오세영, 「문학에 있어서 시간의 문제」, 『한국문학』 1976. 1.
5) J. Frank, *The Widening Gyre*, Rutger Univ. Press, New Brunswick, New Jersey, 1963.
　p.13.
6) J. Frank, 앞의 책, p.18.
7) 김용정, 『칸트 철학연구』, 유림사, 1987, 18쪽.

으로 이미 정해진 각자의 공간의식 때문이다.8) 작품에서 공간이 뜻하는 바는 개인적으로 조건지어진 경험 가치의 방향과 일치되고 있기 때문에9), 시작품에 형상된 공간은 시인이 가진 공간 의식의 해명을 통해 밝혀질 수 있으며, 이 공간논리를 근거로 시작품의 미적 형태를 밝혀낼 수 있다.

시의 공간논리와 시인의 공간의식을 규명하기 위해서는 시적 공간을 형성케 하는 여러 계기들에 대한 해명이 선결되어야 한다. 본고에서는 위와 같은 전제 아래 시에 있어서 공간을 형성케 하는 계기들은 무엇이며, 그로 인해 시적 공간이 어떠한 양상으로 형성되는가를 네 가지 층위로 접근하려 한다. 그리고 논지의 사례연구로 이육사의 「광야」를 대상으로 시적 공간형서의 네 가지 양상도 검토하려 한다.

2. 시적 공간형성의 계양상

시에 있어서 공간의 형성은 작품 외적인 측면과 작품 내적인 측면에서 접근이 가능하다.10) 작품 외적인 측면을 주체(시인)의 인식론적 공간이라면, 작품 내적인 측면은 인식론적 공간의 구체화이며 질서화인 구조적 공간이다. 작품 외적인 공간양상은 대상과 주체간에 구축되는 공간과 주체와 작품간에 구축되는 공간이 있으며, 작품 내적인 공간 양상으로는 작품의 형식과 관련된 외연의 공간과 작품의 의미내용과 관련된 내포의 공간이 있다.

순수직관으로 존재하는 외부세계와 시인의 정신세계를 연계시켜 주는 것은 상상력의 힘이다. 이 상상력의 힘에 의해서 순수직관으로의 대상은 시인

---

8) 유한근, 「현대시에 있어서의 공간문제」, 『한국시가연구』, 동국대학교 부설 한국
   문학연구소 편, 1980, 309쪽.
9) B. Hillebrand, *Mensch und Raum Fontane*, Minchen, Winkle 1971, p.12.
10) 작품외적인 측면은 주체(시인)를 중심으로 대상과 작품간에 형성된 인식공간을,
   작품내적인 측면은 작품 자체를 중심으로 형식과 내용간에 형성된 구조공간을
   의미한다.

의 의식 속에 성취된 경험으로 자리잡게 되며 자신의 정신에 대한 상징적인 형상을 구축하게 된다. 곧 대상과 주체 사이에는 상상력을 계기로 순수직관의 의미 있는 공간화가 이루어진다. 그리고 시인과 시인이 표출해내는 작품 사이에는 상징이라는 표현 양식이 자리잡는다. 이 상징이 가지는 함축적 의미의 확대작용11)에 의해 물질세계와 정신세계가 일치되면서 시인은 주제적 공간을 체험한다. 이 주제적 체험의 구체화·질서화가 곧 작품 내적 공간을 형성하는 계기가 되어 한 편의 시작품으로 구축된다. 이 작품 내적 조성은 형식적 구조와 질서에 관련한 외연의 공간과, 이미지들의 유기적 결합에 의한 내포의 공간에 의해 체험된다.

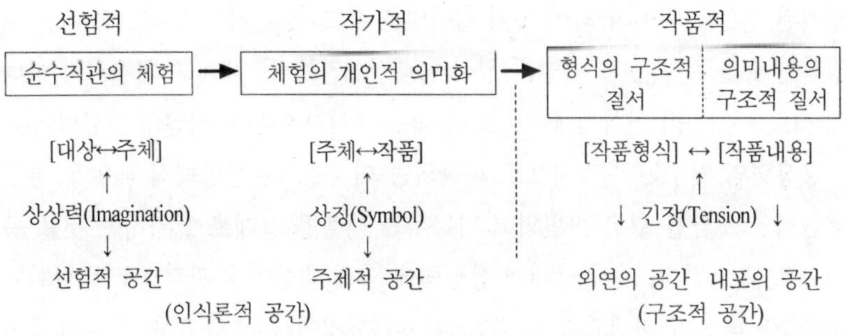

1) 작품외적 양상

문학은 어떤 것에 의미를 부여하는 것이 아니라 의미에 어떤 것—장소, 형태, 개념 등—을 부여하는 것이라고 할 수 있다. 따라서 구조로서의 의식이 구조로서의 세계와 부합하거나, 구조로서의 세계를 확장한다.12) 이것은 특별한 공간과 시간 내에 제한되어 있는 인간이 자신의 의식이나 체험을 상상함으로써 얻어진다. 의미에 어떤 것을 부여하여 구조로서의 세계와 부합

---

11) P. E. Wheelwright, 김태옥 역, 『은유와 실재』, 문학과 지성사, 1982, 64쪽.

12) E. E. Frank, *Literary Architecture*, California Univ, Press, Berkeley, L. A. London, 1979, p.6.

시키거나, 구조로서의 세계를 확장하는 정신 작용이 곧 창작 행위라고 할
수 있다. 이러한 정신 작용은 사상(事象)을 공간으로 인식하면서 구체화한
다. 우선 작품으로 형상화되기 이전의 시인의 인식공간을 설정할 수 있는
바, 이를 작품외적 공간으로 본다. 여기에는 순수직관으로의 대상과 주체(시
인)간에 상상력을 계기로 한 선험적 공간과, 주체와 주체가 산출해 내는 작
품간에 상징을 계기로 한 주제적 공간이 설정된다.

⑴ 대상과 주체간의 공간

창작 행위의 일차적 출발은 주체가 순수직관으로의 대상세계를 경험하는
데 있다. 이 순수직관 경험은 곧 순수직관의 공간화를 의미한다. 시인은 이
성취된 경험을 자신의 의식 속에 집어넣은 후 그것을 자신의 정신에 대한 상
징적인 표출로 만든다. 이렇게 정신과 대상이라는 두 세계를 연결시켜 하나
의 새로운 개성적 인식세계를 창조해 내는 계기가 이른바 시인의 상상력이다.
상상력의 연구는 주관적으로 파악되는 대상을, 즉 상상력의 베일을 통해
객관적인 모습을 잃고 변형되어 나타나는 대상을 그대로 묘사하는 것을 목
적으로 해야 한다. 다시 말해서 상상력에 의해 대상이 주관적으로 변형되는
모습, 즉 대상의 비객관화(非客觀化)를 아는 것이다.[13] 중요한 것은 대상의
주관적인 변형은 의미 있는 변형으로서 주체의 대상에 대한 상상력을 공간
화한다는 점이다. 그것은 곧 세계와 시적자아와의 일차적 조우를 의미하며
순수직관의 개성적 체험이요, 개성적 인식공간이다. 상상력을 단순한 거울
이 아니라 하나의 창조적 원리로 파악하는 브레트는, 상상력의 창조적 활동
은 가동되기 전의 체험자료에 형태와 모습을 부여함으로써 수행해 나간다
고 보고 있다.[14] 그렇게 해서 예술적 상상력은 재구성되고 보다 고도한 보
편의 차원으로 승화된 새로운 세계를 창조해 낸다는 것이다. 또한 코울리지
는 상상력을 두 가지로 나누고 있다. 일차적 상상력은 감각과 지각을 중개

---

13) 곽광구, 김현, 『바슐라르 연구』, 민음사, 1978, 22쪽.
14) R. L. Brett, 심명호 역, 『공상과 상상력』, 서울대 출판부, 1980, 59쪽.

시켜주는 기능으로서 '모든 인간 지각의 살아있는 힘이며 제1의 동인'으로 보고 있으며, '무한한 자아의 영원한 창조 행위가 유한한 정신 속에서 되풀이되는 것'을 바로 이 일차적 상상력의 기능으로 보고 있다.[15] 이 일차적 상상력은 우리가 지각하거나 선택의 여지가 없는 우리 모두의 내부에 활동하고 있는 무의식적인 것이라고 지적한다. 이에 반해 '의식적인 의지'와 관계 있는 상상력을 이차적 혹은 시적 상상력으로 설정하고 있다. 시적 상상력은 우리에게 '진실로 진실한' 그 무엇 또는 우주의 구조나 인간 경험의 기초적인 본질, 표면의 뒤에 숨어있는 실재, 그밖에 이러한 구절들에 의해 암시되는 그 무언가를 보여주려 한다는 것이다.[16]

　　필자는 주체와 대상을 연결시키는 이른바 '의식적인 의지'와 관련된 시적 상상력에 의해서 부여된 질서와 형태를 시적 공간으로 파악하려 한다. 물론 여하한 경우라도 시적 상상력의 발현점(發現點)은 '지금 여기'라는 주체가 위치해 있는 제한된 시공이다. 그러나 시적 공간은 그것이 표현되는 한에서 팽창의 가치를 지닌다. 대상에 시적 공간을 부여하는 것, 그것은 사물에다가 그 사물이 객관적으로 소유하는 이상의 공간을 부여하는 것이다. 다시 말해서 내밀의 공간의 팽창을 이룩하는 것이다.[17] 대상을 체험하는 주체로서의 시인은 발현점의 시공에서 상상력을 투사한다. 이 상상력에 의해 대상은 주관적으로 변형된 모습으로 나타나며 주체의 의식적인 의지와 화합된 내밀의 공간을 확장하는 것이다. 이렇게 하여 순수직관으로의 대상은 주체의 확장된 내밀의 공간에서 질서와 형태를 획득하면서 하나의 새로운 개성적 세계로 창조된다.

　　이육사의 「광야」의 경우, 시적 상상력의 발현점은 시작품 속에 형상된 시인이 처한 현실의 공간적 인식을 통해 확인된다.

---

15) R. L. Brett, 앞의 책, 61쪽.
16) R. L. Brett, 앞의 책, 63쪽.
17) G. Bachelard, *the poetics of Space,* Trans, by Maria Jolas, Beacon Press, Boston, 1972, p.202.

지금 눈 나리고
梅花香氣 홀로 아득하니
내 여기 가난한 노래의 씨를 뿌려라. (제4연)[18]

시인은 자신이 위치한 '지금' '여기'를 "눈 나리고 / 매화향기 홀로 아득한"
공간으로 인식한다. 이것은 현실적 실체에 대한 시인의 주관적 인식이다. 이
현실인식에서 시적 상상력을 계기로 시인이 체험하는 최초의 대상은 '광야'
다. 그는 광야를 순수직관으로 체험하면서 그 광야의 공간화를 통해 그것을
주관적으로 변형하면서 내밀의 공간을 확장한다. 즉 시적 상상력은 "눈 나
리고 / 매화향기 홀로 아득한" 지금 여기에서 선험적인 광야를 체험하면서
시인의 의식적인 의지와 화합된 내밀의 공간을 확산한다.
　「광야」에서 내밀의 공간의 확산은 태고의 원시 공간과 천고의 미래 공간
까지 이어져 있다.

까마득한 날에
하늘이 처음 열리고
어데 닭우는 소리 들렸으랴

모든 山脈들이
바다를 戀慕해 휘달릴때도
참아 이곳을 犯하던 못하였으리라

끊임없는 光陰을
부지런한 季節이 피여선지고
큰 江물이 비로소 길을 열었다. (제1, 2, 3,연)

시적자아는 1, 2, 3연에서 태고의 원시적 공간 질서를 체험하고 있다. '까
마득한 날'은 계기적 먼 과거의 시간을 의미한다기보다는 무시간적 태고의

---

18) Text는 『광야에서 부르리라』(문학세계사, 1981)에 수록된 것으로 했음.

원시성을 의미한다. 태고로 지향한 시적 상상력은 광야에서 바로 이 질서의
원형을 체험, 그것을 대상화하고 있는 것이다.

> 다시 千古의 뒤에
> 白馬타고 오는 超人이 있어
> 이 曠野에서 목놓아 부르게 하리라 (제5연)

여기서 시적 상상력은 '천고의' 미래로 투사된다. 이 역시 시간의 순서에
의한 계기적 미래라기보다는 무시간적인 미래의 공간을 의미한다.

4연의 현실공간 체험에서부터 태고의 원시공간과 천고의 미래공간을 체험
하여 그것들을 대상화할 수 있게 하는 계기가 곧 시인의 상상력이다. 그것은
광야의 선험적 인식을 통해 구체화되었다. 시인이 현재의 광야와 태초의 광
야, 미래의 광야를 동시적으로 체험하는 것은 상상력에 의한 그것들의 공간
화를 통해 구축된 것이다. 이처럼 상상력을 계기로 순수직관의 대상에 질서
와 형태를 부여하여 주체와 대상간에 시적 공간을 구축, 새로운 개성적 인식
세계를 창조한 것이다. 상상력을 통해 체험된 이 새롭게 인식된 개성적 세계
는 상징으로 구체화함으로써 주체와 작품간의 주제적 공간을 형성한다.

(2) 주체와 작품간의 공간

순수직관으로의 대상은 시적 상상력을 계기로 선험적으로 이미 정해진
주체의 공간의식에 의해 질서와 형태가 부여되면서 주체와 대상간의 선험
적 공간으로 구축되었다. 이렇게 하여 성취된 경험은 상징을 통해[19] 주체의
정신과 화합한 주제적 공간으로 구체화한다.

상징은 불가시적(不可視的)인 것을 암시하는 가시적인 것이다. 상징은 어
떤 대상을 다른 것으로 암시할 뿐 아니라, 추상적인 사상, 감정까지도 구체

---

19) 상징은 언어적 상징과 문학적 상징(Wheeler), 추리적 상징과 비추리적 상징
  (Langer), 약속 상징(Steno Symbol)과 긴장 상징(tensiv Symbol) (Wheelwright) 등으
  로 구분하나, 문학에서의 상징은 후자의 것들과 관련한다.

적인 이미지를 통해서 표상한다.[20] 상징에서 숨어 있는 원관념, 즉 불가시적인 것은 관념이고 또 관념을 중시하지만 반드시 관념만 원관념이 되는 것은 아니다. 그것은 정서일 수도 심리적 내용일 수도 이념적 세계일 수도 있다.[21] 특히 문학에서의 상징이 내적 상태의 외적 기호[22]라고 할 때, 주체의 내적 상태가 문학작품으로 기호화되는 것은 상징을 계기로 이루어진다. 곧 예술가의 임무는 그의 경험을 상징으로 구체화하는 데 있다[23]고 볼 수 있다. 여기서 우리는 시적 상상력을 계기로 체험한 선험적 인식을 주체가 상징을 계기로 구체화하여 새로운 개성적 작품세계공간으로 형상해낸다는 점을 유의할 수 있다. 이러한 상징을 논리적인 사상으로 변형시켜[24], 주체와 작품간에 형성된 상징의 질서와 구조를 시적 공간으로 파악하려 한다.

상상력을 계기로 주체와 대상간에 형성된 시적 공간을 선험적 인식공간이라고 한다면, 상징을 계기로 주체와 작품간에 형성된 시적 공간은 그 선험적 인식공간을 개성화 한 주제적 공간이라고 할 수 있다. 상징의 본질적 특성은 각 구성요소들의 유기적인 통합에 있다.[25] 상징은 확실히 개별적이거나 독립적으로 존재하는 것이 아니고 작품 전체 속에서 유기적으로 작용하는 기능을 지닌다.[26] 따라서 보조관념으로 작품의 표면에 나타나 있는 상징의 원관념도 작품 전체의 유기적 문맥을 통해서만 해명될 수 있다. 따라서 주제적 공간도 이 상징이 필연적으로 지니고 있는 감춤과 드러냄의 양면성[27]과 질서를 통해 검토될 수 있다. 주제적 공간은 주체가 경험한 추상적

---

20) 유한근, 앞의 글, 317쪽.

21) 김준오, 『시론』, 문장사, 1982, 137쪽.

22) W. Y. Tindal, *The Literary Symbol*, Indiana Univ Press, Bloomington, 1955, p.77.

23) R. L. Brett, 앞의 책, 77쪽.

24) Brett는 이것을 「비평가의 임무」라고 하고 있다. 앞의 책, 77쪽.

25) Brett, 앞의 책, 77쪽.

26) 김준오, 앞의 책에서 "상징은 고립적이고 자율적인 것이 아니다. 단 하나의 이미지가 상징이 될 수도 있지만 상징은 전후문맥에 의해서 달라지고 탄생된다" (1449쪽)고 하고 있다.

27) W. Y. Tindal, 앞의 책, p.40.

인 관념이나 감정과 작품에 구체적으로 표현된 심상 사이의 인식공간을 의미하는 것이다.

「광야」의 경우, 무엇보다도 '광야'에 대한 선험적 인식이 작품 전체의 상징적 의미를 규제한다. '광야'의 공간 체험에서 획득된 상징적 의미는, 일부는 시작품 안에 표출된 상태로 또 일부는 암시적인 순수직관의 상태로 이 시작품을 주도한다. 광야의 상징적 의미는 작품 전체의 유기적 맥락을 통해 드러난다고 볼 때, 시인의 의식적인 의지와 화합된 '광야'는 '순수의 질서'를 의미하며 모든 관념과 감정을 표출하는 '원형의 집'을 상징한다. 시인은 이 선험적으로 인식된 광야를 통해 내밀의 공간을 확산하며 주체와 작품간의 표출공간에 질서와 형태를 구축한다. 그리고 이 광야의 체험을 통해 시적자아는 현실에 대한 공간을 체험한다. 그것은 "눈 나리고 / 매화향기 홀로 아득한" 공간으로 인식되고 있다. 이 경우 '눈'은 현실의 절박한 상황과 상실에서 오는 차가움을 의미한다. 광야의 선험적 체험에서 '눈'의 인식은 현실 체험의 상징으로 표상된다. 여기서 시적 상상력은 인고의 '매화향기'에 투사됨으로써 시적자아의 의지를 형상한다. 광야의 선험적 공간체험을 통해서 인식한 현실의 공간 체험은 '눈'이었으며, 이 눈 속에서 매화향기의 의지를 통해 '노래의 씨'를 형상한다. 이렇게 볼 때 이 '노래의 씨'는 선험적 광야의 질서로 회생하려는 강한 의지의 행동성을 상징한다. 이 현실의 공간체험에서 획득된 지향성은 내밀의 공간의 확산으로 나타나게 되는 바, 그것이 곧 태고의 광야와 미래의 광야로 구체화한 것이다.

> 까마득한 날에
> 하늘이 처음 열리고
> 어데 닭우는 소리 들렸으랴 (제1연)

선험적 태고의 공간체험은 광야의 탄생이다. 그 인식이 "까마득한 날에 / 하늘이 처음 열리고"라는 상징적 의미로 표출되었다. 특히 "어데 닭우는 소리 들렸으랴"를 통해 시인은 무(無)의 상태로의 광야, 암흑 상태로의 광야를 표상하고 있다. 이것이 2연과 3연을 거치면서 생동의 광야로 표출된다.

> 모든 산맥들이
> 바다를 연모해 휘달릴때도
> 참아 이곳을 범하던 못하였으리라
>
> 끊임없는 광음을
> 부지런한 계절이 피어선지고
> 큰 강물이 비로소 길을 열었다. (제2, 3연)

광야의 질서를 구축하는 대상으로 '산맥', '바다', '계절', '강물' 등을 체험한다. 시인은 이것들의 상징성을 통해 주체와 작품간의 표현공간을 형성하고 있다. "모든 산맥들이 / 바다를 연모해 휘달릴때"는 1연의 "까마득한 날에 / 하늘이 처음 열릴 때"와 같이 광야의 탄생 체험이다. 그러나 1연의 정적인 광야가 2연에서는 동적인 광야로 체험되면서 암흑의 광야는 생동의 광야로 나타난다. "참아 이곳을 범하던 못하였으리라"는 광야의(혹은 광야가 상징하는 바의) 불가침적인 순수 원형성을 상징한다. 아무리 강한 존재도 광야의 원형적 질서를 파괴할 수 없다는 신념의 표출이다. 그리고 3연의 "끊임없는 광음을 / 부지런한 계절이 피여선지고"는 2연에서 표상된 광야의 생동성의 지속적 체험이다. 이 반복된 지속의 공간 속에서 시인은 비로소 길을 연 '큰 강물'을 체험한다. 순수직관으로의 광야의 선험적 공간 속에서 비로소 생명의 질서를 체험한 것이다.

1연에서 3연을 거치면서 태고의 광야 체험을 상징으로 구체화하는 한편, 5연에서는 미래의 광야 체험을 형상한다.

> 다시 천고의 뒤에
> 백마타고 오는 초인이 있어

이 광야에서 목놓아 부르게하리라 (제5연)

시적 상상력을 계기로 미래의 광야를 체험한 시인은, 그 선험된 인식공간 속에서 "백마타고 오는 초인"을 표상한다. '백마'는 광야의 근원적 질서를 향해 달리는 희망의 준마이며, '초인'은 4연에서 체험한 '눈'의 모든 고난과 상실을 극복한 생명의 질서를 향유하는 대상의 상징이다. '노래의 씨'는 목놓아 부름을 획득하며, 비로소 '순수의 질서'와 '원형의 집'으로의 광야를 재체험하는 것이다. 이것은 시인의 의식적인 의지와 화합된 내밀의 공간의 확산을 통해 가능했으며, 그 구체화는 주체와 작품간의 상징을 계기로 한 표현공간의 체험을 통해 이루어졌다.

2) 작품내적 양상

어떤 객체나 존재세계의 어떤 국면을 막론하고 감응력(感應力)있는 정신과의 관련 속에서만, 그리고 어떤 유(類)의 언어를 통해서만 그 존재는 확립될 수 있다.[28] 이 감응력있는 정신과의 관련 속에서 주체를 중심으로 한 시적 공간이 형성되며, 언어를 통한 존재의 확립은 작품을 중심으로 한 시적 공간으로 나타난다. 주체를 중심으로 형성된 공간을 인식론적 공간이라고 한다면 작품 자체를 중심으로 구축된 공간은 구조적 공간이라 할 수 있다.

작품내적 공간은 외연의 공간과 내포의 공간을 설정할 수 있다. 겉으로 드러나 있는 시어, 행, 연 등의 구성소들이 맺고 있는 유기적인 관계와 외형적인 질서를 외연의 공간이라고 한다면, 그것의 내재적 의미, 곧 시의 내용의 질서를 내포의 공간이라고 할 수 있다. 곧 외연의 공간은 형식상의 공간체험이며, 내포의 공간은 의미상의 공간체험이다. 필자는 시작품이 표면적으로 드러내는 형식상의 구조와 질서를 외연의 공간으로, 시작품 내부에 잠재된 주제로 응집하는 내적 에네르기의 질서를[29] 내포의 공간으로 보려 한다.

---

28) Wheelwright, 앞의 책, p.153.

(1) 외연의 공간

시작품에서 시어의 배열이나 행과 연의 구분은 그 시각적 공간체험은 물론, 리듬과 이미지의 전개상 중요한 의미를 지닌다. 이 같은 배열이나 구분은 시작품의 외형적인 질서는 물론 내적 에네르기의 질서를 위해 수반되기 때문이다. 시작품을 이루는 형식과 내용의 질서는 각 구성소들의 관계의 해명을 통해서 밝혀지는 것이다. 우리의 경험은 근본적으로 어떤 건축적인 구조에 의해 통제되고, 그 구조를 인식함으로써 경험이 구조에 의해 통제되고, 그 구조를 인식함으로써 경험이 유용해진다.30) 문학작품도 역시 우리의 경험을 건축학적인 구조와 질서에 의해 의미화한다31)고 볼 수 있다. 시작품의 표현형식상의 구조와 질서는 그것의 내재적 의미를 담는 틀로써, 이들의 결합이 곧 시의 형성인 것이다. 외형적으로 드러난 이 형식상의 구조와 질서를 외연의 공간으로 파악할 수 있다.

「광야」의 경우, 시의 형식면에 있어서 3행이 1연을 구성하여 전체가 5연으로 이루어져 있다. 각 연의 1, 2행은 객관적 현상의 표현이며, 3행은 이 객관적 현상을 토대로 이루어진 시적자아의 주관적 인식의 표출이다. 이것은 1행→2행→3행으로 나아가면서 음절수가 점증됨으로써 의식의 질서가 유지되고 있다.32) 또한 부사어의 위상질서도 나타난다. 과거의 현상을 체험하는 1연의 '어데', 2연의 '참아', 3연의 '비로소'는 각 연 3행에 위치하며, 현재의 현상을 체험하는 4연의 '지금'과 '여기'는 1행과 3행에, 그리고 미래의 현상을 체험하는 5연의 '다시'는 1행에 위치한다. 이 같은 배열은 4연의 현재 인식이 과거와 미래의 접점임을 시사하고, 미래는 1행에 과거는 3행에 위치시킴으로써 표현 형식상의 질서를 구축한다. 여기에 언어의 반복적인 배열

---

29) 졸고, 「시작품의 해석학적 연구시고」(『서강어문』 4집, 서강어문학회, 1985. 4)에서 필자는 이육사의 「황혼」을 대상으로 '제시된 발화'와 '잠재된 발화'로 구분, 그 구조의 질서를 해명한 바 있는데, 이 잠재된 발화의 지향을 '내적 에네르기'로 보았다.
30) E. E. Frank, 앞의 책, p.4~5.
31) E. E. Frank, 앞의 책, p.5.
32) 이육사의 경우 그의 대다수의 시가 이같은 표현형식의 구조와 질서를 지닌다.

에 의해서 나타나는 리듬의 힘에 의해서도 공간이 구축된다고 할 때, '들렸으랴', '못하였으리라', '뿌려라', '하리라' 등의 반복적인 각 운은 외연의 공간을 구체화한다. 시작품이 표면적으로 드러내는 표현 형식상의 구조와 질서를 외연의 공간으로 파악할 때 「광야」의 경우, 부사어의 규칙적인 안배와, 각 운의 반복성, 그리고 각 행과 연의 구조적 질서를 통해 체험된다.

(2) 내포의 공간

문학작품은 주요한 의미를 내포하는 진술이다.[33] 이 내포된 의미는 시작품 내부에 잠재되어 지향하는 시적자아의 내적 에네르기의 질서를 통해 밝혀진다. 이것은 곧 작품외적 양상에서 검토한 주체의 상상력과 상징의 구조적 질서를 의미한다. 시인은 상상력을 계기로 획득된 순수직관의 체험을 상징을 통해 표출하면서 이 내포의 공간질서를 구체화한다. 따라서 상상력에 의해 확산된 내면공간 속에서 상징을 통해 형상하는 잠재된 주제적 발화의 질서를 내포의 공간으로 볼 수 있다. 결국 문학작품을 다수의 이질적 층들로 조성된 형상으로 볼 때, 내포의 공간은 각 층들 중에서 가장 특출한 층인 의미단위체들의 층[34]이 형성하는 공간이라고 할 수 있다.

「광야」의 경우, 순수직관으로의 광야가 4연의 현실공간 체험을 통해 공간화 하면서 내적 에네르기를 확산한다. 이것은 주체의 상상력을 계기로 한 의식적인 의지와 화합된 내밀의 공간의 확산을 의미한다. 이 확산은 '까마득한 날'에서 '천고의 뒤'까지 지향되었다. 현실공간의 인식이 이루어진 4연은 시인의 내적 에네르기가 응결된 부분이며 지향의 출발점이다. 시인은 이미 상상력을 계기로 순수직관의 광야를 '순수의 질서'나 '원형의 집'으로 선험적으로 인식했다. 이 선험적 인식의 토대로 '지금', '여기'의 광야는 '눈 나리고', '매화향기 홀로 아득한' 광야로 체험되면서 내적 에네르기는 지향력을 갖는다. 곧 시적자아는 현실을 광야의 상실된 질서로 체험했으며, 이것이 곧 내면

---

33) M. Beardsley, *The Language and Literature*, in *Essays on Language of Literature*, p.239.
34) R. Ingarden, 이동승 역, 『문학예술작품』, 민음사, 1985, 49쪽.

공간을 확산시키는 동인(動因)이 되었다. 이 지향이 광야의 근원적 질서 인식 (1, 2, 3연)과 그 질서의 재회복 의지(5연)로 형상된 것이다. 현실을 광야의 상실된 질서로 체험하고, 그 상실된 질서의 회복을 위한 의지의 '씨'를 뿌리려는(4연 3행) 4연의 주지는 이 시작품 전체를 주도한다.[35] 따라서 이 시작품의 모든 시어와 행, 연이 지니는 내포적 의미는 4연의 주지에 의해 평가된다. 시적자아의 내적 에네르기의 지향을 통해서 볼 때, 「광야」의 내포적 의미단위 체들의 층이 이루는 내포의 공간은 다음 도식과 같이 나타난다.

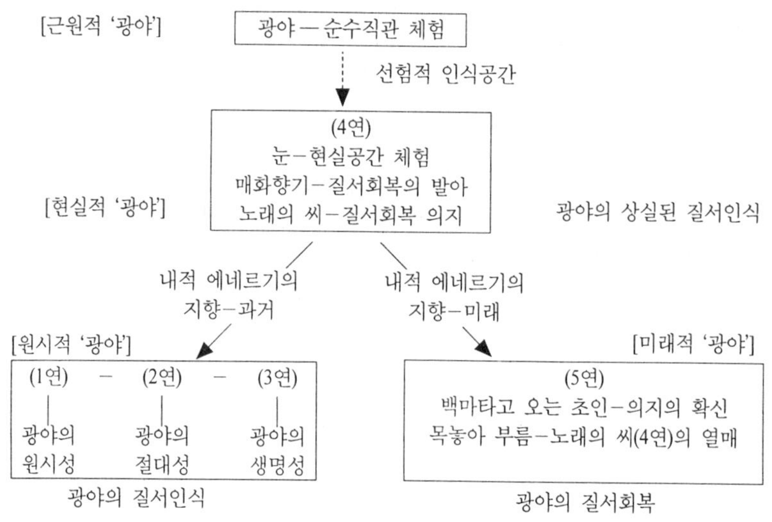

이처럼 각 연을 구성하는 행과 시어들의 내재적 의미는 4연의 현실공간 체험에서 드러난 의미상에 의해 통제되고 확산된다. 이 의미획득의 구조적 질서를 내포의 공간으로 보는 것이다. 순수직관으로의 광야에 대한 선험적

---

35) J. Mukarovsky, *Standard Language and Poetic Language*, in A Prague School Reader, Georgetown Univ. Press, 1964. 이 글에서는 이것을 지배소(dominant)라고 부르며 "다른 모든 구성요소들은 겉으로 드러나든 그렇지 않든 이 지배소의 견지에서 평가된다"(p.20)고 보고 있다.

인식공간 속에서 시적자아는 현실 공간을 광야의 상실된 질서로 체험한다. 이것이 곧 시적자아의 1차적 인식공간이며, 내밀한 내면의 공간은 이들 동인(動因)으로 확장되어, 광야의 근원적 질서를 형상하고(1, 2, 3연), 내면의 공간 속에서 광야의 상실된 질서를 회복한다.(5연) 이것이 곧 시적자아의 내적 에네르기가 형상한 2차적 공간이다.

상상력을 계기로 순수직관으로의 광야의 체험을 선험적 공간으로 인식하고, 상징을 계기로 그 인식된 공간 속에 주체의 개인적 정신세계와 화합된 주제적 공간을 구축하여 작품으로 재구성한 것이다. 이 재구성된 작품은 형식과 의미내용이 구조화와 질서화를 통해 외연의 공간과 내포의 공간을 구축하며, 그 구성소들이 상호 지지하고 상호 설명하는 유기적 전일체(全一體)로 형성된 것이다.

3. 결 론

세계와 우주의 모든 사상에 대한 이해와 해석은 근본적으로 시간과 공간의 조건 아래에서 이루어진다. 문학에 대한 인식의 근거도 이 시간과 공간의 두 범주에서 시작된다. 특히 시의 경우, 그것이 이미지와 이미지의 유기적 결합에 의해 구축된다는 점에서 시간의 문제보다는 공간의 문제가 주목된다. 시어들의 의미 관계는 공간 속에서 동시적인 인지에 의해서만 해명될 수 있기 때문이다. 본고는 이러한 전제에서 출발하여 시적 공간 형성의 여러 양상을 검토하려는 의도에서 이루어졌다. 그것은 시에 있어서 공간을 형성케 하는 계기와, 그로 인해 형성되는 시적 공간의 양상을 규명하는 일이었다.

논거를 위해 우선 대상과 주체와 작품이라는 세 가지 공간형성의 축을 설정하였다. 이 축을 중심으로 작품외적 양상으로는 선험적 공간과 주제적 공간을, 작품내적 양상으로는 외연의 공간과 내포의 공간을 설정했다. 선험적 공간은 순수직관의 대상을 주체가 선험적으로 체험하는 공간을 의미하며, 주제적 공간은 선험적 공간체험에 주체의 정신을 화합한 개인적 의미화의 공간을 의미한다. 그리고 외연의 공간은 작품의 형식적 구조와 질서를 통해 체험되는 공간을, 내포의 공간은 작품 속에 잠재된 의미 내용의 구조와 질서를 통해 체험되는 공간을 의미한다.

필자는 이 시론적(試論的)인 고찰을 위한 사례연구로, 이육사의 「광야」를 대상으로 시적 공간 형성의 네 가지 양상을 검토했다.

본고는 인식론적인 시론인데도 불구하고, 순수직관이나 인식론 등의 철학적 이론이 뒷받침되지 못한 때문에 논리 전개의 비약이 있었다. 또한 시간의 문제와 함께 다루어져야 한다는 당위성을 벗어나 있으며, 작품과 독자를 축으로 한 전달공간을 고려하지 못한 문제점을 안고 있다. 이 점을 다음의 논고를 통해 보완하려 한다.

시적 이미지 조성과 의미융합의 원리

1. 이미지의 개념 및 특성

　시란 본질적으로 어떤 대상의 기술이나 재현이 아니라 주관적 경험의 자기표현이다. 시인이 선택하여 형상해내는 대상과 현실의 새롭고 낯선 모습들은 결국 시인의 내적 세계를 표현하는 제재(題材)인 것이다. 이처럼 시는 서정(抒情)이란 명칭대로 개인의 감정과 정서를 그리는 문학으로, 모든 문학 유형 중에서 가장 사적(私的)이고 개인적인 양식이다. 따라서 한 편의 시작품은 곧 시인이 현실을 보는 안목이며, 그것의 인식이다. 사물과 사물을 연관지우고 인간과 세계 사이에 새로운 매듭을 만드는 일, 그것이 바로 시적 인식이다. 이 인식행위는 자아와 세계의 일체감을 통해 이루어지며, 자아와 세계의 새로운 매듭을 위해 시적 인식은 항상 새로운 세계를 지향하게 되는 것이다.

　그러나 시는 현실을 대하는 개성적인 감정이나 인식을 직접 제시하거나 이야기하지 않고 어떤 대상을 통해 그려서 보여준다. 이런 점에서 시의 언어는 추상적 의미를 전달하는 매체인 일상의 언어와는 달리 시인의 주관적 경험과 세계관이 스며있는 표현의 매체이다. 따라서 시의 언어는 일상적인 언어의미를 전달하는 것이 아니라, 그 언어와 관련된 다양한 경험을 구체적으로 보여주는 기호이다. 결국 시의 언어를 비롯한 모든 구성요소들은 물론, 나아가 한 편의 시작품은 시인이 표현하고자 한 의미나 세계관을 담는 가장 적절한 형식이나 그릇으로 선택된 것이지, 일상언어로서의 기호체계를 답습한 것은 결코 아니다.

한 편의 시작품을 그 시의 구조 전체로 밝힐 때, 시를 구성하는 가장 중요한 요소가 되는 것은 이미지다. 관념적이고 추상적인 것이 시작품 속에서 개성적이고 구체적으로 밝혀지고, 그 작품 속에서 만의 독특한 의미를 지니게 되는 것은 바로 이미지를 통해서 가능해진다. 따라서 대상에 대한 시적 반응과 인식은 이 이미지를 통해 재현되며 구체화하는 것이다. 시는 추상이 아니라 구체적으로 특수한 것을 통하여 추상의 의미를 전달한다[1]고 할 때, 이 특수한 것은 곧 이미지를 지칭한다고 볼 수 있다. 그만큼 관념의 구체화로서의 이미지는 대상과 서정의 시적 조응을 통해 시작품에 표상된 시인의 미적 경험이다.

사실 '말로써 이루어진 그림'[2]이라든지, '신체의 지각작용에 의해서 제작되어지는 감각의 마음 속 재생'[3]이라는 이미지의 정의나, 우리말로 '心象' 또는 '映像'이라는 번역처럼 '마음 속에 그리는 언어에 의한 그림'이라는 이미지 의미는 광범위하기는 하지만 이미지의 개념을 이해하는 출발이라고 할 수 있다.

앞서 지적했듯이 시인은 느끼고 체험한 것을 그대로 서술하거나 설명하는 것이 아니라 그것을 어떤 감각적 또는 지적 표상으로 간접화하여 재생시켜야 한다. 체험을 재생시키고 구체적인 표상으로 재현하기 위한 수단이 이미지인 것이다. 한 편의 시는 그 자체가 이미지의 한 단위이며 한 편의 시 가운데는 여러 개의 이미지들이 포함되어 있다. 그런 이미지들을 통해서 시

---

1) C. Brooks & R. P. Warren, *Understanding Poetry*, 4th ed.(New York, 1976), p.208.
2) C. D. Lewis, 도명화 역, *The Poetic Image*, 정음사, 1956, 25쪽.
3) Alex Preminger(ed.), *Encyclopedia of Poetry and Poetics*, Princeton Uni. Press, 1965, p.363.

는 다양하고 복합적인 체험을 감각적인 실체로 제시할 수 있으며, 시의 전체적인 내용과 정서는 각개의 이미지들의 유기적 결합에 의해서 형성되는 전체적 이미지를 통해서만 파악할 수 있다.

2. 시적 이미지의 조성원리

엄밀히 말해 시에서 언어는 이미지가 되며, 이미지가 없는 시는 존재할 수 없다. 그만큼 이미지는 시의 의미와 내용을 담아내는 하나의 용기(容器)요, 시인의 감정과 정서를 간접적으로 드러내는 객관적 상관물이다. 그렇지만 기존의 이미지 논의는 대체로 이미지의 유형을 나누고[4], 그 각 유형을 다시 세분화하여 다양한 수사적 명칭을 부여하고 방법과 특성을 규명하는 데에 바쳐져 왔다.[5]

우리가 이미지에 관심을 갖고 이미지의 논리를 접근하는 것은 이미지 구사의 새로운 방법이나 그에 따른 수사적 명칭의 부여를 위해서는 결코 아니다. 오히려 이미지를 조성하는 보편적 원리를 규명할 필요가 있고, 더 나아가 이미지의 궁극적 목적이요 기능이라고 할 수 있는 의미융합과 새로운 의미창조의 원리를 밝혀낼 필요가 있다.

앞에서도 강조한 바처럼 이미지는 시인이 전달하고 싶은 추상적 관념이나 실제 경험 또는 상상적 체험들을 미학적으로 그리고 호소력 있는 형태로 형상화시킬 수 있는 수단이다. 따라서 이미지는 결국 시의 의미를 전달하는 기능을 수행한다.[6]

---

4) 프레밍거 A. Preminger의 세 가지 유형, 즉 정신적 이미지 mental image, 비유적 이미지 figurative image, 상징적 이미지 symbolic image의 분류가 그 대표적인 예이며, 이 구분은 현재까지 거의 보편적으로 수용되고 있다.

5) 그 대표적인 논저로는 Brooke Rose, *A Grammer of Metaphor*(London, 1970), Philip Wheelwright, 김태옥 역, *Metaphor and Reality*(문학과 지성사, 1982) 등을 들 수 있다.

　혼히 정신적 이미지, 비유적 이미지, 상징적 이미지라고 유형화하는 것은 곧 이미지 형성의 방법에 따른 분류 명칭이다. 또한 각각의 이미지들은 그 감각자극 기관의 차이에 따라, 그리고 조성방법의 차이에 따라 매우 다양한 명칭으로 분류되고 있다.

　언어기호 자체에 더욱 집중하고 새롭고 독특한 문체의 발견과 표현법에 몰두하는 현대시의 특징을 유념할 때, 이미지 형성의 방법과 명칭은 더욱 다양하고 복잡해질 것이다. 따라서 앞으로의 이미지 연구도 그 다양한 이미지 구사의 방법을 규명하고 그에 따른 새로운 명칭을 찾는 데 바쳐질 것이다.

　그러나 아무리 새롭고 독창적인 이미지 구사를 창출해 냈다 하더라도 시의 의미를 구체화시키는 이미지 본래의 기능을 수행하지 못한다면, 그것은 결코 시의 이미지라고 할 수 없을 것이다. 또한 아무리 다양한 형태의 이미지 구사가 이루어지고 이미지의 하위명칭들이 세분화된다 하더라도 어떤 일정한 조성의 원리를 벗어날 수는 없을 것이다. 따라서 이미지의 類와 種을 다양하게 세분화하고 그에 따른 각각의 법칙을 규명하기보다는 이미지 논의를 위한 보편적인 문법, 즉 그 조성의 일반적 원리를 정립하는 것이 필요하다고 본다.

　이미지의 조성은 표현기법상의 다양성에도 불구하고 결국 감각적 인식(感覺的 認識)이거나 유추적 전이(類推的 轉移), 또는 주지적 대치(主旨的 代置)의 세 가지 원리에 의한다. 시에 있어서의 이미지 조성은 이 세 가지 원리에 근거를 두고 있다고 할 수 있다. 다만 이미지 구사의 방법은 작가나 작품에 따라 얼마든지 다양한 형태로 나타날 수 있다.

---

6) 이 이미지의 기능을 좀더 상세히 검토해 보면, 첫째로 시인이 전달하고자 하는 관념과 정서, 즉 시의 의미를 肉化하는 기능이 있다. 둘째로 대상을 모방적으로 재현하는 기능을 들 수 있으며, 셋째로 새로운 사물과 관념을 창조하는 기능을 들 수 있다. 넷째로는 강렬하고 신선한 인상을 주어 독자의 인식세계를 강하게 자극할 뿐만 아니라 자율적 해석을 확대해 주는 기능을 들 수 있다. 그리고 다섯째로 시적 정서와 분위기를 조성하고 전체 의미를 유기화하여 하나의 주제로 응결시키는 기능 등을 들 수 있다.

1) 感覺的 認識

이미지의 조성원리 중에서 가장 단순하면서도 보편적인 방법이 감각적 인식을 통한 이미지 형상이다. 이는 언어발달의 단계에 맞추어 볼 때, 가장 초보적인 이미지 조성방법이다. 기존의 이미지론에서 정신적 이미지로 논의해 온 언어에 의해서 우리의 마음속에 떠오른 감각적 이미지[7]뿐만 아니라, 그 밖의 다양한 수사를 통해 이루어질 수 있다. 그런데도 기존의 논의에서는 오감(五感)의 자극 부위를 중심으로 감각의 종류를 따지는 일을 기초로 하여 표현상의 특성에 따라 매우 선택적이고 제한적으로 감각적 이미지를 논의해 왔다. 그러나 어떤 관념이나 대상을 감각적으로 인식함으로써 그 대상을 구체화하려는 방법으로 선택된 것이라면 모두가 감각적 이미지로 보아야 할 것이다. 따라서 기존의 한정적이고 분류적인 감각적 이미지라는 용어 대신 보다 포괄적인 '감각적 인식'이라는 용어를 이미지 조성의 한 원리로 설정하고자 한다. 결국 유추적 전이나 주지적 대치의 이미지 조성원리가 아닌 다른 방법으로 이루어진 이미지는 모두 감각적 인식으로 포괄시킬 수 있다. 유추적 전이나 주지적 대치가 원관념과 보조관념을 전제로 한 유사성과 인접성의 상호작용에 의해 형성되는 이미지라고 한다면, 감각적 인식은 어떤 추상적 관념이나 대상을 구체화시키고 형상화하기 위해 보조적인 어떤 수사나 감각적 인식을 차용하여 수식하는 형태로 이루어진 이미지라고 할 수 있다.

이육사의 시에서 감각적 인식의 형태로 조성된 이미지의 예들을 살펴보면 다음과 같다.

---

7) 이 정신적 이미지에 대한 그 동안의 일반적인 논의는 "감각기관과 자극의 장소에 따라 시각적 이미지, 청각적 이미지, 미각적 이미지, 후각적 이미지, 촉각적 이미지와 器官이미지(심장의 고동과 맥박, 호흡, 소화 등의 감각을 제시한 이미지), 근육감각적 이미지(근육의 긴장과 움직임을 제시한 이미지) 등으로 세분된다. 또한 두 개 이상의 감각이 결합된 형태나 감각이 관념과 결합된 형태를 공감각으로 부른다."라고 유형화하고 있다.

A. 쎌딩의 避雷針에 아즈랑이 걸녀서 헐덕어림니다. (春愁三題)

옛날의 記憶을 아롱지게 繡놓는 고이한 소리! (海潮詞)

化石되는 마음에 이끼가 끼여 (南漢山城)

肝잎만 새하얗게 단풍이 들어 (年譜)

먼데 하늘이 꿈꾸려 알알이 들어와 박혀 (靑葡萄)

진주가 빛나는 못가, 별들 춥다 얼어붙고 (少年에게)

불개는 그만 하나밖에 없는 내 날을 먹었다, 다만 한봉오리 피려는 薔薇 벌레가 좀치렸다 (日蝕)

오롯한 思念을 旗幅에 흘니네 (獨白)

파이프엔 조용히 타오르는 불꽃도 향기론데, 옛날의 들창마다 눈동자엔 짜운 소금이 저려, 매운 술을 마셔 돌아가는 그림자 발자최 소리 (子夜曲)

검은 世紀에 喪裝이 갈갈이 찢어질 긴 동안 (蝙蝠)

B. 黃昏아 네 부드러운 손을 힘씃 내미라, 黃昏아 네 부드러운 품안에 안기는 동안이라도 (黃昏)

바람은 밤을 집어삼키고 / 아득한 까스속을 흘너서가니 (失題)

조심스리 걸어오는 고이한 소리!, 海潮는 가을을 불러 내 가슴을 어루만지며 (海潮詞)

눈물먹은 별들이 조상오는 밤 (江건너 간 노래)

紅疫이 만발하는 거리로 쏠려 (鴉片)

하늘 밑 푸른 바다가 가슴을 열고 (靑葡萄)

하늘도 그만 지쳐 끝난 高原 (絶頂)

큰江 목놓아 흘러 (少年에게)

거칠은 海峽마다 흘긴 눈초리 (狂人의 太陽)

짓푸른 깁帳을 나서면 그 몸매 / 하이얀 깃옷은 휘둘러 눈부시고 / 정영 '왈츠'라도 추실난가봐요. 도톰한 손결야 驕笑를 가루어서 (娥眉 ―구름의 伯爵夫人―)

슬픔도 자랑도 집어삼키는 검은 꿈, 달은 강을 따르고 나는 차듸찬 강 맘에 드리라 (子夜曲)

芭蕉 너의 푸른 옷깃을 들어 (芭蕉)

　모든 山脈들이 / 바다를 戀慕해 휘달릴때도, 부지런한 季節이 피여선
지고 (曠野)
　물새 발톱은 바다를 할퀴고 / 바다는 바람에 입김을 분다. 흰 돛은 바
다를 칼질하고 / 바다는 하늘을 간질여 본다. 낡은 그물은 바다를 얽고 /
바다는 大陸을 푸른 보로 싼다. (바다의 마음)

　A는 전통적 이미지 논의에서 정신적 이미지 또는 감각적 이미지로 설정
할 수 있는 것과 관련된 예들이라고 할 수 있다. 물론 전통적 이미지론에서
감각적 이미지로 설정할 수 있는 것들이 위에 제시한 예들 이외에도 이육사
의 시에는 많이 나타나고 있다. 그러나 여타의 감각적 어구들은 단순한 묘
사의 차원에 그치는 것들로서 이미지의 기능을 갖지 않기 때문에 감각적 인
식의 이미지 조성으로 볼 수 없다.

　또한 B의 예들은 전통적 수사법의 분류에 의하면 의인법 또는 활유법으
로 논의될 수 있는 것들이다. 사실 자아와 세계의 동일성이라는 서정시의
장르적 특징을 유념할 때, 시는 본질적으로 의인관적 세계관(擬人觀的 世界
觀)으로 이루어진다고 볼 수 있다. 그러나 의인과 활유의 수사적 선택도 시
적 이미지로서의 기능을 수행할 때라야 비로소 감각적 인식으로 조성된 이
미지가 될 수 있을 것이다.

　이육사의 시들을 통해 볼 때, 위의 A와 B의 경우와는 별도로 또 다른 형
태로 조성된 감각적 인식의 이미지들이 있다.

　C. 새로운 地球엔 단罪 없는 노래를 眞珠처럼 흩이자 (한 개의 별을 노래
하자)
　여기저기 흐터저 마을이 한 구죽죽한 漁村보다 어설푸고 / 삶의 틔끌
만 오래묵은 布帆처럼 달어매엿다, 시궁치는 熱帶植物처름 발목을 오여
쌌다. (路程記)
　내 노래는 제비같이 날러서 갔소, 밤은 예ㅅ 일을 무지개보다 곱게 짜
내나니 (江건너 간 노래)

玉돌보다 찬 넋이 있어, 무지개같이 恍惚한 삶의 光榮 (鴉片)

쇠사슬을 잡아맨 듯 무거워졌다 (年譜)

자주빛 안개 가벼운 瞑帽같이 나려씨운다. (湖水)

마츰내 가슴은 洞窟보다 어두워 설래인고녀 (日蝕)

悔恨을 사시나무 잎처럼 흔드는 (西風)

雲母처럼 히고찬 얼골, 돛대보다 놉다란 어깨, 갈멕인양 떠도는 심사
(獨白)

촛불처럼 타오른 가슴속 思念은 (娥眉)

왼 누리의 심장을 거기에 느껴 보겠다고 모든 길과 길을 피줄같이 얼
클여서 (서울)

이제는 '아이누'의 家系와도 같이 서러워라 (蝙蝠)

　　전통적 이미지 논의에 의하면 이상의 이미지들은 그 조성 형태로 보아 비
유로 설정될 수 있을 것이다. 특히 '—같이, —보다, —처럼, —인양' 등과 같
은 이른 바 직유를 조성하는 연결어가 있어 더욱 그러하다. 그러나 일반적
인 비유처럼 연결어로 끌어오는 보조관념들이 원관념과 등식관계에 놓여
상호 유사성을 통한 동질의 개념을 창출해 낸다기보다는 단순히 수식적인
기능만을 지니고 있다. 따라서 원관념과 보조관념이 대등한 관계에서 상호
작용을 한다기보다는 원관념의 일반적 의미를 보충해 주거나 묘사, 수식해
주는 역할만을 할뿐이다. 또한 원관념과 보조관념의 상호작용을 통해 개성
적이고 창의적인 새로운 의미융합이 나타나는 것이 아니라, 관습적인 의미
를 차용하는 데에 머무르고 있다. 다만 원관념의 의미를 보다 구체화시켜
감각적으로 인식하는 효과를 지니고 있을 뿐이다. 따라서 위의 예들도 구문
형태는 비록 비유의 특성을 지녔다 하더라도 감각적 인식을 통한 이미지조
성의 한 형태로 보아야 할 것이다.

　　그밖에 이육사의 시에 나타난 감각적 인식의 조성으로 소유격을 사용한
형태를 볼 수 있다. 이에는 '내 孤島의 매태 긴 城郭(海潮詞), 매운 季節의 챗
죽에 갈겨(絶頂), 지나간 世紀의 喪章같이 슬프지 않은가, 虛無의 分水嶺에

앞날의 旗빨을 걸고(邂逅), 서러운 呪交일사 못 외일 苦悶의 이빨을 갈며, 運命의 祭壇에 가늘게 타는 香불마저 꺼졌거든, 검은 化石의 妖精이여!(蝙蝠)' 등을 들 수 있다.

2) 類推的 移

감각적 인식에 이어 이미지 조성의 원리로 설정할 수 있는 또 다른 방법은 유추적 전이이다. 이는 우선 전통적인 수사학이나 이미지론에서 비유로 논하는 것들과 관련이 있다고 볼 수 있다. 사실 이 비유야말로 전통적 이미지론에서 가장 많은 논의와 비중을 차지해 왔다. 기존의 논의에서 전제로 삼고 있듯이 이 비유는 일종의 비교로서 반드시 이질적인 두 사물의 결합양식으로 이루어진다. I. A. 리차즈가 체계화한 수사적 용어를 사용하면 원관념 또는 趣意語(tenor)와 보조관념 또는 媒體語(vehicle)의 결합이 비유다. 취의는 비유하고자 하는 원뜻이고, 매체는 취의를 드러내기 위한 말이나 이미지를 말한다. 리차즈는 매체어와 취의의 공존은 단순한 장식이 아니라 그들의 상호작용 없이는 달성될 수 없는 어떤 의미로 귀착되는데, 이 때 그 의미는 취의와는 명백하게 구별된다는 점을 강조하고 있다.[8] 이처럼 취의와 매체어는 각각 독립적으로 서로의 의미를 강하게 살리고 있으면서도 상호 협동적으로 작용하여 또 다른 생명력 있는 의미를 창조하는 것이다.

한편 비유의 근거는 유추, 즉 두 사물 사이의 유사성 또는 연속성에 있으며[9], 두 사물의 어떤 동질성에 의해 비유는 성립하게 된다. 결국 유추를 통한 유사성의 발견과 그 발견의 결과 한 대상의 의미를 다른 대상에 전이시켜 표현하는 것이 비유의 근본원리라고 할 수 있다.

그간의 비유나 은유논의는 그 구사의 방법과 특성에 따라 유형화하여 다

---

8) I.A.Richards, *The Philosophy of Rhetoric*, Oxford Uni. Press, 1965, p.100.
9) 전통적인 비유론에 의하면 유사성에 의한 양자의 관계맺음을 은유라고 하고, 인접성에 토대한 관계를 환유라고 한다.

양한 수사적 명칭을 부여하는데 바쳐져 왔다. P. 휠라이트가 은유의 본질적
인 중요성이 의미론적 변용에 있음을 강조하고 은유를 치환은유와 병치은
유로 나누고 있는 것이나[10], 부룩 로즈가 은유를 문장성분에 따라 명사은유,
동사은유, 부사은유, 형용사은유 등으로[11], 그리고 리차즈가 은유를 새로운
사용법으로 전환되는 언어활용으로 보고 의미은유와 정서은유로 나누고 있
는 것[12]들이 그 대표적인 예라고 할 수 있다.

그러나 어떠한 형태를 가진 비유나 은유라 하더라도 시의 이미지가 되기
위해서는 다음 두 가지를 충족해야 할 것이다. 첫째, 유추를 통한 유사성의
발견과 그 발견의 결과 한 대상의 의미를 다른 대상에 전이시켜 표현한 것
이라는 비유의 근본원리를 벗어나서는 안 된다. 둘째, 시의 의미를 전달하는
이미지의 기능을 지녀야 한다. 따라서 앞으로 어떠한 낯설고 새로운 비유의
형태가 나타난다 하더라도 그것이 시적 이미지라면, 유추적 전이라는 근본
원리를 통해 이미지의 기능을 수행하게 될 것이다.

또한 비유나 은유는 어디까지나 시인의 어떤 감정과 정서를 구체화시켜
표현하는 하나의 방법이다. 여기에 보조관념은 결국 문자 그대로 원관념을
보조하여 구체화시켜 주는 하나의 보조자료인 셈이다. 따라서 원관념에 중
심을 두어 이미지의 조성원리는 논의되어야 할 것이다. 앞에서도 강조했듯

---

10) 치환은유는 일상적 의미가 인과적 관계나 친화적 관계(비교, 대조, 유추, 동일시)
　　를 토대로 하여 다른 의미로 전환되는 것을 의미하는 전통적인 은유라고 할 수
　　있다. 반면 병치은유는 병렬이나 종합의 과정을 통하여 새로운 의미를 형성해
　　가는 새로운 방법의 은유이다. 치환은유는 원관념과 보조관념의 관계가 一元的
　　인데 반해 병치은유는 그 관계가 多元的이다. P. Wheelwright, 앞의 책 참조.
11) 체언과 체언이 대치되어 생겨난 은유를 명사은유로, 체언과 용언 사이의 일탈을
　　통해 생겨난 은유를 동사은유로, 관형어와 용언 사이의 일탈로 인한 것을 부사
　　은유로, 관형어와 체언 사이의 일탈을 통한 은유를 형용사은유로 보고 있다.
　　Brooke Rose, 앞의 책, pp.265~285 참조.
12) 이 전환이 낱말이 정상적으로 적용되는 대상과 새로이 적용되는 대상 사이의 유
　　추나 유사성에 근거하는 것이 의미은유이고, 이 전환이 정상적 상황이 야기하던
　　감정과 새로운 상황이 야기하는 감정 사이의 유사성에 근거할 때 이는 정서은유
　　가 된다. 김영철, 『현대시론』, 건국대학교출판부, 1995, 202쪽 참조.

이 그간의 다양한 수사적 명칭들은 원관념과 보조관념이 관계 맺는 특성이
나 문장성분 등에 집중한 것들로써 지나치게 수사적인 데에 초점이 맞추어
져 왔었다.

　본 논의에서는 기존의 혼란스러운 다양한 명칭들 대신 원관념에 중심을
둔 포괄적인 용어인 '유추적 전이'를 두 번째의 이미지 조성원리로 설정하고
자 한다.

　이육사의 시에서 유추적 전이의 형태로 조성된 이미지의 예들을 살펴보
면 다음과 같다.

> 밤송이 가튼 털 (말)
> 고무풍선갓흔 첫겨울 달을, 거리의 主人公인 해태의 눈쌀은 (失題)
> 목숨이란 마치 깨여진 배쪼각, 밤마다 내꿈은 西海를 密航하는 '쩡크'와
> 갓해 / 소금에 짤고 湖水에 부프러 올넛다. 새벽 밀물에 밀여온 거믜인양
> / 다 삭어빠진 소라 깍질에 나는 부터왓다. (路程記)
> 구겨진 하늘은 묵은 얘기책을 편 듯 / 돌담울이 古城같이 둘러싼 山기슭,
> 洞里의 密告者인 江물조차 얼붙는다. (草家)
> 언덕은 잔디밭 파라솔 돌리는 異國少女 둘 / 海棠花 같은 빰을 돌려 望鄕
> 歌도 부른다. (小公園)
> 넌 帝王에 길들인 蛟龍, 昇天하는 꿈을 길러 준 洌水 (南漢山城)
> 겨울은 강철로된 무지갠가보다. (絶頂)

　전통적인 비유논의나 수사학을 통해서 본다면 이육사의 시에는 앞의 예
들 이외에도 비유나 은유의 형태로 이루어진 구절들이 많이 있다. 그러나
여타의 것들은 원관념의 의미를 구체화시키고 보조해 주는 기능을 담당할
뿐, 보조관념과의 활발한 상호작용을 통해 새로운 의미를 재구성해 내지는
않는다. 유추적 전이를 통한 이미지 조성은 원관념과 보조관념이 유사성과
인접성을 매개로 활발한 상호작용이 있어야 하며, 그 결과 한 대상의 의미
가 다른 대상에 전이되어 의미론적 변용을 이루었을 때로 한정시켜야 한다.

3) 主旨的 代置

　감각적 인식과 유추적 전이에 이어 세 번째 이미지 조성원리로 설정할 수 있는 것이 주지적 대치이다. 이 방법은 우선 전통적인 수사학이나 이미지론에서 상징으로 논하는 것들과 관련이 있다고 볼 수 있다. 비유나 은유에 대한 논의 못지 않게 상징에 대한 논의도 그 동안 매우 활발하게 진행되어 왔다. 그러나 비유의 경우처럼 상징도 그 개념과 성격을 기준으로 종류를 다양하게 유형화하는 데 많은 노력을 기울여 왔다.

　문학적 상징의 경우만 하더라도 대체로 "내적 상태의 외적 기호"13)라거나, "불가시적인 것을 암시하는 가시적인 것"14), 또는 "그 자체를 넘어서 다른 것을 가리키거나, 그 자체를 넘어선 지시 범위를 지닌 대상이나 사건을 가리키는 단어나 구"15)로 한정시키거나 "심상 image와 관념 idea의 결합이고, 언어로 표상된 심상이 어떤 관념을 암시적으로 환기하는 것"16) 등으로 정의하고 있다.

　그리고 이미지로서의 상징은 그 성격상 주로 비유와 비교하여 논의되고 있다. "비유에서 원관념을 떼어버리고 보조관념만 남아 있는 형태"라거나 "취의(first term)가 생략된 은유"17), 또는 "상징은 은유의 원리가 고도화된 것으로서 은유의 이미지가 종착한 곳에서 시작된다. 은유에 의해서 발생된 이미지가 반복해서 출현하면 보다 큰 의미의 영역을 가리키게 되는데 이 재현하는 이미지가 상징인 것이다"18)와 같은 논의들을 그 예로 들 수 있다.

　또한 문학적 상징의 유형에 대한 논의는 대체로 그 환기력의 범위나 탄생 주체에 따라 개인적 상징과 관습적 또는 보편적 상징, 그리고 원형적 상징

---

13) W.Y. Tindal, *The Literary Symbol,* Indiana Uni. Press, 1955, p.5.
14) 金埈五, 『詩論』, 三知院, 1991, 146쪽.
15) 李明燮 편, 『世界文學批評用語事典』, 乙酉文化社, 1993, 223쪽.
16) 김영철, 앞의 책, 206쪽.
17) C. Brooks & R. P. Warren, 앞의 책, p.556.
18) 김영철, 앞의 책, 206쪽.

의 셋으로 나누고 있다.[19]

개인적 상징은 그 시인만의 체험을 바탕으로 채택한 상징으로 어떤 하나의 작품 속에만 있는 단일한 상징이나 어떤 시인이 자기의 여러 작품에서 특수한 의미로 즐겨 사용하는 상징을 말한다. 반면 보편적 상징은 역사적, 문화적 배경을 같이하는 집단의 구성원이라면 누구나 이해할 수 있는 제도적이고 인습적인 대중적 상징을 의미한다. 그리고 원형적 상징은 역사나 문학, 종교, 풍습 등에서 무수히 되풀이되는 이미지나 화소(話素), 또는 테마를 채택하는 것으로 인류에게 꼭 같거나 유사한 의미를 지니는 상징을 말한다.

유추적 전이에서도 강조했듯이 상징의 논의도 비유와 관련하여 그 특성을 밝히고 구성상의 성질에 따라 세분화하여 다양한 종류로 유형화하는 것이 그 목적이 되어서는 안 될 것이다. 우리가 시에서 비유나 상징을 논하는 것은 어디까지나 그것이 시의 이미지로서 어떤 기능을 지니고 있다는 전제에서 유효한 것이다.

사실 상징은 전통적인 논의처럼, 비유와 비교할 때 단지 원관념이 생략되었거나 제시되지 않은 형태라고만 보기는 어렵다. 오히려 원관념의 의미를 다양하게 헤아릴 수 있도록 하는 일종의 열린 이미지라고 할 수 있다. 시인에게 있어서도 더 이상은 구체화할 수 없는 어떤 강렬한 의미나 주제의식을 바로 이 상징을 통해 제시하고 있다고 보아야 할 것이다. 물론 숨어있는 원관념을 찾아내는 것은 독자들의 몫이다.

상징적 이미지는 단일한 감각적 이미지나 비유적 이미지가 아니라 한 시인의 작품 전체를 통하여 반복적으로 드러나는 이미지 패턴이나 이미지군(群)에 대한 연구를 통해 밝혀지는 것이다. 이런 의미에서 상징이라는 수사적 명칭보다는 그 기능을 유념한 '주지적 대치'를 감각적 인식과 유추적 전이에 이은 또 하나의 이미지 조성원리로 설정하고자 한 것이다. 이 주지적

---

19) M. H. Abrams, *A Glossary of Literary Terms*, Holt, Rinehart and Winston Inc., 1971, pp.168~169; P. Wheelwright, 앞의 책, pp.94~100; W. Y. Tindal, 앞의 책, p.5 등 참조.

대치는 곧 시의 주제를 지향하는 특수하고 개성적인 등가물이거나 반복적으로 드러나는 이미지의 개성적 패턴으로서의 대치물로 볼 수 있다.

이육사 시에서 주지적 대치의 형태로 조성된 이미지로 볼 수 있는 예들을 살펴보면 다음과 같다.

- 오! 구름을 헷치려는 말/ 새해에 소리칠 힌말이여! (말)
너는 駿馬 달리며/ 竹刀 져 곧은 기운을/ 목숨같이 사랑했거늘 (少年에게)
白馬타고 오는 超人이 있어 (曠野)
- 제비떼 까마케 나라오길 기다리나니 (꽃)
- 꼭 한 개의 별! 아침 날 때 보고 저녁 들 때도 보는 별 (한 개의 별을 노래하자)
傳說에 읽어본 珊瑚島는 구경도 못하는/ 그곳은 南十字星이 비처주도 안엇다. (路程記)
沙漠은 끝없이 푸른 하늘이 덮여/ 눈물먹은 별들이 조상오는 밤 (江건너 간 노래)
거리엔 노아의 洪水 넘처나고/ 위태한 섬우에 빛난 별 하나 (鴉片)
희미한 별 그림자를 씹어 노외는 동안 (湖水)
그만 그는 별階段을 성큼성큼 올러가고 (나의 뮤-즈)
모든 별들이 翡翠階段을 나리고 (邂逅)
- 지금 눈 나리고/ 梅花香氣 홀로 아득하니 (曠野)
눈속 깁히 꽃 맹아리가 옴작어려, 바람결 따라 타오르는 꽃城에는 (꽃)
나는 초ㅅ 불도 꺼져 百合꽃 밭에 옷깃이 젖도록 잤소 (나의 뮤-즈)
- 해오래비 靑春을 물가에 흘려 보냈다고/ 쭈그리고 앉아 비를 부르건마는 (小公園)
저녁 놀빛을 걷어올리고/ 어데 비바람 있음즉도 안 해라. (南漢山城)
동방은 하늘도 다 끗나고/ 비 한방울 나리쟌는 그따에도 (꽃)
- 가난한 귀향살이 손님은 파려하다. 한밤에 찾아올 귀여운 손님을 맞이하자. (海潮詞)
내가 바라는 손님은 고달픈 몸으로/ 靑袍를 입고 찾아 온다고 했으니 (靑葡萄)

• 巨人의 誕生을 祝福하는 노래의 合奏! (海潮詞)
壯士의 큰칼집에 숨어서는 / 귀향가는 손의 돋대도 불어주고. (西風)
다시 千古의 뒤에 / 白馬타고 오는 超人이 있어 (曠野)
• 처음은 정녕 北海岸 매운 바람속에 자라 / 大鯤을 타고 단였단 것이
자랑이죠 (나의 뮤-즈)
쥐는 너를 버리고 부자집 庫간으로 도망했고 / 大鵬도 북해로 날아간 지
이미 오래거늘 (蝙蝠)
• 서리에 번적이는 네굽 (말)
돈 벌러 港口로 흘러 간 몇 달에 / 서릿발 잎겨도 못 오면 바람이 분다.
(草家)
서리밟고 걸어간 새벽길우에 / 肝잎만 새하얗게 단풍이들어 (年譜)
하늘도 그만 지쳐 끝난 高原 / 서리빨 칼날진 그우에 서다 (絶頂)
서리 빛을 함복 띠고 / 하늘 끝없이 푸른데서 왔다. (西風)
• 닭소래나 들니면 갈랴 / 안개 뽀얗게 나리는 새벽 / 그곳을 가만히 나
려서 감세 (獨白)
까마득한 날에 / 하늘이 처음 열리고 / 어데 닭 우는 소리 들럿스랴 (曠野)

　전통적인 상징의 논의들을 적용하여 이육사 시에서 상징을 추적한다면
이상의 예들 이외에도 관점에 따라 훨씬 많은 예들을 찾을 수 있을 것이다.
그러나 이미 보편화되고 일상화된 관습적 상징이나 원형적 상징은 단지 시
의 제재나 시어(詩語)로 취택된 것으로 보아야지 상상력에 의한 이미지로서
의 기능과 역할을 한다고 볼 수 없다. 이런 점에서 개인적 상징이 진정한
의미의 시적 이미지라고 할 수 있다. 또한 이것은 반드시 작품 전체의 의미
를 암시하여 주제로 지향하는 표상물로서의 기능을 지녀야 한다. 이 같은
맥락에서 세 번째 이미지 조성원리로 설정하고자 한 것이 주지적 대치였다.
　지금까지 검토한 바처럼 시적 이미지의 조성은 그 방법이나 표현기법상
의 다양성에도 불구하고 결국은 감각적 인식과 유추적 전이, 그리고 주지적
대치의 세 가지 원리에 의해 이루어진다고 할 수 있다.

3. 의미융합의 원리

이미지의 논의는 전통적인 유형처럼 감각적 이미지, 비유적 이미지, 상징적 이미지를 구분하거나, 또는 필자가 새롭게 제기한 감각적 인식, 유추적 전이, 주지적 대치의 조성 양상을 구분하는 것 자체에 그 의미가 있는 것은 결코 아니다. 우리가 시에서 이미지를 논하는 것은 장르적 특성상 시의 의미를 구체화하는 가장 중요한 요소가 되는 것이 이미지이기 때문이다. 따라서 이미지의 유형보다는 이미지의 기능과 가치에 유념해야 할 것이며, 각각의 이미지들이 어떻게 새로운 의미를 창출해 내는가에 촛점이 모아져야 할 것이다. 이미지의 진정한 가치는 시의 전체적 문맥과 구조를 통해서만 파악될 수 있는 것이다. 그러므로 시의 이미지는 구조의 개념이며, 구조를 통해서 그 의미가 파악되어야 하는 것이다.[20] 아무리 새롭고 참신한 이미지 구사가 이루어졌다 하더라도 그것이 시의 구조 속에서 이미지로서의 기능과 의미융합을 통한 의미론적 변용이나 제3의 의미체계를 이루어내지 못한다면 결코 시적 이미지라고 할 수 없다.

시적 이미지의 의미융합과 새로운 의미창조는 그것이 어떠한 형태의 이미지 조성이라 하더라도 결국 구심적 선택과 원심적 통합이라는 두 가지 구조적 원리에 의해 이루어진다고 할 수 있다.

1) 구심적 선택

감각적 인식과 유추적 전이에 의해 조성된 이미지들은 시인의 의식적이고 의도적인 책략에 의해 조성되며, 이러한 이미지들의 의미융합은 구심적 선택의 원리에 의한다고 볼 수 있다.

---

20) 張道俊, 『現代詩論』, 태학사, 1995, 142쪽 참조.

어떤 대상이나 관념을 구체화하기 위해 선택한 감각적 인식어나 보조관
념은 시인이 의도적으로 취사선택한 것이다. 감각적 인식어는 원관념의 의
미를 선택적으로 규정해 주며, 보조관념은 원관념의 의미와 각각 독립적으
로 서로의 의미를 강하게 살리고 있으면서도 상호 협동적으로 작용하여 원
관념의 의미를 또 다른 생명력 있는 구체적 의미로 규정해 준다. 또한 감각
적 인식과 유추적 전이로 조성된 이미지는 시작품 전체보다는 그 이미지가
나타난 작품의 일부분이나 구절 자체에서 의미가 창출되고 있으며, 역시 그
부분에서 기능을 담당하고 있다. 이런 점에서 의미융합의 원리는 구심적 선
택이라고 할 수 있다.

　　목숨이란 마-치 께여진 배쪼각
　　여기저기 흐터저 마을 이 한 구죽죽한 漁村보다 어설푸고
　　삶의 틔끌만 오래묵은 布帆처럼 달어매엿다.

　　남들은 깃벗다는 젊은 날이엿건만
　　밤마다 내꿈은 西海를 密航하는 '쩡크'와 갓해
　　소금에 짤고 湖水에 부프러 올넛다.

　　항상 흐릿한밤 暗礁를 버서나면 颱風과 싸워가고
　　傳說에 읽어본 珊瑚島는 구경도 못하는
　　그곳은 南十字星이 비처주도 안엇다.

　　쫏기는 마음! 지친 몸이길래
　　그리운 地平線을 한숨에 기오르면
　　시궁치는 熱帶植物처름 발목을 오여쌋다.

　　새벽 밀물에 밀여온 거믜인양
　　다 삭어빠진 소라 깍질에 나는 부터왓다
　　머-ㄴ 港口의 路程에 흘너간 生活을 드려다보며

—「路程記」 전문

이육사의 이 작품에서 1연은 감각적 인식과 유추적 전이의 이미지가 혼합적으로 조성되어 있다. 1행의 "목숨이란 마 - 치 께여진 배쪼각"이라는 유추적 전이 이미지가 2행과 3행의 감각적 인식 이미지로 이어지면서 유추적 전이를 통한 의미가 보다 구체화되고 있다. '배쪼각'이라는 보조관념과의 상호작용을 통한 목숨의 구체화된 의미, 어설픈 목숨을 '구죽죽한 漁村'으로 인식하고, 달아매어진 삶의 티끌을 '오래묵은 布帆'으로 감각적으로 인식함으로써 구체화된 의미가 이들 시적 이미지가 표상한 의미라고 할 수 있다. 이처럼 의미융합을 통한 제3의 의미창출은 구심적 선택의 원리에 의해 이미지가 나타난 그 부분에서 구축되고 있다.

이 같은 구심적 선택에 의한 의미융합은 "시궁치는 熱帶植物처름 발목을 오여쌋다."라는 감각적 인식의 이미지나, "밤마다 내꿈은 西海를 密航하는 '쩡크'와 갓해"와 "새벽 밀물에 밀여온 거믜인양" 같은 유추적 전이에 의한 이미지에서도 마찬가지이다.

이처럼 감각적 인식이나 유추적 전이에 의해 조성된 이미지는 구심적 선택의 원리에 의해 의미융합이 이루어져 제3의 의미가 창출된다고 할 수 있다.

2) 원심적 통합

감각적 인식과 유추적 전이에 의해 조성된 이미지의 의미융합이 구심적 선택의 원리에 의해 이루어지는데 비해, 주지적 대치에 의해 조성된 이미지의 의미융합은 원심적 통합의 원리에 의해 이루어진다고 할 수 있다.

그리고 감각적 인식과 유추적 전이로 조성된 이미지는 시인의 의식적이고 의도적인 책략에 의한 것인데 반해, 주지적 대치로 조성된 이미지들은 무의식적이고 무의도적으로 선택된 것이라고 할 수 있다. 따라서 독자의 주관이 개입할 여지가 그만큼 많으며 암시적이고 다의적(多義的)인 속성을 지니게 된다. 또한 앞에서 살핀 예에서 볼 수 있듯이 주지적 대치의 이미지들은 한 시인의 작품에 매우 반복적으로 나타나며, 시인의 모티프와 주제를 응축하는 기능도 지니고 있다. 따라서 이 같은 주지적 대치의 이미지는 시 작품의 부분에서 의미를 표출하기보다는 한 작품 전체의 주제를 지배하거나 한 작가나 한 시대의 작품세계 전체를 지배하는 주도적인 이미지가 되며, 이러한 전반적 특성과 관련되어 지속적으로 의미를 표출하는 경향이 있다. 이런 점에서 주지적 대치의 이미지는 그 의미융합의 원리를 원심적 통합에서 찾아야 할 것이다.

> 동방은 하늘도 다 끗나고
> 비 한방울 나리쟌는 그 따에도
> 오히려 꼿츤 밝아케 피지안는가
> 내 목숨을 꾸며 쉬임업는 날이여
>
> 北쪽 '쓴도라'에도 찬 새벽은
> 눈속 깁히 꼿 맹아리가 옴작어려
> 제비떼 까마케 나라오길 기다리나니
> 마츰내 저버리지 못할 約束이여!
>
> 한 바다 복판 용소슴치는곤
> 바람결 따라 타오르는 꼿城에는
> 나븨처럼 醉하는 回想의 무리들아
> 오날 내 여기서 너를 불러보노라

—「꽃」전문

　주지적 대치로 조성된 이미지를 사용한 이육사의 대표적인 작품이다. 여기서 '하늘', '비', '꽃', '눈속', '제비떼' 등은 모두 주지적 대치로 조성된 이미지로 볼 수 있다. 특히 '꽃―꽃 맹아리―꽃城'으로 이어지면서 반복적으로 드러나는 이미지의 패턴은 주제적 의미를 환기하는 원관념을 구체화하면서 이육사 시가 지닌 주지적 대치 이미지의 한 특성을 보여준다. 곧 원심적 통합에 의해 꽃의 시적 의미가 암시적으로 드러나고 있는 것이다. 따라서 「광야」에서의 '梅花香氣'나 「나의 뮤즈」에서의 '百合꽃 밭'의 의미도 같은 원심적 통합의 맥락에서 구체화된다.

지금까지 두 편의 작품을 대상으로 시적 이미지의 의미융합이 어떤 원리에 의해 이루어지는가를 검토했다. 결국 감각적 인식과 유추적 전이에 의해 조성된 이미지는 구심적 선택의 원리에 의해 의미융합이 이루어지며, 주지적 대치에 의해 조성된 이미지는 원심적 통합의 원리에 의해 의미융합이 이루어짐을 알 수 있었다.

끝으로 이미지는, 그것이 어떠한 형태로 조성된 것이라 하더라도 신선성(新鮮性), 강렬성, 환정성(喚情性)[21]을 자아내는 기능을 지녀야 한다는 점을 잊어서는 안 될 것이다. 또한 그것이 독창적이든 아니든 간에 그 이미지가 어떻게 사용되고 있는지, 무슨 시적인 목적에 그것이 기여하고 있는지를 따져 보아야 할 것이다.[22] 시에 있어서 이미지란 결국 감각적 체험을 재생시키며, 정서와 관련된 추상적이고 관념적인 시의 의미나 주제를 구체화시켜 주는 가장 중요한 수단이기 때문이다.

---

21) C. D. 루이스가 이 세 가지, 즉 신선성 freshness, 강렬성 intensity, 환정성 evocative power을 이미지의 구성요소로 제기한 이래(C. D. Lewis, 앞의 책, 참조.), 이미지의 기능과 역할에서 이 세 가지 요소는 필수적인 항목으로 논의되고 있다.
22) 이 점과 관련한 劉若愚의 견해는 매우 시사적이다. 즉 "心象의 效果란 오로지 그 獨創性에 달려있는 것은 아니다. 왜냐하면 獨創的인 心象은 新奇함 때문에 讀者의 想像力을 자극할 수 있지만, 習慣的인 心象은 그 親近性 때문에 더욱 쉽게 意慾的인 反應과 關聯된 聯想을 불러일으킬 수 있다. 만약 시인이 한 장의 일치되는 그림을 그려내기 위하여 비슷한 聯想들을 지닌 心象들을 사용한다든가, 그가 習慣的인 心象을 使用하지만 그것이 한 줄의 새로운 文脈 속에서 묘하고도 清新한 意味를 賦與한다든가, 혹은 그가 이러한 心象을 더욱 發展시킨다든가, 혹은 그 것을 그의 지금 목적에 부합시키기 위해서 修飾한다면, 그 心象이 獨創的인 것인가 아닌가 하는 것은 별로 問題가 되지 않을 것이다."(劉若愚, 『中國詩學』, 李章佑 역, 범학도서, 1976, 153쪽).

현대시의 리듬실현

1. 서 론

시를 산문(散文)과 대비하여 부르는 명칭은 운문(韻文)이다. 이 때 산문은 당연히 운문의 파격(破格)을 의미한다. 우리가 시에서 운율이나 율격, 또는 리듬 등을 논하는 것은 그것이 시로서의 필수요소이기 때문이다. 곧 운(韻)이 없는 문학은 그것이 아무리 시의 양식을 지녔다고 하더라도 이미 시가 아니라는 말이다.

그 동안의 시에 관한 수많은 논의들도 사실 이 운율에 대한 문제를 시의 본질이나 요소로 다루어 왔으며, 그 인식도 매우 다양한 양상으로 전개되어 왔다. 한국의 운문문학만 하더라도 근대 이전의 시가문학(詩歌文學)에서부터 오늘의 현대시에 이르기까지 이 운율의 문제는 끊임없는 논의의 대상이 되어 왔다.

그러나 그간의 논의들은 용어에 대한 개념의 구분도 없이 혼용되거나 잘못 사용되고 있어, 오히려 운율에 대한 바른 이해를 방해하는 결과를 초래한 것이 사실이다. 게다가 현대 자유시의 운율에 이르러서는 그 적용과 인식이 지나치게 자의적이기까지 하여 질서와 균형을 본질로 하는 운율의 특성을 드러내는 데 이바지하지 못하고 있다.

현대 자유시의 운율을 논의하는 데 우선 확연히 정리해 두어야 할 문제는 첫째로 용어의 개념규정이다. 그 동안 아무런 논의 없이 사용되어 온 운율이나 율격, 또는 리듬 등에 대한 개념을 분명히 하여야 할 것이다. 아울러 한국 현대 자유시의 리듬논의를 위해 필요하다면 새로운 용어와 개념도 정리하여야 할 것이다.

둘째로 시에서의 리듬이나 운율을 어떻게 규정할 것이며, 그 요소들을 어디까지 포괄할 것인가의 문제이다. 특히 현대 자유시의 경우 전통적인 구분이나 인식으로는 설명이 불가능할 수밖에 없으며, 자연 논자들의 주관에 따라 자의적일 수밖에 없다. 이 점의 극복을 위해 이른바 리듬소(素)1)의 유형과 리듬실현의 양상을 체계화 할 필요가 있다.

자유시는 무엇에 대한 자유요, 무엇에 대한 파격인가? '정형(定形)'시와 관련한다면 그것은 일정한 형식에 대한 자유일 것이며, Verse와 관련시킨다면 그것은 일정한 운(韻)에 대한 자유(free)일 것이다. 그렇다고 그러한 자유가 무한한 개방을 의미하지는 않을 것이다. 시라는, 또는 운문문학이라는 양식의 범주 내에서 새로운 가능성과 파격을 시도하고 통제하는 강한 의지와 에너르기의 결과로 보아야 할 것이다.

따라서 현대 자유시의 운율을 논하는 데에, 이제 더 이상은 과거의 전통적이고 규범적인 기준과 이론에만 기대어서는 안 된다. 현대 자유시의 다양성을 포괄할 수 있는 보편 타당한 리듬론이 당연히 요청되는 것도 이 같은 맥락에서이다. 모든 시론(詩論)의 목적이 그렇듯이 현대시의 리듬논의도 현대 자유시에 실현된 다양한 리듬현상을 이해하고 기술하는 데 이바지할 수 있는 논리여야 한다.

---

1) 본 논문에서는 韻, 律格, 韻律, 리듬 등의 용어 중에서 가장 포괄적이라고 생각되는 '리듬'이라는 용어를 사용하고자 한다. 다른 용어들은 과거의 논의에서 이미 굳어진 인식이 있어 자유시의 리듬을 논의하는 데 부적합하다고 생각되기 때문이다.

2. 규범적 운율에서 자율적 리듬으로

일반적으로 시의 리듬은 운율(韻律), 곧 운(rhyme)과 율격(meter)을 지칭하는 개념이다. 여기서 운이란 같거나 비슷한 소리가 규칙적으로 반복되는 것을 가리키며, 율격이란 말이 갖는 음성요소의 고저, 장단, 강약이 규칙적으로 반복되는 것을 지칭한다. 운은 다시 그것이 형성되는 위치에 따라 각각 두운(頭韻), 각운(脚韻), 요운(腰韻)으로 나눈다.

그러나 우리의 고전시가나 현대시의 경우 한시나 영시에서처럼 엄격한 규칙성의 운은 찾아보기 어렵다. 사실 우리말이 부착어이기 때문에 음절의 식이 철저하지 못하며, 따라서 우리 시가는 같은 문절·어절·어휘 등의 반복이거나 단순한 소리의 반복이 있을 뿐이다.[2] 그러므로 영시나 한시의 경우와는 달리 음절 강조가 없는 소리의 반복이기 때문에 진정한 의미의 압운어(押韻語)라고 볼 수는 없을 것이다.

그리고 율격은 음절계산의 리듬인 음수율(音數律)과, 음절수와 더불어 고저·장단·강약 등과 같은 또 다른 형태의 복합적 음절율격인 음보를 기준으로 하는 음보율(音步律)로 나눈다. 사실 우리 시의 율격논의는 주로 음절수에 따라 논하는 음수율론이 지배적이었다. 그러나 이 음수율 논의에는 많은 문제점이 있으며, 특히 3·4조, 4·4조가 한국시가 운율의 기본형태라는 과거의 주장에 대해 최근의 학자들은 공통적으로 이론을 제기하고 있다. 그 공통된 인식은 국어의 어휘는 2음절과 3음절이 압도적으로 많으며, 여기에 조사나 어미가 첨가되어 3음절과 4음절이 국어 음절을 구성하는 지배적인 경향이 되며, 이는 시가뿐만이 아니라 우리 국어의 전반에 나타나는 자연스런 현상이기 때문에 한국시가 운율의 기본적인 형태라고 볼 수 없다는 것이다.[3]

---

2) 김대행, 『韓國詩歌構造硏究』, 삼영사, 1975, 57~58쪽 참조.
3) 이같은 인식은 정병욱의 『한국고전시가론』(신구문화사, 1976, 19~20쪽 참조)에

이 음수율론의 대안으로 제시된 것이 음보율론이다. 그러나 음보율의 운율적 자질이라고 할 수 있는 고저·장단·강약이 우리 국어에서는 변별적 음소로 작용하지 않는다는 점에서 음보율도 문제점을 지니고 있다.[4]

현대 자유시의 리듬논의를 위해 과거의 전통적 운율론이 매우 유익한 자료를 제공해 줄 수는 있다. 그러나 논의의 출발에서 무엇보다 중요한 것은 시는 리듬을 떠나서 존재할 수 없다는 사실에 기초할 때, 현대 자유시의 리듬요소는 어떠한 유형이 있을 수 있으며, 그것들은 어떠한 양상으로 리듬실현을 이루어내는가 하는 문제이다.

리듬이 지니는 근본적인 특성은 주기성과 반복성, 즉 서로 다른 어떤 요소들의 교체 반복이 어떤 일정한 주기를 두고 반복하는 속성이다. 여기에 우리가 또 하나 유념해야 할 것은, 언어는 소리와 의미가 일체를 이룬 것으로서 언어의 음악성이나 의미는 홀로 고립될 수 없으며 두 요소가 하나로 되어 시의 경이를 이룬다[5]는 사실이다. 곧 시의 리듬은 반복적이고 규칙적인 소리이면서 그 밖의 다른 구성요소인 말뜻과 결합하여 이루어진다. 따라서 시의 리듬은 시에 나타나는 말소리 및 말뜻을 배열하는 양식이다. 동시에 이것은 단순한 외연적·기계적 배열이 아니라 내면적·유기적 질서를 바탕으로 한다.[6] 과거의 전통적 운율론이 말소리에 무게중심을 둔 것이라면, 현대 자유시의 리듬론은 말소리보다는 말뜻, 즉 의미에 무게중심을 두어야 할 것이다.

서 제기된 이래 대부분의 시론서에서 공감하고 있다.

4) 따라서 현재까지 지배적으로 논의되고 있는 음보율은 고저·장단·강약 등의 개념을 배제하고 단지 시의 한 행이(경우에 따라서는 두 행 이상이) 몇 개의 음보로 구성되어 있는가를 논하는 단순음보율론이다. 조동일, 『서사민요연구』(계명대 출판부, 1970), 김홍규, 「한국 시가 율격의 이론 I」:『민족문화연구』 13호(고대 민족문화연구소, 1978) 등.

5) E. Staiger, 오현일·이유영 역, 『시학의 근본개념』, 삼중당, 1978, 24쪽.

6) 박철희, 『문학개론』, 형설출판사, 1985, 143쪽.

3. 리듬소(素)의 유형

정형시의 리듬이 어떤 규칙적인 운율이나 음절수·음보수에 의존하는 외재율이라면, 그러한 외형적 제약에서 자유로운 리듬이 자유시나 산문시의 내재율이다. 자유시는 음보나 어떤 정해진 패턴도 따르지 않고 압운형식도 없지만, 표현되는 사상이나 정서가 리듬 흐름의 바탕을 이룬다.[7] 현대 자유시의 리듬논의를 위해 리듬을 우선 외현적 리듬과 내재적 리듬으로 나누어 접근할 필요가 있다. 이러한 분할은 이미 리차즈(I. A. Richards)가 제시한 바 있다. 즉, 외현적 리듬은 낱말들의 소리 속에서 실현된 리듬으로 시 속에서 실제로 소리가 맡는 기능으로 나타난다. 이는 율격형식, 곧 소리들의 실제적인 연속에 내재하는 리듬이다. 이에 비해 내재적 리듬은 낱말들의 소리가 아니라 심리활동 속에 추적되는 리듬, 곧 심리활동으로서의 리듬이다. 이는 낱말들의 의미와 감정을 통해 비로소 이해된다.[8]

1) 외현적 리듬소

우리 시의 리듬과 관련한 전통적인 운율논의는 사실상 운과 율을 기본으로 하는 외형율이었다. 음주사종(音主詞從)을 시의 형식체험으로 받아들여 온 고대시가의 경우 외형율은 자연스러운 운율체험이며 율격형식이었다.

그러나 현대 자유시의 경우 과거의 정형시가가 지닌 외형적 운율체험에 대한 파격의 의지와 에네르기가 조성되고 있으며, 그것은 특히 내재적 리듬에 대한 실현으로 나타나게 되었다. 그렇다고 전통적 외형율이 전면적으로 거부된 것은 아니다. 오히려 그것의 확대와 변조를 통한 운율의 다양한 실현을 모색한 것이다. 따라서 현대 자유시의 외현적 리듬소는 전통적인 운과

---

7) 백운복, 『시의 이론과 비평』, 태학사, 1997, 74쪽.
8) I. A. Richards, *Practical Criticism*, London, 1973, p.103.

율격에 시의 행(行)과 연(聯), 시의 형태적 특질에서 실현되는 리듬 등을 제기할 수가 있다.

(1) 운(韻)과 율격(律格)

우리의 고전시가나 현대 자유시의 경우 한시나 영시에서처럼 엄격한 규칙성의 운은 찾아보기 어렵다 하더라도, 같거나 비슷한 소리자질의 규칙적 반복에 의해 형성되는 그 같은 인식을 현대 자유시의 외현적 리듬인식으로 받아들일 필요는 있다고 본다. 그 요소가 전체적인 질서를 형성하지 못하고 어떤 부분에 국한된다 하더라도 리듬의 기능을 실현하는데 이바지한다면 리듬의 요소로 보아야 하기 때문이다.

이 같은 논리는 율격의 경우에도 그대로 적용되어야 할 것이다. 음수율이나 단순음보율이 한국시의 율격론을 이루는 보편적인 문법이 되지 못한다 하더라도, 그것이 리듬실현에 이바지한다면 외현적 리듬소로 수용하여 시의 리듬실현과 기능에 어떻게 작용했는가를 규명할 필요가 있는 것이다.

> 흙에서 자란 내 마음
> 파아란 하늘 빛이 그립어
> 함부로 쏜 화살을 찾으려
> 풀섶 이슬에 함추름 휘적시던 곳
>
> — 정지용, 「향수」에서

> 북문턱 / 외딴 길에 /
> 풀잎 거칠은 /
> 임자 잃은 / 무덤이 /
> 하나 있더니 /
>
> 방랑의 손 / 외로이 /
> 지날 때마다 /
> 무덤 앞에 / 앉아서

쉬고 가더니 /

— 이하윤, 「잃어버린 무덤」에서(빗금－필자)

위의 두 작품은 영시나 한시에서 운위하는 엄격한 규칙성의 운은 결코 찾을 수 없다. 뿐만 아니라 외국시를 운위할 때에 적용할 수 있는 율격도 없으며, 엄격한 규칙적 질서를 지속하는 음수율이나 음보율도 발견할 수 없다.

그렇다고 위의 시들을 운과 율격이 전혀 없는 무운율시(無韻律詩)라고 할 수만은 없을 것이다. 비록 운율의 거시적인 체계에서는 벗어나 있다 하더라도 변조(變調)와 반복을 통한 미시적인 운율자질이 드러나 있으며, 그것들은 이 작품에서 엄연한 리듬요소로서의 기능을 실행하고 있다고 할 수 있다. 「향수」는 비록 엄격한 규칙성을 지니지는 않고 있다 하더라도 'ㅎ'이 두음의 역할을 하여 계속 이어지는 하나의 패턴을 이룩함으로써, 시의 변조를 다양하게 구사한 예라고 볼 수 있다. 또한 「잃어버린 무덤」은 음보 자체에 어떤 일정한 기저 규칙을 갖지 못하고 반복의 단위를 음수율이나 단순음보율론에서처럼 행에다 둘 수도 없지만, 하나의 리듬의 패턴을 유지하고 있다. 음보 구획의 문제가 비록 자의적일 수밖에 없다 하더라도 빗금 친 부분처럼 나누었을 때, 우리는 분명 리듬감을 감지할 수 있다.

결국 현대 자유시의 운율은 거시적인 패턴의 엄격성에서 자유스러워졌지만, 동시에 각 시작품마다 미시적인 리듬의 패턴을 창출함으로써 그만큼 다양해졌다고 보아야 할 것이다.

(2) 행(行)과 연(聯)

현대 자유시의 외현적 리듬소로 논의할 수 있는 또 다른 요소는 시의 행과 연이다. 시의 행과 연은 시의 의미자질을 형성하는 요소일 뿐만 아니라 리듬을 구현하는 요소로도 작용하기 때문이다. 시행은 의미와 율격이 합치하여 되풀이되는 일정한 패턴으로서 시 전개의 기본단위가 된다. 길이, 리듬, 구조와 같은 시행의 다양한 자질은 바로 표현하고자 하는 의미 단위에

의해서 결정되는 것이다.9)

또한 연은 행의 상위개념인 동시에 종합개념이다.10) 곧 연은 행이 모여서 이루어진 하나의 집합체이면서 동시에 시작품의 한 단위를 이루면서 다른 연과의 유기적 상관관계를 유지하는 것이다. 현대시가 이미 운율의 규범적 리듬체계에서 자유로워진 것처럼 시행과 연의 형태도 어떠한 제한과 규율로부터도 자유로워졌다. 그만큼 현대 자유시의 행과 연은 작품마다 다양하고 자유로운 형태를 취하고 있으며, 시행과 연이 실현해내는 외현적 리듬도 다양해졌다고 볼 수 있다.

> 나 보기가 역겨워
> 가실 때에는
> 말없이 고이 보내드리우리다
>
> 영변에 약산
> 진달래꽃
> 아름 따다 가실 길에 뿌리우리다
>
> 가시는 걸음걸음
> 놓인 그 꽃을
> 사뿐히 즈려밟고 가시옵소서
>
> 나 보기가 역겨워
> 가실 때에는
> 죽어도 아니 눈물 흘리우리다
>
> — 김소월, 「진달래꽃」 전문

지금까지 우리는 이 작품의 운율을 논하면서 7·5조나 민요조의 음수율

---

9) H. Read, *English Prose Style*, London, 1955, p.35.
10) 김용직, 『현대시원론』, 학연사, 1994, 233쪽.

이라거나, 3음보의 율격을 지녔다고 설명해 왔다. 그러나 앞서 강조한 바처럼 우리 시, 더구나 자유시의 음수율과 음보율은 매우 자의적이며, 엄격히 말해 영시나 한시의 운율을 적용할 수 없다.

또한 1연과 4연의 수미상관적 반복이라든지, 1·2·4연 3행에서 보여지는 '-우리다'의 반복 등에 관심을 보이면서 이 작품의 운율을 논해 온 것이 사실이다. 그러나 이러한 요소들도 엄밀히 말해서 작품의 구조나 형태적 특질에서 나타나는 반복의 요소이지 진정한 의미의 규범적 운율이라고 보기는 어렵다.

오히려 이 작품에서 우리가 감지할 수 있는 리듬감이 있다면 그것은 각 연이 3행으로 이루어져 있다는 규칙적 질서 때문이다. 다시 말해 이 작품은 3행이 모여 하나의 연을 이루고 있으며, 각 연이 시작품의 의미와 리듬을 조성하는 한 단위를 이루면서 다른 연과의 상호 유기적 상관관계를 유지하고 있는 것이다.

⑶ 형태적 특질

운과 율격, 행과 연에 이어 자유시의 또 다른 외현적 리듬요소로 고려할 수 있는 것은 형태적 특질이다. 주지하다시피 시의 언어와 형태는 매우 의도적으로 선택된 것이며, 그 선택은 의미의 충만 뿐만 아니라 리듬의 실현을 위한 것이다.

형태적 특질은 구문, 어휘, 수사, 통사와 구두점 등 실로 다양한 문체적 요소로 이루어진다. 김소월의 「진달래꽃」에서 '-우리다'의 반복은 각운으로 설명하기보다는 어휘와 구문의 선택이라는 형태적 특질로 이해해야 할 것이다.

　　이는 먼
　　해와 달의 속삭임.
　　비밀한 울음.

한 번만의 어느 날의
아픈 피 흘림.

먼 별에서 별에로의
길섶 위에 떨궈진
다시는 못 들이킬
엇갈림의 핏방울.

꺼질 듯
보드라운
황홀한 한 떨기의
아름다운 靜寂.

펼치면 일렁이는
사랑의
湖心아.

— 박두진, 「꽃」 전문

　이 작품은 앞서 언급한 행과 연의 리듬을 적절히 잘 구사하고 있다. 그리고 각 행들은 각 연의 마지막 어휘로 집중되는 구문을 반복함으로써 형태적 질서를 또한 유지하고 있다. 아울러 각 연의 마지막 어휘들, 즉 '울음', '피 흘림', '핏방울', '정적', '호심' 등은 동일한 명사나 명사형을 취하고 있어 이 작품의 형태적 특질에 의한 리듬을 조성하고 있다. 마지막 연의 '호심아'는 변조로 볼 수 있으며, 그러한 변조는 이 작품의 의미와 형식이 상호 유기적으로 상관관계를 유지하면서 그 관계를 통합하는 지배소의 기능을 해주고 있는 것이다.

2) 내재적 리듬소

　자유시의 외현적 리듬요소가 정형시가가 지속해 온 외형율적 요소의 변화된 양상이라면, 내재적 리듬요소는 그 외형율에 대한 자유이면서 동시에 내재율로서의 새로운 질서를 위한 의지라고 할 수 있다. 따라서 현대 자유시의 리듬은 이 내재적 리듬요소를 통해 실현된다고 볼 수 있다. 그만큼 현대 자유시는 규범적인 외형율에서 자유로워지면서, 기술적이고 개성적인 내재적 리듬을 통해 운문으로서의 형식체험을 이루고 있는 것이다.

　현대 자유시의 내재적 리듬소로는 의미자질, 모티프, 이미지 등이 유기적 상관관계를 지속하면서 다양한 양식으로 실현되는 리듬을 제기할 수가 있다. 이 세 항목들은 모두 말소리보다는 말뜻, 즉 의미에 무게중심을 둔 것들이다.

⑴ 의미자질

　앞서 살펴 본 것처럼 동일하거나 유사한 어휘나 구문의 반복으로 실현되는 리듬은 형태적 특질에 의한 외현적 리듬요소로 볼 수 있다. 그러나 드러난 의미로는 동일하거나 유사하지 않다 하더라도 그 내포적·함축적 의미가 동질성을 지니면서 어떤 질서를 이루었을 때, 우리는 리듬감을 감지할 수 있다.

<blockquote>

먼 바다에 떠있는 섬들

물결에 씻기며

뭍이 그리워

즈믄 밤을 잠 못들고 <u>잠방거린다</u>

흐린 날이면

<u>발돋음 하다, 발돋음 하다</u>

물 속에 쓰러지며 **흐느껴 운다.**

가슴 속 깊은 곳의

</blockquote>

아픈 **흐느낌**,
큰 물결 작은 물결 떼를 이루어
뭍을 향해 <u>달려오는</u>
파도가 된다.
사랑이여,
그대 향한 그리움에 잠 못이루는
내 가슴은
먼 바다에 떠있는 섬이 되어……
하얗게 **흐느끼는** 파도가 되어……
—유승우, 「그리움」 전문(밑줄 · 강조-필자)

이 작품에서 전통적인 운율인식, 특히 소리자질과 관련한 어떤 규칙적인 외형율을 찾는다는 것은 거의 불가능하다. 혹여 찾는다 하더라도 그것은 지나치게 주관적이거나 작위적일 수밖에 없을 것이다.

그러나 이 시에서 우리는 어떤 의미자질의 질서를 발견할 수 있다. 즉 밑줄 친 부분은 소리자질은 물론 어휘도 다르지만, 이 작품의 구조 내에서 그 내포된 의미자질이 같거나 비슷한 점을 발견할 수 있다. 그같은 동질성이 파도와 시적자아의 그리움의 정서를 출렁임과 흐느낌의 이미지로 융합시켜 주는 리듬의 효과를 형성해 주고 있는 것이다. 또한 '뭍이 그리워 / 즈믄 밤을 잠 못들고 잠방'거리는 파도와 '그대 향한 그리움에 잠 못이루는 / 내 가슴'의 모티프는 그리움의 서정으로 상호 조응되면서 리듬을 형성한다고 볼 수 있다. 이러한 리듬의 패턴은 시의 정조(情調)는 물론 시의 의미맥락을 유기화 하여 주제를 구축하고, 작품의 통일감을 유지하는 데에도 매우 효과적으로 작용하고 있다.

이처럼 현대시의 리듬은 표현되는 사상이나 정서가 흐름의 바탕을 이루며, 그러한 요소들과 패턴이 단순한 배열이 아닌 어떤 내면적 · 유기적 질서를 형성함으로써 구축된다고 볼 수 있다.

⑵ 모티프

의미자질의 질서가 시작품에 형상된 내재적 리듬이라고 한다면, 모티프
는 그러한 형상을 표출해내는 시인의 주지(主旨)에서 드러나는 내재적 리듬
이라고 할 수 있다. 서정적 모티프의 진행적 성격은 상황의 사건적 전개에
있는 것이 아니라, 모티프가 인간심혼의 내적 체험이 되어 그 심혼의 진동
속에서 내면적으로 진행된다는 사실에 있는 것이다.11) 이처럼 서정적 모티
프는 본질적으로 리듬의 속성을 수반하고 있다.

      갈대는 속으로
      울고 있었다.
      어느 밤이었을 것이다. 갈대는
      그의 온몸이 흔들리고 있는 것을 알았다.

      바람도 달빛도 아닌 것.
      갈대는 저를 흔드는 것이 제 조용한 울음인 것을
      까맣게 몰랐다.
      — 산다는 것은 속으로 이렇게
      조용히 울고 있는 것이란 것을
      그는 몰랐다.

                              —신경림, 「갈대」 전문

      흐르는 것이 어디 강물뿐이랴
      피도 흘러서 하늘로 가고
      가랑잎도 흘러서 하늘로 간다.
      어디서부터 흐르는지도 모르게
      번쩍이는 길이 되어
      떠나감 되어.

---

11) V. Kayser, 김윤섭 역, 『언어예술작품론』, 대방출판사, 1982, 94쪽.

끝까지 잠 안든 시간을
조금씩 얼굴에 묻혀가지고
빛으로 포효하며
오르는 사랑아.
그걸 따라 우리도 모두 흘러서
울 이유도 없이
하늘로 하늘로 가고 있나니.

— 문정희, 「새떼」 전문

　신경림의 「갈대」에는 울음의 모티프가 반복적으로 지속되고 있다. 그것은 흔들림의 모티프와 유기적으로 상호 조응하면서 이 시의 내재적 리듬으로 실현된다. 따라서 그러한 모티프의 리듬은 대표되는 제재인 '갈대'와 '산다는 것'의 시적 의미와 정조를 동질화시킬 뿐만 아니라, 작품의 전체에 관한 통일적·미적 분위기를 창조하는 리듬의 기능을 수행해 준다.

　문정희의 「새떼」에서는 흐름의 모티프가 반복되는 경우라고 볼 수 있다. 1연에서는 4행까지 '흐르다'라는 어휘가 반복됨으로써 형태적 특질의 외현적 리듬을 형상하고 있기도 하다. 하늘로 오르는, 또는 떠나가는 흐름의 모티프는 이 작품의 전편에 내재적 리듬으로 작용함으로써 하늘로 가는 '새떼'와 시적자아의 서정을 자연스럽게 동질화시켜 주고 있다.

　이와 같이 시의 모티프는 서로 다른 요소나 제재들을 동질화할 뿐만 아니라, 주된 관심을 선명히 하여 구성요소들을 유기적으로 조직되도록 유도하며, 전체적인 통일감을 유지하게 하는 기능을 지닌다. 이는 곧 시의 리듬이 지니는 기능에 다름 아니다. 그만큼 현대시의 모티프는 내재적 리듬요소로서의 특질을 지니고 있는 것이다.

(3) 이미지

　의미자질과 모티프에 이어 자유시의 내재적 리듬소로 주목할 수 있는 또 하나의 요소는 이미지다.

　주지하다시피 한 편의 시작품을 그 시의 구조 전체로 밝힐 때, 시를 구성하는 가장 중요한 요소가 되는 것은 이미지다. 관념적이고 추상적인 것이 시작품 속에서 개성적이고 구체적인 것으로 밝혀지고, 그 작품 속에서 만의 독특한 의미를 지니게 되는 것은 바로 이미지를 통해서 가능해 진다. 따라서 대상에 대한 시적 반응과 인식은 이 이미지를 통해 재현되며 구체화하는 것이다.[12]

　문제는 한 편의 시작품 속에 표현되는 다양한 이미지가 단순히 외연적이거나 기계적으로 배열되는 것이 결코 아니라, 내면적이고 상호 유기적인 어떤 질서를 바탕으로 상관관계를 유지하면서 구성된다는 사실이다. 이러한 질서와 조화가 곧 이미지의 패턴을 이루어 리듬을 실현하게 된다.

　　　살아 있는 것이 미안하다는 듯이 쪼그라진 늙은 짐승 한 마리가
　　　길 모퉁이 응달 아래 주저앉아 굴을 까고 있다. 차갑게 소리내어
　　　떨고 있는 카바이트 불을 향해 갈 곳 없는 성긴 눈송이들 몇점 날
　　　파리떼인 양 날아와 치지직 타 죽는다. 새빨간 혈관의 네온사인이
　　　도시의 피를 빨아들이는 이밤이 깊어가도 주름살 깊게 파인 짐승
　　　은 곰팡이 핀 동굴로 쉬이 돌아갈 줄 모른다. 그의 그림자가 무지
　　　개빛 아롱진 개울까지 길게 뻗어 水陸兩棲의 괴물처럼 웅크린 채
　　　꿈꾸듯 꿈틀거린다. 아 아, 아무도 보지 못했으리라, 카바이트 불
　　　꺼진 길 모퉁이에서 굴까는 손이 시커먼 밤의 아가리에 물려 아귀
　　　아귀 뜯어 먹히고 있음을! 구겨진 부대자루 하나가 쓰러지듯 그렇
　　　게 그는 쓰러졌다.

　　　　　　　　　　　　　　　　　—이가림, 「길 모퉁이의 生」 전문

　이 작품은 행과 연의 구분이 전혀 없는 산문시의 형태를 취하고 있다. 자유시는 행과 연이 구성단위가 되지만 그러한 구분이 없는 산문시는 단락이 구성단위가 된다고 볼 수 있다. 이 작품은 마침표를 기준으로 우선 그 단락

---

12) 백운복, 『시의 이론과 비평』, 77쪽.

을 구분할 수 있다. 그렇게 볼 때, 이 시는 앞에서 검토한 자유시의 외현적 리듬인 행과 연(여기서는 단락)의 형태적 질서와 상호 유기적 상관관계를 유지하고 있다.

그러나 이 작품은 단락에 의한 외현적 리듬보다는 이미지의 질서와 조화를 통한 내재적 리듬이 더욱 중시된다고 볼 수 있다.

우선 중심제재로 선택하고 있는 '늙은 짐승'은 '주름살 깊게 파인 짐승'과 '水陸兩棲의 괴물'로 반복되면서 제재가 지닌 의미를 지속시켜 가고 있다. 또한 "갈 곳 없는 성긴 눈송이들 몇 점 날파리떼 인 양 날아와 치지직 타 죽는다."와 "굴까는 손이 시커먼 밤의 아가리에 물려 아귀아귀 뜯어 먹히고 있음", 그리고 "구겨진 부대자루 하나가 쓰러지듯 그렇게 그는 쓰러졌다." 등에서 표현되는 죽음의 이미지는 상호 지속적 반복을 통한 내면적 진행으로 이루어져 있다. 이러한 유기적 상관성은 이 작품 속에서만의 독특한 의미형성 뿐만 아니라, 이미지와 이미지들이 상호조응으로 이루어내는 의미망도 유기적으로 조성되고 있음을 알 수 있다. 이러한 지속과 반복을 통한 내면적 진행은 어떤 내적 질서를 형성하여 리듬을 실현하게 된다.

그리고 '새빨간 혈관의 네온사인'과 '곰팡이 핀 동굴', '무지개빛 아롱진 개울'과 '시커먼 밤의 아가리'가 보여주는 이미지의 반복적 대조는 물론, 이 작품의 다양한 에피세트들이 보여주는 상호 유기적인 조화감 등은 모두가 이미지의 패턴을 통한 내재적 리듬으로 볼 수 있는 것이다.

이처럼 자유시의 이미지는 단순히 기계적으로 선택되거나 나열되는 것이 아니라 상호 유기적인 어떤 질서에 의해 구성되는 것이며, 그 과정에서 자연히 리듬이 실현된다고 보아야 할 것이다.

4. 리듬실현(형상화)의 양상

지금까지 현대 자유시의 리듬소를 외현적 리듬과 내재적 리듬으로 유형화하여 검토했다. 이제 그러한 리듬요소들이 어떻게 하여 리듬을 형상하며, 리듬실현을 이루어내는가를 확인해야 할 것이다.

주지하다시피 한 편의 완성된 문학작품은 그것을 구성하고 있는 여러 부분들이 구조적인 통일을 이루고 있다. 그것은 모든 구성요소들이 전체적으로 이루어내는 거시적인 통합뿐만 아니라, 같은 성질의 구성요소들, 예를 들어 시어와 시어간이라든지 리듬소와 리듬소, 또는 이미지와 이미지간에 이루어지는 미시적 통합도 어떤 구조적인 통일을 유지하고 있는 것이다.

리듬의 형상화나 실현도 당연히 작품 전체의 구조 속에서 이루어진다. 즉 앞에서 살핀 다양한 리듬요소들은 한 편의 작품 속에서 상호 유기적으로 맺고 있는 내적인 관련성을 유지하면서 리듬으로 실현된다고 볼 수 있다.

리듬이 지니는 근본적인 특성은 주기성과 반복성이다. 다시 말해서 서로 다른 어떤 요소들의 교체·반복이 어떤 일정한 주기를 두고 반복하는 속성이다. 이러한 속성은 작품 전체의 구조 속에서 실현되면서 그 기능을 다하게 되는 것이다.

이 같은 관점에서 볼 때, 리듬실현은 그 형성적 원리에 따라 반복구조, 병치구조, 지속구조, 순환구조 등의 양상으로 논의될 수 있다고 본다.

1) 반복과 병치구조

동질적인 성질을 지닌 요소의 규칙적 반복은 리듬실현의 가장 보편적인 유형이다. 시에서 반복은 매우 의도적인 의장에 의해 이루어지며, 그 의도에는 강조는 물론 정서적 효과에 대한 기대가 담겨 있다. 반드시 같은 것은 아니더라도 동질적인 리듬소의 반복은 자연스럽게 리듬적 질서를 형상하여 리듬실현을 조성하게 된다.

눈은 살아 있다
떨어진 눈은 살아 있다

마당 위에 떨어진 눈은 살아 있다

기침을 하자
젊은 詩人이여 기침을 하자
눈더러 보라고 마음놓고 마음놓고
기침을 하자

눈은 살아 있다
죽음을 잊어버린 영혼과 육체를 위하여
눈은 새벽이 지나도록 살아 있다

기침을 하자
젊은 시인이여 기침을 하자
눈을 바라보며
밤새도록 고인 가슴의 가래라도
마음껏 뱉자

— 김수영, 「눈」 전문

이 작품은 반복구조의 리듬형상을 적절히 잘 보여준다. 우선 1연과 3연이 각각 3행으로, 2연과 4연이 각각 5행으로 구성되어 있는 것은 행과 연이 이루어내는 반복적 질서에 의한 외현적 리듬실현으로 볼 수 있다. 또한 각 연의 행들이 하나의 연으로 진행되어 가는 형태적 특질이 일정한 패턴을 유지하면서 반복적으로 지속되고 있다. 그만큼 이 작품은 행과 연의 배려는 물론 그 형태적 특질도 어떤 질서와 균형을 유지하는 일정한 패턴을 의도적으로 실천함으로써 리듬을 실현하고 있다.

그리고 '눈은 살아 있다—눈은 살아 있다'(1연)와 '기침을 하자—기침을 하자'(2연)라는 반복구조가 '눈은 살아 있다—눈은 새벽이 지나도록 살아 있다'(3연)로 변조되고, 4연에서는 '기침을 하자—밤새도록 고인 가슴의 가래라도 / 마음껏 뱉자'로 변조되고 있다. 이러한 변조는 도식적인 단순성을 극복할 뿐만 아니라 정서의 강렬도를 더하여 주된 관심을 선명히 하는 리듬의 기능을 효과적으로 실현한 것으로 볼 수 있다.

김수영의 「눈」의 경우, 각 3행으로 이루어진 1연과 3연의 동질적 반복과 각 5행으로 이루어진 2연과 4연의 동질적 반복은 동시에 상호 병치되어 있다. 이러한 병치의 구조를 통해서도 리듬실현은 이루어진다.

이처럼 병치구조 또는 병렬구조는 반복의 원리가 어떤 일정한 패턴을 이루게 될 때 생기는 리듬형상이다. 시에서 병렬은 대조의 개념에서 출발한다. 일상생활에서 우리는 '산이 높다' 하면 '골이 깊다'라는 상응개념 내지 대조현상을 생각하게 된다. 그리고 이 때 두 진술 사이에는 유기체적 감각이 드리워지고 구조화가 이루어진다. 시에서 문제되는 것은 병렬(並列)의 이와 같은 힘이다.13) 이러한 힘이 자연히 병치구조의 리듬으로 실현되며, 동시에 시의 의미를 풍요롭고 선명하게 한다.

> 술래잡기만 하면
> 나는 언제나 술래였다
> 동네의 허물러진 돌담 모퉁이
> 또는 전신주에 기대 눈을 감고
> 무궁화꽃을 피웠다.
>
> 애들은 잘도 숨어서
> 누구도 들키지 않았다
> 아니 들켜도 나보다 먼저 달려가
> 술래판을 밟았고
> 별수없이 나는 또 술래가 되었다.
>
> 어느덧 해는 꼴깍 지고
> 애들은 모두 집으로 돌아가

---

13) 김용직, 『현대시원론』, 223쪽.

판은 오래전에 끝나 있었지만
나는 여전히 술래인 채로
혼자 무궁화꽃을 피운다.

이제 애들은 아무도 없다
그래도 누군가를 찾아야 하는 술래
— 찌뽕 잡았다
달려가면 그것은 허깨비였지만
허깨비라도 걸려라 우직한 술래에게

— 이형기, 「술래잡기」 전문

이 작품에는 우선 술래잡기에서 누군가를 찾아야 하는 술래의 모티프가 작품 전편을 주도하고 있다. 그 모티프는 술래와 찾아야 할 대상의 병치를 통해 내재적 리듬을 형상하고 있다. 곧 '나＝술래'와 '찾아야 할 대상＝애들'이라는 인식이 각 연마다 반복되면서 리듬실현이 이루어지고 있는 것이다. 특히 5연에서는 '애들'이 '누군가'와 '허깨비'로 변환되면서 주제를 강렬하게 하고 있는데, 이것은 변조를 통한 집중화의 효과로 볼 수 있다.

그리고 이 작품은 각 연이 5행으로 구성되어 있으며, 1연과 2연은 과거의 현상을, 3연과 4연은 현재의 존재를 대조적으로 병치하고 있어 행과 연을 통한 외현적 리듬실현도 이루어내고 있다. 여기에 1·2연의 과거형 시제와 3·4연의 현재형 시제 선택이라든지, 1연 5행의 "무궁화꽃을 피웠다"와 3연 5행의 "혼자 무궁화꽃을 피운다"라는 반복과 변조, 그리고 각 연의 부사어들—'언제나, 별수 없이, 여전히, 그래도'—의 사용도 위의 병치를 뒷받침하는 형태적 특질의 리듬요소로 작용하고 있다고 볼 수 있다.

이처럼 위의 시는 모티프를 중심으로 다양한 요소들이 병치구조를 이룸으로써 일종의 조화감을 통한 리듬실현을 이루어낸 작품이라고 할 수 있다.

2) 지속과 순환구조

반복과 병치구조를 통한 리듬실현이 정적(靜的)인 양상에서 형상화되는 리듬이라고 한다면, 동적(動的)인 형태로 조성되는 리듬실현은 지속과 순환의 구조를 들 수 있다. 이것은 곧 리듬소가 점층이나 점강과 같은 어떤 일정한 방향성을 지속하거나, 일정한 시점에서 시작되어 어떤 움직임을 유지하다가 다시 본래의 시점으로 회귀하는 순환의 형식을 유지하는 리듬실현을 의미한다.

> 눈이 오는가 북쪽엔
> 함박눈 쏟아져 내리는가
>
> 험한 벼랑을 굽이굽이 돌아간
> 白茂線 철길 위에
> 느릿느릿 밤새어 달리는
> 화물차의 검은 지붕에
>
> 연달린 산과 산 사이
> 너를 남기고 온
> 작은 마을에도 복된 눈 내리는가
>
> 잉크병 얼어드는 이러한 밤에
> 어쩌자고 잠을 깨어
> 그리운 곳 차마 그리운 곳
>
> 눈이 오는가 북쪽엔
> 함박눈 쏟아져 내리는가
>
> ―이용악, 「그리움」 전문

5연으로 이루어진 이 작품은 의미상으로는 기·승·전·결의 전형적 4단

구성과 수미상관의 구조를 곁들인 형식을 취하고 있다. 이러한 4단 구성의
맥락은 곧 의미자질의 질서를 리듬요소로 한 지속구조의 리듬실현으로 볼
수 있다. 수미상관의 구조는 그러한 지속구조의 리듬을 순환구조로 통합시
켜 그리움의 정서를 지속과 순환의 의미로 재구성하는 효과를 지니게 된다.
　또한 이 작품에는 형태적 특질을 통한 외현적 리듬요소도 나타난다. '-에
(-엔)'라는 처소격의 반복과, '내리는가'라는 술어의 반복이 그것이다. 이러
한 반복을 통한 리듬형상은 작품 전체의 의미를 유기적으로 구성되도록 유
도하여 통일적·미적 분위기를 창조하는데 기여할 뿐만 아니라, 이 작품이
지닌 지속과 순환구조의 리듬을 보조하는 기능을 수행한다.

> 어둠은 새를 낳고, 돌을
> 낳고, 꽃을 낳는다.
> 아침이면,
> 어둠은 온갖 物象을 돌려주지만
> 스스로는 땅 위에 屈服한다.
> 무거운 어깨를 털고
> 물상들은 몸을 움직이어
> 노동의 시간을 즐기고 있다.
> 즐거운 地上의 잔치에
> 金으로 타는 태양의 즐거운 울림.
> 아침이면,
> 세상은 開闢을 한다.

—박남수, 「아침 이미지 1」 전문

　아침에 대한 근원적 본질을 노래하고 있는 이 작품은 다양한 리듬요소를
지니고 있을 뿐만 아니라, 리듬실현도 매우 복합적으로 형상되고 있다.
　우선 어둠과 아침의 신선한 감각적 이미지가 대조적으로 병치됨으로써
이 작품의 기본적 리듬을 실현하고 있다. 그리고 마침점을 기준으로 한 5개
의 의미단락은 구문의 형태적 특질면에서도 동일한 양식의 반복으로 이루

어져 있으며(4단락은 변조로 볼 수 있다.), 각기 이 작품을 구성하는 내재적 리듬소로서 반복과 병치구조를 형상화하고 있다. 곧 각 단락의 의미구조는 의미자질이나 모티프는 물론 이미지의 측면에서도 상호 반복과 병치구조로 유기적인 질서를 유지하고 있는 것이다.

또한 그러한 반복과 병치는 기(1~2행)·승(3~5행)·전(6~10행)·결(11~12행)의 지속구조로 리듬을 실현하고 있다. 여기서 5단락인 마지막 두 행, "아침이면, / 세상은 개벽을 한다."는 각 단락의 형태와 의미를 결합하면서 동시에 끊임없는 재분할을 주도하는 이중의 기능을 지닌다. 이는 곧 회귀적 순환성을 의미하며, 끝없이 되풀이되는 어둠과 아침의 원형적 순환성을 표현하는 데 유효 적절한 선택이라고 볼 수 있다. 이 작품은 그만큼 의미와 주제를 표현해내는 데 리듬의 기능을 최대한으로 활용한 것이라고 할 수 있다.

5. 결 론

이 연구는 현대 자유시의 운율이나 리듬을 논하는 데에, 더 이상 과거의 전통적이고 규범적인 기준과 이론에 기대어서는 안 된다는 전제에서 출발했다. 곧 현대 자유시의 다양성을 포괄할 수 있는 보편 타당한 새로운 리듬론을 모색하여 자유시에 실현된 리듬현상을 체계적으로 규명하고자 한 것이었다.

규범적 운율에서 벗어나 자율적 리듬의 실현을 체험하고 있는 현대 자유시의 리듬을 체계적으로 규명하기 위해서는 두 가지의 확인이 필요했다. 그것은 과거의 운율적 인식과는 다른 새로운 리듬소의 규명과, 그러한 리듬소들이 리듬실현으로 형상화되는 다양한 양상을 체계화하는 일이었다.

논의과정에서 밝혀진 바처럼 현대 자유시의 리듬소의 유형으로는 외현적 리듬소와 내재적 리듬소로 구분할 수 있으며, 리듬실현의 양상은 반복과 병치구조, 지속과 순환구조 등으로 설명될 수 있다.

외현적 리듬소로는 우선 전통적 외형율의 확대·변조로 나타나는 운(韻)과 율격(律格)을 들 수 있으며, 여기에 시의 행(行)과 연(聯), 시의 형태적 특질 등에서 실현되는 리듬을 들 수 있다. 모두가 시작품 표면에 드러난 리듬소로써 시의 리듬실현을 이루어내는 요소들이라고 할 수 있다.

운과 율격의 경우, 과거의 시처럼 엄격한 규칙성을 찾아보기 어려운 것이 사실이다. 그러나 그같은 운율인식이나 요소들이 비록 전체적인 질서를 형성하지 못하고 어떤 부분에 한정된다 하더라도 리듬의 기능을 실현하는데 이바지한다면 현대시의 리듬소로 보아야 할 것이다. 행과 연의 경우도, 운율의 경우처럼 규범적 질서에서 자유로워 진 것이 사실이다. 그러나 현대 자유시의 자유로운 행과 연의 형태도 실은 리듬실현의 중요한 요소로서 작용하고 있다. 곧 각 행과 연이 시작품의 의미와 리듬을 조성하는 하나의 단위를 이루면서 다른 행과 연과의 상호 유기적 상관관계를 유지하고 있는 것이다. 그리고 또 하나의 외현적 리듬소로 고려할 수 있는 것이 형태적 특질이다. 이는 구문, 어휘, 수사, 통사와 구두점 등 실로 다양한 문체적 요소들을 말한다. 시의 언어와 형태는 매우 의도적으로 선택된 것이며, 그 선택은 곧 의미의 충실뿐만 아니라 리듬의 실현을 위한 것이기 때문이다.

한편 내재적 리듬소로는 말소리보다는 말뜻, 즉 의미에 무게를 둔 요소들로써 의미자질, 모티프, 이미지 등을 들 수 있다. 이러한 요소들은 현대 자유시가 규범적인 외형율에서 자유로워지면서, 기술적이고 개성적인 내재적 리듬을 통해 운문으로서의 형식체험을 이루고 있는 근거를 제시하는 항목들이기도 하다.

의미자질은 그 드러난 의미가 동일하거나 유사하지는 않지만 내포적·함축적 의미가 동질성을 지니면서 어떤 질서를 이루어 나타나는 리듬요소이다. 현대시의 리듬은 표현되는 사상이나 정서가 흐름의 바탕을 이루며, 그러한 요소들과 패턴이 단순한 배열이 아닌 어떤 내면적·유기적 질서를 형성함으로써 구축된다고 볼 수 있기 때문이다. 그리고 모티프는 시의 의미와 주제를 이끌어내는 내적 체험의 에네르기로서, 내면적으로 진행되는 속성을 지니고 있어 리듬의 요소로 작용한다. 자유시의 내재적 리듬소로 또 하나 고려할 수 있는 요소는 이미지이다. 주지하다시피 이미지는 시를 구성하는 가장 중요한 요소로서 시작품의 독특한 의미는 이미지를 통해 재현되며 구체화한다. 중요한 것은 이 이미지는 단순히 기계적으로 선택되거나 나열되는 것이 아니라 상호 유기적인 어떤 질서에 의해 구성되는 것이기 때문에 자연히 리듬의 요소로 작용한다는 것이다.

리듬이 지니는 근본적인 특성은 서로 다른 어떤 요소들의 교체·반복이 어떤 일정한 주기를 두고 반복하는 속성이다. 이러한 속성은 당연히 작품 전체의 구조 속에서 실현되며, 그 기능을 수행한다. 따라서 리듬의 형상화나 실현은 작품 전체의 구조 속에서 이루어진다. 리듬실현은 그 형성적 원리에 따라 반복구조, 병치구조, 지속구조, 순환구조 등의 양상으로 논의될 수 있다.

결국 현대 자유시의 리듬은 외현적 리듬소(운과 율격, 행과 연, 형태적 특질)와 내재적 리듬소(의미자질, 모티프, 이미지)가 다양한 리듬실현의 양상(반복과 병치구조, 지속과 순환구조)을 통해 복합적으로 체험되고 있다고 볼 수 있다.

한국문학의 정체성 모색

— '춘향'을 통한 시적 수용과 변모

1. 소재사적 전통 논의의 가능성

그대는 발을 좀 삐었지만
하이힐의 뒷굽이 비칠하는 순간
그대 순결은
형(型)이 좀 틀어지긴 하였지만
그러나 그래도
그대는 나의 노래 나의 춤이다.

　　　　　　　　　　　　　— 김춘수, 「처용3장」 중 1장

형(兄)님은
한 이레 밤쯤 생각다가
드디어
잣나무 끝에 꽂힌
달을
부끄럽게 삼켰지요.

한 말의 마(薯)를 지고
떠나던

열 일곱
내 왕십리 역사(驛舍) 위에도
그 달이
그렇게 와
걸렸데요.

— 임보, 「서동(薯童) 형님의 달」에서

위의 두 작품은 우리의 전통적인 전승설화(傳承說話)인 '처용'과 '서동'을 시의 소재로 삼고 있다. 우리에게 친숙한 이미 있어온 '처용'과 '서동' 전승이 시인의 主旨motif에 따라 각기 개성적인 시적 변용을 보여주면서 시의 주제를 구축해 간 것이다. 그만큼 위의 작품들은 오늘의 삶의 결을 한민족의 공동체적 현장 속에서 상상하고 추적하고 있으며, 나아가 전승설화의 구체적인 현대적 수용과 심화를 이루어내고 있다.

김춘수의 「처용3장」은 처용 아내의 순결이 역신에 의해 일그러진 상황을 하이힐의 뒷굽이 비칠하면서 다리를 삐는 정도의 가벼운 정도로 묘사하고 있다. 이는 시인의 주관적인 주지개입이며, 처용을 통해 화자의 주제를 상징적으로 표출하고자 한 것이다. 따라서 우리는 소재로서의 전통적인 처용전승과 화자의 주제의식을 동시에 나누어 가지면서 작품을 체험하게 된다. 처용은 곧 '그대'의 순결상실이 주는 고통을 춤과 노래로 달래고자 하는 인고주의적 해학[1]의 처용으로 변용된 것이다. 처용은 아내의 순결상실이 주는 고통을 감내하고자 한다. 따라서 순결상실을 발이 좀 삐었다거나 형이 좀 틀어진 정도로 인식하고자 하는 것이다. "그러나 그래도"는 그러한 인고의 응축이며 그것을 통해 그녀는 여전히 "나의 노래 나의 춤"으로 화해하는 것이다. 처용설화의 순결상실을 이처럼 재구성하면서 시인은 세계에 대한 인고의 현실대응태도를 처용을 통해 표현하고 있는 것이다.

'서동'전승을 소재로 선택하고 있는 임보의 「서동 형님의 달」은 '서동'과

---

1) 김춘수, 「처용, 그 끝없는 변용」, 『김춘수전집 2, 시론』, 문장, 1986, 574쪽.

화자를 병치시키면서 주지를 이끌어가고 있다. 곧 아이들에게 마(薯)를 나누어주면서 노래를 부르게 하여 선화(善花)를 맞게된 서동전승을 화자의 체험으로 병치시켜 상실된 자아를 표현하고 있다. 특히 '달'의 대비는 시의 주제를 함축적으로 재구성해 보여주는 대목이다. "잣나무 끝에 꽂힌 / 달"은 성취된 의미를 상징적으로 표현하고 있으며, "내 왕십리 역사 위에" 걸려 있는 '달'은 상실된 의미를 사실적으로 드러내고 있다. 화자가 드러내고 있는 '달'과의 거리인식은 곧 상실에 대한 부끄러움과 허무감의 표현이다.

위의 두 작품에서 발견할 수 있는 것처럼, 시인의 시적 의장에 의해 소재로 선택된 전승설화는 시인의 주지(主旨)에 따라 굴절과 변모를 거치면서 새로워지고 새로운 미적 가치와 균형을 확보한다.

이처럼 전승설화가 시의 소재로 선택되어 시인의 주지에 의해 새롭게 생명력을 부여받으며 재구성될 때, 이제 설화는 한낱 옛날에 있었던 '처용'과 '서동'이라는 어떤 사나이의 단순한 서사나 이야기에 그치지 않는다. 오히려 무한한 변모의 에네르기를 지닌 오늘의 설화로 부활되어 새로운 의미로 끊임없이 살아 움직이는 상징체인 것이다.

2. 소재론과 민족문학사적 자각

모든 문학작품에 배어있는 작가의 인식과 세계관은 무엇을 대상으로 했느냐의 문제가 아니라 그 대상에 어떻게 일체화하면서 반응했느냐의 문제이다. 따라서 문학작품이란 결국 작가가 우주의 현실과 대상을 여하히 인식하고 반응하였는가 하는 그 작가의 대현실안(對現實眼)을 보여준다.

동일한 대상이나 현실에 대해 수없이 다양한 인식이 나타나는 것은 곧 작가의 서로 다른 대현실안의 차이에 기인한 것이다. 동일한 소재나 제재가 시간과 공간에 따라, 작가가 의도하고자 한 주지와 주제의식에 따라 각기 다양한 의미로 변모하고 재창조되는 이른 바 제재의 문학적 변이를 다루는 것을 소재론이라고 한다.

한 작가나 작품의 소재론적 특성을 밝히기 위해서는 역사적 맥락과 무관한 다양한 존재의 대상이나 현실을 각기 다른 작가나 작품과 대비하면서 논의할 수도 있을 것이다. 그러나 민족문학사적 전통이라는 측면에서 소재론을 논의한다면, 자연 그 작품형성의 연원이 된 前像(prefiguration)이나 근원텍스트와 관련시켜 소재사적 전통이라는 맥락을 통해 그 수용양상이 규명되어야 할 것이다.

우리가 소재사적 전통을 논하면서 신화, 전설, 민담 등과 같은 전래적인 설화에 관심을 갖는 것은 그것이 곧 문학의 근원적 소재로 작용한다는 신념 때문이다. 그만큼 설화는 선인들의 삶과 상상의 세계를 가장 잘 반영하고 있는 민족 문학의 원초적 형태이며 원형이라고 할 수 있다. 따라서 에나 지금이나 많은 작가들은 자신의 사상과 감정, 체험과 가치관 등을 작품으로 형상화하는데 있어서 의식적으로 설화를 수용하고 나름대로 변용시키고 있다. 사실 설화는 민족 전체가 공유하는 원초적 심상이나 집단 무의식을 잉태하고 있다. 그만큼 설화는 민족문학사의 지속적인 흐름을 언제나 활성화하면서 수많은 문학작품을 낳는 모태의 역할을 하고 있을 뿐만 아니라, 고대문학과 현대문학을 이어주고 한국문학의 다양성을 통일성으로 엮어 주는 고리의 기능을 한다고 볼 수 있다.

주지하다시피 한국문학사의 논의에서 가장 빈번하게 대두하는 화두는 이식문학론과 전통문학론이다. 특히 근대문학사의 출발기를 논하는데 있어서 이 문제는 보다 극명한 논쟁을 유발하기도 한다. 이는 곧 '근대화＝서구화'란 원심적 사관(遠心的 史觀)이 지금까지의 문학사적 인식을 지배해 왔다는 증거이기도 하다.

다행히 70년대에 들어서면서 한국 근대문학연구는 전통과 관련한 내재적인 요인에서 찾으려는 경향이 두드러졌다. 이러한 자각은 근대화의 동인을 바깥에서 찾은 종래의 원심적 사관에 대한 반작용으로 이른바 구심적 사관(求心的 史觀)에서 비롯되었다고 할 수 있다.

이러한 구심적 전통 논의를 민족문학사적 자각으로 심화시키는데 소재사적 전통은 중요한 실마리를 제공한다. 문학은 문학에 의해서 비로소 만들어진다는 프라이 N. Frye의 유명한 명제를 유념할 때, 문학을 만드는 문학의 첫머리에는 신화나 설화가 자리하게 된다. 뜻밖의 우연성이나 자연발생적으로 탄생된 문학작품은 상상할 수 없다. 따라서 모든 문학작품을 소재사적 전통 속에 자리잡게 할 수 있을 것이다. 문제는 문학텍스트가 근원텍스트나 원 소재의 단순한 회고나 모방에 머무르지 않고 그 소재를 극복한 결과로서의 작품세계로 재창조된다는 사실이다. 따라서 소재사적 전통을 고려할 때 그 소급성(遡及性)과 전진성(前進性)이 궁극적으로 결합되어야 할 것이다. 한 작품이 소재사와 더불어 이루게 될 '총체적 문학성'을 보여 주면서 아울러 그 작품의 개별성을 밝혀야 할 것이다.2)

고대와 근대 또는 현대와의 단절을 극복하면서 진정한 한국 민족문학사적 정체성을 수립하기 위해서 소재사적 전통은 그 문제를 푸는 가장 보편적인 열쇠가 될 수 있을 것이다.

3. 현대시의 소재론적 논의(예)

소재사적 전통 논의의 가능성은 앞서 김춘수의 「처용3장」과 임보의 「서동 형님의 달」이라는 두 편의 시를 통해 시사되었다. 이제 소재사적 전통 논의의 실천적인 한 예로 판소리계 소설 「춘향전」이란 동일한 소재에 대하여 서로 다른 반응을 보여준 현대시 작품을 대상으로 그 가능성을 찾아보고자 한다.

앞서 인용한 '처용'이나 '서동'과 같은 설화나 고대가요는 물론 전류(傳類)의 고대 서사문학도 현대문학의 전상이나 원텍스트로 작용할 수 있는 여지

---

2) 김열규, 「근대문학과 전통」, 『한국문학의 전통과 변혁』, 김열규 외, 일조각, 1976.

는 얼마든지 있다. 특히 보편적으로 널리 알려진 전승 서사나 민요 등은 현대 작가들이 자연스럽게 선택하는 소재가 될 수 있다. 「춘향전」 또한 현대 시인들이 빈번히 선택하는 소재라고 볼 수 있다.

우리가 소재사적 전통에서 논의해야 할 것은 대상 텍스트가 어떤 원텍스트를 수용하였는가의 단순한 사실의 규명에 그치는 것이 아니다. 오히려 동일한 소재에 대한 작품마다의 다양한 변모양상에 주목해야 할 것이다.

우리에게 널리 알려져 있고 그만큼 친숙한 '춘향'이란 전통적 상(像)이 시인에 의해 소재로 선택되어 한 편의 시작품 속으로 투영되는 과정, 말하자면 전통적 상으로서의 춘향이 시인의 주지와 상징에 의해 어떻게 굴절·변모하였는가를 검토해야 할 것이다. 그리하여 춘향의 상이 시인이 표출하고자 하는 주제의식이나 시대에 따라 어떻게 변모되어 새로운 모습으로 재구성되는가를 보고자 하는 것이다.

여기에서는 그러한 소재론의 한 예로 김영랑의 「춘향」, 서정주의 「춘향유문(春香遺文); 춘향의 말 삼(參)」, 박재삼의 「대인사(待人詞)」 등을 대상으로 각 시작품에 투영된 '춘향'의 시적 수용과 변모양상을 살펴보고자 한다.

김영랑의 「춘향」은 옥중 춘향의 묘사로 시를 열어 어사 이도령과의 재상봉 부분을 소재로 삼아 비교적 원텍스트의 서사에 충실하게 재구술(再口述)되고 있다.

> 큰칼 쓰고 옥(獄)에든 춘향이는
> 제마음이 그리도 독했든가 놀래었다
> 성문이 부서져도 이 악물고
> 사또를 노려보든 교만한 눈
> 그는 옛날 성학사(成學士) 박팽년(朴彭年)이
> 불지짐에도 태연(泰然)하였음을 알었었니라
> 오! 일편단심(一片丹心)

—「춘향」 1연

　우리는 여기서 이도령을 향한 정절의 기다림을 간직한 채 목에 칼을 쓰고 고초를 겪고 있는 옥중 춘향을 상기한다. 그러나 시인의 주지가 개입된 두 가지 흔적을 또한 만난다. "제 마음이 그리도 독했든가" 놀라는 춘향과 "사또를 노려보는 교만한 눈"을 가진 재구성된 춘향이의 모습이다. 이것은 시인의 주지개입이며, 그 주지에 의해 전통적인 상으로서의 춘향이는 독한 마음과 교만한 눈을 가진 오기의 여인으로 변모되고 있다. 그녀의 기다림은 전통적 상에서 보이는 연연한 인고의 기다림이 아닌 "이 악물고 / 사또를 노려보는" 오기의 기다림으로 굴절되고 있으며, 이 같은 주지개입은 다시 나타난 이도령을 묘사한 4연에서도 그대로 지속되고 있다. 그것은 곧 "쑥대머리 귀신얼굴된 춘향이 보고 / 이도령은 잔인스레 웃었다 저 때문의 정절! 이 자랑스러워"라는 변모된 이도령의 묘사에서 드러난다. 춘향의 교만한 눈과 이도령의 잔인한 웃음은 주지를 상징으로 형상화하는데 중요한 요소로 작용한다. 따라서 이들의 상봉은 모든 사람에게 감격을 주고 박수를 받을 수 있는 전통적 서사로서의 만남일 수 없다. 전통적 상에서 가려진 춘향과 이도령의 또 다른 인간적인 차원을 파악해 온 시인의 주지는 결국 극단의 굴절과 변모를 택하기에 이른다.

　　　모진 춘향이 그밤새벽에 또 까무러처선
　　　영 다시 깨어나진 못했었다 두견은 우렀건만
　　　도련님 다시뵈어 한(恨)을 풀었으나 살어날 가망은 아조 끊기고
　　　왼몸 푸른맥(脈)도 획 풀려 버렸을법
　　　출도(出道)끝에 어사는 춘향의 몸을 거두며 울다
　　　"내 변씨(卞氏)보다 더 잔인무지(殘忍無智)하야 춘향을 죽였구나"
　　　오! 일편단심

—「춘향」 5연

　마침내 춘향은 이도령을 만난 그 밤 새벽에 까무러처 죽었고 어사는 그 주검을 거두며 울고 있는 것이다. 지금까지 이어온 영랑의 주지는 여기에

집중되며, 춘향의 죽음과 이도령의 자탄적 회개는 상징으로 높여져 시인의 주제를 응축한다. 교만한 춘향의 눈과 잔인한 이도령의 웃음을 창출해 낸 시인의 주지개입은 춘향의 죽음과 이도령의 회개로 집약된 것이다. 이는 곧 전통적 상에서 가려진 춘향의 인간적인 면을 드러내는 일이며 상대적으로 이도령에 대한 시인의 공격이라고 볼 수 있다. 결국 영랑은 전통적 상과의 거리를 유지하면서 자신의 의장에 의해 굴절된 또 다른 춘향을 창조하고 있는 것이다. 우리는 이 새롭게 창조된 춘향을 통해 영랑의 시적자아와 주제를 만나는 것이다.

서정주의 「춘향유문; 춘향의 말 삼」은 전통적 춘향의 서사나 갈등을 소재로 택하지는 않고 있다. 단지 춘향이를 시적 화자로 내세워 작품을 형상하고 있을 뿐이다. 시인은 「추천사; 춘향의 말 일(壹)」와 「다시 밝은 날에; 춘향의 말 이(貳)」에서 울렁이는 사랑의 가슴을 억제하지 못하는 나를 듯한 도취감을 부끄럼 없이 드러내고, 무서운 정열에 휩싸여 신령님을 부르면서 자신의 광정(狂情)을 내보이고 마는 춘향을 형상화했다. 그러한 주지가 마침내 「춘향유문」에서 마지막 전환점을 맞게 되는데, 그것은 곧 춘향을 죽여 그 혼으로 하여금 유문(遺文)을 쓰도록 하는 것이다.

안녕히 계세요
도련님.

지난 오월 단옷날, 처음 만나던 날
우리 둘이서 그늘 밑에 서 있던
그 무성하고 푸르던 나무같이
늘 안녕히 안녕히 계세요.

저승이 어딘지는 똑똑히 모르지만
춘향의 사랑보단 오히려 더 먼
딴 나라는 아마 아닐 것입니다.

천길 땅밑을 검은 물로 흐르거나
도솔천의 하늘을 구름으로 날더라도
그건 결국 도련님 곁 아니예요?
더구나 그 구름이 소나기 되어 퍼부을 때
춘향은 틀림없이 거기 있을 거예요!

—「춘향유문; 춘향의 말 삼」 전문

서정주는 춘향을 열정과 도취에 휩싸인 관능적인 한 여성으로 보고 싶어 한 것이다. 게다가 그는 그러한 이승에서의 사랑의 도취를 저승에까지 이어가고 있다. 시인의 주지의 마지막 전환, 그것은 이승에서의 광정을 진정시키고 사랑의 미학을 완성시키기 위한 시인의 의장에 의해 유문으로 상징화되어 표현된 것이다. 시적자아가 지향하는 사랑의 미학을 위해 시인의 주지는 저승에서의 기다림을 택한다. 그러나 4연에서 드러나고 있는 것처럼 이승에서의 보여준 사랑의 열정이 사라진 것은 결코 아니다. 단지 이승에서의 걷잡을 수 없는 광정에서 자유로워졌으며, 그만큼 기다림을 통한 사랑의 미학을 지향한 것이다. 이것이 곧 이 작품을 통해 시인이 상징적으로 표출한 주제의식이라고 할 수 있다.

서정주가 춘향이의 유문을 통해 상징과 주제를 형상화한 것처럼 박재삼의 「대인사」는 저승에서 다시 살아난 춘향이 마음의 묘사를 통해 주제를 구축하고 있다.

저 칠칠한 대밭 둘레길을 내 마음은 늘 바자니고 있어요. 그러면, 훗날의 당신의 구름 같은 옷자락이 불각(不刻)스레 보여오는 것이어요. 눈물 속에서는, 반짝이는 눈물 속에서는, 당신 얼굴이 여러 모양으로 보여 오다가 속절없이 사라지는 피가 마를 만큼 그저 심심할 따름이어요. 그러니 이 생각밖에는요. "당신이 오실 땐 그 많은 다른 모양의 당신 얼굴을 한 얼굴로 다스리시고, 또한 대밭 둘레길에 사무친 한(恨)의 내 눈물일랑은 당신의 옷자락에 재양(載陽)치듯 환하게 하시라"고요.

—「대인사(待人詞)」 전문

이 작품은 시종 저승에서 다시 살아난 춘향이를 화자로 전개되고 있다. 아직 이승에서의 안타까운 연민이 채 가시지는 않았다. 아직도 "저 칠칠한 대밭 둘레길을" 바자니고 있는 마음의 묘사는 이승에서의 한(恨)이 지속되고 있음을 보여준다. 어슴푸레 보여오는 '당신의 구름 같은 옷자락' 또한 깊은 그리움의 연속임을 말해준다. 그러나 시인은 이승에서의 한을 저승에서의 기다림으로 대치시킴으로써 춘향이 마음을 영원한 사랑으로 승화시키고 있는 것이다. 특히 당신이 오실 때 "대밭 둘레길에 사무친 내 눈물일랑은 당신의 옷자락에 재양치듯 환하게 하기라"고 하는 다시 열린 춘향이 마음속에서 시인의 주지가 상징으로 높여지는 그 결정(結晶)을 보게 된다. 한의 눈물을 그대 오시는 옷자락의 재양으로 공덕하는 것, 이는 곧 한(恨)에 대한 극복이요, 헌신에 대한 사랑의 승화이다. 시인은 춘향을 소재로 선택하면서 저승에서 다시 살아난 춘향이 마음을 재구성하고 있으며, 이렇게 하여 새롭게 탄생된 춘향을 통해 시적자아 속에 잠재되어 있는 구원의 여인상을 표상해낸 것이다.

각각의 시작품은 모두 우리에게 널리 알려진 '춘향'을 소재로 선택하고 있다. 그러나 선택된 소재를 주지에 따라 굴절·변모시켜 상징화하고 주제로 형상하는 방법은 매우 다르다. 김영랑에게 있어 춘향은 교만한 눈을 가진 독한 여인이요, 이도령 또한 "쑥대머리 귀신 얼굴된 춘향이 보고 잔인스레 웃는" 그런 사내로 비춰지고 있다. 이처럼 거부적인 영랑의 주지는 춘향의 죽음으로 치달으며 상징을 창출해 내어 시적자아에 잠재해 있는 어떤 독한 의식을 주제로 이끌어내고 있는 것이다.

또한 서정주의 경우는 춘향으로 하여금 자신의 마음을 스스로 고백하게 하는 주지를 이끌어 주체할 수 없는 사랑에의 열정과 관능에 빠진 한 여인으로 변모시킨다. 시인은 이 도취와 광정에 휩싸인 춘향으로 하여금 유문을 쓰게 하여 기다림의 지연을 통해 영원한 사랑의 미학을 상징적으로 창출해낸다.

그리고 박재삼의 작품에서는 시인의 주지에 의한 춘향이 마음을 시종 만나게 된다. 이 주지의 결정은 춘향이 마음을 저승에서 다시 열어 완성시키는 선택이다. 시적자아는 이 다시 살아난 춘향이 마음을 통해 시인의 시상 속에 드리워져 있는 구원의 여인상을 상징적으로 표출해내고 있는 것이다. 이처럼 각 시인이 전통적인 춘향의 서사나 이미지에서 취한 소재는 의미 표현의 에네르기인 주지에 의해 서로 다른 굴절과 변모를 하게 된다. 아울러 이것은 동시에 상징 창출의 단계로 높여져 그 시작품의 주제로 통일되고 있는 것이다.

4. 남은 과제

본 논의의 출발은 민족문학사적 자각을 통해 한국문학의 정체성을 찾는 방법을 모색하는 데에 있었다. 특히 소재사적 전통 논의를 통해 문제에 접근하는 방안을 모색해 본 것이다.

본 논의에서 예를 든 작품들은 모두가 전통적인 설화나 서사가 겉으로 드러난 경우들이다. 설사 텍스트 자체에 그러한 소재사적 전통이 겉으로 드러나지 않는다고 하더라도 작품 심층의 어떤 부분에 침투해 있을 가능성은 여전히 있다. 따라서 그 방법론적인 면에서는 원형비평과 비교문학적 안목에 많은 도움을 받아야 할 것이다.

사실 현대문학의 설화수용에 관한 논의는 많은 연구자들에 의해서 검토되어 왔다. 그 중에서도 설화적 소재를 바탕으로 많은 시를 쓴 김소월과 서정주는 물론 장시 「춘향연가」를 쓴 전봉건, 「처용단장」이란 연작시를 쓴 김춘수, 전설을 시의 소재로 즐겨 취하는 신경림 등은 우리의 기대에 쉽게 값한다. 특히 1982년 「테마시(詩) : 서동(薯童)」을 시작으로 현재까지 지속적으로 이루어 오고 있는 진단시(震檀詩) 동인들의 설화수용은 공통 주제나 제재를 놓고 소재사적 부활을 의식적으로 시도한 매우 의욕적인 작업이라고 할 수 있다.

　현대소설에 수용된 설화의 경우도 조신몽설화(이광수, 「꿈」), 천관녀전설(황순원, 「차라리 내 목을」), 도미설화(박종화, 「아랑의 정조」), 장수설화(김동리, 「황토기」), 장자못설화(한무숙, 「돌」), 단군신화(양귀자, 「곰 이야기」), 나무꾼과 선녀설화(심상대, 「나무꾼의 뜻」) 등 많은 예를 찾을 수 있다.

　또한 희곡의 경우도 단군신화(이광수, 「여명기」), 眞假爭主설화(오영진, 「나의 당신」), 지하국대적퇴치설화(원갑희, 「동굴설화」), 나무꾼과 선녀설화(정조, 「나무꾼과 선녀」) 등을 들 수 있다. 특히 최인훈은 온달과 평강공주 및 은혜갚은 까치와 종소리(「어디서 무엇이 되어 만나랴」), 아기장수 전설(「옛날 옛적에 훠어이 워이」), 문둥이 설화(「봄이 오면 산에 들에」), 호동왕자와 낙랑공주(「둥둥낙랑둥」) 등 많은 희곡작품에서 설화를 수용하고 있다.

　앞으로 남은 문제는 우선 『삼국유사』나 『삼국사기』와 같은 책에 수록된 문헌설화는 물론 민간전승의 구전설화와 근원설화를 가진 고대 소설 등 한국 설화의 목록을 재정비하는 일이다. 그리고 그러한 설화가 소재로 수용된 한국 문학작품들을 체계적으로 정리하여 통시적으로 배열하는 작업이 뒤따라야 할 것이다. 소재사적 전통은 이 같은 작업이 선결된 연후에 자연스럽게 규명될 것이며, 한국문학의 정체성을 밝힐 수 있는 민족문학사적 자각도 가능해질 것이다.

제2장

현대시인의 시작품 논의

서정적 한(恨)의 형상

— 박재삼

1

　박재삼(朴在森)의 시는 사무친 한과 그 한의 정체인 가난의 형상으로 일관한다. 첫 시집 『춘향이 마음』에서 근자 『추억에서』에 이르는 그의 시력여정(詩歷旅程)은, 한결같이 서러움과 괴로움의 정서를 '눈물', '구원(久遠)', '빛', '바람', '추억' 등의 이미지를 통하여 자기 세계를 형상하고 있다. 이러한 이미지들은 시인 자신의 경험의 구체적 윤곽이라는 점에서 우리는 그 이미지들에 투영된 시인의 의식을 추적할 때 박재삼 시의 정체를 밝힐 수 있다고 생각한다.

　첫 시집 『춘향이 마음』에서 박재삼은 가난에서 비롯된 눈물과 한을 설화구조 속의 흥부를 통해 형상했고, 구원의 임을 춘향을 통해 구축했다. 그것은 현실적 가난체험에 대한 시적 반응이었으며, 상실된 내적 동일성에 대한 구원의 표출이었다.

　『춘향이 마음』에서의 눈물과 한의 서정은 제2시집 『햇빛 속에서』와 제3시집 『천년의 바람』을 거치면서 햇빛과 바람으로 지향한다. 그는 이 햇빛과 바람을 자연의 이법과 조화된 대상으로 인식하며 그것들을 통해 눈물과 한이 서린 자기 세계의 공간에 활력과 생기를 회복하려했다. 제4시집 『어린

것들 옆에서』에서는 자신의 실상과 자식들에게 시선을 돌리면서 내밀한 목소리로 가난과 허무를 노래했다.

이어 제5시집 『뜨거운 달』과 제6시집 『비 듣는 가을 나무』에 이르러 자연의 이법과 화합한 참된 사랑의 아름다움을 노래했고, 이승과 저승을 투영하는 서정으로 죽음의 투명성을 형상했다.

그리고 최근의 제7시집 『추억에서』에서 그는 황폐한 현실세계에 대한 시적 반응으로 유년 체험을 재구성하여 절망하는 현실세계의 극복과 승화라는 점에서 내면세계를 구축했다.

이 글은 박재삼 제7시집까지를 대상으로 시적자아의 갈등 속에서 유발된 시인의 서정적 긴장을 확인하고, 그 긴장을 '눈물', '구원', '빛', '바람', '죽음', '추억' 등의 이미지를 통하여 형상하는 시적자아의 전갈을 밝혀 박재삼의 시 문법과 시세계를 조망하려는 의도에서 이루어진다.

2

사람이 죽으면 물이 되고 안개가 되고 비가 되고 바다에나 가는 것이 아닌 것가. 우리의 골목 속의 사는 일 중에는 눈물 흘리는 일이 그야말로 많고도 옳은 일쯤 되리라. 그 눈물 흘리는 일을 저승같이 잊어버린 한밤중, 참말로 참말로 우리의 가난한 숨소리는 달이 하는 빗질에 빗어져, 눈물 고인 한 바다의 반짝임이다.

—「가난의 골목에서는」에서

서정적 한의 정체인 가난의 체험 속에서 박재삼의 주지는 가난한 숨소리를 '달이 하는 빗질에 빗어져, 눈물 고인 한 바다의 반짝임'으로 나타낸다. 현실적 가난이 눈물을 통해 카타르시스되면서 「한 바다의 반짝임」으로 지향한 것이다. 이를 통해 우리는 눈물 이미지에 투영된 박재삼의 의식과 시적자아의 목소리를 듣게 된다. '사람이 죽으면 물이 되고 안개가 되고 비가 되고 바다에나 가는 것'일 때 '바다'는 사람이 죽어 마지막으로 화합하는 장소로 나타난다. 가난과 죽음의 현실은 눈물을 통해 영원한 화합의 결정인 바다로 지향할 수 있었던 것이다. 바다가 이 영원의 합일로 인식될 때 한 평생의 삶에서 '눈물 흘리는 일'은 죽어 바다에 가기 위한 '많고도 옳은 일'이 되는 것이다. 이렇게 박재삼에게 가난은 '눈물 고인 한 바다의 반짝임'이며, 이 눈물은 죽어서 바다에 가기 위한 가장 근본되는 동일체로 인식된다. 첫 시집『춘향이 마음』부터 박재삼은 대상에 대한 서정적 긴장을 이러한 눈물을 통해 정화하여 내면 세계를 구축하며 시적자아의 목소리를 드러낸다. 눈물 이미지에 투영된 시인의 의식은 다음 일련의 시편들에서도 확인된다.

이윽고 누님은 섬이 떠있듯이 그렇게 잠들리.
그때 나는 섬가에 부딪치는 물결처럼 누님의 치맛살에 얼굴을 묻고
가늘고 먼 울음을 울음을
울음 울리라.

― 「밤바다에서」에서

한 십년 만에 남쪽 섬에도 눈이 내린 이튿날이다. 西方이 나를 지켜보는 듯 싶은 황홀한 푼수로는 꼭 십년 전의 그때의 그지없이 설레이던 것과 상당히 비슷하다. 하나 엄살도 없는 至嚴한 기운은 바다마저 잠잠히 눈부셔 오는데…….

그렇다면, 한 십년 전의 이런 날에 흐르던 바람의 한자락이, 또는 햇상의 묵은 것이, 또는 저 갈매기가, 이 근처 소리없이 죽고 있다가, 눈물 글썽여 되살아나는지는 어느 누가 알 것인가.

― 「무제」에서

「밤바다에서」에서 눈물은 '누님의 치맛살' 속에서 형성된다. '섬가에 부딪치는 물결'처럼 '가늘고 먼 울음을 울음을 / 울음 울리라'는 시적자아의 울음은 섬이 떠있듯이 잠들어 있는 누님의 치맛살에 얼굴을 묻고 이루어지는 울

음이다. 이렇게 누님이 섬으로 비유될 때 누님의 치맛살에 얼굴을 묻고 우는 시적자아의 눈물은 섬 가에 부딪치는 물결로 대비된다. 여기에서 우리는 또 「가난의 골목에서는」에서 가난을 눈물의 정화를 통해 '한 바다의 반짝임' 으로 굴절시킨 그 주지를 확인 할 수 있다. 이렇듯 박재삼의 눈물 이미지는 바다로 지향되어 영원의 합일로 표상되고 있다. 이렇게 누님의 치맛살 속에서 이루어진 눈물이 「무제」에서는 사라진 것들을 다시 소생시키는 근원으로 나타난다. 한 십년만에 남쪽 섬에 내린 눈을 지켜보면서 십 년 전의 그때의 설레임을 '황홀한 푼수'로 다시 느끼고, 그 근처에 소리없이 죽고 없었던 십년 전 이런 날의 '바람 한자락'과 '묵은 햇살'과 '갈매기'가 눈물 글썽여 되살아난다. 여기서 눈물은 십년 전에 사라진 바람과 햇살과 갈매기를 다시 소생시키는 근원으로 볼 수 있다. 이처럼 눈물 이미지에 투영된 시인의 의식은 대상에 대한 서정적 긴장을 정화하여 내면세계를 구축하는 자기 동일성의 시공간으로 나타난다.

　박재삼의 대상에 대한 서정적 한의 긴장은 우선 가난에 대한 시인의 의식에서 유발된다. 그 현실적 가난 체험은 유년시절 아버지 어머니의 모습을 상기하면서부터 나타난다.

　　　　한 이십몇년 전 事業失敗한
　　　　울아버지 相을 하고
　　　　이 江山에 진달래꽃 피었다.

—「진달래꽃」에서

　　　　울엄매의 장사 끝에 남은 고기 몇 마리의
　　　　빛殘하는 눈깔들이 속절없이
　　　　銀錢만큼 손 안 닿는 恨이던가
　　　　울엄매야 울엄매.

—「추억에서」에서

박재삼의 한의 정체는 가난을 주조로 하고 있다. 진달래꽃을 바라보면서 시적자아는 이십 몇 년 전 '사업실패한 아버지 相'을 상기하고, 어머니의 장사 끝에 남은 고기 몇 마리의 '빛발한 눈깔'들을 상기하면서 어렸을 적 가난 체험을 회고한다. 진달래꽃에서 그 진달래꽃만큼 붉었을 아버지 상을 환기하고, 고기의 빛발한 눈에서 어머니 상을 떠올리는 시인의 주지에는 가난에서 야기된 사무친 한이 스며 있다. 그는 이러한 한을 눈물을 통해 극복해 낸다.

> 겨우 한뼘짜리 肝臟밭이나
> 근근히 小作하고 살았던가.
>
> 時節이 좋을쏜
> 굶고 울고 굶고 울고
>
> 그 중에 벼락 안 맞고 날 보낸 걸
> 어진 帝王님 德이라 하였던가.
>
> ―「원한」에서

가난과 울음의 표리관계 속에서 어린 시절의 가난 체험을 아프게 실토한다.

'겨우 한뼘짜리 간장(肝臟)밭이나 / 근근히 소작하고 살았던' 그 현실적 가난 체험을 드러내고 있다. 그 쓰라린 체험 속에서 '간장(肝臟)밭'이나마 소작하고 살 수 있었던 것을 '어진 제왕님 덕(德)'으로 인식할 수 있는 것은 '굶고 울고 굶고 울고' 했던 그 눈물이 가난에서 야기된 서정적 긴장을 회복시킨 경우라고 볼 수 있다.

가난을 대하는 시인의 태도는 설화 속의 '흥부'를 소재로 선택하여 그 소재를 굴절시켜 형상을 이루는 그의 주지 속에 잘 드러난다.

흥부夫婦가 박덩이를 사이하고
가르기 前에건넨 웃음살을 헤아려 보라.
金이 문제리,
黃金 벼이삭이 문제리,
웃음의 물살이 반짝이며 정갈하던
그것이 확실이 문제다.

—「흥부부부상」에서

가난의 주지가 설화 속의 흥부를 소재로 선택하는 것은 자연스런 일이다. 그러나 시인은 그 소재를 굴절시켜 표출함으로써 서정적 긴장과 가난을 대하는 시적자아의 태도를 상징적으로 드러내고 있다. '흥부부부가 박덩이를 사이하고 / 가르기 전에 건넨 웃음살'에 집중한다. 전통적 설화 구조에 병치된 '금이나 황금 벼이삭'은 문제가 되지 않고 흥부부부의 반짝이며 정갈한 '웃음의 물살'만이 시인에게 의미를 주고 있다. 이렇게 전통적 설화구조를 굴절시켜 황금보다 값진 흥부부부의 웃음의 물살을 상징적으로 창출함으로써 가난을 관조하는 시적자아의 목소리를 형상한 것이다.

千石꾼 萬石꾼의 재산 불어나는
그 기쁜 인생도
저 햇빛과 바람이 짜 올리는
씨와 날의 밝고 넘치는 것을
당할 수야 없으리.

—「흥부의 햇빛과 바람」에서

「흥부부부상」에서 흥부부부의 정갈한 웃음살을 형상했던 가난의 주지는, 「흥부의 햇빛과 바람」에서는 '저 햇빛과 바람이 짜 올리는 / 씨와 날의 밝고 넘치는 것'으로 지향한다. 「흥부부부상」에서 황금보다는 흥부부부의 웃음살이 시적자아에 의미를 주었듯이 '천석꾼 만석꾼의 재산 불어나는 / 그 기쁜 인생' 보다도 자연의 햇빛과 바람이 짜 올리는 '씨와 날'의 밝은 풍요가 시인에게 더 큰 의미가 되고 있다. 시인의 주지에 의한 이와 같은 의미화를 통해 가난을 대하는 시적자아의 태도를 확인할 수 있다.

가난 속에서 반짝이며 정갈한 웃음의 물살과, 햇빛과 바람이 짜 올리는 씨와 날의 넘치는 풍요를 흥부를 통해 구축한 시인의 주지는, 흥부에게 금은보화를 안거준 전통적 설화구조로 지향한다. 그러나 그 주지는 단순한 지향에 그치지 않고 가난을 천명으로 받아들이는 굴절된 서사구조를 형상한다.

> 수수한 박나물로 한배 채우고
> 그거면 족한데요 제왕님!
> 부잣집 밥벅듯 굵은
> 이 浮黃든 내 얼굴에
> 天命으로 印찍힌 것인데요.
>
> —「흥부의 가난」에서

제6시집 『비 듣는 가을 나무』의 「흥부의 가난」에서 그는 전통적 설화구조를 굴절시켜 '부잣집 밥먹듯 굵은 / 이 부황(浮黃)든 내 얼굴에 / 천명(天命)으로 인(印)찍힌 것'이라고 흥부를 통해 상징적으로 자기를 드러낸다. 그는 이렇게 이미 가난을 초월해 있고, 자신에게 닿아 있는 가난을 천명(天命)으로 받아들임으로써 가난에서 야기된 서정적 한을 굴절시켜 자기 목소리를 형상한 것이다.

이와 같이 박재삼의 서정적 한이 현실 지향으로 나타날 때 그의 서정적 긴장은 흥부를 통한 가난의 형상으로 표출되었다. 『춘향이 마음』에서 그 서정적 한이 내면지향으로 나타날 때 서정적 긴장은 시인의 어렸을 적 체험 속에 남아있는 '남평문씨부인(南平文氏夫人)'의 추억과 설화 속의 '춘향'을 통한 구원의 형상으로 표출된다. 이것은 현실적 가난에 대한 외적 형상이 흥부를 통해 이루어진 것처럼, 내면적 가난 곧 상실된 자기동일성에 대한 내적 형상이 남평문씨부인과 춘향을 통해 이루어진 것이다.

겨우 예닐곱살난 우리를 그리 사랑하신 南平文氏夫人은
서늘한 모시옷 위에 그 눈부신 동전을 하냥 달고 계셨던 그와도 같이
마음 위에 늘 또하나 바래인 마음을 冠올려 사셨느니라.
—「어지러운 혼(魂)」에서

　홍부를 통해 현실적 가난을 대하는 자기세계를 구축한 것처럼, 심층의 한 상으로 남아 있는 남평문씨부인의 추억을 통해 상실된 내면세계의 동일성을 추구해 가며 참된 사랑의 의미를 형상한다.
　「어지러운 魂」에서 노래하고 있는 남평문씨부인의 '또하나 바래인 마음'은 어렸을 적 체험을 통해 시인의 심층에 연연히 잠재해 온 참된 사랑의 표상이다. 따라서 그는 이 남평문씨부인의 '바래인 마음'가에서 사랑을 배우며 삶의 기쁨도 만난다.

시방도 안 죽은 것 같은
南平文氏夫人의 마음가에 사랑일로서
햇무리로 손잡고 놀던 날 생각하면
왜 안 기뻐, 세상은 왜 안 기뻐야.
—「光明」에서

　'어지러운 혼(魂)'이 '광명'으로 변화할 수 있는 것은 어렸을 적 남평문씨부인의 추억에서 시인의 참된 사랑의 의미를 체득했고, 그 부인은 현재도 시적자아 속에 살아있기 때문이다.
　박재삼은 남평문씨부인과 함께 설화 속의 춘향을 소재로 구원 이미지를 구축한다. 가난의 주지가 설화 속의 홍부를 소재로 끌어들였던 것처럼 영혼의 상실 속에서 내면의 동일성을 구축하는데 설화 속의 춘향을 소재로 택하고 있다.

집을 치면, 精華水 잔잔한 위에 아침마다 새로 생기는 물방울의 선선한

우물집이었을레.

—「水晶歌」에서

'정화수(精華水) 잔잔한 위에 아침마다 새로 생기는 물방울의 선선한 우물 집'은 시인이 상징적으로 표현한 춘향이 마음이다. 이것은 곧 시인의 심층에 잠재한 남평문씨부인의 '바래인 마음'에 대한 표상이기도 하다. 이러한 마음 을 지닌 춘향이지만 전통적 설화구조 속의 춘향은 옥에 갇힌다. 시인은 그 옥중 춘향을 이렇게 노래한다.

> 목이 휘인채 꽃진 꽃대같이 조용히 춘향이는 잠이 들었다. 칼 위에는 눈 물방울이 어룽져 꽃이파리의 겹쳐진 그것으로 보였다. 그렇다, 그것은 달밤일수록 영롱한 것이 오히려 아픈, 꽃이파리 꽃이파리, 꽃이파리들이 되어 떨고 있었다.

—「華想譜」에서

'선선한 우물집'의 마음을 지닌 춘향이가 옥중에 갇혀야만 하는 전통적 설 화구조에 대한 강한 연민의 표현이다. 여기서 춘향은 꽃으로 비유되고 있다. 칼 속에 갇혀 있는 춘향의 목은 '목이 휘인채 꽃진 꽃대'로 비유되며 칼 위에 어룽져 있는 눈물방울은 '꽃이파리의 겹쳐진 그것'으로 비유되고 있다. 옥중 춘향에 대한 연민의 주지가 옥중을 꽃밭으로 형상해 낸 것이다. 이러한 주 지는 남평문씨부인의 죽음을 형상하는 것과 너무 비슷하다.

> 우리가 小時적에, 우리까지를 사랑한 남평문씨부인은, 그러나 사랑하는 아 무도 없어 한낮의 꽃밭 속에 치마를 쓰고 찬란한 목굼을 풀어헤쳤더란다.

—「봄바다에서」에서

'우리가 소시(小時)적에 우리까지를 사랑한 남평문씨부인(南平文氏夫人)' 이 '그러나 사랑하는 아무도'없었다는 것은 심층에 잠재한 남평문씨부인에 대한 시인의 연민이다. 이 부인이 '찬란한 목숨을 풀어헤친' 곳이 꽃밭 속에서 일어난 것처럼 춘향의 눈물방울을 꽃이파리로 상징했을 때 그 꽃이파리인 눈물방울이 쌓인 꽃밭에서 마침내 시인의 주지는 춘향이를 죽임으로써 전통적 서사구조를 거부하여 새로운 서사를 형상한다.

> 「당신이 오실 땐 그 많은 다른 모양의 당신 얼굴을 한 얼굴로 다스리시고, 또한 대밭 둘레길에 사무친 恨의 내 눈물일랑은 당신의 옷자락에 載陽치듯 환하게 하시라」고요.
>
> —「待人詞」에서

옥중 춘향에 대한 강한 연민으로 춘향을 죽였던 주지는, 춘향을 저승에서 다시 소생시킨다. 이 저승에서 다시 살아난 춘향이의 목소리를 통해 '선선한 우물집'인 춘향이 마음을 완성시키는 것이다. 이승에서의 그 사무친 한의 눈물들을 '당신의 옷자락에 재양(載陽)치듯 환하게 하시라'고 당부하는 저승에서 다시 살아난 춘향이 마음을 통해 우리는 구원을 형상하는 박재삼의 의식을 추적할 수 있다. 박재삼은 이처럼 전통적 서사구조 속의 춘향이를 굴절시켜 시적자아가 추구한 구원의 여인상을 형상한 것이다. 어렸을 적 가난 체험을 흥부를 통해 시적 형상으로 나타냄으로써 가난에 대한 시인의 의식을 드러냈듯이, 어렸을 적 남평문씨부인(南平文氏夫人)의 체험을 통해 시적 형상으로 재확인함으로써 구원한 내면의 동일성을 추구해 갔다.

3

『춘향이 마음』에서 흥부와 춘향을 통해 서정적 한을 형상했던 박재삼은 『햇빛속에서』와 『천년의 바람』을 거치면서 시선을 햇빛과 바람에 집중한다.

솔잎 사이사이
아주 빗질이 잘된 바람이
내 腦血管에 새로 닿아 와서는
그동안 허술했던
목숨의 운영을 잘 해보라 일러주고 있고……

살 끝에는 온통
금싸라기 햇빛이
내 잘못 살아온 서른 여섯해를
덮어서 쓰다듬어 주고 있고…….

그뿐인가,
시름으로 고인
내 肝臟 안 웅덩이를
세월의 동생 실개천이
말갛게 씻어주며 흐르고 있고…….

친구여,
사람들이 돌아보지도 않는
이 눈물나게 넘치는 資産을
혼자 아껴서 곱게 가지리로다.

—「정릉 살면서」 全文

　'빗질이 잘된 바람'과 '금싸라기 햇빛'은 시인에게 삶을 확인시켜주는 소
재로 나타난다. 바람은 '그동안 허술했던 목숨의 운영'을 다시 활기차게 소
생시켜 주고 있으며, 햇빛은 '잘못 살아온' 지난 날을 덮어 쓰다듬어 주고
있다. 이 바람과 햇빛을 '사람들이 돌아보지도 않는 / 이 눈물나게 넘치는
자산'으로 형상한 주지는 「홍부의 햇빛과 바람」에서도 나타난다.

　千石꾼 萬石꾼의 재산 불어나는

그 기쁜 인생도
저 햇빛과 바람이 짜 올리는
씨와 날의 밝고 넘치는 것을
당할 수야 없으리.

―「흥부의 햇빛과 바람」에서

'저 햇빛과 바람이 짜 올리는 / 씨와 날의 밝고 넘치는 것'을 자산으로 수용하는 태도는 현실적 가난에 대한 초월이다. '천석꾼 만석꾼의 재산 불어나는 / 그 기쁜 인생'도 당할 수 없는 눈물나게 넘치는 자산으로 형상함으로써 시적자아는 햇빛과 바람을 통해 현실적 가난을 초월하고 삶의 풍요를 얻는다. 이처럼 햇빛과 바람은 시인이 자기 세계를 형상하는 주요 이미지로 나타나고 있으며, 자아 상실의 갈등으로 인한 서정적 긴장을 극복하는 대상으로 작용하고 있다. 이것은 다음의 시편들에서도 확인된다.

올 여름은
삼베 홑이불로 살더위를 가렸더니
이 가을 들면서
千里끝 햇빛도 서늘하게 몸에 닿고

올 여름은 마늘酒로 입天障 가셨더니
이 가을 들면서
머리위 바람도 맑게 흐르네.

―「이 가을 들면서」 全文

그렇다면…… 오늘토록 남아서 반짝이는 빨래터의 빨랫돌처럼 個個보아 우리 목숨도 흐르는 햇살 속에 한 쪽은 몸을 담그어 잠잠하고 다른 한 쪽은 무얼 끝없이 뇌고 있는, 갈수록 찬란한 한 平生인지도 모를레라.

―「한나절 언덕에서」에서

지난 겨울에는
발을 굴르는 섭섭을 외면하고
바람은 친구를 안고
땅밑으로 땅밑으로 기어들더니
이제는 따로
새 정신이 들었는지
할미꽃 모가지를 타고 올라와
목숨이 좋다고
목숨 있는 것 근처에서만
喜喜樂樂하는고나.

바람아 바람아
네 앞에서 나는 늘
앞이 캄캄해진다.

—「바람 앞에서」全文

시방 햇빛은
꽃상여 곡소리를
아슬히 가려주고
바람은 또한 한겹 더 막는다.

—「꽃상여 곡소리」에서

'삼베 홑이불로 살더위를 가렸'고 '마늘주로 입천장 가셨'던 여름의 권태로움이, 가을 들면서 '천리(千里)끝 햇빛'이 서늘하게 몸에 닿고 '머리를 맑게 흐르는 바람'이 찾아들어 땀 밴 육신과 취기 어린 정신에 다시 생기를 넣어준다. 여기서 햇빛과 바람은 무력해진 시적자아에 생기를 넣어주는 소생 이미지로 나타나고 있다. 또한 「한나절 언덕에서」는 햇살이 '갈수록 찬란한 平生'을 이끌어 주는 요소로 드러난다. '한쪽은 몸을 담그어 잠잠하고 다른 한쪽은 무얼 끝없이 뇌고 있는'살아 움직이는 인간의 목숨을 형상해내는 것도 「햇살」을 통해서 드러나고 있다. 그리고 「바람 앞에서」에서는 바람의 생명력을 구축한다. 땅 밑으로 기어 들어간 바람은 생명력을 갖고 다시 소생하여 '할미꽃 모가지를 타고 올라와 / 목숨이 좋다고 / 목숨있는 것 근처에서만 / 喜喜樂樂'한다. 이것은 곧 죽음을 거부하는 바람의 생명력 형상이다. 시인이 바람 앞에서 '앞이 캄캄해'지는 것은 이 바람의 생명력에 대한 경이로움의 표현이다. '꽃상여 곡소리를 / 아슬히 가려주고' 그 위에 바람은 '한 겹더 막는다'에서 햇빛과 바람은 죽음의 상징으로 나타난 꽃상여의 서러운 곡소리를 가려주고 막아주는 삶의 생명력으로 나타난다. 이렇게 박재삼에게 햇빛과 바람은 삶의 자산이요, 육신과 정신에 생기를 소생시켜 주는 삶의 활력이며, 죽음과 통하는 꽃상여의 서러운 곡소리를 덮어주는 대상으로 인식되고 있다.

『춘향이 마음』 이후 박재삼은 고혈압으로 쓰러져 거의 반신불수가 되었다가 얼마 후 회복되었다 하는데, 그는 『햇빛 속에서』와 『천년의 바람』을 거치면서 이미 검토한 바와 같이 햇빛과 바람을 통해 삶의 활력을 형상했으나, 갈등을 드러냈고, 제4시집 『어린 것들 옆에서』에서는 자신의 자식들을 허무를 통해 노래하기도 했다.

大邱 近郊 과수원
가늘고 아득한 가지

사과빛 어리는 햇살 속
아침을 흔들고

기차는 몸살인듯
시방 한창 열이 오른다.

애인이여
멀리 있는 애인이여
이런 때는

허리에 감기는 비단도 아파라.

— 「無題」全文

‘대구 근교 과수원 / 가늘고 아득한 가지’에 시적자아는 머물러 있고 ‘기차의 몸살’처럼 열병에 대해 몸부림하고 있다. 이 몸부림의 긴장 속에서 시인의 의식은 ‘허리에 감기는 비단’에서도 아픔을 느낄 만큼 쇠락해 있다. 이러한 갈등 속에서 유발된 서정적 긴장이 ‘멀리 있는 애인’을 체험함으로써 시적자아는 분열을 인식하고 스스로 부끄러움을 드러낸다.

사랑하는 사람아,
네 맑은 눈
고운 불을
나는 오래 볼 수가 없다.
한정없이 말을 자꾸 걸어오는
그 수다를 나는 당할 수가 없다.
나이 들면 부끄러운 것,
네 살냄새에 홀려
살 戀愛나 생각하는
그 죄를 그대로 지고 갈 수가 없다.

— 「과일가게 앞에서」에서

멀리 있는 애인을 의식하면서 시적자아의 내면적 갈등을 드러냈던 「무제」에서의 서정을 「과일가게 앞에서」에서 다시 보게 된다. 사랑하는 사람의 ‘맑은 눈 고운불’을 오래 볼 수가 없고, ‘한정없이 말을 자꾸 걸어오는 그 수다’를 당할 수가 없으며, ‘살 연애나 생각하는 그 죄’를 그대로 지고 갈 수가 없다고 스스로 자신에 대한 부정을 되풀이하며 서정적 긴장을 드러내고 있다. 우리는 박재삼의 이러한 긴장을 통해 그의 내면적 몸부림과 시적자아의 갈등을 들을 수 있다. 「과일가게 앞에서」에서 시인이 현실적자아의 실상을 부정하면서 깨달은 것은 ‘나이들면 부끄러운 것’이다. 마침내 그의 주지는 이 부끄러운 서정적 긴장을 회복하고자 먼 나라로 지향한다.

먼 나라로 갈까나.
가서는 虛飢져
콧노래나 부를까나.

……[중략]……

고향의 뒷골목
돌담사이 풀잎모양
할 수 없이 솟아서는
남의 손에 뽑힐듯이 뽑힐듯이
나는 살까나.

—「小曲」에서

먼 나라로 지향한 시적자아는 그러나 머무를 곳을 찾지 못한 채 '고향의 뒷골목'으로 와 닿는다. 이것은 또 하나의 부끄러움과 몸부림이다. '돌담사이 풀잎모양 / 할 수 없이 솟아서는 / 남의 손에 뽑힐듯이 뽑힐듯이' 살리라고 돌담사이 풀잎에 시적자아를 투사함으로써 허리에 감기는 비단에서도 아픔을 느끼는 「무제」에서의 서정적 긴장을 또다시 드러낸다. 시인은 스스로의 몸부림에 사로잡혀 그 아픔을 굴절시키지 못하고 단지 드러내는데 그치고 있다. 부끄러움과 몸부림의 극복을 위해 먼 나라로 지향한 주지는 돌담사이 풀잎에서 시적자아를 체험함으로써 먼 나라로 가서 부르려 한 콧노래를 형상하지 못하고 있다. 박재삼의 이러한 갈등 인식의 서정은 바람 이미지를 통하여 자연의 이치와 조화된 사랑을 형상하면서 극복된다.

천년 전에 하던 장난을
바람은 아직도 하고 있다.
소나무 가지에 쉴 새 없이 와서는

간지러움을 주고 있는 걸 보아라
아, 보아라 보아라
아직도 천 년전의 되풀이다.
―「千年의 바람」에서

「천년 전에 하던 장난」을 아직도 하고 있는 바람에 주지(主旨)는 모인다. 이것은 바람이 지닌 끊임없는 삶의 활기이다. 부끄러움과 몸부림을 극복하려는 시인의 서정이 생명의 '간지러움'을 되풀이하는 바람에 주지를 집중함으로써 활기를 찾고 있다. 이제 시인은 바람과의 동일성 추구와 함께 자연의 보편적인 이치에 시적자아를 투영하여 사랑의 형상을 이룩한다.

여름 가고
가을 오듯
해가 지고
달이 솟더니,

땀을 뿌리고
오곡을 거두듯이
햇볕 시달림을 당하고
별빛 보석을 줍더니,

아, 사랑이여
귀중한 울음을 바치고
이제는 바꿀 수 없는 노래를 찾는가.
―「여름 가고 가을 오듯」에서

「여름과 가을」, 「해와 달」, 「땀과 오곡」, 「햇빛과 별빛」에 대한 자연의 이치에 사랑을 병치함으로써 사랑의 노래를 형상한다. 사랑이 '귀중한 울음을 바치고 / 이제는 바꿀 수 없는 노래'를 찾은 것은 자연의 이치와 동일한 체험

이다. 시적자아의 몸부림은 자연의 이치에 조화됨으로써 사랑의 노래를 형
상했다.

　자연의 이치와 조화한 사랑의 형상, 곧 '귀중한 울음을 바치고 / 이제는
바꿀 수 없는 노래'를 찾은 「여름 가고 가을 오듯」에서의 주지는 제4시집
『어린 것들 옆에서』에 이르러 자식들에게 시선을 돌리면서 허무를 체험한
다.

　　새벽 서릿길을 밟으며
　　어머니는 장사를 나가셨다가
　　촉촉한 밤이슬에 젖으며
　　우리들 머리맡으로 돌아오셨다.

　　선반엔 꿀단지가 채워져 있기는커녕
　　먼지만 부옇게 쌓여 있는데,
　　빚으로도 못갚는 땟국물같은 어린것들이
　　방안에 제멋대로 딩굴어져 자는데,

　　보는 이 없는 것,
　　알아주는 이 없는 것,
　　이마 위에 이고 온
　　별빛을 풀어놓는다.
　　소매에 묻히고 온
　　달빛을 털어놓는다.

―「어떤 귀로」 全文

　어렸을 적 가난체험과 현실의 가난이 동시에 시인에게 닿아있다. '빚으로
도 못갚는 땟국물같은 어린것들'은 현실의 시인의 자식들이며, 곧 어렸을 적
시인 자신의 표상이기도 하다. 『춘향이 마음』에서 가난의 주지가 외적 지향
으로 나타날 때, 흥부를 통해 가난을 초월한 서정을 상징적으로 형상해 냈

으나, 「어떤 귀로」에서는 가난의 주지가 내적지향으로 나타나면서 그 가난
을 어린것들을 통해 드러내고 있다.

> 나무잎이 지자
> 별들은 더 추워 보이고
> 드디어 언덕을 오르는 길목
> 나무가지에 열매처럼 열렸다.
> 이런 때에는
> 별빛 아슬히 닮은
> 눈물 괸 노래밖에는
> 나는 달리 부를 것이 없고,
> 그리고 내 四肢의
> 가난함을 새삼 느끼고
> 거기 매달린 어린것들을
> 한없는 사랑으로 쓰다듬게 한다.
>
> —「추운 열매」全文

　나뭇잎이 져버린 나뭇가지에 매달린 「추운 열매」에 시적자아를 동일시하
고 있다. 이것은 곧 '시인의 가난한 사지(四肢)'와 '거기 매달린 어린 자식들'
로 표상되면서 「어떤 귀로」에서와 같이 가난으로 인한 허무를 드러낸다. 나
뭇잎이 져버린 앙상한 나뭇가지에서 가난한 사지를 체험하고, 거기 매달린
추운 열매에서 어린 자식들을 체험하는 시적자아는 사랑이 넘치는 노래를
형상하지 못하고, 다만 '별빛 아슬히 닮은 / 눈물 괸 노래' 밖에는 부를 수
없다. 자연의 이치로 지향하여 귀중한 울음을 바치고 무엇과도 바꿀 수 없
는 사랑의 노래를 형상한 「여름 가고 가을 오듯」에서의 주지는 이제 앙상한
나뭇가지에 매달린 별들처럼 '내 사지(四肢)'에 매달린 어린것들을 한없이
사랑으로 쓰다듬고있다. 『춘향이 마음』에서 현실적 가난을 흥부를 통해 외
면지향으로 형상했던 시인은 『어린것들 옆에서』에서는 어린것들을 통해 내
면지향으로 드러내면서 가난을 더욱 아프게 체험하고 있다.

　　박재삼은 이와 같이 『햇빛 속에서』와 『천년의 바람』, 그리고 『어린것들 옆에서』를 거치면서 햇빛과 바람의 이미지를 통해 자연의 이치와 조화된 내면세계를 구축하는 한편, 어린 자식들을 통해 가난에서 출발한 허무를 서정적 목소리로 드러내기도 했다.

4

　　박재삼은 제5시집 『뜨거운 달』에 이르러, 가난과 서정적임을 형상하던 『춘향이 마음』에서의 주지를 중년이 된 시인의 서정과 조화롭게 화합한다. 그는 『햇빛 속에서』와 『천년의 바람』에서 햇빛과 바람을 통해 삶의 활력을 형상하던 그 주지를 다시 소생시켜 잃어버린 사랑의 노래를 형상한다.

> 겨울나무들은 알몸인 채
> 하늘의 韻에만 얹혀
> 서러운 가락들을 빚어내고 있더니,
>
> 어느 새
> 우수 경칩을 지나면서는
> 하는 수 없이 땅의 韻도 곁들여
> 차츰 밝은 가락 쪽으로 기울어 왔다.
>
> 사랑이여!
> 이제는 날씨도 서슬도 풀리어
> 나도 그대를 그렇다,
> 서러움을 넘어서서
> 기꺼이 기꺼이 만나고지고.

―「小曲」 全文

알몸인 채 '하늘의 운(韻)'에만 얹혀있던 겨울나무들의 서로운 가락에 이제 '땅의 운(韻)'이 곁들여 밝은 가락으로 기울어 온 것은 땅의 운(韻)이 밝은 가락으로 표상되었다기보다는 하늘의 운(韻)과 땅의 운(韻)과의 조화가 밝은 가락을 창출한 것이다. 하늘과 땅의 화합을, 가락을 통해 형상한 시인의 주지는 '서러움을 넘어서서 / 기꺼이 기꺼이' 사랑을 만난다. 이 사랑은 괴로움을 겪고 이승에 아름다움을 보태는 인고의 결실인 것이다.

> 땅과 바다의
> 몸부림이 있고 나서 비로소
> 땅은 아름다와지고
> 바다 또한 아름다와졌느니
>
> 사랑이여
> 너 숨이 찬 新綠이 있고
> 너 출렁이는 별이 있고
> 요컨대 괴로움이 있고 나서
> 이승에 아름다움을 보태게 되는가.

— 「和合」에서

『어린것들 옆에서』에서 가난에서 출발한 아픔과 허무를 어린것들을 통해 그대로 드러냈던 시적자아는 이제 자연의 이법과의 조화를 지향하는 서정적 긴장을 드러낸다. 몸부림과 아름다움, 괴로움과 아름다움은 시인에게 의미 있는 긴장으로 인식되면서 몸부림과 괴로움을 아름다움에 앞서 깨닫고 있다. 「和合」에서 시인의 주지는 '몸부림'과 '괴로움'을 이승에 아름다움을 보태는 근원으로 인식한다. '땅과 바다의 / 몸부림이 있고 나서 비로소 / 땅은 아름다워지고 / 바다 또한 아름다와'졌듯이 사랑도 괴로움이 있고 나서 '이승에 아름다움을 보태게'되었다고 자연의 이치에 사랑을 병치함으로써 참된 사랑의 아름다움을 형상한 것이다.

　박재삼은『뜨거운 달』에서 자연의 이치와 화합한 사랑을 형상해내는 한편 죽음에 대한 인식을 이승과 저승을 투영하는 주지로 형상한다.

　　한여름은 누님의 저 서늘한
　　모시옷을 통해
　　딴 세상이 보이더니
　　이 가을은
　　고추잠자리의 선연한 날개를 통해
　　저 쪽 세상이 보인다.

—「고추잠자리를 보며 · I」에서

　'고추잠자리의 선연한 날개'를 통해 저쪽 세상을 보는 박재삼의 서정에는 이승과 저승을 투영하는 시적 시선이 있다. 한여름에 누님의 모시옷을 통해서 보았던 '딴 세상'이, 이 가을에 고추잠자리의 날개를 통해 보이는 '저쪽 세상'으로 재현되면서 박재삼의 주지는 저승을 투시하고 있다. 누님의 모시옷과 고추잠자리의 날개를 통해 딴 세상과 저쪽 세상을 보는 것은 이승과 저승의 투명성 형상이며, 죽음에 대한 시인의 인식이다. '누님의 서늘한 모시옷'과 '고추잠자리의 선연한 날개'를 이쪽 세상과 저쪽 세상의 경계로 형상함으로써 시적자아는 이승 이쪽과 저승 저쪽을 함께 투영한다. 박재삼은 제6시집『비 듣는 가을 나무』에서는 「미류나무」를 통해 이승과 저승의 주지를 형상한다.

　　미류나무가 줄지어 선
　　이 길은 어디까지 뻗었는가.
　　그것을 마음으로 헤아려 보고,
　　그 잎사귀들이 어울려 속삭이는
　　미세한 여러 소리를 듣고,
　　또 햇빛에 바람에
　　그윽한 가락을 짜올리는

비밀도 알아내고,
멀리 이승 가에서 온
빛나는 무늬도 캐어 읽는다.

—「미류나무와 함께」에서

손에 잡힐 듯 미류나무에는
황금이 와서 엉긴
한시도 쉬지 않고 팔랑팔랑
반짝이는 이파리들이 딸려
놀고 있음을 본다.

아무것도 하지 않은 체하면서
저승에 가 배워온 몸짓인가
제일 놀라운 것을 해내는
햇빛에 바람에 희롱하는
이 미칠 것 같은 물결이여

—「어떤 고백」에서

「미류나무와 함께」에서 시적자아는 '미류나무가 줄지어 선' 그 길에 서서 '이 길이 어디까지 뻗었는가' 헤아리면서 '그 잎사귀들이 어울려 속삭이는 / 미세한 여러 소리'를 듣고, 햇빛에 바람에 짜 올리는 '그윽한 가락'의 비밀도 알아내고, '멀리 이승가에서 온 / 빛나는 무늬'도 캐어 읽고 있다. 이것은 삶에 대한 시적 인식이며, 그는 미류나무를 통해 그 삶을 관조한다. '멀리 이승 가에서 온' 미류나무의 빛나는 무늬는 「어떤 고백」에서 '아무것도 하지 않은 체하면서 / 저승에 가 배워 온 몸짓'으로 표상되며, 햇빛에 바람에 짜 올리는 '그윽한 가락'의 비밀은 '햇빛에 바람에 희롱하는 / 이 미칠 것 같은 물결'로 나타난다. 멀리 이승가에서 온 미류나무의 빛나는 무늬와 저승에 가 배워 온 미류나무의 조용한 몸짓에는 이승과 저승을 동시에 보는 시인의 주지가 서려 있다. 그 주지가 미류나무를 통해 죽음에 대한 인식의 투명성을 형상한다.

아, 네가 선 그곳은
이승 저 쪽도
저승 이 쪽도 아닌
혼령만 남은 자리인 줄을 모르고나.

— 「미류나무」에서

　　이승과 저승이 공존하는 미류나무가 서 있는 그 곳에서 죽음을 인식한다.
박재삼은『뜨거운 달』과『비 듣는 가을 나무』에서 괴로움과 몸부림을 아름
다움의 근원으로 이끌어 자연의 이치와 화합한 참된 사랑의 아름다움을 형
상했고, 고추잠자리의 날개와 미류나무를 통해 이승과 저승을 투시하면서
죽음에 대한 인식의 투명성을 형상했다.

5

　　최근 박재삼은『추억에서』라는 일곱 번 째 시집에서 유년시절 추억을 재
구성하며 오늘의 메마른 현실세계에 대한 서정적 긴장을 드러낸다.

이렇게 무더운 날은
풍덩 바다에 뛰어들어
시원한 물을 살갗에 대고
怨도 恨도 없이 젖으면 됐다.
발가벗은 몸에 여름 더위는
숨이 목에까지 닿아 溺死 직전으로 허덕였다.
그러나 서울에 오고 나서
더 쉽게 말하자면 나이 들고 나서
무슨 염치나 체면 차리는 일에
묻혀 살고부터는
하늘과 바다에 대해서조차

大明天地 알몸이 안 되었다.

가리는 것이 너무 많았다.
명예나 서푼어치 권리를
지나치게 찾았다.

어차피 인생은
빈 몸으로 왔다가 빈 몸으로 가거늘 왜 그럴까.
文明의 허울 좋은 굴레에 씌인 채
바다에 뛰어드는
어린 시절의 놀아도 부지런히 노는 현실이
송두리째 뺏긴 허망함이여!

—「追憶에서·28」 金文

　시인은 현실세계 속에 어렸을 적 체험을 대비하고 있다. '하늘과 바다에 대해서조차 / 大明天地 알몸이' 될 수 없는 염치나 체면 차리는 일에 묻혀 사는 현실세계에서 시인의 주지는 무더운 날 '발가벗은 몸'으로 원도 한도 없이 바다에 뛰어들던 유년시절의 체험을 형상한다. 명예나 서푼어치 권리를 지나치게 찾고, 가리는 것이 너무 많은 현실에서 시적자아는 '文明의 허울 좋은 굴레에 씌인 채' 어린 시절 벌거벗은 몸으로 바다에 뛰어들던 그 놀이를 '송두리째 뺏긴 허망함'을 절감한다. 황폐한 오늘의 세계를 강하게 체험할수록 시적자아는 유년시절의 체험을 통한 내면세계를 강하게 구축해 낸다. 그의 주지가 유년시절 체험을 형상하고 있는 몇 편의 시를 보이면 다음과 같다.

　이 바다처럼 잡히지 않는
　허망하고 소박한 견해를
　그러나 신앙처럼 가졌었다.

—「7」에서

멀리 바닷가에서
우리는 가진 것이 없어도
그 소리를 길어 내고 있었다.
쟁쟁쟁 그득히 거두는
황홀 밖에는 딴 것이 없었다.

—「12」에서

해수욕을 하고 나면
닦을 수건도 없이
고추를 내놓고 몸을 말렸다.

—「13」에서

바지는 입어도 고추가 새파라니 언채
바닷가 언덕에서 전쟁놀이를 했다.

—「29」에서

어린 정신은
늘 신명나는 경치에 부풀어 있었다.

—「57」에서

그러한 꿈은 깨어도
현실 속에 남아 있었다.
꿈과 현실이
따로따로 노는 것이 아니라
완전히 하나로 연장되어 있었다.

—「62」에서

　박재삼은 현실적자아와 시적자아 사이의 괴리를 유년시절의 체험을 재구
성하면서 극복한다. 바다처럼 잡히지 않는 허망하고 소박한 견해를 '신앙처
럼' 가졌던 「7」, 유년시절에는 꿈과 현실이 '완전히 하나로 연장되어' 있었고
「62」, 어린 정신은 항상 '신명나는 경치'에 부풀어 있었다고 「57」, 오늘의 관

점에서 유년 체험을 구축한다. 바닷가에서 해수욕을 하고 전쟁놀이를 했던 그 소박한 추억에서 시인의 주지는 '닦을 수건도 없이 / 고추를 내놓고 몸을 말렸'으며 「13」, '바지는 입어도 고추가 새파라니 얼었던' 「29」, 체험을 형상(形象)한다. 또한 「12」에서는 바다소리에서 마음의 풍요와 황홀을 얻었던 시적자아가 강하게 구축된다.

박재삼이 이처럼 소박한 꿈과 마음의 풍요가 있던 유년시절의 체험을 재구성한 것은 현실세계에서 좌절당한 동일성을 유년체험의 형상을 통해 회복하고자 한 때문이다. 그것은 현실세계에서 상실당해 가는 유년 시절의 꿈을 형상하고 있는 다음의 시편들에서 구체적으로 드러난다.

> 나무하러 가서도
> 오늘은 이 능선으로
> 내일은 저 골짜기로
> 갈래가 한정없이 많아
> 하루는 마른 솔가지를 단으로 묶고
> 하루는 갈퀴로 낙엽을 긁어 모으기도 했다.
> 요컨대 무궁한 자연의 변화를
> 마음대로 캐어 등에 지고 왔었다.
> 쉰이 넘은 오늘은
> 그런 헛된 꿈도 없어진 쓸쓸함이여.
>
> ―「9」에서

> 그 아름다운 바다가
> 그러나 내 나이 쉰이 넘은 눈에는
> 시들하고 멋대가리 없는 것으로
> 어느새 둔갑하고 있었다.
>
> ―「16」에서

> 아직도 그때 그 시절의
> 햇빛은 변함없이 내릴 테지만

많이는 때가 묻어 버린
힘이 처진 노년의 그것으로
탈바꿈하는 기막힌 것이여!

— 「43」에서

어렸을 적 나무하러 가던 체험에서 시인의 주지는 '무궁한 자연의 변화를 / 마음대로 캐어 등에 지고' 왔던 것을 형상한다. 쉰이 넘은 현실의 관점에서 그것이 비록 '헛된 꿈'이었다 하더라도 시적자아는 '그런 헛된 꿈도 없어진 쓸쓸함'을 절실하게 깨닫는다. 그 아름답던 어렸을 적 바다가 쉰이 넘은 시인에게 '시들하고 멋대가리 없는 것'으로 변해가고, 그때와 변함없는 햇빛이 '많이는 때가 묻어 버린 / 힘이 처진 노년의 그것으로' 탈바꿈하는 기막힌 현실을 고통스럽게 체험한다. 황폐한 현실의 압박 속에서 동일성을 상실당한 시적자아는 유년체험을 형상하여 내면세계를 구축한 것이다. 현실의 외부세계에 절망할수록 어렸을 적 체험을 통한 내면세계를 그만큼 더 강하게 구축하여 시적자아의 동일성을 추구해 가는 주지는 『추억에서』의 시집 전편을 주도하는 주조였다. 그는 이처럼 황폐한 현실세계와 시적자아간의 갈등에서 유발된 서정적 긴장을 추억의 형상을 통해 회복해 갔으며, 자신의 내면세계를 구축했다.

지금까지 첫 시집 『춘향이 마음』에서 최근의 『추억에서』까지에 이르는 일곱 권의 시집을 통해 드러난 소재와 주지를 중심으로 그 속에 투영된 박재삼의 서정과 시세계를 검토했다.

『춘향이 마음』에서 박재삼은 가난에서 출발한 사무친 한을 설화 속 흥부를 통해 외면지향으로 표출하면서 '황금보다 값진 웃음살'과 '햇빛과 바람이 짜 올리는 씨와 날의 밝고 넘치는 풍요'를 창출함으로써 가난을 대하는 시적자아의 태도를 상징적으로 드러냈다. 그리고 그의 서정적 한이 내면지향으로 나타나면서는 남평문씨부인(南平文氏夫人)의 추억과 설화 구조 속의 춘향의 굴절을 통해 「바래인 마음」과 「선선한 우물집」의 마음을 가진 구원의 여인상을 형상하여 내면세계를 구축했다.

『햇빛 속에서』와『천년의 바람』, 그리고『어린것들 옆에서』를 거치면서는 햇빛과 바람을 통해 삶의 생기를 확인하고, 자연의 이치와 화합한 참된 사랑의 아름다움을 형상했다. 반면 또 다른 한편으로는 현실적 자신의 열병으로 인한 서정적 긴장과, 현실적 가난에서 야기된 허무를 어린 자식들을 통해 드러내기도 했다.

이어서『뜨거운 달』과『비 듣는 가을 나무』에서는 하늘과 땅의 조화로운 화합을 노래하며, 자연의 이치와 병치된 참된 사랑의 미를 형상했고, 고추잠자리의 선연한 날개와 미류나무를 통해 이승과 저승을 함께 투시하며 죽음에 대한 인식의 투명성을 형상했다.

최근의『추억에서』에서는 황폐한 현실세계에 대한 시적 반응으로 유년체험을 재구성했고, 유년시절의 헛된 꿈마저 유린당해 가는 현실과의 갈등 속에서 이 유년체험의 형상을 통해 시적자아의 동일성을 추구해 갔다.

이와 같이 박재삼의 시력여정(詩歷旅程)은 한결같이 사무친 한과 자아 상실에서 야기된 서러움과 괴로움의 정서 속에서 자기세계를 형상하는 일이었다. 그는 '눈물', '구원(久遠)', '빛', '바람', '죽음', '추억' 등의 이미지를 통하여 서정적 한(恨)을 형상하며 자신의 의식을 드러냈다. 우리는 이러한 이미지들에 투영된 시인의 전갈을 추적하면서 박재삼 시의 정체와 시세계를 확인하는 것이다.

'밀핵(密核)'과 '반투명(半透明)'의 의미

— 성찬경

1

한 편의 시작품은 시인이 현실을 보는 안목(眼目)이며, 그것의 인식이다. 사물과 사물을 연관지우고, 인간과 세계 사이에 매듭을 만드는 일, 그것이 바로 시적 인식이다. 이 인식으로 시인은 세계를 자아화하여 새로운 세계를 창조해 낸다. 우리는 시인이 재편성한 이 세계 질서를 통해 시인의 내재적이고 잠재적인 인식을 읽어 내며, 그것을 재체험하는 것이다. 이와 같이 시인의 개성은 사물과 세계에 대한 인식방법과 대현실안(對現實眼)의 특징으로 갈무리된다.

첫 시집 『화형두주곡(火刑遁走曲)』에서 근자 『반투명(半透明)』에 이르는 4권의 시집과 70년대 후반부터 꾸준히 연작해 온 일련의「나사」시들, 그리고 최근에 발표한 수 편의 시작품을 통해 볼 때, 성찬경의 서정과 인식을 일관하는 보편적 질서는 대상에 대한 치밀한 탐닉(眈溺)이다. 그는 이 미시적 안목으로 상반되거나 모순되는 이미지들을 충돌시켜, 여기서 일어나는 에네르기를 통해 자신의 시세계를 구축해 간 시인이었다. 이 글은 『화형두주곡』 이후 오늘의 시에 이르는 성찬경의 시력여정(詩歷旅程)을 일관하는 시적 질서와 시문법을 통해, 그의 시적인 인식태도와 시세계를 밝혀보려고 한 것이다.

성찬경은 유난히도 자기옹호(自己擁護)의 시론(詩論)을 고집해 온 시인이다. 그는 「밀핵시론(密核詩論)」을 위시로 한 시론들과, 「시작법(詩作法)」 등 일련의 시를 통해서 자신의 시관(詩觀)과 시작법(詩作法)을 드러낸다. 그러나 궁극적으로 시는 그 자체의 법칙성을 지닌 자족적 실체로서 이해될 때, 시작품은 분석의 대상만이 아니라 독자의 개별적 체험에 의한 새로운 의미와 다양한 이해가 가능해진다. 그만큼 시는 자유로워지고 새로워질 수 있는 개방된 실체로 존재하게 되는 것이다. 자기 옹호의 시론이 그의 시를 이해하는 데 암시적인 경우가 없지는 않지만, 그것만을 유일한 근거로 이해하려 들 때, 시는 제한되고 폐쇄된 실체가 되어버린다.

성찬경의 경우, '밀핵시론'으로 대표되는 자신의 시론이 그의 시적 특징을 이해하는 데에 단서가 되어 주는 것은 사실이다.

> 「密核」이란 내 詩 속에 담은 나의 「이미지」들의 궁극적인 構成因子에 붙인 이름이다. 말하자면 내 「이미지」의 원형질인 것이다. 언어의 「밀핵적(密核的) 방법」이란 낱말 하나 하나에 가능한 최대한의밀도를 넣고, 따라서 낱말의 집합체인 센텐스에도 최대한의 무게를 주려는 방법을 말한다. …… 「밀핵적(密核的) 방법」의 첫째의 요건은 말의 彈力度의 정밀한 측정이다.
>
> —「詩와 詩作 노오트」(『世代』, 1963. 9)에서

이른바 '밀핵(密核)詩'를 추구하여, 말의 탄력도를 정밀한 측정을 통해 낱말 하나 하나에 최대한의 밀도를 부가하려는 시작태도를 보여준다. 그가 이처럼 밀핵적 방법을 강조하는 것은, 언어의 밀핵적 방법에 의해서 '密核이미지'가 살아날 때 비로소 성공한 밀핵시(密核詩)가 된다고 보기 때문이다. 그의 시편들을 통해 보면, 그가 얼마만큼 이 밀핵적 방법에 집착하고 있었는

가는 쉽게 드러난다.

神의 精蟲 / 빛날수록 / 暗黑이다.
—「밤, 달, 별 期他」에서—「3, 별」全文

비오는 날의 C路는 기나긴 水族館 / 안으로 안으로 들어가면 / 街路樹는 고요히 뒤로 흘러간다. / 쇼오윈도우를 튀어나오는 / 부르다 입이 째질 째즈의 물결을 타고 / 많은 女子와 男子가 헤엄을 친다.
—「젖은 관념」에서

서럽도록 하이얀 / 스스로의 肉身을 저며가며 / 한 貴骨이 타고 있어요. / 밤은 낮이 아니군요. / 꿈들이 고드름들 되어서 열리는 / 이곳은 黃昏과 黎明이 문지기하는 / 깊숙한 굴 속이예요.
—「촛불의 狂想曲」에서

무슨 樂器를 / 어떻게 타는 것일까 귀뚜리. / 그 솜씨 音響을 빗질해서 電子를 가려내어 / 마구 亂射하는 것이렸다. / dada. 多調無調. 前衛作曲歌.
—「벌레 夜話」에서

『화형둔주곡(火刑遁走曲)』에 실려있는 초기작들이다. 그가 대상을 얼마나 감각적이고 미시안적(微視眼的)으로 그려내고 있는가를 알 수 있다. 별을 '신의 정충'으로, 비오는 날의 C로를 '기나긴 수족관'으로, 귀뚜리 소리를 '음향을 빗질해서 전자를 가려내어 / 마구 난사하는 것'으로 묘사하는 시적 인식이 그것을 보여준다. 또한 '빛날수록 / 암흑이다', '이곳은 황혼과 黎明이 문지기하는', '다조무조(多調無調)' 등과 같이 대립적 시어의 충돌을 통해 대상에 새로운 이미지를 구축해 내고 있다. 그러나 이러한 치밀한 관찰과 의미의 충돌을 상징으로 유도하여 시의 주제로 유기화시키지 못하고 해체 자체에 그치고 마는 한계를 안고 있다.

3

자신의 시론에서도 밝히고 있듯이 성찬경은 언어의 탄력도와 밀도에 집착하고, 대립·모순되는 이미지의 언어를 충돌시켜 시적 에네르기를 얻고, 그것을 통해 자신의 시세계를 구축하려 했다. 그만큼 그는 미시적인 안목으로 대상을 분해하고, 단세포를 통해 우주의 질서를 보아내려 한 것이다. 문제는 대상이나 언어 자체에 대한 그같은 미세한 관찰에서 드러나는 대현실안(對現實眼)과, 대립된 이미지의 충돌로 인해 야기되는 에네르기의 실상을 확인하는 일이다. 이것이 곧 성찬경의 시세계를 밝히는 일이 될 것이다.

그가 언어 자체의 전경화(前景化)와 이미지의 충돌에 집착한 것은 언어의 탄력도와 시적 에네르기를 극대화하려는 시적의장(詩的意匠)의 결과이다. 초기의 시작(詩作)에서 이 같은 시적 특성을 가장 잘 드러내 주는 시에 「태극」이 있다.

천사와 악마 혼이 잔치에서 새어나오는
법열에 흐느끼는 柔聲의 갈래갈래.
보라. 바다 위에서 타는 불이 하늘을 사른다.
영혼은 달아날 궁리를 하고 육체는 아플수록 띠를 죈다.
끝없는 싸움의 舞蹈. 금슬 좋은 雌雄.
핥으며 빨며 물어뜯고 달래며 속삭이며 쓰다듬는다.
腦髓와 정액. 해골과 자궁이 서로 꼬리를 문다.

—「태극」에서

太極의 양극단에서 시적자아는 동질의 근원을 보아 낸다. 천사와 악마의 혼인 잔치에서 '법열(法悅)'에 흐느끼는 유성(柔聲)'을 듣고, 영혼과 육체의 모순된 싸움에서 '금슬좋은 雌雄'을 발견하며, '뇌수(腦髓)와 정액(精液)', '해골과 자궁'을 연결시켜 동질의 근원을 구축해 낸다. 이들의 충돌이 단순한 기교에 그치지 않고 보다 밀도있는 이미지로 형상되는 것은 이것들이 원형질적으로 동일한 핵(核)이라는 시적자아의 일관된 대사물안(對事物眼) 때문이다. 그만큼 그는 모순된 대상을 원소로 분해함으로써 시공(時空)과 대상을 초월한 우주적 생명과 질서를 그려내고 있다.

> 이때, 육체의 붉은 능욕이 한창일 때
> 문득 비쳐 오는 듯 싶은 영혼의 모습.
> 아마 엷은 웃음으로
> 시름을 달래고 있을 것이다.
> 다시 돌아오기 위해서는
> 마음 놓이는 방패라는 듯이
> 약한이의 참을성과 끈기만으로 견디어내는
> 영혼의 모진 꾀의 무량을
> 엿볼 수 있는 듯 싶어 驚愕하는 것이다.

—「手術」에서

대상을 얼마만큼 정치하고 미시적으로 관찰하고 있는가를 알 수 있다. 수술현장에서 육체와 영혼의 상호분리를 형상해내는 주지(主旨)는 오히려 각각의 개체를 더욱 구체화시키고 있다. '육체의 붉은 능욕이 한창일 때 / 문득 비쳐 오는 듯 싶은 영혼의 모습'은 육체와 영혼의 표리관계에 대한 인식이다. 육체의 붉은 능욕이 진행될수록 영혼은 다시 돌아올 자신의 표면구조를 위해 '엷은 웃음으로 / 시름을 달래고', '마음 놓이는 방패'로 구체화한다. 시적자아는 육체와 분리되면서 구체화된 이 영혼의 실체에서 '약한이의 참을성과 끈기만으로 견디어내는 / 영혼의 모진 꾀의 무량'을 인식해 내고 있다. 마취된 육체의 모습을 통해 놀랍게도 구체화한 영혼의 모습을 보아낸 것이다. 이러한 주지(主旨)는 다음의 작품에서도 쉽게 발견된다.

불과의 친교에서 禮儀가 허물어져

불에 너무 接近한다.
「瞬間이란 이런 것」하고 깨우치듯
불이 불의 본질을 나의 살에 烙印한다.

살아 남은 살의 최전방에선
즉시 재생의 작업이 아프게 진행된다.
시시각각 이 아픔은 차라리 시원하다.

꽈리가 열리고 그 속에 반투명의 玉이 풀리고
이윽고 遺滅이 있고 껍질이 벗겨지고
여린 싱싱한 새살이 나타날 때
火傷의 기억이 완성된다.

그래서 생각하는 것이다.
불이 이렇게 살을 가지고 가듯
죽지 않을 만큼 나의 영혼을 지질 <불>은
지금 어디메를 헤매길래
나의 영혼이 이리 오솔오솔 떨리기만 하는가를.

—「火傷小感」全文

　‘불과의 친교에서 예의’는 적절한 거리 유지이다. 이 거리 유지가 허물어
졌을 때 ‘불이 불의 본질을 나의 살에 낙인한다’. 화상을 ‘불의 본질의 낙인’
으로 표출한 점이나, ‘살아 남은 살의 최전방’과 같은 묘사에서 정교하고 밀
도 있는 그의 시적 특성을 볼 수 있다. 아프게 진행되는 ‘재생의 작업’에서
‘차라리 시원’함을 역설적으로 체험하는 시적자아의 모습은, 마취된 육체를
통해 구체화된 영혼을 체득하는 「수술」에서의 모습이다. 시적자아는 화상
을 통해 오히려 불과의 가장 밀착된 친교를 체험하고 있다. 이 친교의 주지
가 ‘오솔오솔 떨고 있는 영혼’으로 지향할 때 ‘죽지 않을 만큼 나의 영혼을
지질 불’을 갈망하게 된 것이다.

성찬경은 대상에 대한 미시적 관찰과 대립된 이미지의 충돌이라는『화형
둔주곡』을 일관하는 시적의장(詩的意匠)을 「벌레소리 頌」과 「時間吟」의 시
편들에서도 지속적으로 집착하고 있다.

어느 하늘엔가 땅 속엔가에
소멸하듯 육신은 숨기고
목숨의 대롱과 실로
불며 부비며 소리만을 날려 보내는

그 可死의 미묘
그 궁극의 단순.
그 脫魂의 맑음.

—「벌레소리 頌」에서

네 생일에 네 모양은 地球다.
그러나 네가 폭포나 빙산이나 김일 때
네 모양은 숨는다.

—「물방울 소묘(2)」 전문

울긋불긋한 인간혈구들이
제각기 다른 커어브를 그리며
平日의 역사를 엮어 나간다.
여기서 낙하하면 죽음을 넘어
저 심연의 「原地上」에 닿을 것이다.
그러나 나는 난간을 더욱 꽉 쥐며
이 금단의 열매를 먹지 않는다.
벌써 나의 심령은 어지간히 달아 있고
광화문의 입체는 차츰
크나큰 형상문자로 변모해 간다.
나는 이 입체적인 수수께기를 풀지 못한다.

—「광화문규감도(光化門窺瞰圖)」에서

한땐 나를 허물던 모순이
이젠 나를 떠받치고 있다.
나의 모순으로 나의 불이 꺼지지 않고
나의 물이 마르지 않는다.
나는 나의 모순으로 움직인다.

―「矛盾律」에서

「벌레소리 頌」에서 벌레소리에 대한 시적 인식이나「물방울 소묘(2)」에서 물방울에 대한 시적 형상을 보더라도, 시인의 대사물안(對事物眼)이 얼마나 치밀하고 감각적인가를 알 수 있다. 육신을 숨기고 '목숨의 대롱과 실로 / 불며 부비며 소리만을 날려 보내는' 벌레소리의 서정을 '可死의 미묘', '궁극의 난순', '脫魂의 맑음'으로 인식하는 시인의 주지(主旨)는 물방울에서 지구를 보아낸다. 그만큼 대상 그 자체를 치밀하게 관찰하며, 미세한 대상에도 절대의 의미를 부여한다. 대상에 대한 치밀한 분해와 함께『화형둔주곡』의 주조(主調)였던 대립된 이미지의 충돌은「광화문규감도」와「모순율」에서도 잘 드러난다. 다양한 인간들이 제각기 엮어 나가는 '평일의 역사' 속에 시적자아의 모습이 드리워져 있다. 거기에 있는 시적자아는 '여기서 낙하하면 죽음을 넘어 / 저 심연의 원지상'에 닿을 것이라고 인식하는 자아다. 그러나 낙하해서는 안 된다는 상반된 또 하나의 인식에 의해 이 '금단의 열매'를 먹지 않고 '난간을 꽉 쥐며' '평일의 역사'를 엮어 나간다. 이 상반된 인식의 충동은 풀지 못할 '입체적인 수수께끼'로 남아 있다. 그것은 곧 모순의 수수께끼이며, 시인을 떠받치고 있는 근원이다.「모순율」에서 시인은 그것을 고백하고 있다.

4

성찬경의 시력여정(詩歷旅程)을 통해 볼 때, 그의 시의 본령(本領)은「나사」

연작시들과 제4시집 『반투명』의 시편들에서 찾을 수 있다. 시의 기법을 의도적으로 제시함으로써 상대적으로 시정신(詩精神)의 공허를 드러냈던 초기시에서의 한계를 「나사」시와 『반투명』에서는 극복해 내고 있다. 대상과 언어에 대한 치밀한 관찰과 모순된 이미지들의 밀도있는 충돌이라는 이른바 밀핵적 방법이 이때부터 단순히 시의 기법에 머무르지 않고 시정신 속에 습윤됨으로써 독특한 시세계를 구축하게 된다.

시 쓰는 일은 사물과 사물을 관계짓게 하고 인간과 세계 사이에 새로운 관계를 맺게 하며, 이름 없는 사물에 이름을 부여하는 일이다. 평범하게 닫혀진 채로 존재하는 사물과 세계는 시와 만남으로써 개방되며 생명력을 얻는다. 성찬경은 시의 소재로 「나사」에 지속적인 집착을 해오면서, 나사의 세계를 열고 새로운 이름을 부여한다.

> 文脈에서 벗어나
> 의미를 잃은 너.
> 母船에서 버림받아
> 영원한 迷兒가 된 것 이외엔
> 딴 의미가 없는 너.
> 허나 의미의 零點에서 피어나는 絶對意味.
> 야릇한 값의 轉換.
>
> ―「나사・3」에서

> 이번엔 너희들이
> 많은 탑이구나.
> 음나사와 양나사가 화합하여
> 영원한 心理의 안식 위에
> 세워진 나사탑의 고을.
> 이를테면 석가탑의 계열도 있고
> 다보탑의 계열도 있고
> 염거화상탑의 계열도 있고

피사의 사탑이나
에펠탑의 계열도 있지만
통틀어서 너희들은
이미 지상의 樣式은 아니다.
우주의 먼 어느 이역의 양식.
나사탑의 고을에
합창이 인다.
(귀로는 들을 수 없는).
너희들이 스스로 부르는
진혼곡인가.
번쩍이는 니켈도금과
무디디 검은 쇠 사이의
빛의 音階가
반주를 한다.
휘황한 幻想이 난다.
환희라 할까
슬픔이라 할까.
다만 이름할 수도 없이
장엄하고 아름다운
나사탑의 고을의
울림

—「나사·4」全文

　시인이 조우하는 나사는 연결의 기능을 상실한 버려진 나사이다. 일상 현실에서 볼 때 나사는 연결의 기능을 수행할 때만 비로소 나사가 된다. 이 일상의 역할이 상실될 때 그것은 이미 나사가 아니라 한낱 쇠붙이에 불과하다. 그러나 이 무의미해진 나사는 시와 만남으로써 새로운 의미 세계로 부활한다. '문맥에서 벗어나' 있는 존재, '모선에서 버림받아 / 영원한 미아가 된' 아무런 의미가 없는 그 존재에 시인은 '의미의 영점에서 피어나는 절대 의미'를 부여한다. 시인과의 조우를 통해 나사의 의미는 '야릇한 값의 전환'

으로 새롭게 열린 것이다. 「나사·4」에서 시인은 나사들을 탑과 연결시킨다. '음나사와 양나사가 화합하여 / 영원한 심리의 안식 위에 / 세워진 나사탑의 고을'을 형상한다. 그것은 현실적 공간의 탑이 아닌 추상적 공간의 탑이다. 따라서 나사탑은 '이 지상의 양식'이 아닌 '우주의 먼 어느 이역의 양식'이 된다.

이 추상적인 영원의 공간에서 시적자아는 '귀로는 들을 수 없는' 나사탑 고을의 합창을 듣는다. 그 노래는 지상의 양식에 드리워 있는 시인의 넋을 위로하는 진혼곡일 수도, 일상의 기능을 수행했던 현실적 공간 속에서의 자신들을 위안하는 진혼곡일 수도 있다. 이 합창의 반주는 '번쩍이는 니켈도금과 / 무디디 검은 쇠 사이의 / 빛의 음계'가 담당한다. 그의 시편들을 일관하던 미시적 관찰이 진혼곡을 더욱 환상적으로 이끈다. '이름할 수도 없이 / 장엄하고 아름다운 / 나사탑의 고을의 / 울림' 속에서 시적자아는 '휘황한 환상'의 세계를 만난다. 현실적 기능을 상실한 무의미한 나사들의 무리가 시와 만남으로써 영원한 절대의미를 지닌 '우주의 먼 어느 이역의 양식'인 나사탑으로 전이되면서 시적자아도 동시에 이 환상의 세계에 동참한 것이다. 시인은 버려진 나사에 의미를 부여하면서 새로운 세계를 열었으며, 이 개방된 나사의 세계와 시적자아는 새로운 관계를 맺게 된 것이다.

닫혀진 현실의 질서에서 버려져 무의미해진 나사에 절대의미를 부여하여 새로운 세계 질서를 열었던 「나사」시편의 주지(主旨)는 『반투명』의 시편에서 지속적으로 나타난다.

　　　보는 이로 하여금
　　　황홀한 명상에로 이끄는
　　　나뭇잎의 德의 깊이에 나는 놀랐다.
　　　이때 나는
　　　나뭇잎들은
　　　하늘과 땅 사이에 수평으로 펼쳐진
　　　半透明의 膜의 무리임을

문득 보았다.(3)

투명과 불투명의
한가운데에 자리잡은
半透明이여,
빛이 네게 머무나니.(11)

너야말로
관계의 聖殿.
너로 해서 지나갈 것은 지나가고
남을 것은 남는다.
너로 해서 있는 것이 서로 이어져
우주는 피편 이닌
둥근 고리가 된다.(12)

오십이 넘으면
반투명의 나이.
투명이 불투명으로
불투명이 투명으로
바뀌는 지점.
보여야 할 것이
뿌우옇게 보여 오고
봐서 역거운 것이
안개 속에 묻힌다.(14)

膜은
激浪을 막는다.
그러나 고여 섞지 않도록
쉼없이 졸졸
물이 흐르게 한다.
목숨의 자양은 길러서

목숨으로 보내고
삶의 구정물은 시궁창으로 내 보내는
막도
너와 같은 반투명이다.(21)

─「반투명」에서

　총 22연으로 구성되어 있는 「반투명」은 성찬경 시의 본령이라고 할 수 있는 시집 『반투명』의 시 세계를 단적으로 보여주는 수작이다. 시인의 대상에 대한 정치한 미시적 안목이 '햇살이 스미는 나뭇잎'을 통해 '반투명'의 이미지를 형상해낸다. 이제 나뭇잎은 단순한 사물로 존재하지 않고 시인에 의해 의미화되고 새롭게 관계 맺으면서 스스로의 존재를 개시한다. 그것은 나뭇잎에 대한 경이로운 시적 체험이요 인식이다. '나뭇잎들은 / 하늘과 땅 사이에 수평으로 펼쳐진 / 반투명의 膜의 무리'임을 보아내는 시인의 주지(主旨)에는 그의 시관(詩觀)을 주도해 온 이른바 밀핵적 대사물안이 밑받침되어 있다. 그는 이 주지로 자신은 물론 우주의 질서까지를 형상해내고 있는 것이다.

　반투명은 '빛이 머무는 곳'(11)이며, 우주를 파편이 아닌 둥근 고리가 되게 하는 '관계의 聖殿'(12)이요, '보아야 할 것이 / 뿌옇게 보여 오고 / 봐서 역겨운 것이 / 안개 속에 묻히'는 오십이 넘은 시인의 나이이다(14). 반투명은 투명하지도 불투명하지도 않지만 동시에 두 가지 성질을 공유한다. 따라서 '투명과 불투명의 / 한가운데에' 자리잡고 있으며, 이 둘의 관계를 맺어주는 막(膜)인 것이다. 시인은 이 반투명과 막(膜)을 대립·모순된 이미지의 양 측면을 공유하면서 의미 있는 관계를 맺어주는 원형질적 이미지로 인식하고 있다. '激浪을 막는다 / 그러나 고여 썩지 않도록 / 쉽없이 졸졸 / 물이 흐르게 한다'(21)는 막(膜)에 대한 이미지 형상은 정(正)과 반(反)을 지양한 합(合)의 세계를 보여 준다. '목숨의 자양은 걸러서 / 목숨으로 보내고 / 삶의 구정물은 시궁창으로 내보내는' 막(膜)은 모든 존재의 원형적 질서를 구축하는 공간이요 실체이다. 따라서 시인에게 있어서 막(膜)은 곧 반투명인 것이다.

빛이 어둠을 압박한다.
이것이 삼투압이다.

삼투압이 있는 곳에
膜이 있다.

이 膜에 의해서
목숨의 珍味는 들어오고
이 膜은 살아서
비닷물처럼 출렁인다.

이 막膜은
스스로의 氣의 셈이기도 한다.

—「膜」에서

비밀과 비밀 사이
막과 막 사이에 고이는
짙은 密語의 果汁.

막을 새어나갈 때
빛이 살이 되고
막을 새어나갈 때
살이 기쁨되고
막을 새어나갈 때
기쁨이 생명되고
막을 새어나갈 때
생명이 죽음되고
막을 새어나갈 때
죽음이 다시 빛이 되고,

—「膜얘기」에서

시인이 막(膜)의 인식에 집착한 것은 반투명 이미지에 대한 지속이기도 하다. 빛이 어둠을 압박하는 삼투압이 있는 곳에서 시인은 '막'의 존재를 인식한다. '목숨의 진미는 들어오고 / 목숨의 찌꺼기는 나가는' 막은 「반투명」에서 인식된 것과 동일한 형상이다. 그만큼 시적자아는 '반투명'과 '막'의 이미지에 집착하고 있다. 마침내 막은 '스스로의 氣의 샘'인 자족적 실체로 존재하게 된다. 「膜얘기」에서는 반투명으로 해서 '우주는 파편이 아닌 / 둥근 고리가 된다'는 「반투명」에서의 시적 인식이 그대로 재구(再構)되고 있다. 성찬경이 추구하는 궁극적인 영원한 시는 바로 '비밀과 비밀 사이 / 막과 막 사이에 고이는 / 짙은 密語의 果汁'으로 이루어진 원형적 실체일 것이다.

5.

성찬경은 유난히도 자신의 시론을 고집해 온 시인이었다. 앞서 검토된 바처럼 그의 시력여정을 일관해 온 시법(詩法)은 대상을 세밀히 분석 관찰하는 미시적 대현실안(微視的 對現實眼)과, 대립·모순된 이미지를 충돌시켜 시적 에네르기를 극대화하려는 시적의장(詩的意匠)이었다. 그만큼 그는 언어의 탄력도와 이미지의 밀도에 집착했으며, 그의 시는 곧 이러한 시법(詩法)의 지속적인 실험이었다. 문제는 그의 이 같은 시법이 시작품 속에 얼마만큼 녹아들 수 있었으며, 독특한 시정신(詩精神)과 시의미(詩意味)를 형상하는데 작용할 수 있었는가 하는 점이다.

그는 수많은 과학어를 지성과 관계시키고, 현미경 속의 단세포에서 우주의 질서를 보아냈다. 또한 모든 존재들을 시공을 초월한 원소(元素)로 분해해 내고, 대상에 X레이를 투사하는 지성적 대사물관을 작품에서 꾸준히 보여 주었다. 그러나 이 같은 지적인 방법이 경험의 구체성으로 한정되지 못하고, 유기적 질서의 통합을 잃고 있어 모순과 대립으로 인한 팽팽한 긴장과 에네르기는 넘치나 자칫 공허한 관념으로 독자를 유도해 버리고 말 때가 있다. 그의 시력여정에서 「半透明」과 「나사」시 수 편을 유독 주목하게 되는 것은 바로 이같은 문제를 극복하고 있기 때문이다. 그의 방법이 구체적인 경험의 통일성에 의하여 한정되고, 시정신 속으로 습윤될 때 우리는 그의 시에서 보다 밀착된 경이를 체험하게 될 것이다.

우리, 그리고 인간성 회복

― 안수환

1

안수환(安洙環)의 시는 일상세계를 완상(玩賞)하면서 그 일상의 한 변두리를 탐닉(眈溺)하는 일에 몰두하고 있다. 그러나 우리의 일상을 단순히 드러내는 데 머무르지 않고 그러한 일상에서 자연의 섭리에 가까운 인간성의 본질을 파헤치는 예리한 눈으로 일관하고 있다. 그의 시가 우리에게 쉽게 친근감을 줄 수 있다면 우선 그가 소재로 선택하고 있는 사소한 존재들이 일상성을 띠고 있다고 점일 것이다. 반면 그의 시가 생소함으로 인해 난해하거나 잘 읽혀지지 않는다면 그것은 그 일상들에 부여한 새로운 시적 의미들이 지나치게 당돌하고 낯설기 때문일 것이다. 따라서 그의 시는 친근(親近)과 생소(生疎)라는 표리관계(表裏關係)를 동시에 지닌 독특한 의미구조를 지니고 있다.

첫 시집 『멍개나무』(78)에서 제7시집 『충만한 시간』(91)에 이르는 그의 시편들을 수 차례 되풀이 정독 감상하면서 우선 그가 대상화한 소재들의 넓이와 다양성에 놀랐다. 고향 '천안'과 '연탄재', '잠실경기장', '압구정동'과 같은 삶의 현장에서부터, '새', '나무', '달', '물' 등 자연물과 '헤겔', '공맹', '예수', '성서', '불경' 등 철학적이고 종교적인 대상들에 이르기까지 그의 서정이 매듭짓고 있는 소재들은 실로 다양했다.

2

　그러나 이 같은 소재의 다양성은 곧 그의 시의 풍요를 의미하지는 않는다. 그의 시의 진정한 의미와 시문법(詩文法)은 그 소재들을 어떻게 인식해 내어 주제를 형상하고 있는가 하는 대현실안(對現實眼)과 인식의 모양으로 갈무리될 수 있다.

> 내가 어렸을 때 아버지는 밥상머리에서 삼강오륜을 가르쳐 주셨다. 우리 나라 시골과 서울에서 살기에는 삼강오륜이 풍족한지 어떤지는 나는 아직 잘 모른다. 동네 일을 잘 보는 장길이 어머니가 죽은 날 저녁 세상을 마지막 떠나는 사람을 위해 꼿꼿하게 앉아서 호상이 된 아버지를 대하면 어렴풋이 사람들의 규모가 보였다. 내가 성장하여 학교를 마치고 일을 얻어 사회로 나온 지금 가령 마애불을 만나면 부처인지 가는 길을 막는 절벽인지 분간이 안 되어 다시 서먹서먹하고 부정한 방법으로 편법으로 사는 사람들과 만나서 얘기하는 동안 우리 동네 인구 7할이 9할이 법도 대로 살지 않는 것을 알았다. 선악을 구별하는 것이 좋은 일인데도 사랑 하는 사람끼리는 이미 서로 사물이 되기를 원하여 자기의 소유가 아닌 부분을 얼른 악이라고 부르며 인사를 잘 하던 영덕이 콩필이 칠갑이 달 만이의 관계가 어떤 단체의 회장 자리를 놓고 또 서먹서먹하게 되었다.

　비교적 초기작으로 볼 수 있는 제2시집 『神들의 옷』(82)에 수록되어 있는 「접촉·3」의 전문이다. 어렸을 적 밥상머리에서 삼강오륜을 가르쳐 주신 아버지와 동네 일 잘 보는 장길이 어머니의 죽음이라든지, 사회로 나온 지금 겪는 현실적 체험과 어떤 단체의 회장 자리 놓고 서먹서먹해진 친구들간의 관계 등을 소재로 취하고 있는 이 작품에서 우선 소재의 친숙함을 느낄 수 있다. 그만큼 그의 시의 소재는 일상적 체험에서 선택되고 있음을 알 수 있다. 그리고 그 소재들에 반응하는 시인의 인식과 주제도 작위적이지 않고 매우 친숙하게 형상되어 있다. 또한 어린 시절과 사회인이 된 현재의 자아를 단순한 대비가 아닌 현실적 자각의 과정으로 이어 나가고 있는 점도 이 작품의 시적 특징이라고 할 수 있다. 특히 주어진 대상과 현실을 인식하는 데에 있어서 어린 시절에는 "나는 아직 잘 모른다"와 "어렴풋이 사람들의 규모가 보였다"이다가, 사회로 나와서는 "9할이 법도대로 살지 않는 것을 알았다"나 "어떤 단체의 회장 자리를 놓고 또 서먹서먹하게 되었다"와 같은 단정적 술어를 선택함으로써 자각의 과정을 잘 뒷받침해 주고 있다. 그러나 그의 시각은 긍정적인 방향이기보다는 항상 부정적인 방향을 흐르고 있다. "마애불을 만나면 부처인지 가는 길을 막는 절벽인지" 분간이 안 되는 혼돈의 자각이며, '부정한 방법'과 '편법'으로 사는 사람들에 대한 자각이요, "자기의 소유가 아닌 부분을 얼른 악이라고"부르는 서로 사물이 되기를 원하는 사랑하는 사람에 대한 자각인 것이다.

그의 시편들이 사소한 일상의 존재들을 통해 우리 인간의 삶에 비판적 목소리를 던지고 있는 것은 인간성을 상실해 가는 현실에 대한 자각과 그로 인한 비애의 처절한 절규를 담고 있기 때문이다. 그의 이 같은 인식의 결을 볼 수 있는 시 몇 구절을 살펴보자.

> A. 너희가 풀밭에서 골프공을 치고 있을 때
> 우리는 똥밭에서 골파껍질을 밟는다.
> 너희는 혼자서 과식을 하였으므로 적당한
> 운동을 해야 하고 편안한 등받이 로얄의 문을
> 꽝꽝 닫아야 하는 시끄러움이 싫어 천 이백의
> 아늑한 신형 자동차에게 투정을 부리지만
> 우리는 그 일할의 일푼인 1만 2천원을 벌기 위해
> 한 달 동안 골파를 만지면서 교외선을 타며
> 유령들과 너희 자동차가 지나가는 소음 속에서

잠이 든다.

―「골프장 부근」에서

B. 서울은 이제 비망록에 써두어야 할
   도시가 되었습니다.
   우리가 을지로 지하다방에서 논쟁을 벌였던
   어두운 정염보다도 선악보다도 행복보다도
   먼저 사람들을 규제하는 서울의 공기는
   완전한 묘비처럼 더욱 자발적으로 나빠졌습니다

―「서울 공기」에서

C. 물 위에는 별이 뜨지 않는구나
   그냥 해본 소리를

   택시를 몰고 가는 조서방이 받았다
   요 근처 어딘가에 독재자의 별장이 있대요

   그렇다면 저 물이 장식이 되었겠군
   별이 뜬다면 그건 별도 아니야

―「대청댐」 전문

 시인의 비판적 목소리가 지향하고 있는 대상은 소재의 다양성처럼 현실의 구석구석에 드리워 있다. 풀밭에서 골프공을 치고 있는 '너희'와 똥밭에서 골파껍질을 밟는 '우리'의 대비(A)는 그러한 하나의 현상을 단순히 비판적으로 대조하는 데 그치지 않고 인간성의 회복을 위한 절규로까지 이어 가고 있다. 그것은 이 시의 마지막 부분인 "먼저 풀헛바닥에 뒹구는 규모보다는 / 땅 속 깊은 구멍에서 나온 골파줄기를 보아야지"에서 보다 분명해진다. 그리고 극도로 오염된 서울의 공기를 "서울은 이제 비망록에 써두어야 할 / 도시가 되었습니다"(B)라고 노래하고 있는 시인의 주지 속에도 인간성 회복에의 절규가 드리워 있다. 도시와 농촌, 자산가와 무산가의 괴리를 아프게 체험하고 있는 시적 인식은 정치적인 측면으로도 스며든다. 청남대에 대한 시인의 인식을 드러내 보여준 「대청댐」은 그 좋은 예가 된다. 특히 "별이 뜬다면 그건 별도 아니야"(C)라는 절규는 이 시의 주제를 핵심적으로 응축해 보여준다.

3

안수환의 시가 보여주는 이 같은 비판의식과 인간성 회복에의 절규는 비교적 최근의 작품일수록 더욱 짙게 배어있다. 그의 제6시집 『달빛보다 먼저』(89)에 수록된 시편들을 통해 그것을 살펴보자.

우리가 잠실 운동장에 나가
프로야구를 보고 있을 때
일본은 무슨 일을 하고 있었지?
경상도 우리 선영 임나까지를
벗나무 심어 놓은 동경공원으로 삼아
밝은 날 우리 역사책을 다시 쓰고 있었지

우리가 잠실 운동장에 나가
프로축구를 보고 있을 때
미국은 또 무슨 일을 하고 있었지?
청진동 개장국집 문을 내리고
햄버거 비프스테이크 또 무엇 차려 놓고
밝은 날 우리 오장육부를 바꾸고 있었지

—「밝은 날」 전문

이미 안수환의 시적 특징으로 논한 바처럼 이 작품도 일상의 소재를 선택하여 상실된 오늘의 역사의식과 그에 대한 시인의 비판적 질문이 풍자적으로 제기되고 있다. "밝은 날 우리 역사책을 다시 쓰고" 있는 일본과 "밝은 날 우리 오장육부를 바꾸고" 있는 미국의 무서운 음모를 절규하고 있다. '밝은 날'이 지닌 자학적인 역설에서 시적자아의 비판의식은 절정에 달한다. 이 시가 참여의식을 제시하기 위한 단순한 알레고리로만 읽힐 수 없는 것은 그 주제가 지닌 다양성(多樣性) 때문이다. 즉 일본과 미국의 물질적 정신적 침식을 드러내고 비판하는 데에 머무르지 않고 그것을 인간성의 회복이라는 면으로 지속시키고 있는 것이다.

안수환의 최근 시들은 「밝은 날」에서 보여준 시적 특성을 거의 모두 지속적으로 지니고 있다. 그 중 몇 편의 시 구절들을 살펴보자.

A. 우회전 가는 길이 최우선이었다
  이 세상 길이란 길에서 묻노니
  이길 저길 다 다니면서 무엇 모자라
  그대들 우익이며 좌익이며 보태는가

— 「우회전」에서

B. 네가 만일 두루미라면
  이 땅의 분절이 너의 날개 깃털 하나에도
  부서져야 하리라
  네가 만일 두루미라면
  이 땅의 잡새 잡놈까지 너의 날개 위에 묻혀다가
  흑룡강에 뿌려 놓고

— 「두루미」에서

C. 나랏말싸미 등긁에 달아 수비 쑬 따르미니
  묻지 않아도 중국과 다른 혈육 가졌다
  양키와 다른 혀 다른 세상 가졌다
  유식한 놈들이 버려 놓은 업보를
  엄니 엄니 우리 엄니 다시 불러
  이를테면 충청도 전라도 무식으로 씻자

— 「영어」에서

직진 차량 우회전을 방해한 교통법규 위반으로 딱지를 뗀 경험을 소재로 우익과 좌익의 이데올로기 대립을 아프게 노래하는(A) 그의 시적 의장에는 시대의식에 대한 비판정신이 담겨 있다. 그리고 두루미를 통해 '이 땅의 분절'과 '이 땅의 잡새 잡놈'을 비판적으로 인식하거나(B), 영어의 침식으로 민족성까지 잃어 가는 현실을 '유식한 놈들이 버려 놓은 업보'로 인식하는(C) 그의 대현실 안에는 역사의식과 시대의식이 강하고 날카롭게 드리워 있다. 게다가 그 분절과 오염의 한을 두루미 날개에 뿌리고 "엄니 엄니 우리 엄니 다시 불러 / 이를테면 충청도 전라도 무식으로 씻자"고 노래하는 대목에는 한국적 정서와 가락도 스며 있다. 그만큼 그의 서정에는 민족적 삶에 대한 공동체적 희구와 인간성의 회복에 대한 끝없는 추구라는 주제의식이 항상 자리하고 있었던 것이다.

4

지금까지의 검토 과정에서 드러난 것처럼 안수환의 시들은 그 소재의 다양성은 물론, 사소한 일상 속에서 보아내는 시대적 현실과 역사의식에 대한 예리한 눈은 이 시인이 지닌 장점이요 특성이라고 할 수 있다.

그러나 시가 지나치게 비판적 메시지와 교시적 기능을 강조하다 보면 자칫 시의 본질을 벗어나 웅변조의 사설로 빠질 우려가 있다. 민족적 현실과 삶을 노래하고 있는 그의 수 편의 작품들에서 시적 긴장과 정서를 확인하기 어려웠던 것은 바로 그같은 우를 범하고 있기 때문이다. 또한 철학적이고 종교적인 경구들을 소재로 취하고 있는 여러 편의 작품에서도 그 소재들이 작품 내용이나 주제 속에 유기적으로 응결되지 못하고 작품 표면을 맴돌고 있는 느낌을 버릴 수가 없었다.

또한 대상을 낯설고 새롭게 인식하는 이른바 낯설음의 시학이 그의 시에 큰 장점이 되고 있는 것은 분명하나, 간혹 그 낯설음이 지나치게 당혹스럽

고 생경하여 이미지로서의 형상이나 주제의식이 분명하게 드러나지 못하고
애매성만을 남기는 경우도 있었다.

　이와 같은 문제점들은 시인 자신도 충분히 인지하고 있으리라 본다. 제7
시집『충만한 시간』(91)의 시편들이 자아의 확인과 인식으로 일관하고 있는
것은 보다 새롭고 성숙한 시작업을 위한 끝없는 자기숙련으로 보아지기 때
문이다.

고향과 꽃을 통한 인간성의 원형찾기

— 권숙월

1. 머리말

　시는 모든 문학 중에서도 가장 사적(私的)인 양식이다. 서정(抒情)이란 명칭대로 시는 개인의 감정과 정서를 그리는 문학이다. 그렇다고 이 사적인 개인의 감정이 난해하고 애매 모호함을 정당화시킬 수는 없다. 근자에는 해체시라든지 포스트모더니즘이란 미명아래 난해성의 극단과 작위적(作爲的)인 언어놀이를 마치 새로운 경향의 전위적 기법인 듯이 독자를 오도하는 시들이 많은 것이 사실이다. 그만큼 서정의 본령을 충실히 지닌 깊은 감동으로 다가오는 작품을 만나기가 어렵다. 혹여 그런 진실한 작품을 만난다하더라도 이른바 사이비 시들의 범람 속에 곧 잊혀져버리거나 사장되어버리기 일쑤이다. 이제 시의 소재인 인간과 세상이 숨이 가쁜 것이 아니라 시 자체가 가쁜 숨을 몰아쉬고 있다. 시는 많아도 시다운 시는 찾아보기 힘들다는 우려 속에서 권숙월의 시들을 만나게 된 것은 여간 다행이 아닐 수 없다.

　시인 권숙월은 1945년 경북 금릉에서 태어나 1979년『시문학』지의 추천을 통해 문단에 나왔다. 그는 1985년『동네북』을 시작으로『예수님은 나귀타고』(1990),『무슨 할 말이 저리도 많아 입 열지 못하고 안절부절하는가』(1993),『젖은 잎은 소리가 없다』(1994),『왜 나무는 서 있기만 하는가』(1995) 등 5권의 시집을 상재하였다. 본고는 권숙월의 시집 5권에 수록된 시작품들을 대상으로 제재와 서정을 매듭짓는 양상과 주제를 형상해내는 시적 특성, 그리고 그것들을 표현해 내는 문체적 특징 등을 통해 그의 시세계를 고찰해 보고자 한 것이다.

2. 고향, 그 인간의 원형

권숙월의 시들은 그의 시제에서도 알 수 있듯이 고향을 소재로 한 것들이 많다. 이는 그가 고향을 지키며 그 곳에서 시작활동을 계속하고 있는 향토시인이라는 점과 무관하지 않은 듯 하다. 그의 시의 대부분은 꽃과 자연, 그리고 농촌이라는 삶의 현장과 밀접한 관련을 맺고 있다. 따라서 그의 시는 관념적이거나 이념적인 것은 결코 찾아볼 수 없으며, 체험적 사실을 통한 향토색 짙은 잔잔한 서정이 짙게 배어 있다. 고향을 소재로 한 시들이 주제의식으로 대체로 지니게 되는 것은 도시성의 거부의식에서 나온 회귀추구나 전원적인 카타르시스라든지, 피폐한 자연과 농촌의 현실을 통한 사회주의적 참여성이다. 그러나 권숙월의 시들은 그 어느 쪽에도 해당되지 않는 독특한 매듭으로 이루어져 있다.

우리는 늘 푸른 동산에서
말하는 뱀까지도 만난 풀이다.
쫓겨난 사람들 땀에 젖은 짚이다.
외양간에서 나온 배설물이다.
이 땅 위의 버려진 잡살뱅이였다가
어울려 뜨거운 두엄이다.
들이 그리운 두엄이다.

냄새나는 사람들은 알지 못한다.
만나면 서로 두엄되길 바랄 뿐

얼싸안은 우리와는 대조적이다.
한 세상 잠깐인데 아웅다웅
썩는 재미 다 놓치고 어째 사나 몰라.
썩어야 다시 꽃으로 피는 것을
열매 맺혀 익는 것을 알지 못한다.

─「두엄」 전문

이 시는 '두엄'이라는 소재를 통해 개성적이고 잔잔한 목소리로 비극적 존재의 인간을 노래하고 있다. '말하는 뱀까지도 만난 풀'이라는 구절에는 인간의 기독교적인 원죄의식까지 드리워 있다. 그 두엄의 원형질들에 대한 시적 인식 또한 단순한 알레고리가 아닌 복합적 의미의 상징이다. 따라서 '쫓겨난 사람들 땀에 젖은 짚'과 '외양간에서 나온 배설물', 그리고 '이 땅 위의 버려진 잡살뱅이'를 소외당한 인간들이라든지 농촌이라는 한정적 의미로만 이해해서는 안 된다. 이 점은 2연을 통해 보면 보다 분명해 진다. 그는 '썩어야 다시 꽃으로 피는' 이 엄숙한 순리를 깨닫지 못하는 인간들을 향해 "썩는 재미 다 놓치고 어째 사나 몰라."라고 강한 의문을 던진다. 그것은 곧 자기 희생적인 기독교적 삶의 태도와 관련한 인간성의 원형회복에 대한 추구를 상징적으로 제시하고 있는 것이다. 만나면 서로 두엄되길 바라는 '냄새나는 사람들'과, 어울려 뜨거운 '들이 그리운 두엄'에서 나타난 대조를 통해 바로 진정한 인간성의 회복을 염원하고 있는 시적자아의 주제의식을 볼 수 있다.

「두엄」에서 보여 준 권숙월의 시적 특징과 주제의식은 많든 적든 대부분의 그의 시에 공통적으로 배어 있다. 특히 농사일과 관련한 그의 많은 시편들에서 보여 준 가식이나 허위를 거부한 정직성 속에 잘 나타나고 있다.

고추를 널어 말린다.
살기가 고달프고 너무 힘들어
독해지려 해도 독해지지 않는 속,
익은 시름까지 널어 말린다.
평생 마를 것 같아 보이지 않는.

물러터진 고추는 가려내 버려도
물러터진 속은 어쩌지 못한다.
급해도 하루 이틀에는 다 마르지 않는 고추,
하루 이틀에는 다 이뤄지지 않는 꿈,
표 안나게 마른다.
비록 맵고 눈물 나는 삶이지만
부서져 입에 맞는 양념이 되기위해
오늘은 빨간 고추로 널려지고 싶다.

—「고추를 널며」 전문

  이 작품은 시의 격식이나 기교를 전혀 염두에 두지 않은 듯이 체험적 사실
을 잔잔하고 자연스럽게 제시하고 있다. 마치 전혀 시적 진술이 아닌 듯이 독
백하고 있는 자연스런 형식이 내용의 정직성으로 인해 오히려 문체적인 성공
으로 작용하고 있다. 그의 시가 지닌 내용과 형식의 유기성은 바로 이와 같은
정직성에서 비롯하며, 따라서 독자에게 그만큼 친숙하게 다가선다. 고추를 널
어 말리는 일상적인 행위에 '맵고 눈물 나는 삶'의 의미를 매듭짓는 시적 인식
이 자연스럽고 신선하다. 사실 이 시는 매우 치밀한 시적 의장에 의해 구성되
어 있다. '물러터진 속'과 '급해도 하루 이틀에는 다 마르지 않는' 고추의 속성
은 '독해지려 해도 독해지지 않는 속'과 '하루 이틀에는 다 이뤄지지 않는 꿈'
이나 '평생 마를 것 같아 보이지 않는' 익은 시름 같은 인생의 단면과 정교하
게 매듭지어져 있다. 그러나 그것들이 작위적인 시적 기교로 느껴지지 않는
것은 서정의 정직성과 자연스러움 때문이다. 자아와 세계의 일체감, 또는 자
아와 세계의 동일성이 서정시가 갖는 가장 중요한 장르적 특성이다. 권숙월
의 시는 이 서정시의 장르적 특성을 작위적인 이음새 없이 자연스럽게 실현
해 내는 능력이 뛰어날 뿐만 아니라, 낮은 목소리의 강인함을 지니고 있다.
이는 무엇보다도 체험적 사실을 정직하게 표현한 결과에서 얻어진 것이다.

  A. 작년까지만 해도 농약이나 뿌리면 그만이었는데

올해는 아무리 독하게 타서 뿌려도 헛일
죽지 않고 살아서 연한 잎을 갉아 먹는다.
배추잎 같은 꿈도 갉아 먹는다.
이제 농사도 못 짓겠다는 소리 자주 들린다.
아내는 잡는 게 상책이라 했다.
숨어 있는 벌레는 잡아야 한다.
우리의 눈을 피해 치명적인 피해 입히는
극성스런 벌레를 그냥 두면 안 된다.
눈만 뜨면 생겨나는 우리 몸의 벌레를
아내처럼 집요하게 찾아야 한다.
찾아서는 죽여야 한다.

—「배추벌레」에서

B. 얼었다 녹으면서 부풀고 터진 가슴
   바람 들면 죽는다 밟아준다.
   그렇다고 아무나 밟는 게 아니다.
   너무 잘나 남을 함부로 짓밟거나
   힘이 넘치는 사람은 일단 제외
   밖으로 표 안 나게 이 곳 저 곳 찾아다녀
   발이 더러운 사람도 밟을 수 없다.

   상처나고 당장은 손해인 것 같아도
   꼭꼭 밟아야 실하게 내리는 뿌리
   생각이 깊을수록 세상은 갑갑하다.

—「보리를 밟는다」에서

C. 놀랄 일 너무 많아 눈 휘둥그래져 가지고
   사람 사는 동네 근처 무논에 퍼대고 앉아
   밤새껏 우리 대신 울어도 주더니
   결국 입이 붙어 먹는 것까지 포기했나보다.
   사람 안 보이는 데 들어가 죽은 것처럼 지내다가도
   경칩 무렵이면 입이 떨어졌는데

이제는 촌에 살아도 그 개구리를 볼 수 없다.
울 일이 너무 많아 울 수가 없나보다.
우는 것 가지고는 통하지 않는 세상이다.

─「개구리를 볼 수 없다」에서

이상의 작품들만 보더라도 「고추를 널며」에서 보여준 시적 특성을 그대로 유지하고 있다. 갈수록 농약을 '아무리 독하게 타서 뿌려도 헛일 / 죽지 않고 살아서 연한 잎을 갉아'먹는 배추벌레를 묘사하고 있는 「배추벌레」는 체험적 사실의 정직한 표현이다. 그러나 그것은 단순한 사실의 진술에 그치지 않고 '눈만 뜨면 생겨나는 우리 몸의 벌레'와 자연스럽게 의미를 공유하고 있다. 그리고 '우리의 눈을 피해 치명적인 피해 입히는' 숨어있는 벌레를 집요하게 찾아 죽이는 아내의 행위를 통해 주제를 암시하고 있는 것이다. 이 같은 시법은 보리를 밟는 행위를 통해 생각이 깊을수록 갑갑한 이 시대의 현실을 자조적으로 드러내고 있는 「보리를 밟는다」라든지, 촌에서도 사라져 버린 개구리의 울음을 통해 "울 일이 너무 많아 울 수가 없나보다. / 우는 것 가지고는 통하지 않는 세상이다."라고 노래하고 있는 「개구리를 볼 수 없다」와 같은 작품에도 그대로 드러난다. 농촌의 일상적인 현실과 대상을 자연스럽게 묘사하면서 그 현실과 대상에 상실되어 가는 인간의 원형성을 매듭지으면서 주제적 의미를 공유시키고 있는 것이다. 체험적 사실에 시적 인식과 주제적 의미를 자연스럽게 공유시키는 이 같은 시적 특성은 권숙월의 시가 지니고 있는 가장 보편적인 문체요 시법이라고 할 수 있다.

그에게 있어서 농촌은 병들고 갑갑해지며 '우는 것 가지고도 통하지 않는' 세상을 풍자적으로 대조하기 위한 삶의 현장이라는 의미만으로 인식되는 것은 아니다. 나아가 잊혀져 가는 인간성의 원형과 자기 희생적인 기독교적 삶의 태도를 그 고향의 농사일에서 보아내고 있는 것이다.

물 먹으며 살아왔다.
값 없는 논바닥에 깊숙히 뿌리 박고

이런 저런 썩은 소리 다 들으며
찍소리 않고 살아왔다.
쭉정이로 고개 들고 둘러보니
고개 뻣뻣한 사람 너무 많더라.
그렇다고 그 앞에서야 고개를 숙이겠는가.
물 먹은 벼라고 할 말이 없겠는가.
할 말 많은 사람 대신 고개를 숙인다.
숙인 채 설움을 누렇게 익힌다.
벼는 쉽게 죽지 않는다.
아무에게나 호락호락 밥이 되지 않는다.

—「벼.1」 전문

‘물 먹은 벼’를 통해 인간의 끈질긴 삶을 의미 있게 형상하고 있다. 순리를 역행하는 인간의 그릇된 삶을 벼를 통해 경고하거나 부정하는 데에 머무르지 않고 오히려 관조적인 자세로 상실된 인간의 질서까지를 보듬어 안고 있다.

매 행마다 되풀이되는 냉소적인 인식들도 실은 벼의 순리에 의해 정제되고 있다. 특히 “물 먹은 벼라고 할 말이 없겠는가. / 할 말 많은 사람 대신 고개를 숙인다. / 숙인 채 설움을 누렇게 익힌다.”라는 표현에 진정한 관조의 자세와 자기 희생적인 삶의 태도가 스며있다. 시인은 벼를 통해 그러한 자세와 태도를 체감하고 있는 것이다. 따라서 ‘쭉정이로 고개 들고’ 둘러보아도 ‘고개 뻣뻣한 사람’ 너무 많은 세상이지만 시적자아는 벼의 묵묵한 삶의 태도와 일체화하면서 그러한 세상을 거부하지 않고 오히려 포용한다. 이는 곧 진리와 순리의 힘, 그 인간 원형에의 믿음 때문임을 이 작품은 보여주고 있다.

3. 꽃, 그 의미의 개화

권숙월은 시의 소재로 꽃을 유난히 많이 선택하고 있다. 그것은 우선 그의 시제만 보더라도 금방 눈에 띤다. 그러나 그가 취하고 있는 꽃은 하나같이 화려한 꽃은 아니다. 농촌의 산과 들에서 흔히 볼 수 있으면서도 거의 무관심하고 버려진 들꽃과 같은 꽃이다. 이것은 농촌에서의 체험적 사실을 정직하게 노래하고 있는 앞에서 검토한 작품세계와 무관하지 않다.

<blockquote>
산 넘어 산, 산 너머 산이다.
우리에겐 산이 너무 많아 숨이 차다.
산에 진달래꽃 숨찬 기색 없이 피어 있다.
이 눈치 저 눈치 안 보고 피어 있다.
응달이 좋은 사람 어디 있겠는가
아무 데고 뿌리 내리며 다소곳이 사는 거지.
크지않은 나무까지 해를 막아도
그럴 수도 있는 거라 여기며 사는 거야.
누가 보면 뭐하고 안 보면 또 뭐하는가
어차피 맘 빼앗길 곳은 한 곳 뿐인데.
길도 안 보이는 산 여기 저기 진달래꽃 피어 있다.
우리처럼 낯뜨거운 일 있을 리 없을 텐데
얼떨결에 있는 것처럼 그렇게 하고 있다.
</blockquote>

—「진달래꽃」 전문

‘길도 안 보이는 산 여기 저기’ 피어 있는 ‘진달래꽃’을 인생과 자연스럽게 상호조응하고 있다. ‘아무 데고 뿌리 내리며 다소곳이’ 피어 있는 진달래꽃에서 시적자아가 보아낸 것은 체념의 삶이 아닌 초월의 삶이다. 그는 이러한 초월의 모습을 관념적이거나 이념적인 형상으로 결코 제시하지 않는다. 단지 ‘얼떨결에 있는 것처럼 그렇게 하고 있는’ 진달래꽃의 묘사를 통해 그 의미를 자연스럽게 매듭지은 것이다. 이 시에서 진달래꽃은 하나의 대상일 뿐이다. 시인은 그 대상을 통해 삶의 깊은 의미를 잔잔하게 개화시켜 내고 있는 것이다. 그 개화된 의미의 내용이 구체적으로 무엇인지 알 수는 없다. 그것은 인간들 각자마다 다를 것이기 때문이다. ‘어차피 맘 빼앗길 곳은 한 곳 뿐'이라는 구절은 다만 무엇인가의 개화를 위해 끝없이 추구해 가는 인간의 모습을 상징적으로 담고 있다. 우리는 꽃을 소재로 한 그의 대부분의 시에서 이 같은 시법을 읽을 수 있다.

    A. 우리들의 나쁜 손버릇 때문
       꽃을 지키기 위하여 가꾼 가시가
       남의 심장 찌르고도 흔들리지 않는
       꽃으로 위장한 사람들의 가시보다
       위험성이 그래도 없다고 생각하며
       하늘에다 귀를 맞춘 탱자꽃을 봅니다.

—「탱자꽃」에서

    B. 내 곁에도 꽃이 있음을
       아름다움이 있음을 알지 못했다.
       아름다움은 얼굴을 드러내는 것이 아니구나.
       목소리를 높혀 눈살을 찌푸리게 하는 게 아니라
       제비꽃처럼 있는지 없는지 모르게
       그렇게 있는 것이구나.
       빈 자리를 넉넉하게 두는 것이구나.

—「제비꽃」에서

    C. 사람이 좋아서
       사람 곁으로 다가서 보지만
       뻔한 결과
       보나마나 못 생긴
       보나마나 모과
       한 입도 마음 놓고 베어먹지 못하는.
       얼굴 찡그리며 외면하고 돌아설.

       결과가 그렇게 잘못 나타난다해도
       과정이 더 중요하다는 생각으로

올해도 즐거운 꽃 피우기를 한다.

―「모과꽃」에서

「탱자꽃」은 '꽃을 지키기 위하여 가꾼 가시'와 '남의 심장 찌르고도 흔들리지 않는 / 꽃으로 위장한 사람들의 가시'의 대조를 통해 인간성 회복을 절규하고 있다. 그리고 '있는지 없는지 모르게' 해마다 곁에서 피었다 지는 제비꽃을 통해 항상 곁에 있으면서도 '얼굴을 드러내'지 않았던 아름다움을 보아내는 「제비꽃」에서의 시적 인식 또한 삶의 의미를 발견한 개화의 모습이다. 이같은 시적 인식은 「모과꽃」에도 그대로 나타난다. '한 입도 마음 놓고 베어먹지 못하는. / 얼굴 찡그리며 외면하고 돌아설.' 모과이지만 그래도 사람 곁으로 다가서 보면서 '올해도 즐거운 꽃 피우기를' 계속하는 모과의 형상은 결과보다 과정을 중시하는 인간성의 표현이며 나아가 인간의 원형적 모습의 상징이기도 하다.

　화려하지도 않고 따라서 사람들의 눈에 별로 주목받지도 않는 들꽃을 통해 인간의 원형을 보아내는 시적 특성은 꽃을 소재로 한 그의 시 어디에나 배어 있다. 그만큼 그의 시들은 꽃 자체의 대상을 노래하기보다는 그 대상을 통해 진리의 강인함과 인간성의 원형을 개화해 내고 있는 것이다.

안 그러면 더 좋겠지만
설사 바람이나 먼지가 좀 묻는다 해도
절대 다른 빛깔로 변할 리 없는 꽃이다.
그 꽃이 후미진 내 안에 피어 있다.
다른 사람 눈길 잘 닿지 않는데 피어 있다.
옛날엔 농촌 어디서고 흔히 볼 수 있던 꽃
고소한 이야기도 피우던 꽃이
값없는 수입 참깨에 밀려나고 안 보이더니
이렇게 달라진 세상 포기 않고 피어
때 묻기 전에 지고 급히 다시 피어
꼬투리 맺히는 것 보며 맨처음 그대로

—「참깨꽃」 전문

참깨꽃 자체를 치밀하게 관찰하고 노래했다거나 수입 참깨에 밀려나는 농촌 현실을 알레고리화 한 것이 아니다. 그의 시가 지닌 보편적인 특징처럼 이 작품도 대상인 참깨꽃을 통해 삶의 어떤 의미를 개화해내고 있다. '바람이나 먼지', 그리고 '수입 참깨'나 '때'가 환기하는 '달라진 세상'을 풍자하거나 탄식하지도 않고 있다. 오히려 그러한 세상에서도 '절대 다른 빛깔로 변할 리' 없으며, '고소한 이야기도 피우던' '변함없는 끈끈한 정' 확인시켜 주는 '참깨꽃'을 내면에 꽃피우고 있는 것이다. 우리는 '다른 사람 눈길 잘 닿지 않는' 시적자아의 내면에 피어있는 참깨꽃을 통해 진리와 순리의 힘, 그 인간 원형에의 강한 믿음을 공감하게 된다. 이것이 곧 시「참깨꽃」이 개화해 낸 의미이다.

그러나 그의 시에는 평이한 상투형으로 교시적 주제를 직접 드러내거나, 시의 본질적 특성인 언어의 절제를 등한시한 나머지 더러 지나치게 설명적인 작품들이 있다. 시어에 함축된 의미와 주제에의 공감은 독자의 몫이어야지 작가가 직접 설명하거나 제시해서는 안 된다고 본다. 최근의 제5시집 『왜 나무는 서 있기만 하는가』에 수록된 「입춘·1」, 「우수에」, 「겨울에」와 「물·1」과 같은 작품을 대할 때 이 같은 문제를 더욱 실감하게 된다.

4. 맺는 말

지금까지 주로 고향과 들꽃을 제재로 한 시작품들을 중심으로 권숙월의 시세계를 검토해 왔다. 그 논의를 통해 나타난 것처럼 그의 시는 체험적 사실을 통한 향토색 짙은 잔잔한 서정이 주조를 이루고 있다. 그렇다고 그 낮은 목소리 때문에 주제의식까지 잔잔하고 낮은 것은 결코 아니었다. 그는 때묻지 않은 정직성을 통해 새롭고 신선한 감성으로 대상의 이면을 보아내고 그 속에 자기만의 독특한 의미를 부여할 줄 아는 시적 능력을 지녔다. 자칫 관념적이고 이념적이기 쉬운 인간성 회복 추구라는 주제를 자연스럽고 구체적인 모습으로 재현해 낼 수 있었던 것도 바로 그같은 시적 능력이 뒷받침되어 있었기 때문이다.

그러나 그가 초기시에서 보여 준 종교적인 화소(話素)와 현대적 의미와의 매듭은 그 의미 구성이 부자연스러울 뿐만 아니라 지나치게 작위적인 느낌을 떨쳐버릴 수가 없다. 성서의 구절이나 에피소드를 시의 형식으로 옮겨 놓거나 패러프레이즈한다고 해서 결코 시가 되는 것은 아니다. 그러한 화소들은 시의 소재로 선택되어야지 시가 그 화소를 위해 소모되어서는 안 될 것이다. 그리고 그의 시세계에서 가장 염려스러운 것은 지나치게 설명적이거나 교시성(敎示性)을 강조한다는 점이다. 언어의 절제와 주제의 암시라는 시적 특성에 보다 유념해야 할 것이다. 또한 그의 시의 문법처럼 나타나고 있는 이분법적 대조, 즉 현대는 때묻은 대상이요 그가 선택한 소재는 원형의 순수라는 시적 인식은 그의 시세계를 자칫 단순성의 논리로 빠트릴 우려가 있다. 이 점 제5시집에서는 많이 극복되고 있다고 보인다.

그의 시의 가장 개성적인 장점은 타고난 체험적 정직성이다. 이제 그 정직성이 닫힌 세계 속에서만 움직일 것이 아니라 더 넓은 소재와 만나고 새로운 인식으로 시야를 넓혀 가기를 기대한다. 이 기대를 저버리지 않는다면 우리는 그의 시에서 보다 다양하고 깊은 감동을 새롭게 체험할 수 있으리라고 믿는다.

자기 확인의 서정적 긴장

— 김규화

1

김규화(金圭和)의 시들은 한결같이 일상(日常)의 관찰을 통한 자기확인과 자기 인식에 바쳐지고 있다. 그것은 혼돈상태에 있거나 분열된 상태로 머물러 있는 일상의 체험에 질서를 부여하는 일과, 이름 없는 일상에 이름을 부여하는 시적 인식을 통해 이루어지고 있다. 그렇다고 그는 일상세계를 자아화하여 새로운 세계질서를 창조해 내는 일에 몰두하지는 않는다. 단지 내면체험을 직접 드러내 보임으로써 인식하는 서정적 긴장을 형상하고 있을 따름이다.

시집 『이상한 기도(祈禱)』와 『노래내기』를 일관하는 서정과 인식은 이름 없는 일상들에 이름을 부여하며, 그 새롭게 부여된 실체를 통해 자신의 실상을 보아내려는 자기 인식 내지 자기 성찰의 갈구이다. 따라서 그가 일상의 현실과 제재에서 보아낸 독특한 형상들은 자신의 내면 세계에 잠재된 내밀한 자아의 인식체이며, 그것의 현시(顯示)이다. 시가 사변적(私辨的)이거나 구심적인 자기현시에 집착하게 되면 자칫 주관적 감정의 토로에 빠지는 경우가 많다. 그러나 그의 시가 자탄적(自歎的) 감상으로 흐르지 않고 서정적 긴장으로 포괄된 인식의 수단으로 고양될 수 있는 것은 개인적 체험을 일반화시켜 보편적 삶의 긴장으로 확산시키고 있기 때문이다.

김규화의 시는 내면의 의식세계를 노래한 시, 자연과 일상에 대한 서정(抒情)을 노래한 시와 일련의 기행시, 그리고 우리의 고전과 설화(說話)에서 제재를 취한 수 편의 테마시들로 구분된다. 물론 이 같은 구분은 시의 제재상의 구별일 뿐 그의 시적 질서와 시문법을 이해하는데 중요한 의미를 지니지는 않는다. 그의 시를 일관하는 보편적 질서는 일상의 체험에서 인식된 이미지의 형상과 그 형상을 통해 제시하는 구체적 자기현시이며, 이 같은 질서는 그의 시 어디에도 노정되어 있다.

2

김규화의 시는 단조로운 일상과 그 일상 속의 화석화(化石化)되어 가는 시적자아, '나'를 다루면서도 단순한 일상의 번뇌와 자기부정적인 사변(私辨)으로 그치지 않고 팽팽한 서정적 긴장을 통한 시적 이미지를 형상해내고 있다. 그것은 일상체험을 치밀하게 미분화해내는 그의 시법(詩法)과 내적 체험의 직접성 때문이다.

千年을 열지 않는 門으로
그는 그 안에 들어앉아서
意識의 말간 눈을 뜨고서
바깥 세상을 살피는구나
내 등에는 그의 눈을 붙이고
내 빈 집 구석구석에
그의 안테나를 달아 놓았다.
나의 손끝과 발걸음
나의 歸家를 엿보며
나의 숨소리까지 다 빼앗아서

열지 않은 門으로
千年을 드러누워
언제나 떼지 않고
伏兵처럼 그는
내놓지 않는다.
도난당한 내 등덜미를 찾기 위해
나는 그의 암투를 벌인다.

―「門」全文

　일상의 '나'와 내면의 '그'가 일인칭과 삼인칭으로 팽팽한 대립과 갈등의
상황에 놓여있다. "천년을 열지 않는 문으로 / 그는 그 안에 들어앉아서 /
의식의 말간 눈을 뜨고서 / 바깥 세상을 살피는구나"라는 '그'에 대한 인식에
서처럼 내면의 '그'가 일상의 '나'와 해소할 기미는 전혀 보이지 않는다. 더구
나 '그'는 일상의 '나'가 가장 눈먼 "내 등에는 그의 눈을 붙이고 / 내 빈집
구석구석에 / 그의 안테나를 달아 놓았다." 이것은 '나'와 '그'에 대한 철저한
거리확인이며 분열인식이다. 그렇다고 시인은 이 상실된 자아를 자탄(自嘆)
하거나 새로운 동일성을 회복하려는 의지적인 목소리를 드러내지는 않는
다. 오히려 '도난당한 내 등덜미를 찾기 위해' 고독한 '암투'를 벌이고 있는
자기를 보아내고 있다. 이는 철저한 자기확인과 자기인식의 일환이며, 내적
체험 그 자체를 직접적으로 현시(顯示)함으로써 얻어진 것이다. 따라서 일인
칭 '나'는 시적화자이면서 동시에 동시대 우리의 공분모가 쉽게 되어 준다.

　「門」에서처럼 김규화의 시는 일상의 현실세계와 내면의 의식세계가 지닌
상반된 개체성을 서정과 인식을 통해 직접 드러냄으로써, 즉 자아와 세계의
대립과 갈등을 극복하기보다는 철저하게 인식함으로써 역설적으로 해소해
내고 있다.

　이처럼 보이지 않는 자의식에 구체적 형상을 부여함으로써 상대적으로
자기를 철저하게 보아내고 있는 시적의장(詩的意匠)은 그의 시 도처에 노정
되어 있다.

내 머리에서는 항상 소리가 난다.
廊下의 맨 끝에서 나는 整然한 소리로
나를 따르며 나를 닮은 또 하나의 음성

―「소심증(小心症)」에서

잘잘잘 작은 소리를 내는 가슴 위로
몇 방울 아편이 떨어지고
누군가 밟고 지나가는
발자국 소리도 난다.

―「증세(症勢)」에서

불 끄고 잠자는 꿈 속에서도
작은 기침 소리 발자국 소리
아무 일도 일어나지 않았지만
일어나지 않은 것은 일어날 것이라고
좁게 먹은 마음이 목에 걸려서
―참으로 목숨에 비하면 이 하찮은 일
물 먹은 가슴의 한 쪽 귀퉁이가
마른 나뭇잎 소리를 낸다.
서릿발 같은 기운으로
살 속에 베어든다.

―「소심증(小心症 · 2)」 全文

한결같이 보이지 않는 자의식의 소리에 대한 인식을 형상해내고 있다. 머리에서 나는 소리나 가슴에서 나는 소리, 그리고 꿈속에서까지 나는 소리는 모두가 자의식의 소리에 대한 구체적 인식이다. 이것은 '나'와 '그'와의 대립 갈등을 인식하던 「문(門)」에서의 시적 질서와 무관하지 않다. '그'를 구체화하면서 '나'를 보아냈듯이 그 소리에 구체의 형상을 부여해 가면서 상대적으로 철저한 자기진단과 자기인식을 해 가고 있는 것이다.

일상을 통해 새로운 것을 보아낸다든지 내면세계의 체험을 통해 현실세계와의 대립과 갈등을 해소해 낸다든지 하지 않고, 그 두 개의 양면성에 대한 철저한 인식 속에서 시를 쓴다는 일은 참으로 어려운 일이다. 그것은 한 사람의 시인으로서 한 편의 시를 불러내고자 하는 신명과 저지 당한 신명의 현실체험 모두에 이름을 부여해야 하기 때문이다. 「노래내기」는 바로 시를 잃은 시대에 시로 쓴 자기인식의 시론이 되어 준다. 대부분의 시로 쓴 시론이 사설적이거나 관념적인데 반해 「노래내기」는 이론이 아닌 정서적 체험으로 구상화해 보여준다.

일 등으로 노래를 부를 수 있어요.
마음은 육지백판이지요.
뒤통수를 끌어당기는 한 손이 있어
내 신명은 주저앉았어요.
술을 마시고 포식했어요.
그건 아주 쉬운 일인데
마음껏 뽑아야 하는데
달음질쳐 따라오는 손
아무리 취해도 노래는
꾀꼬리를 닮지 못하고
부러진 날개가 아닌데
날아도 날개는 힘이 없어요.
꾀꼬리처럼 잘 부를 수 있는
마음은 육지백판이지요.

—「노래내기」全文

"일등으로 노래를 부를 수 있어요 / 마음은 육지백판이지요" 시인의 시심(詩心)은 이렇게 신명에 넘쳐 있지만, "뒤통수를 끌어당기는 한 손", "달음질쳐 따라오는 손"이 있어 "아무리 취해도 노래는 / 꾀꼬리를 닮지 못하고 / 부러진 날개가 아닌데 / 날아도 날개는 힘이 없"음을 인식한다. 신명에 취하는 마음과 술에 취하는 현실의 대립 갈등을 철저히 인식함으로써 일상의 자기를 보아내고 있다. 우리는 이 자기인식의 시론을 통해 꾀꼬리를 닮지 못한 노래와 힘없는 날개짓의 의미를 알게 되며 손이 암시하는 일상의 실체들과도 만나게 된다. 동시에 시인이 잃어버린 신명의 노래를 동시대 독자는 이 시와 만나면서 경험하게 되는 것이다. 그만큼 그것은 동시대 모든 시인의 「노래내기」가 되어주며, 나아가 우리 모두의 「노래내기」가 되어준다. 이처럼 김규화 시의 가장 큰 매력은 단조로운 일상체험을 다루면서도 철저히 자기인식으로 일관함으로써 오히려 보편적 현실성을 획득하고 있다는 데 있다.

3

　일상의 눈을 통해 보아낸 내면의 의식세계를 형상화하면서 상대적으로 일상의 자기를 확인하는 그의 시법(詩法)은 시인 개인의 현실성이면서 우리 모두의 보편적 현실성이 되어주었다. 그의 시력(詩歷)을 통해 볼 때 또 하나 주된 소재 지향은 우리에게 친숙하고 보편적인 고전과 설화의 선택이다. 이는 그가 참여하고 있는 진단시 동인의 독특한 시의도(詩意圖)와 관련하지만, 일상성을 상대성으로 하여 자기 확인에 몰두한 그의 시적 편력과 결코 무관하지 않다. 특히 이 민간전승에서 제재를 취한 시작품들은 한결같이 민간전승 속의 서사적 인물들을 현상적 화자로 재구성하여 시적 화자와 동일시하고 있으며, 현재와 과거의 시공간적(時空間的) 거리를 새로운 질서로 융해하여 새로운 의미로 새겨내고 있다. 이 또한 내면세계의 자아와 현실세계의 자아를 교호(交互)시키면서 서정적 긴장을 드러내는 그의 시법(詩法)을 그대로 보여준다.

　　당신은 참으로 제일 잘난 미남
　　어허어허, 굿거리장단으로 춤이나 춥시다.
—「말뚝이의 연인이 되어」에서

해뜨면 피묻은 종로 네거리
혹은 강남 금방석 空閑地에서
배꼽을 내놓고 낮잠 자다가
우리 서낭님, 복을 벼락으로
우리 서낭님, 박을 덩굴채
눈코도 없는 서낭님께 빈다.

—「서낭당 서낭님」에서

당신은 바보, 나는 울보
울보를 만나서 살고 싶어서
당신은 맨발에 민수건 동여매고
가난을 벗기면서 살았나 봐

—「온달님」에서

裨將이 그 얌전 알 만도 해요.
裨將이 그 몸짓 알 만도 해요.
난 그저 골려 보고 싶었는데,
뒷일은 책임 안 지고 말이지요.

—「애랑(愛娘)의 말」에서

시적화자(詩的話者)는 현상적 청자가 된 말뚝이의 애인이 되어 "어허어허, 굿거리장단으로 춤이나 춥시다"고 시공(時空)을 초월한 융화를 이루는가 하면 「서낭당 서낭님」을 오늘의 시공으로 이끌어와 오늘의 세태를 역설적으로 풍자하기도 한다. 그리고 「온달님」과 「애랑의 말」에서처럼 설화구조 속의 등장인물을 현상적 화자와 청자로 변형시켜 스스로의 목소리로 직접 발화시키기도 한다. 그만큼 서정성은 고조되고 극적 박진감까지 지니게 되며 시적자아는 바로 이 현상적 화자의 목소리를 통해 내적 체험을 반영하고 있는 것이다. 그의 테마시가 독자에게 친밀해질 수 있는 것도 시적자아의 목소리를 직접 드러내지 않고 우리에게 친숙한 설화 속 인물의 목소리를 통해 환기시키고 있는 점이다.

　김규화의 시는 유난히도 일상의 자기확인과 자기인식에 집착하고 있다. 그는 일상에 부딪치는 내적 체험을 직접적으로 드러냄으로써 상대적으로 일상의 자기를 보아내고 있다. 그의 시작행위는 곧 자신의 내면의식에 이름을 부여하는 행위이며, 그 이름을 통해 일상의 자기 이름을 확인하는 행위이다. 따라서 그의 시는 자아와 세계의 동일성 추구라기보다는 이들의 대립과 갈등 그 자체를 인식하는데 바쳐지고 있는 것이다. 그의 시는 앞으로도 자기인식을 위한 내적 체험의 직접성에 몰입할 것이며, 자의식의 보다 구체적인 실체를 보아내는데 집착하게 될 것이다.

역사와 서정의 유기적 매듭

— 김계덕(金桂德)의 장편서사시 『불의 한강』

1

모든 문학양식 중에서 시는 현재의 주관적 감정을 표출하는 가장 사적(私的)인 형식이다. 우리들 정서적 체험 속에서 항상 혼돈되어 있거나 분열된 상태로 머물러 있는 대상과 현실을 가장 개성적으로 인식하고 반응하여 하나의 통일된 세계를 창조해낸 것이 시라고 할 수 있다. 이것은 곧 사물과 사물을 연관지우고 인간과 세계 사이에 매듭을 만드는 일이며 실명(失名)의 대상에 가장 독특한 이름을 부여하고 새롭게 인식하는 정서의 표현인 것이다. 따라서 시적자아와 세계는 어울려서 함께 나누어 가짐으로써 비로소 하나가 되어 새로운 세계로 나타난다. 일상적인 모든 대상과 현실이 소재가되어 시인의 서정과 교합(交合)하여 주관화된 독특한 시세계를 형상해내지만, 그 소재가 역사적 사실이나 영웅들에 대한 찬미 또는 신화나 전설 같은 공적(公的)인 역사서사물이었을 때 시의 세계는 서사의 양식과 만나면서 이른바 서사시의 형식을 결정해 낸다.

사실 서정·서사·극이라는 과거 규범적 장르 구분은 거시적 체계에 불과할 뿐, 각 작품은 이 거시적 체계의 한계 내에서 그 자신의 다양한 미시적 구조를 지닌다. 장르에 대한 인식은 실은 작품자체를 질서화하고 이해하기 위한 하나의 방법이지 장르규범에 작품을 맞추기 위한 기준은 결코 아니다. 모든 문학작품은 일면 거시적 장르체계에 속하면서 동시에 주변장르를 지향하는 다양한 미시적 구조를 지니고 있는 것이다. 서사시(그것이 epic이거나 narrative poem이거나)는 바로 시(또는 서정)라는 거시적 체계 내에 서사를 수용한 형식체험이라고 할 수 있다.

2

이 같은 서사시의 형식체험을 염두에 둘 때 1989년에 발간된 김계덕의 장편서사시 『불의 한강』은 우리의 관심에 매우 의미 있게 부응한다. 『불의 한강』은 그간의 한국문학사에 매우 빈약한 상태에 있었고, 오늘날에도 시의 변두리 장르 정도로 인식되고 있는 서사시 양식에 신선한 충격을 던지면서 시험된 작품이기 때문이다. 그간 간헐적으로 시도된 서사시의 형식체험도 역사의 한 단면이나 신화적 에피소드를 소재로 끌어들인 것들이었으나(예를 들어 신동엽(申東曄)의 『금강(錦江)』이나 서정주(徐廷柱)의 『질마재 신화(神話)』같은) 이 『불의 한강』은 우선 그 소재 수용의 폭이 매우 크고 넓다는 데 주목할 수 있다. 제1부의 73수는 석기 시대·청동기 시대로부터 고대국가, 삼국의 각축, 통일신라 시대, 발해와 후삼국, 고려와 조선왕조, 19세기말의 개항기, 일제강점기, 해방과 전쟁, 그리고 최근의 중공 개방과 서해안 시대에 이르기까지 배달민족 오천년사를 우리민족과 더불어 흘러온 한강을 중심으로 모두 수용하고 있으며, 제2부의 37수는 1부의 역사가 숨쉬는 오늘의 한강을 과거와 현재의 만남으로 재조명하고 있다.

김계덕 시인이 한강을 통해 민족사의 전 흐름을 조감할 수 있었던 것은, 한강은 살아 움직이는 민족사의 사실들을 안고 영원히 흐르는 역사의 강이라는 인식 때문이다.

한강은 한반도에서 첫울음을 터뜨려
한반도 안을 도도히 흘러
서해로 합치는
한 민족의 한강
영광, 축복을
길이 안은
민족의 강이다(5)

분노 슬픔은 느낄 수 있지만
두려움 모르는 한 강,
할퀴고 짓밟고 쫓기고 찢고 짓이기는
한민족의 아픔을
수도사인 양 꿋꿋이 악물고
한민족의 강으로 흐른다(49)

　영광과 축복은 물론 한민족의 아픈 역사를 길이 안은 강이라는 한강에 대한 역사인식은 『불의 한강』 전편을 주도해 나가고 있으며, 그의 시에 녹아든 모든 역사적 사실들은 한강의 역사로 드러나 있다. 그 한 예로 국토분단의 아픔을 한강을 통해 표현한 다음의 시를 살펴보자.

그러나 아프다, 국토 분단
남과 북은 둘로
부모 형제 서로 갈리고
삼천리 금수 강산
민족의 강이
등뼈를 가른다
아, 한강
내려앉는 하늘에 손을 저으며
추락하는 강물
흐름은 역류하고

강물은 메말라 갔다
오천 년 나라 연 이래
이 슬픔 이 아픔 어디 있었나
누구의 손 발길로
이렇게 푸른 강의
목이 졸리는가
둘로 잘리는
아픔이
겨레의 심장을
못으로 친다
대못으로 박는다
폭음하는 강물을
흔들어 깨우는
하늘에서 떨고 있는 구름들(67)

어떠한 사설과 논거를 통해 분단의 실상을 제시한다 해도 이 한 편의 시속에 응축된 아픔의 실체를 따를 수는 없을 것이다. 그것은 사실 자체보다는 그 사실과 관련한 시인의 서정이 하나의 형상으로 드러나 있기 때문이다. "민족의 강이 / 등뼈를 가른다"는 분단에 대한 시적 인식을 강을 통해 표현한 메타퍼이다. 강의 흐름이 역류하고 메말라 가며, "이렇게 푸른 강이 / 목이 졸리는"인식 또한 그 메타퍼의 지속적 형상이다. 시의 감동은 소재로 선택된 대상 자체에 있는 것이 아니라 그 대상을 인식하는 서정에 있는 것이다. 비유를 통해 이 시 속에 스며든 서정은 이미 지나간 과거형의 역사를 진술하고 있는 것이 아니라 아직도 생생히 살아 숨쉬는 현재형의 역사로 우리에게 다가선다. 과거의 역사를 현재형으로 재구성해 보여주는 일은 역사 기술이 아닌 시의 표현만이 감당해낼 수 있다. 김계덕의 『불의 한강』은 과거의 서사를 현재의 서정으로 되새기면서 바로 이 일을 충실히 수행해내고 있는 것이다. 그의 서정으로 인해 과거의 역사는 살아 움직이는 생명을 부여받아 현재의 시점으로 새롭게 부조되며 역사적 사실 자체도 새로운 해석을 얻게 된다. 그것은 시인의 서정을 통한 과거와 현재의 매듭잇기이며『불의 한강』은 곧 그 매듭이 한강의 흐름에 도도히 스며든 형상의 표현들로 채워져 있다.

한강을 중심으로 한 배달민족 오천년사의 시적 인식을 순차적(順次的)으로 형상해 간 1부와는 달리, 2부에서는 과거의 역사가 응결된 오늘의 한강을 형상해내고 있다. 또한 1부에서는 역사의 아픔이 서정의 주조(主調)를 이루고 있었으나, 2부에서는 현대문명에 의해 차츰 사라져 가는 옛 정취를 아쉬워하는 상실의 허무가 주조를 이루고 있다. 그것은 특히 다음과 같은 시편에 잘 드러나 있다.

현대 문명이
삼국 시대 중원 문화 유산,
백제의 진귀한 유적들을
한 입에 삼켜
빛을 보지 못한 채
수장되고 마는
비운의 사적
강바닥에 미이라처럼 누워 있다(2)

어둠이 강물을 퍼올릴 때면
아파트 창문마다 내비치는
현란스런 빛들
눈먼 문명의 틈으로 새어
강물 위에 앉아
어지러이 흔들거린다(17)

우리 손에 다친
자연의 가람은
시멘트 덩어리 빚은 고수부지,
갈대의 숲, 새들의 둥지는

정든 고향을 쫓기고
거룻배 돛단배 한 척 없이
유람선 몇 척이
요란한 엔진 소리 낸다.

한강 십경의 병풍
서정의 두루마리는 커녕
아파트 병풍, 빌딩의 두루마리
풀 한 포기 없는
삭막한 사막이 유람인가
쇠붙이 시멘트 다리가 유적인가(33)

(2)는 충주 다목적 댐이 들어서면서 단양 팔경의 절반이 물 속에 잠긴 것에 대한 시적 반응을 표현한 것이다. 그리고 (17)과 (33)은 문명에 침식당해 가는 오늘의 한강의 현상을 시인의 서정으로 조우하면서 드러내 보여준 것이다. 모두가 한결같이 상실의식으로 인한 허무의 서정으로 그려지고 있다. 특히 "한강 십경의 병풍 / 서정의 두루마리"와 "아파트 병풍, 빌딩의 두루마리"의 대조는 문명에 침식당한 오늘의 한강을 대하는 시적자아의 상실의식이 강하게 배어 있으며, "강바닥에 미이라처럼 누워"있는 "비운의 사적"과 "쇠붙이 시멘트 다리가 유적인가"라는 강한 반문은 그 상실감이 극도에 달한 아픔의 형상이다. 1부에서 역사의 강이요 민족의 강으로 인식되었던 그 한강이 2부에서는 오늘날의 "눈먼 문명"에 의해 "풀 한 포기없는 / 삭막한 사막"으로 변모해 가는 허무감으로 노래되고 있는 것이다. 이 또한 시인 한 개인의 인식으로 그치지 않고 우리 모두에게 공감으로 다가서는 것은 『불의 한강』을 이끌어간 시인의 주지(主旨)에 진실의 서정이 스며 있기 때문이다. 그만큼 그는 한강을 중심으로 한 방대한 오천년 민족사를 서사시로 형상해 가면서 역사적 사실 하나 하나에 시인의 서정과 조우한 생명과 혼을 불어넣었던 것이다.

3

　모처럼 접하게 된 장편서사시 『불의 한강』을 그 소재의 방대함에도 불구하고 서사와 서정이라는 이질적 양식을 한 맥락 속에 융합시켜 시로 형상해내는 데 일단 성공했다고 볼 수 있다. 그것은 곧 시인의 역사의식과 관련한 상상력의 힘과 치밀한 서정성을 바탕으로 한 선명한 심상의 서사력에 기인한 것이다. 슈타이거가 서정 양식과 서사 양식의 시제를 현재와 과거로 대비하고 있는데, 『불의 한강』을 통해서 보아도 서사시의 형식 체험은 과거시제의 서사보다는 현재시제의 서정에 강세를 두고 있음을 분명히 알게 된다. 시인의 서정과 매듭지어진 역사적 사실들은 과거와 현재를 하나의 연속적인 역사적 현실로써 이해하게 되며, 역사보다 진실한 시로 재구성되면서 새로운 생명을 얻고 단순한 이해가 아닌 진한 감동으로 다가선 것이다.

　그러나 1부의 경우 역사적 사실들을 시종 순차적으로 수용함으로써 상투적 감정으로 일관되어 새롭고 독특한 현대적 재구성이 미흡한 아쉬움이 있으며, 2부의 상실의식과 허무의 서정이 다양한 소재들을 얼마만큼 유기적 상관관계로 조화롭게 재구성해냈으며, 시인이 당초 의도한 바대로 오늘의 현대시처럼 메타퍼라든지 리리시즘 등을 얼마만큼 성공적으로 구사해냈는가 하는 문제들은 앞으로의 많은 독자들의 평가를 기다려야 할 것이다.

소외(疏外)의 서정과 고통의 인식

— 서정윤

1

시 쓰는 일은 이름 없는 일상(日常)에 이름을 부여하며, 그것을 새롭게 꾸미고 드러내는 일이다. 이것은 매일 스쳐 지나는 수많은 대상(현실)과 시인과의 상호몰입을 통해 매듭지어지기 시작하며, 추상의 의미는 비로소 새로운 구체의 의미를 획득하게 된다. 따라서 한 편의 시작품은 우리 눈에 보여지는 대로가 아니라 시인의 눈이 보아낸 새로운 세계로 우리에게 던져진다. 시의 독서 행위란 곧 이 새롭게 열린 세계질서를 통해 시인이 구축해 낸 매듭을 재체험하며 나와 우리를 보아내는 일이다.

이런 의미에서 서정윤의 시집 『홀로서기』는 있는 그대로의 일상적 자기존재를 보아내면서 당연히 있어야 할 자기당위에 끝없이 이름을 부여하고자 하는 소망의 서정으로 일관하고 있다. 사실 시 쓰는 일 자체가 자기 보아내기와 자기 동일성의 끝없는 추구이며, 있어야 할 당위에 대한 구체화 작업이라고 할 수 있지만, 서정윤의 경우 이 일이 처연하리 만치 자기집착적이며 시적 기교를 거부한 순박한 정직성을 지니고 있다. 그리고 그가 선택하고 있는 제재는 물론, 시어의 선택 및 시적의장(詩的意匠)에서 형상해내는 주제적 측면에 이르기까지 한결같이 일상적이고 보편적인 것들이다. 지나

칠 정도로 세련시킨 시적 장치와 현학적 주제에 식상한 현대시 독자들에게 그의 시가 쉽게 다가서는 것은 이러한 시적 특징과 결코 무관하지 않다.

2

그의 시의 서정은 철저히 혼자이고자 하는 자기 인식에서부터 열리고 있다. 이것은 곧 인생의 가장 보편적인 과제인 만남과 헤어짐, 삶과 죽음의 의미를 보다 철저히 깨닫고자 하는 끝없는 자성(自省)의 표현이다. 그래서 그는 "나의 전부를 벗고 / 알몸뚱이로 모두를 대하고 싶다."고 소망하면서 시의 여정(旅程)을 연다.

> 나의 전부를 벗고
> 알몸뚱이로 모두를 대하고 싶다..
> 그것조차
> 가면이라고 말할지라도
> 변명하지 않으며 살고 싶다.
> 말로써 행동을 만들지 않고
> 행동을 말할 수 있을 때까지
> 나는 혼자가 되리라.
> 그 끝없는 고독과의 투쟁을
> 혼자의 힘으로 견디어야 한다.
> 부리에,
> 발톱에 피가 맺혀도
> 아무도 도와주지 않는다.
>
> 숱한 불면의 밤을 세우며
> '홀로서기'를 익혀야 한다.

―「홀로서기―6」 全文

시인은 왜 "홀로 선다는건 / 가슴을 치며 우는 것보다 / 더 어렵지만"(「홀로서기-2」) "숱한 불면의 밤을 새우며 / '홀로서기'를 익혀야 한다"고 노래하는가. 그리고 이 고통의 홀로서기를 언제까지 계속할 것인가. 「홀로서기」에는 그 당위성의 제시만 있을 뿐 그 구체적인 모습들은 형상되어 있지 않다. 다만 "말로써 행동을 만들지 않고 / 행동으로 말할 수 있을 때까지" 그리고 "나의 얼굴에 대해 / 내가 / 책임질 수 있을 때까지"(「홀로서기-7」, 혼자가 되어 홀로임을 느껴야 한다고 인식할 뿐이다. 그가 스스로 취하고자 하는 이같은 폐쇄의식에는 가식과 허위가 팽배한 동시에 현실에 대한 자조적인 경종이 담겨 있다. 이처럼 그가 홀로 서고자 하는 것은 자발적인 자기 수련의 과정이라기보다는 동시에 현실에서 추방당한 강요된 소외체험 때문인지 모른다. 그러기에 그는 "나를 지켜야 한다 / 누군가가 나를 차지하려 해두 / 그 허전한 아픔을 또다시 느끼지 않기 위해 / 마음의 창을 꼭꼭 닫아야한다."(「홀로서기-5」)고 자기 방어의 벽을 쌓고 홀로서기를 익히고자 한다. 그것이 "끝없는 고독과의 투쟁을 / 혼자의 힘으로 견디어야"하며 "부리에, / 발톱에 피가 맺혀도 / 아무도 도와주지 않는" 처연한 길임을 알고 있으면서도 "나의 전부를 벗고 / 알몸뚱이로 모두를 대하고 싶다"는 그 진실의 소망을 위해 시인은 홀로서기를 익히고자 하는 것이다.

3

서정윤이 홀로서기 위해 "그 끝없는 고독과 투쟁"하는 모습은 그의 시 어디에나 노정(露呈)되어 있다. 그만큼 그의 시들은 현존재와 당위간의 화합할 수 없는 거리 인식에서, 상실된 자아와 소망의 괴리 속에 함몰된 서정과 그것의 인식에 바쳐지고 있다는 것이다.

인간으로서의 한계와 상실된 자아를 고통스럽게 체험할 때, 그는 자주 '하늘'을 지향하며, 그 하늘의 사랑을 통해 고통을 갈무리하고 있다.

누구나 쓰고 있는 자신의 탈을
깨뜨릴 수 없는 것이라는 걸
서서히 깨달아 갈 즈음
고개를 들고 하늘을 볼 뿐이다.

—「눈 오는 날엔」에서

하늘처럼 맑은 사람이 되고 싶다.
……[중략]……
길 위에 떠 있는 하늘, 어디엔가
그리운 얼굴이 숨어 있다.

—「소망의 시·1」에서

누군가,
우리 영혼을 거두어 갈 때
구름 낮은 데 버려질지라도 결코 외면하지 않고
연기처럼 사라져도 안타깝지 않은
오늘의 하늘, 나는
이 하늘을 사랑하며 살아야지

—「소망의 시·2」에서

나무들의 하늘이, 하늘로
하늘로만 뻗어가고
반백의 노을을 보며
나의 9월은
하늘 가슴 깊숙이
짙은 사랑을 갈무리한다.

—「나의 9월은」에서

　하늘은 "그리운 얼굴"이 숨어 있는 곳이며, 자아가 추구하는 "맑은 사람"의
등가로 인식될 뿐만 아니라, 가식적 인간의 한계를 깨달아가면서 바라다 볼
수 있는 대상이다. 또한 그것은 "우리의 영혼을 거두어 갈 때" 우리를 주관하

는 곳이요, "짙은 사랑을 갈무리"하는 사랑의 척도로 인식되고 있다. 그만큼 하늘은 당위적 소망과 동일성의 회복을 구현하는 대상으로 이름지어 지면서 그 의미를 개진한다. 그러나 시인을 결코 그 하늘의 형상을 구체화시키지 못하고 오히려 "인간들은 구름을 만들어 날리며 / 더 높은 하늘을 원했지만 / 내가 만든 / 연꼬리는 구름 위를 걸을 수 없었다"(「신화시대·1」)고 좌절된 자아의 실체를 깨닫고 있다. 하늘로의 지향이 이처럼 한계에 이르렀음을 자각했을 때, 그의 주지(主旨)는 이제 상대적으로 가장 깊숙한 "바다"로 지향한다.

바다 깊숙한 곳에
내가 만든 진주가 있다.
하늘 아득한 곳에서
떨어진 내 꿈의 상처가 치유되는
깊은 꿈틀거림의 바다
갈매기가 잠수할 수 없고
바다고기조차 엿볼 수 없는
침묵의 아득한 골짜기에 퇴적되어
신화의 한 장(章)이 되기 위한
진주는 자라고 있다.
어부의 뼈가
물고기로 되어 거니는 날을 기다리며
플랑크톤은 모든 빛을 갉아먹고,
스스로 빛나기 위해
검은 해초가 바위 아래로 뿌리를 뻗쳐
고통의 순간들을 벽화로 새기며
하늘에의 꿈을 지키고 있다
바람이 불어도 변하는 건 없고
눈이 내려도 그냥 그 표정
배 지나는 소리조차 꿈에서 울리는
무섭게 어두운 바다

— 「신화시대·2」에서

지기동일성의 대상으로 하늘을 택했던 주지(主旨)가 바다로 지향한 것은, 그것이 "하늘 아득한 곳에서 / 떨어진 내 꿈의 상처가 치유되는 / 깊은 꿈틀거림의 바다"로 인식되었기 때문이다. 이 바다 깊숙한 곳 "침묵의 아득한 골짜기에 퇴적되어 / 신화의 한 장이 되기 위한" 자신이 만드는 '진주'가 자라고 있다는 신념에서, 홀로서기 위해 끝없는 고독과 투쟁하는 시적자아의 모습을 다시 엿볼 수 있다. "나의 얼굴에 대해 / 내가 / 책임질 수 있을 때까지" 홀로서기를 익혀야 한다는 「홀로서기」에서의 서정과 인식이, 오직 "스스로 빛나기 위해" "고통의 순간들을 벽화로" 새기는 검은 해초의 시적 형상에 그대로 나타나 있다. 「신화시대·2」에는 "하늘에의 꿈"을 인고의 침묵으로 새겨내려는 시적자아의 의지가 담겨 있다. 이처럼 하늘로 상향했던 시인의 주지는 바다 깊숙한 골짜기로 하향함으로써 거의 무한의 공간을 지향했다. 또한 자기동일성의 추구를 위해 "어부의 뼈가 / 물고기로 되어 거니는 날"까지 거의 무한의 시간을 기다리려는 의지도 보여주고 있다. 이러한 그의 지향과 의지가 시공(時空)을 초월한 신화를 환기하는 것은 자연스런 시적 발상이다.

「퇴적암 지층·1」, 「퇴적암 지층·2」, 「아득한 날」, 「신화시대·1」, 「신화시대·2」 등의 시편들은 그 제목에서도 시사하는 바와 같이 신화적 인식을 보여준다.

부드러운 진흙의 답답함
침묵의 견딜 수 없는 수많은 날이 지나고,
두어 평 땅 속에 우리는 물고기와 조개껍데기, 그리고
자신의 화석을 만들고 있다.
가슴에 용암의 뜨거움을 지닌 채
다시 태어날 준비를 한다.

—「퇴적암지층·1」에서

이것은 단순한 신화의 수용이 아니다. 신이 진흙으로 인간의 형상을 빚어 생명을 불어넣었다는 창세기의 신화를 제재로 삼았을 뿐, 시인은 그것을 굴절시켜 새로운 의미를 재구성해 낸다. 이 시에서 신은 이미 인간을 만든 주체가 아니며, 인간이 오히려 주체가 되려 한다.

  "부드러운 진흙의 답답함"을 느끼는 것은 우리 인간이다. 그러기에 이제 인간과 함께 만들어진 물고기와 조개껍데기, 그리고 우리 자신의 화석을 우리 스스로 만들며, "가슴에 용암의 뜨거움을 지닌 채 / 다시 태어날 준비를 한다"고 인간에게 신의 역할을 되돌리고자 한다. 그것은 답답함과 "침묵의 견딜 수 없는 수많은 날"에 대한 신에의 원망이며 거역이기도 하다. 여기서 시인은 신화시대와 현재를 함께 공유하면서 "현재도 과거고 미래만큼 과거"(「나의 어둠을 위한 시」)임을 표현해내고 있다. 이 새로운 시간의 인식 위에서 "한켜 지층을 쓰고 누워 / 자신의 뼈를 가장 빛나게 갈아"(「퇴적암지층·2」) "태초 이전에 울고 있던 것들에 / 숨길을"(「아득한 날」) 보내며 새로운 탄생을 갈구한다. 이것은 바다 깊숙한 곳에 신화의 한 장이 되기 위해 자신의 진주를 만들고 있는 「신화시대·2」에서의 시적자아와 같은 모습이다. 그러므로 그는 "신화는 이제 시작"(「신화시대·1」)이요 "신화는 계속되고 있다"(「신화시대·2」)고 노래하는 것이다.

  서정윤의 이 같은 신화적 인식은 원죄의 업을 지고 태어난 인간의 끝없는 고통을 제기하고 있으며, 그것은 또한 홀로서기 위해 끝없이 고독과 투쟁해야만 한다는 자기 인식과 같은 맥락이 되어준다. 8편으로 구성된 「나의 어둠을 위한 시」와 「여분의 죄」는 신화와 관련한 원죄의 업과 고통에 대한 인식으로 이루어져 있다. 이처럼 원죄의식에 깊이 침잠되어 있는 시적자아는 자신이 만든 진주가 자라고 있다고 믿는 바다마저 "무섭게 어두운 바다"로 인식될 수밖에 없었다.

        하늘이 될 수 없는 바다,
        바다는 바다의 울음이고
        바다는 바다의 몸짓이기에

                        ―「살아있는 모습 그 황혼에」에서

온통 외로운 바다
바다는 나를 가지고 싶어하고
나 또한 그가 되고 싶어도
꽃으로 핀 너만이
그 바다의 한 쪽일 수 있고
난 그냥 인간일 뿐
플라타너스곁에서 송충이나 죽이는…….

—「그 다음·1」에서

나는 바다의 소리를 듣지도 못한 채
밤마다 내리는 안개
그 한 쪽을 돌아서며
잠들지도 않은 채 떠돌고 있다.

—「바다의 말」에서

그 바닷가에서 나의 모든 소리는
바위처럼 딱딱하게 얼러 버렸다.

—「겨울 해변가에서」에서

위의 시편 어디에서도 시인의 진주가 자라고 있는 '바다'를 상상할 수 없다. 시적자아는 철저하게 바다에게 소외당해 있으며, 바다와 화합될 기미조차 보이지 않는다. 바다로 지향한 시인의 주지는 역설적으로 그 바다와의 단절을 체험할 뿐이다. 이 바다에의 소외의식은 그가 지향하는 다른 시적 제재에까지 그대로 영향을 끼치고 있다. 「돌」, 「새」, 「꽃」, 「비의 명상」 등과 같은 시편들에서도 그 자연의 제재와 동화하지 못하고 철저히 소외되어 있는 시적자아의 모습을 만날 수 있다.

4

　결국 서정윤의 시들은 바로 이 같은 괴리를 뼈저리게 체험해 가는 서정을 성실하게 보여주고 있으나, 그 괴리의 체험에 대한 구체적 모습은 결코 형상해내지 못하고 있다. 그의 시가 자탄적인 정조를 띠는 것도 이 때문이다. 『홀로서기』는 원형적 인간의 고향—그 잃어버린 고향을 찾고자 하는 의욕마저 상실당한 현대인들에게, 비록 그 고향의 구체적 모습을 보여주지는 못했으나 찾으려 해야 한다는 의욕을 강하게 일깨워 주었다. 가식적인 인간의 한계성에 대한 초월이 아니고, 한 인간의 소외와 고통에 대한 성실한 자기 고백이 있었기에 오히려 많은 독자와 공간대를 이룰 수 있었다고 본다.

　그러나 그가 자신의 시에서 근본 과제로 삼은 삶과 죽음, 사랑과 고통 등은 명제만 제시된 관념적 진술에 머물렀을 뿐 새롭고 구체적인 형상에는 이르지 못했다. 특히 이 점에서 추상의 의미에 새로운 형상을 부여하는 시인의 일을 얼마만큼 감당해 냈는가 묻지 않을 수 없다. 시 쓰는 일은 그냥 그대로 보는 것이 아니라 새롭게 무엇인가를 보아내는 일이다. 그러기 위해서는 관습적 질서를 파괴하여 새로운 경험의 세계를 인식해 내도록 힘써야 한다. 또한 그의 시는 부분 부분의 감수성은 넘치나 그 감성을 통제하고 질서화 하는 지성이 결여되어 문맥성을 잃고 있다. '진정한 시란 그 부분들이 상호 지지하고 상호 설명하는 시'라는 코울리지의 주장을 빌지 않더라도, 한편의 시는 그것을 구성하는 모든 부분들이 유기적 전일체로 통합되어야 한다. 이것은 시의 탁월성을 판가름하는 중요한 기준이기도 한다. 감성의 성실성만으로 시가 되는 것은 아니다. 홀로서기 위해 끝없는 고통과 투쟁하는 시인의 개성적 과정이 육화(肉化)되어 나타날 때, 독자는 더 큰 충격과 경이를 경험하게 될 것이다.

자기 보아내기와 승천(昇天)에의 꿈

— 김은철

1

시는 여타의 문학 양식들에 비해 가장 사적(私的)인 양식이다. 시의 세계는 그만큼 시인의 개인적 서정과 인식의 결정(結晶)으로 이루어져 있다. 어찌 보면 시는 시인의 자기 고백이며, 자기 체험의 보여주기라고도 할 수 있다. 그러나 우리는 시인을 통해서 시를 이해하는 것이 아니라 시를 통해서 시인의 서정과 인식을 공감해 내는 것이다. 시의 세계는 시작품으로 '형상된' 세계이지 시인이 말하는 세계는 결코 아니기 때문이다. 따라서 우리는 시인이 체험한 것이 무엇이며, 어떤 서정을 어떠한 대상을 통해 보여주고 있는가를 중시하기보다는 그 서정이나 주지가 대상과 '어떻게' 매듭지어져 주제로 응축되어 있는가를 중시해야 할 것이다. 시적 형상력이라든지 시를 시답게 하는 속성인 이른바 시성(詩性)은 바로 그같은 매듭과 인식의 모양새로 갈무리될 수 있기 때문이다.

김은철의 시들은 일상의 자기 체험과 자기 드러내기에 일관하고 있다. 그의 시들이 매우 친숙하고 쉽게 읽혀지는 것은 어떤 형이상학적인 관념이나 작위적인 주제의식을 강요하지 않고 자기 고백적 심경을 토로하듯이 내보여주고 있기 때문이다.

거기에는 늘 바람이 불고 있었다.
차가운 강바람은 허술한 우리의 초가
문풍지를 너덜거리며
늘상 손국수와 호박범벅으로 배를 채운
허기진 몸으로
사정없이 몰아치고 있었다.
빚보증으로 아버지는 도피중이었고
엄마는 대구 어느 이불공장에서
재봉일을 한다는 소리를 들었다.
우리는 누나의 품을 파고 들며
칭얼대다가 잠이 들고
꿈결에선가
엄마의 얼굴 한 번씩 보곤 하였다.
집과 논밭이 다 넘어갈 것이라는
내일이면 검둥소가 잡혀갈 것이라는
어른들의 소리낮춘 이야기를 듣고
이불 속에서 숨죽여 운 적이 있었다.
머나먼 남쪽 어느 도시에선가
흰 쌀밥에 운동화를 신은 아이들이 살고 있다는
동화같은 이야기를
들은 적이 있었다.

—「콤마의 추억」 전문

　가난했던 자신의 어린 시절 체험을 자탄적이기보다는 오히려 차분하기까지 한 어조로 담담히 드러내 보여주고 있다. 시인의 주지는 자신의 가난 체험을 아프게 인식하기보다는 제목처럼 '콤마의 추억'으로 단지 보여주고 있을 따름이다. 특히 "거기에는 늘 바람이 불고 있었다."라든지, 어머니는 "재봉일을 한다는 소리를 들었다"나 "이불 속에서 숨죽여 운 적이 있었다"와 같은 구절과, "동화같은 이야기를 / 들은 적이 있었다"와 같은 어조들에서 시인이 자신의 가난 체험을 적절한 거리를 유지하며 형상해내고 있음을 알

수 있다. 작가가 작품 속에 감정을 시인의 목소리로 그대로 노출시킬수록
실제의 감정과 작품의 정서는 가까우나 그 대신 미적 가치를 잃게 마련이
다. 반대로 작가가 작품 속의 감정을 지나치게 억제하여 남의 목소리로 시
종할 때 객관성은 있으나 이 또한 작품의 예술성을 상실한다. 어조를 논할
때 이른바 적절한 거리조정을 강조하는 것도 바로 이 때문이다.

　「콤마의 추억」에서처럼 시인 자신의 개인적 체험을 적절한 거리를 유지
하는 어조로 표현함으로써 단순한 사실적 드러내기가 아닌 시적 형상력과
긴장을 지닐 수 있게 된 작품을 더 살펴보자.

우리들 눈동자를 외면하고 엄마는
그것을 혼자 먹고 있었다.
'내가 먼저 살아야 너희들을 살린다.'
엄마는 그 방아깨비를 눈물로 삼켰다.
그 눈물은 엄마의 가슴 속을 멍들이고
강물로 홀러홀러
시퍼런 바다로 남아
삼십년이 지난 아직도 출렁거린다.

—「방아깨비」에서

고사리손의 아들이 나처럼 출근을 하고
아들의 아들이 빠이빠이를 하는 동안
그 때에도 나는 이 자리에
변함없이 서있을까
시원한 산그림자에
오늘따라 잠시 눈길이 머무는 것은
맑은 오월 어딘가에도
눈썹처럼 짙어져 오는
未明이 있음인가

—「봄날에」에서

그 때 나는 아들의 눈을 통해
시와 과학, 인문과학과 자연과학이
아름답게 만남을 보았고
우리들 삶도, 살아가는 방식도
결국엔 저 달과 별, 자연에 귀의됨을
비로소 알게 되었다.
이제 아들에게서 무서움은 사라졌지만
달은 여전히 아이들을 따라와
밤새 침대 머리맡에 머문다.
얼마가 지나면 어린 딸도
저 달을 무서워할까 —
달처럼 둥근 두 아이의 얼굴이
네 두 눈에 히니씩 들어와
풍덩! 빠진다.

—「달에 대한 명상」에서

    위의 어느 작품이든지 판단이나 단정적인 어조는 나타나지 않는다. 주관적 목소리로 감정을 노출시키지 않고 단지 보여주고 제시할 뿐이다. '영양실조의 유년' 체험을 지나치리만큼 담담한 어조로 그려내고 있다. "내가 먼저 살아야 너희들을 살린다"는 눈물겨운 그 지고한 모성애까지도 "우리들 눈동자를 외면하고 엄마는 / 그것을 혼자 먹고 있었다"고 적절한 거리를 유지하며 묘사하고 있다. 게다가 가난과 한으로 일관한 유년시절과 어머니의 눈물에 대한 체험을 "강물로 흘러흘러 / 시퍼런 바다로 남아 / 삼십년이 지난 아직도 출렁거린다"고 내면 속으로 승화시킴으로써 그리움과 한이라는 상반된 주지까지를 적절히 조화해 내고 있다. 「방아깨비」에서 보여주는 이 같은 판단유보의 시적 특징은 「봄날에」나 「달에 대한 명상」에서도 여전히 시적 특징으로 나타나고 있다. 자식과 손자들 대까지 그냥 지금 이 자리에 머무르고 싶은 희구를 역시 단정적으로 말하지 않고 "변함없이 서 있을까"라고 유보적으로 제시할 뿐이다. 또한 "눈썹처럼 짙어져 오는 / 未明이 있음인가"라든가,

「달에 대한 명상」에서 "달처럼 둥근 두 아이의 얼굴이 / 내 두 눈에 하나씩 들어 와 / 풍덩! 빠진다"는 각 시의 마지막 구절은 판단유보를 통한 현재진행형의 시적 특성을 무엇보다도 잘 보여준 부분이라고 할 수 있다.

　김은철의 시편들이 시종 자기체험을 드러내고 있는데도 그의 시들은 자조적이거나 사변적이기보다는 시적 긴장을 잃지 않고 있다. 그것은 곧 자신의 체험을 시종 적절한 거리를 유지하면서 제시하고 있으며, 단정적이기보다는 판단유보적인 어조의 선택이 시적 형상력으로 작용하고 있기 때문이다. 이것이 김은철 시인의 시적 의장이요. 시적 특징으로 보인다.

2

　그의 이같은 시적 특징은 자신의 군대생활 체험을 시작품으로 형상화하고 있는 일련의 「비무장지대」 시편들에서도 얼마든지 확인해 볼 수가 있다.

　　누군가가 분명히 그어 놓은 분계선 지키기 위해
　　남한의 청년이나 북한의 청년
　　똑같이 울며 가는 것이었지
　　아니 아니, 웃으며 가는 것이었지
　　의문은 있었지
　　우리가 자유와 평화를 지키러 갈 때
　　너희는 무엇을 지키러 오나?
　　그건 어디에도 나와 있지 않았어
　　정말이야 나와 있지 않았어.

—「비무장지대 1」에서

　　간혹
　　포대경으로 확대해 보는
　　동생을 닮은 너의 모습

나는 차마 너를 욕할 수 없었지
'무서운 놈덜'이라거나 '나쁜 악질놈덜'이라고
욕할 수 없었어
앳된 얼굴
나는 고향을 떠나 최북단으로 가고
너는 고향을 떠나 최남단으로 와서
이렇게 서로가 만나는구나

—「비무장지대 5」에서

저녁연기가 피어오르는 북녘마을은
언제나 고향을 생각나게 하였지
소를 몰고 논둑길 따라 가시는
우리들의 아버지

반공이나 통일보다
고향에 가는 것이 나에게는 소원이었지
푸근한 그 품안이 최대의 희망사항이었지

—「비무장지대 11」에서

군복무를 위해 입대 후 비무장지대로 배속된 그 때부터 "특명을 받고 / 대한민국의 모든 젊은이들이 우러러보는 / 개구리복을 입고 / 모자엔 한반도가 똥색으로 그려진 / 민방위 마크를 단 원숙한 나의 모습"(「비무장지대 12」)으로 제대할 때까지 군대생활 체험을 12편의 시로 형상하고 있다. 그런데도 군 생활에서 누구나 겪는 병영생활의 애환이라든지 고통을 노래한 부분은 어디에서도 찾아볼 수 없다. 그의 주지는 처음부터 상투적인 군생활의 묘사에 있지 않았던 것이다.

국토방위라든지 조국통일이라든지, 아니면 민주주의 수호와 같은 이념적이고 관념적인 주제의식은 어디에도 찾아볼 수 없다. 오히려 그같은 상투적인 주제를 지나치리만큼 거부하고, 차갑고 냉소적인 어조로 현실 밑바탕에 자리한 진실을 담담하게 노래하고 있다. 「비무장지대」 시편들의 주제가 통일에의 염원이라든지 뜨거운 동포애나 민족애와 같은 관념으로 제시되지 않고 소박하기까지 한 개인의 서정을 묘사하고 있는 것도 적절한 거리유지와 판단유보라는 그의 시적 특징을 잘 보여준 것이다.

입대영장을 받아 쥐고 "어머니 나는 이유도 모르면서 먼저 갑니다"(「비무장지대 1」)라고 표현하고 있는 부분이라든지, 북한 청년의 입대를 "우리가 자유와 평화를 지키러 갈 때 / 너희는 무엇을 지키러 오나? / 그건 어디에도 나와 있지 않았어"라고 묘사하고 있는 부분에서 우리는 차가우리만치 냉담한 그의 어조를 볼 수 있다. 또한 "포대경으로 확대해 보는 / 동생을 닮은 너의 모습 / 나는 차마 너를 욕할 수 없었지"라든지, "저녁연기가 피어오르는 북녘마을은 / 언제나 고향을 생각나게 하였지"와 같은 구절에서도 우리는 동포애나 조국애에 대한 시적자아의 심사를 느끼기보다는 냉소적인 서정과 인식을 읽을 수 있다. 특히 "반공이나 통일보다 / 고향에 가는 것이 나에게는 소원이었지 / 푸근한 그 품안이 최대의 희망사항이었지"와 같은 부분에서 그의 이 같은 인식태도를 더욱 분명히 확인해 볼 수 있다.

3

어차피 시는 끝없는 자기찾기 과정이다. 따라서 시를 구성하고 있는 보편적 원리로 우리는 흔히 갈등과 해소, 자아의 상실과 회복 또는 동일성의 상실과 회복이라는 의미구조를 제기한다. 일상의 자기 체험과 자기 드러내기에 몰두한 김은철의 시들도 결국은 상실의식과 회복의지가 융합과 상반을 거듭해 가는 자기화 과정(自己化 過程)으로 볼 수 있다.

백사장을 걷는다
한 발 앞엔 언제나 먼저 간

키 큰 사람의 발자욱
여윈 뒷 모습 보이지 않고
발자욱 그 그늘에 파묻히며
어제처럼 내가 걷는다.
구비 긴 모래 언덕 지날 때에
나는 잠시 비틀거리지만
그림자의 천 근 무게
벗어 던지지 못 한다
벗어 던지지 못 한다
피가 마르고 강물이 마르고
드디어
거꾸로 선 영혼마저 마른 뒤
핼쑥한 고개 쳐들면
그 때는 보이리
물새의 은빛 날개짓
먼저 간 사람의 희디 흰 얼굴도 보이리

—「昇天 2」 전문

그가 승천을 노래하는 것 자체가 이미 자기 동일성의 추구라는 것을 알 수 있다. "한 발 앞엔 언제나 먼저 간 / 키 큰 사람의 발자욱"이나 "물새의 은빛 날개짓 / 먼저 간 사람의 희디 흰 얼굴"은 바로 자기동일성과 관련한 이상적 대상의 상징이다. 이 작품은 현실과 이상의 갈등에서 끝없이 자기동일성을 추구해 가는 시적자아의 모습이 잘 형상되어 있다. 백사장을 걷고 "그림자의 천 근 무게 / 벗어 던지지" 못하는 시적자아 모습은 상실의식에 대한 반복된 자아 확인이다. '키 큰 사람'이나 '물새의 은빛 날개짓', 그리고 '먼저 간 사람의 희디흰 얼굴'이 구체적으로 무엇을 의미하는지 우리는 알 수 없으며 또 알 필요도 없다. 그것은 바슐라르가 말하는 고향이요, 집이요, 어머니임에는 틀림없기 때문이다.

승천을 환기하는 은빛의 이미지는 그의 여러 시작품에 나타나고 있다.

하늘이 조심조심 기지개 켜는 날
은빛으로 승천하였다 하더니

—「昇天 1」에서

아아, 누구였던가
이렇게 젖은 날에도 고개를 젖히고
은빛 찬연히 昇天할 수 있었던 사람

—「昇天 3」에서

저 높이 나는 은빛 비행기 한 대
길게 연기를 뿜으며
천 천 히
산너머로 가고 있었다.

—「낙동강」에서

가려운 겨드랑이
은빛 날개 돋아날 수 없음을 그 때서야
나는 알았네

—「강물」에서

　자기동일성을 지향하는 의지가 부딪히게 되는 끝없는 좌절과 상실의식,
김은철의 시들은 바로 시지푸스의 신화를 적절히 잘 형상해 보여주고 있다.
결국 다시 굴레 속으로 빠져들 수밖에 없는 숙명이라 하더라도 김은철은 겨
드랑이에 은빛 날개가 돋아나 승천할 그 날을 결코 포기하지 않고 추구해
가리라 믿는다. 그것이 곧 그의 시작업이 될 것이니까.

일상적 삶의 혈관을 흐르는 이미지

— 박무리

1

시는 서정(抒情)이다. 이 말은 시에 접하면서 너무나 당연하고 상식적인 전제이다. 그만큼 우리가 시를 시로서 대하면서 항상 되새겨야 할 말이기도 하다. 시를 '말로 그린 그림'이라거나, '사상이나 감정을 언어로써 묘사한다'라고 규정하는 것은 '서정'의 개념풀이이기도 하다. 곧 시는 현실을 대하는 개성적인 감정이나 인식을 직접 제시하거나 이야기하지 않고 어떤 대상을 통해 그려서 보여주는 양식이라는 뜻이다.

'언어로 그린 그림'이라거나 형상(形象)의 개념을 지닌 시론적 용어가 다름아닌 이미지다. 그만큼 이미지는 시를 시답게 하는 근본요소라고 할 수 있다. 한 편의 시작품을 그 시의 구조 전체로 밝힐 때, 시를 구성하는 가장 중요한 요소가 되는 것이 곧 이미지다. 관념적이고 추상적인 것이 시작품 속에서 개성적이고 구체적 것으로 밝혀지고, 그 작품 속에서 만의 독특한 의미를 지니게 되는 것은 바로 이미지를 통해서 가능해진다. 따라서 어떤 대상에 대한 시적 반응과 인식은 이 이미지를 통해서 재현되며 구체화하는 것이다. 시는 추상이 아니라 구체적으로 특수한 것을 통하여 추상의 의미를 전달한다고 할 때, 이 특수한 것은 곧 이미지를 지칭한다고 볼 수 있다. 그만

큼 관념의 구체화로서의 이미지는 대상과 서정의 시적 조응을 통해 시작품
에 표상된 시인의 미적 경험이다.

2.

　1998년 제1회 한하운 문학상 시부문 대상을 수상한 박무리의 『서울은 맨
정신이다』라는 시집에 수록된 시편들을 대하면서, 시의 이미지에 대한 논의
를 재삼 강조하게 된 것은 박무리의 시세계가 신선하고 개성적인 이미지들
로 넘치고 있기 때문이다. 그만큼 그는 이미지 조형에 세심한 집착을 보이
고 있으며, 그의 시력여정은 자신이 표현하고자 하는 사상과 감정을 구체화
한 독창적인 이미지 찾기에 다름아니다.

　　모르고 지녀 왔던 것들이
　　쏟아져 나오는 걸 보려고
　　그는 가끔 물구나무를 선다
　　두 딸애의 웃음 소리 같은 동전 뒤로
　　주절대기 좋아하는 모나미 볼펜이 떨어지며
　　명사 혹은 형용사를 주워댄다
　　생의 담벼락 이쪽과 저쪽으로
　　우연히 갈라져 두름으로 엮이는 단어들
　　터질 것처럼 팽창하는 혈관이
　　온갖 뜨거운 기억들을
　　그의 이마에 끼얹는다

—「어느 자서전 12」 전문

　이 작품은 그의 시적 특징을 매우 잘 보여주고 있다. 우선 제재가 지극히
평범하고 일상적이다. '두 딸애'와 '모나미 볼펜'의 소재는 시인의 일상에서

가장 친숙한 대상일 것이다. 또한 물구나무서는 행위의 제재도 어떤 거창한 의미나 주제를 담기 위한 선택이 결코 아니다. 적어도 표면적으로는 "모르고 지녀왔던 것들이 / 쏟아져 나오는 걸 보려고" 선택한 행위이다. 그만큼 일상적이고 평범한 제재를 통해 낮고 차분하게 주제를 형상해내고 있는 것이다. 그의 시가 우리에게 친숙하게 다가서는 이유도 여기에 있다.

그렇다고 그의 시가 시적 긴장이 결여되었다거나 너무나도 평범한 일상의 주제를 감각적으로 제시하는 데에 머물러 있다고 판단해서는 결코 안될 것이다. 그의 시에 나타나는 일상성은 제재나 소재 선택을 일상에서 취한다는 의미이지 그가 형상해낸 이미지나 주제까지 상투적이라는 것은 아니다. 그의 시 내면에는 당돌할 만큼의 충격과 형상이 용암처럼 끓고 있으며, 그의 시정신은 바로 표면에 드러나지 않은 용암 속에 강렬한 용트림으로 끊임없이 솟구쳐 오르고 있다.

위의 시에 나타난 이미지들이 그의 시가 지닌 이 같은 특성을 잘 보여준다. '두 딸애의 웃음 소리 같은 동전'이라는 비유적 이미지는 떨어지는 동전의 소리와 딸애의 웃음소리를 조응해낸 그 매듭도 독창적이거니와, 가난 속의 행복이라는 의미를 환기해내는 의미론적 변용도 성공적이다. 이 점은 "주절대기 좋아하는 모나미 볼펜이 떨어지며 / 명사 혹은 형용사를 주워댄다"라는 부분에서도 그대로 드러난다. 즉 모나미 볼펜의 묘사를 통해 문법이 없는 삶을 상징적으로 그려내고 있는 것이다. 이러한 의미론적 변용은 뒤따라오는 이미지에서도 반복적으로 나타나면서 주제로 지향된다. '터질 것처럼 팽창하는 혈관'은 주제를 응축한 구절이라고 할 수 있다. 평범한 일상 속에서도 또는 현실의 좌절 속에서도 끊임없이 끓고 솟구쳐 오르는 내면의 어떤 욕구를 형상화한 것이다.

그의 이같은 시적 특성은 그의 작품 도처에서 발견된다.

너무 늦지 않았나
가위같이 수척한 사내는

비의 커튼을 찢으며
서두른다

―「어느 자서전 3」에서

다시 중심에
턱을 괴고 엎드려 기다리는
아름다운 먹이

―「거미」에서

뜬눈으로 밤을 지샌 눈알에서
시멘트 냄새가 난다

―「서울은 맨정신이다」에서

역무원 하나 없는
대합실에서
머리와 어깨 위의 눈을 털던
사내가 추억속에서 저벅저벅 걸어 오는
기적 소리를 듣는다

―「겨울 사능역」에서

그가 대상과 서정의 독창적 매듭짓기에 얼마만큼 몰두하고 있는가를 잘 보여주는 부분들이다. 그가 엮어낸 매듭의 무늬와 결을 훔쳐보면서 우리는 그의 시정신과 이미지의 의미를 공감해 가는 것이다.

'비'로 상징된 평범한 일상이나 현실이라든지, 그것을 뚫고 솟구치는 자아의 에네르기를 "가위같이 수척한 사내는 / 비의 커튼을 찢으며 / 서두른다" 라고 감각적으로 형상한 것만 보더라도 그가 얼마만큼 이미지의 조형에 집착하고 있는가를 잘 알 수 있다. 또한 '거미'를 객관적 상관물로 제시하여 서정을 표현한 「거미」에서도 "턱을 괴고 엎드려 기다리는 / 아름다운 먹이" 와 같은 묘사를 통해 자아의 서정을 적절히 표출해 보여주고 있다. 따라서 턱을 괴고 엎드려 기다리는 존재는 거미이면서 동시에 자아의 모습임을 우리는 쉽게 공감할 수 있는 것이다. 이것은 곧 대상과 자아의 완전한 상호조응이요 합일이라고 할 수 있다.

「서울은 맨정신이다」의 부분에서도 그같은 서정과 인식은 쉽게 확인된다. 특히 '눈알에서 시멘트 냄새가 난다'라는 표현은 눈의 시각을 시멘트 냄새의 후각으로 접맥시킨 그 기법이 이채로울 뿐만 아니라 함축된 의미를 자연스럽게 배가하여 시의 경이를 탄생시키고 있다. 이 점은 「겨울 사능역」의 '걸어 오는 기적 소리'와 같은 부분에서도 그대로 느껴지는 특성이다. 그만큼 그는 대상과 서정을 독창적으로 매듭짓고 있으며, 다양한 감각을 하나로 통합해내는 시적 능력을 겸비하고 있다.

박무리 시인의 이 같은 특징을 잘 보여주고 있는 또 다른 작품으로 「생선구이」를 살펴보기로 한다.

땀을 뚝뚝 흘리며 그는 생각한다
연탄불에 달구어진 석쇠에서
나의 노동은 완성될까
기름기 철철 넘쳐나
불꽃을 노엽게 하더라도
매운 연기에 눈을 찔리며
우리는 한 생을
돌아볼 줄 알아야 한다

한 점 뜯기며 그는 생각한다
노동의 대가는 반드시 주어질 것이다
따뜻한 밥이 인간에게 주어지듯
시인이 제 골수 쪼개며 시를 쓰듯
내 살점이 씨앗이 될 때까지
나는 노동할 것이다

대가리와 뼈만 남은 그는 생각한다
바다로 가서 나를 심어야겠다
싹이 트면
바다 빛깔 닮은 등허릴 갖게 되겠지
아, 살아 있는 것 자체가 노동이었어
그런데…… 정말 나는
바다로 갈 수…… 있을까

—「생선 구이」 전문

엘리어트의 용어를 빌다면 시는 감각적 등가물이다. 시인은 감각체험을 구체적이고 실감 있게 표현하기 위해서 객관적 상관물(objective correlative)을 선택하며, 그것의 묘사를 통해 시인의 사상과 정서를 담는다는 말이다. 「생선 구이」에서 선택하고 있는 객관적 상관물은 제목대로 '생선 구이'이다. 이 작품은 생선구이의 여정을 의인화하여 시인이 표현하고자 하는 사상과 감정을 감각적으로 묘사해낸 창의성이 돋보인다.

1연에서는 '땀을 뚝뚝 흘리며' 구워지는 생선을 묘사하고 있으며, 2연은 '한 점 뜯기며' 인간에게 먹히는 생선을, 3연은 '대가리와 뼈만 남은' 버려지는 생선을 순차적으로 묘사하고 있다. 시인은 이 생선의 이미지를 감각적으로 묘사하는데 머무르지 않고 묘사의 부분 부분에 사상과 감정을 세밀하게 매듭짓고 있다. 1연, 2연, 3연의 매듭을 유기적으로 엮어주는 주된 사상은 '노동'의 이미지이다. 결국 이 노동의 이미지를 통해 시의 주제는 드러나게 되는 것이다.

자아와 세계의 일체감이 시의 경이를 이룬다고 할 때, 이 작품에서 인간에게 먹혀지는 생선구이의 노동은 곧 '따뜻한 밥이 인간에게 주어지는' 인간의 노동과 '시인이 제 골수 쪼개며' 시를 쓰는 시인의 노동과 일체화하면서 시의 경이를 이루고 있다. 따라서 3연의 '바다'는 생선과 인간, 그리고 시인까지를 통합한 영원한 생명에의 희구를 상징적으로 함축한 제재라고 할 수 있다.

3

　박무리의 시세계에서 또 하나 주목되는 것은 경계인으로서의 자아를 취한다는 점이다. 대다수의 시인들이 어느 한 쪽에서 다른 쪽을 바라다보는 관점에서 시를 형상해 나가는데 반해 그는 철저하게 양쪽의 긴장을 함께 수용하고 있다. 따라서 그의 시에서는 소외된 자아라든지 비판적 주제의식을 발견하기 어려우며, 단지 철저하게 깨어있는 역동적인 자아를 만날 수 있을 따름이다.

영화 세트장 같은
여기도 포구라고
생선 등짝이
수상쩍게 싱싱하다

나사못이 삐어져 나와
바닥에 구를 때마다
여기도 포구라고
활어회 한 접시에 쓴 소주가 그리워
달려오곤 했다

녹슨 수인선 철로 위에 서면
협궤 열차를 집어 삼킨 고속도로가
반동강 낸 소래 포구의
신음 소리 들린다

여기도 포구라고
멀리 나가서야 정신 차린 썰물이
삽시에 밀물 져 오는 오후
열린 뱃길을 따라

묶여 있던 어선들도 엉덩이부터 되살아난다
사람들도 덩달아 되살아난다

—「소래 포구」 전문

얼핏 보아 협궤열차가 사라지고 '고속도로가 반동강 낸 소래 포구'를 통해 문명의 허망함을 노래한 듯이 보인다. 그러나 이것은 소래포구에 대한 서정을 묘사하기 위해 선택된 소재일 뿐 주제의식과는 거리가 있다. 오히려 소래포구에 얽힌 추억의 싱싱함을 노래하고 있다고 보아야 할 것이다. 따라서 '영화 세트장 같은'이라는 비유나 '여기도 포구라고'와 같은 강세적 표현도 문명에 대한 비극적 아이러니나 현실에 대한 거부의식 등으로 이해해서도 안될 것이다. 시적자아는 현실과 내면의 어디에도 머무르지 않고 철저하게 양쪽의 긴장을 함께 수용하고 있는 것이다. 그것은 "생선 등짝이 / 수상쩍게 싱싱하다"라든지 "묶여 있던 어선들도 엉덩이부터 되살아난다"와 같은 서정과 인식을 보면 더욱 분명해진다.

이처럼 양쪽의 긴장을 동시에 수용하여 독특한 시의 경이를 이루어낸 경계인으로서의 자아는 그의 시 도처에서 발견된다.

생의 담벼락 이쪽과 저쪽으로
우연히 갈라져 두름으로 엮이는 단어들
터질 것처럼 팽창하는 혈관이
온갖 뜨거운 기억들을
그의 이마에 끼얹는다

—「어느 자서전 12」에서

서울이야 끄덕없지

가난한 자들로 충전되어
새롭게 발광(發光)하는

—「어느 자서전 7」에서

「어느 자서전 12」의 경우, 양쪽의 긴장을 수용하는 그의 특징이 문면에서도 드러난다. 그 긴장은 '터질 것처럼 팽창하는 혈관'으로 상징화되고 있으며 현재와 과거의 접점에서 재생되고 있다. 「어느 자서전 7」 역시 서울에 대한 비극적 아이러니가 아닌 '가난한 자들'의 생동감을 긴장으로 수용한 예라고 할 수 있다.

4

　박무리의 시가 지닌 가장 두드러진 특징은 앞 서 검토된 바처럼 개성적이고 독특한 이미지의 조형에 있다. 그는 평범하고 일상적인 제재에다 신선하고 생동력있는 이미지를 그려냄으로써 자신의 시세계를 펼친 시인이었다. 일상적 삶의 혈관을 흐르는 이미지 구사는 시인으로서의 그가 지닌 가장 두드러진 장점이라고 할 수 있다.

　그러나 그의 이 같은 장점이 남용되는 경우를 그의 시 도처에서 발견할 수 있어 아쉬웠다. 이미지는 서정과 인식을 표현하는 수단이어야지 독창적인 이미지 자체가 곧 시일 수는 없는 것이다. 「어느 자서전 13」, 「배」, 「발」, 「비밀」 등과 같은 비교적 짧은 형식의 시와, 「겨울 수첩」, 「엘리뇨 신드롬」 같은 작품에서 진한 감동을 공감할 수 없는 것은 주제의식이 결여되었거나 이미지의 남용으로 인한 어희에 머물러 있기 때문이다.

　박무리 시인은 분명 타고난 이미지 형상력을 지녔다. 그리고 현실과 내면, 또는 문명과 본능이라고 할 수 있는 양쪽의 긴장을 팽팽히 끓게 하는 독특한 시방법도 갖추었다. 다만 그러한 개성과 능력이 주제를 구축하는 데까지 적절히 조화한다면 우리는 그의 시에서 보다 깊고 뜨거운 공감을 얻게 될 것이다. 앞으로의 작품을 기대한다.

체험적 일상에서 걸러낸 섬세한 무늬

— 이흥규

1

어떤 시가 시의 본 모습을 잃지 않으면서 감동적인 작품인가. 이 시대에 시의 진정한 모습은 어떤 것인가. 시에 관한 가장 보편적인 의문을 화두로 제기하는 것은 현대시를 전공하는 한 학자나 비평가로서가 아니라 순수한 독자로서 품게된 이 시대의 시작품들에 대한 실망감 때문이다.

요즈음 문예지나 동인지에 발표된 시작품은 과거 어느 때보다도 많은 양이라고 할 수 있다. 그만큼 시인도 많고 작품도 많이 창작되고 있음을 알 수 있다. 얼핏 보아 매우 고무적이 아닐 수 없다. 마치 시의 시대가 새로이 대두되고 있는 듯한 착각이 들기까지 한다. 그러나 그 작품들을 읽다보면 그것이 얼마나 무망한가를 실감하지 않을 수 없다. 현란한 시어들과 이미지, 낯설고 생소한 정서와 제재들, 그리고 그것들을 활용한 또 다른 조작들이 마치 새로운 시방법인 듯이 지면 위를 활개치고 있기 때문이다. 시 흉내를 낸 그러한 작품들은 독자를 무지하다고 조롱이라도 하는 듯이 난해한 언어 놀이를 하고 있을 뿐이다. 관념을 난사하는 그러한 시를 읽으면서 감동을 기대하는 독자들의 심정은 어떠할까 생각하면 막막해지기까지 한다.

요즈음 범람하는 그러한 개성적(?)인 시 놀음을 자주 접하면서도 결코 희

망을 저버리지 않는 것은 여전히 시의 정체성을 지켜나가면서 시만이 보여
줄 수 있는 감동을 형상화한 작품들이 있기 때문이다.

2

　필자가 이홍규 시인의 작품을 처음 접하게 된 것은 월간『시문학』1998년
11월호에 실린「빈집」이라는 시이다. 마침 월평을 쓰고 있던 터라 논평할
대상작품을 선별하고자 많은 작품을 읽고 있었다. 특히 시의 본질적 특성을
잃어가고 있는 시단의 풍토에 염려를 하면서 '詩다움'의 속성을 강조하고자
한 의도에 따라 작품을 선별하다가 이 작품을 택하게 되었다.
　그 당시 작품을 대한 첫 느낌은 서사적이고 투박한 부분이 있어 다소 거
친 감이 있었으나 '시다움'의 속성과 시적 감동을 잘 융화시킨 우수한 작품
이라고 평하였던 기억이 난다.
　이제 이홍규 시인이 그 동안 창작한 작품들을 모아『늙은 애벌레의 여행』
이라는 시집을 엮는다니 우선 반가웠다. 게다가 그 시집의 평문을 부탁 받
고는 두려움과 즐거움이 교차되는 느낌이다.
　이홍규 시인의 시들을 대하면서「빈집」에서 받았던 그의 시적 개성을 더
욱 분명히 확인 할 수 있어서 무엇보다 반가웠다. 다음 작품을 통해 그의
시적 특성을 다시 살펴보고자 한다.

　　밤새
　　뒤척이다가
　　비늘을 풀고
　　몸을 씻는다

　　새벽
　　예불을 마친

시린 염원
실안개로 피어오른다

빛과 안개가
서로의 길을
열고 있는 아침
수면 위에

둥지 떠난
물새 한 마리
소리없이
내려와 앉는다.

―「못물」 전문

　서정시의 장르적 특징, 곧 '시다움'의 특성으로 중시되는 것은 자아와 세계의 동일성으로 나타나는 시적 세계관, 순간성과 현재성, 그리고 응축성과 암시성이다. 이 작품은 그 같은 서정시의 본 모습을 하나의 전형처럼 잘 보여주고 있다.

　아침에 본 '못물'의 대상을 이처럼 감각적으로 형상화해 낼 수 있는 것은 오직 시만이 가능하다. 어떤 대상과의 찰나적인 교류, 섬광처럼 스쳐 지나는 시인 자신의 순간적 사상과 감정의 응결이 서정시의 모습이다. 못물이라는 대상세계에 투영된 자아의 서정이 상호 친숙한 교류를 통해 독특한 매듭으로 일체화하고 있으며, 시의 경이로움을 순간적으로 탄생시키고 있다. '밤새', '새벽', '아침'의 자연적 시간은 이 경이로움의 체험 속에서 영원한 현재로 정지하면서 하나로 통합되며 감동으로 다가온다.

　또한 이 작품은 형태적인 면에서도 매우 정제된 모습을 보여줌으로써 문체적 성공도 거두고 있다. 각 연을 4행으로 처리하여 전체를 4연으로 구성한 것도 이 작품의 내용을 형상화하는데 매우 유효 적절하다. 그리고 1연의 '비늘을 풀고'와 2연의 '실안개로 피어오른다'를 3연의 '빛과 안개'로 유기적

으로 통합하는 정적(靜的) 맥락과 4연의 '물새 한 마리'가 내려와 앉는 동적
(動的) 이미지의 조화 또한 복합적인 유기성을 구조적으로 형상화해내는데
매우 효과적이다.

  시인은 그러한 시어들이 엮어낸 무늬와 마디에 생명력 있는 의미를 부여
하면서 인간의 삶과 생명의 신비라는 가장 원형적인 주제를 구축해내고 있
다. 따라서 4연의 "둥지 떠난 / 물새 한 마리"는 자연스럽게 시인의 모습이며
우리 인간의 모습임을 함축적으로 보여주고 있는 것이다.

  이홍규 시인의 이 같은 시적 특성은 그의 시작품이 보편적으로 지닌 가장
두드러진 장점이라고 할 수 있다. 이 개성은 체험적 일상에서 얻어지는 시
적 착상과 무관하지 않으며, 세심한 시어선택과 이미지 구사에 대한 배려에
서 빛을 발하게 된 것이다.

    어느 해던가
    빗자루병으로 죽어버린
    대추나무 혼령이
    지금도 지붕 위에 떠 있어
    이른 아침이면 작은 새들이 찾아와
    문안을 드리고 간다

    가난한 허물은 조왕신에게
    되돌려주겠지만
    처마밑 제비집이 올해도
    빌까 안쓰러워

                          ―「오두막」에서

    가진 것 다 버리고 나니
    작은 그늘도
    내 것이다

한숨을 반밖에
토해내지 못해
멍이 든 모가지, 꺼내어
정(淨)한 햇볕에 말린다

가난은, 차라리 정갈한 매무새
이웃 마을 나들이하듯
홀가분히 일어서 귀로에 드니
마음 한 조각 구름 위에 떠 있다

—「정년」 전문

꽃잎 지던 날
네 모습 사라지고

오늘밤
맑은 영혼 하나
내 곁에
살포시 눕는다.

—「수선화」에서

　위의 인용시를 통해 보더라도 그의 시가 체험적 일상에서 제재를 취하고 있음을 잘 보여준다. 그의 시가 쉽게 읽히고 우리에게 친숙하게 다가서는 것도 바로 소재 선택과 시적 발상을 보편적이고 일상적인 실체험(實體驗)에서 얻고 있기 때문이리라.

　가난한 오두막의 삶이지만 "처마밑 제비집이 올해도 / 빌까 안쓰러워"하는 화자의 자연스러운 가난에 대한 시적 인식이라든지, 직장을 떠나는 정년에서 '작은 그늘도' 내 것이라는 새로운 의미를 발견한다든지, 가난을 '정갈한 매무새'로 비유해내는 것은 모두가 작위적인 시적 기교와는 무관한 매우 자연스러운 매듭으로 친숙하게 다가선다. 또한 이른 봄 '옷깃을 여미듯' 곱게 핀 수선화와 "한 해를 살다 간 / 내 딸의 / 아련한 얼굴"을 접맥시키고 있는 「수선화」에서는 그 비극적 애상을 '맑은 영혼'으로 승화시켜내는 시적 여유까지를 형상해내고 있다. 그만큼 이홍규의 시들은 시의 본질적 특성을 충실히 소화해낸 작품들임을 알 수 있으며, 그의 시가 지닌 감동의 실체도 '시다움'을 잃지 않은 이러한 철저한 충실성에서 드러난다고 할 수 있다.

3

이홍규 시인의 시적 경향에서 또 하나 눈에 띄는 것은 의식적이든 무의식저이든 현실이 부정저인 면을 고발 비판하려는 의도에서 메시지를 강주하는 알레고리의 시를 시도하고 있다는 점이다. 물론 풍자나 아이러니의 기법이 현대시의 정의로운 역할을 위해 중요한 수사법임에는 틀림없다. 그만큼 효과적으로 주제를 드러낼 수 있기 때문이리라. 그러나 자칫 주제가 서정으로 응결되어 형상화하지 못하고 메시지 자체의 강조나 웅변으로 빠져들어 시적 특질을 상실하는 경우가 흔히 있다. 이홍규의 다음과 같은 작품도 그같은 문제점을 노출하고 있다.

부, 권력, 효율, 존재 등 20세기적
배경은 박물관에도 자리가 없다
빛의 속도보다 빠르게, 억만분의 일보다 정밀하게
분석 융합하여 발끝에서 머리끝까지 완전무결한
절대 초인이 화려하게 등장

그녀와 달나라 피크닉을 떠나기 위해 식사대용 에
너지를 충전하고 있다─The End
객석에선
비극인지, 희극인지, 희비극인지를

모르겠다고 한다

—「비극, 희극 혹은 희비극」에서

지금부터 50년쯤 후에 나올 수 있는 '오관을 갖춘 로봇'과 '질 좋은 인간'이 만나 꾸미는 연극을 가상하여 제재로 취하고 있는 이 작품은 위의 인용 부분에서도 알 수 있듯이 문명과 과학이 가져다주는 어두운 면을 허무의식으로 표현하고 있다. 그러나 그러한 주제와 관련한 메시지만이 강하게 드러날 뿐 서정적 감동을 느끼기가 어렵다. 따라서 행 가름과 연 가름도 어떤 유기적인 필연성에 의해 나누어졌다기보다는 우연한 가름에 불과한 듯이 보인다. 그것은 의미나 주제가 서정으로 응결되지 못하고 직접적으로 제시된 결과이다. 이 같은 우려는 「석류」, 「원」, 「노을, 아픔 한 자락」, 「아시나요」 등의 작품에서도 결코 자유롭지 못하다. 시가 시대적인 메시지를 드러내서는 안 된다는 것은 아니다. 오히려 이 시대에 시만이 감당할 수 있는 역할 중에 하나라고 할 수 있다. 그러나 그러한 강렬한 시대적 메시지와 주제의식은 서정 속에 섬세하게 녹아들어 갔을 때 비로소 의미가 있는 것이리라.

4

그밖에 이홍규 시인이 매우 시험적으로 시도하고 있는 작품을 볼 수 있는데, 그것은 곧 사행시(四行詩)와 「내 고향은요」와 같은 이야기시, 그리고 「새와 보살님」 같은 극적(劇的) 시 등이다. 이러한 새로운 시도가 시인의 시세계를 넓혀주고 새로운 감동을 줄 수도 있을 것이다. 사실 현대 장르는 개방장르로 변화되고 있는 추세이다. 서사적 요소와 극적 요소를 시에 끌어들이는 것은 어쩌면 자연스러운 현상일 수도 있다. 그러나 그러한 시도가 어디까지나 서정의 테두리 안에서 제재로 선택되는 것이어야지 새로운 기법의 낯설음만으로 그쳐서는 안될 일이다.

앞에서도 언급했지만 이홍규 시인의 가장 큰 장점이자 개성은 체험적 일상에서 얻어지는 시적 발상과, 시어와 이미지에 대한 세심한 배려, 그리고 그것들을 유기적으로 통합해내는 문체구사의 자질에 있다. 이 같은 자신의 특성을 끊임없이 연마하고 세련시켜 나간다면 우리는 그의 시에서 보다 놀라운 감동과 경이를 체험하게 될 것이다. 앞으로의 작품을 기대한다.

내 안으로의 끝없는 여행, 그 순응의 열망

— 신현봉

1.

서정시는 다른 어떤 장르보다도 개인적인 감정을 표현하는 주관적인 양식이다. 따라서 서정시는 어떤 대상의 묘사나 재현이 아니라(설사 표면적으로 그렇게 보인다 하더라도) 궁극적으로 자기표현이다. 시작품 속에 묘사되거나 재현된 세계는 실은 자아와 끊임없이 활동적으로 교류하는 교류체인 것이다. 본질적으로 시인은 개인적인 사상과 감정을 직접 드러내지 않고 어떤 교류체를 통해 간접적으로 표현한다. 그 교류체란 다름 아닌 시의 제재인 것이다.

서정시의 장르적 특징이나 시적 세계관을 논하면서 가장 먼저 제기되는 이른바 '자아와 세계의 동일성'이란 바로 그같은 특질을 설명하기 위한 것이다. 자기확인이나 발견을 통한 자기 동일성에의 끝없는 열망, 그것이 곧 서정시의 본 모습이다.

근자에 많은 시작품들이 이 같은 시의 본 모습을 망각하고 시의 여러 가지 구성요소들과 장치들에 몰두하고 있음을 쉽게 발견할 수 있다. 게다가 그러한 현란한 시적 기교와 장치들의 조작을 마치 새로운 시 방법인 듯이 난사하고 있는 것을 보면 참으로 안타까울 뿐이다. 그만큼 서정시의 본질을 묵묵히 지켜나가는 시를 만나기가 어려운 현실이다.

2.

　지나치리만큼 낯설고 생소한 정서와 제재들, 그리고 현란한 시적 기교와 장치들이 시 자체를 압박해오고 있는 안타까운 요즘의 시 현실에서도, 시의 본질을 파수꾼처럼 지켜나가는 시인들이 있기에 시의 미래가 어두운 것만은 아니라고 생각한다. 신현봉의 시집『그대와 함께 가는 길』에서 만날 수 있는 시편들은 요즘의 시들에서 느끼는 우려를 희망으로 돌려주기에 충분했다.

　신현봉 시인의 시들을 대하면서 가장 먼저 받게되는 인상은 우선 친숙하게 느껴지고 쉽게 읽힌다는 점이다. 그만큼 새롭고 독창적이려고 하는 과욕을 부리지 않으며, 자신의 주관적인 생각과 감정을 자연스럽고 차분하게 묘사해나간다는 것이다. 따라서 그의 시에는 낯설고 생소한 이미지나 시적 장치들을 발견하기란 그리 쉽지 않다. 그렇다고 그의 시가 새롭고 신선한 감동을 상실한 상투적인 독백은 결코 아니다. 자연스러움 속에서 신선한 감동을 던져주는 것이 그의 시가 지닌 개성이라고 할 수 있다.

　　나무들이 알몸으로 서 있다
　　감출 것도 비밀도 하나 없이
　　바람에 눈에 빗물에 안개에
　　얼굴을 씻고 영혼을 씻는다
　　한 해가 저물고 한 세기가 저물고
　　천년, 만년이 저물어 간다는 것이
　　무슨 의미가 있느냐고
　　내 알 바 아니라 한다
　　다만 침묵하며 제자리를 지키며

안으로의 여행을 계속할 뿐
길은 하나밖에 없다고 한다
꿈꾸지 말고
꿈을 이루려 애쓰지 말고
옷이나 벗어라 한다
아는 것이 없다는 것을 인정하고
벌거벗은 그대로 떠나라 한다
세상에 어둠만이 있다면
그 어둠은 어둠이 아닌 빛일 것이니
그대의 어둠 속으로
기꺼이 걸어가라 한다

—「숲에서·2」 전문

　신현봉 시의 개성을 잘 보여주는 작품이다. 알몸으로 서 있는 나무들에 대한 묘사 자체는 물론이거니와 그 묘사 속에 매듭을 엮어나가는 서정과 인식의 모습 또한 매우 자연스럽다. 낯설고 생소한 시적 장치의 조작이나 현란한 시어나 이미지들은 어디에서도 나타나지 않는다. 오직 자신의 서정을 차분하게 이끌어나가고 있을 뿐이다.

　알몸으로 서 있는 나무들에서 이만한 의미를 발견해내는 것은 내 안으로의 끝없는 여행과 그 순응에 대한 열망이 시인의 시작태도에 스며있기 때문이다. 시 쓰는 일은 어찌 보면 자기확인이요 자기발견에의 끊임없는 여행일 것이다. 이 작품은 시의 그러한 속성과 신현봉 시인의 개성을 잘 보여준다.

　알몸의 나무에서 '다만 침묵하며 제자리를 지키며 / 안으로의 여행'을 계속하고 있는 자연의 순리를 발견하는 것은 자아와 세계, 곧 시인의 서정과 알몸의 나무가 자연스럽게 동일화한 시의 경이에서 이루어진 것이다. 이는 알몸의 나무가 내가 되고 내가 알몸의 나무가 되는 함께 나누어 갖기의 체험이요 발견인 것이다. 그만큼 시인은 나무를 통해 자아를 확인하면서 순응의 열망을 주제로 형상화해내고 있다.

　이 작품의 화자는 이른바 제1의 목소리로 표출되고 있다. 곧 시적 청자가 없이 시인이 스스로 자기 자신에게 혼잣말을 하는 목소리로 자신의 감정이나 사상을 진술하는 형태를 취하고 있는 것이다. 이러한 자기 독백적인 작품이 자칫 빠지기 쉬운 감정의 과잉노출을 적절히 조절하고 있어 제1의 목소리가 지닌 체험적 진실을 잘 보여주고 있다. 그의 다른 대부분의 시들이 엿듣는 독자에게 그만큼 친숙하게 다가서는 것도 적절한 통제를 거친 제1의 목소리와 무관하지 않다. 다음의 몇 작품을 통해 그의 이와 같은 시적 특징을 다시 공감해 보기로 하자.

희망이 아주 없다고 생각될 때에는
끝이 있어서
세상은 살만한 것이라고
믿기로 하자
그 끝이 얼마나 정직한가를
끝까지 지켜보기로 하자

—「희망을 위하여」에서

나무들이 팽팽하게 긴장하고 있다. 바람이 가슴에 숨겨둔 비
수를 꺼내어 나무들의 살갗을 스쳐주기라도 한다면 새잎들이
한꺼번에 터져 나올 듯 싶다. 우리들의 자잘한 일상생활과는
관계없이 봄은 스스로 찾아와 이 땅에 꽃을 피우고 그 꽃잎
강물에 흘려 보내면서 초록의 한 세상을 열어놓고는 안녕도
없이 홀연히 사라져 가리라. 목마른 아침마다 봄이 오고있을
거라는 생각에 희망도 없이 봄 마중을 간다.

—「봄 마중」전문

낯익은 이 거리는 異國처럼 낯설고
밤은 깊어 가는데
질주하는 차량의 불빛에 채여
퉁겨져 나온 어둠 한 쪽

덕수궁 돌담에 기대어 선 채
봄을 기다리고 있다

—「12월의 태평로에서」에서

　모두가 하나 같이 제1의 목소리로 선택되고 있다. 언뜻 단순한 자기독백
인 듯이 보이나 실은 체험적 진실을 절제된 감정으로 재구성하여 내용과 형
식을 가장 적절히 조화할 수 있도록 세심하게 선택된 어조라고 할 수 있다.
그만큼 문체적으로도 성공을 거두고 있다는 말이다. 게다가 위의 시들은 어
조뿐만이 아니라 서정과 인식까지도 매우 유사하여 신현봉 시인의 또 다른
특징을 잘 보여주기도 한다. 즉 "그 끝이 얼마나 정직한가를 / 끝까지 지켜
보기로 하자"와 "목마른 아침마다 봄이 오고있을 거라는 생각에 희망도 없
이 봄 마중을 간다", 그리고 질주하는 차량의 불빛에 채여 퉁겨져 나온 어둠
한 쪽이 "덕수궁 돌담에 기대어 선 채 / 봄을 기다리고 있다"는 표현에서 알
수 있는 것처럼, 세 편이 각기 다른 작품이지만 그 서정과 인식은 매우 유사
하다. 그만큼 그의 시에서는 단정적인 서정과 인식을 결코 발견할 수 없으
며, 이른바 판단유보의 시학을 실천해 보여주고 있는 것이다. 그것은 곧 내
안으로의 끝없는 여행, 그 순응에의 열망 그 자체를 소박하게 그대로 제시
하고 있는 것이 그의 시를 이끄는 공통의 모티프이기 때문이다.
　「봄 마중」에서 보여준 '비수'와 '새잎'의 당돌한 결합도 실은 '팽팽한 나무
들의 긴장'을 단숨에 풀어주는 효과를 지니고 있으며, 따라서 자연의 순리에
동화된 서정의 열망은 희망이 없어도 '봄 마중'을 갈 수 있는 것이다. 사라짐
까지 순응하려는 끊임없는 열망의 서정은 그의 시작품 도처에서 발견된다.
　한편 그의 시에서 낯설고 새로운 이미지를 찾기가 쉽지는 않다. 그렇다고
신현봉 시인이 이미지의 시적 가치를 등한시한다거나 이미지 형상력이 뒤
떨어지는 시인이라고 보이지는 않는다. 「12월의 태평로에서」에서 보여준 감
각적 이미지의 구사는 그 시의 주제를 뒷받침하는데 매우 적절한 이미지이
며, 신선하고 개성적이다.

3

　체험적 진실을 절제된 감정으로 진솔하게 표현할 뿐만 아니라 주관적인 서정과 인식을 제1의 목소리를 통해 소박하게 제시해 보여주는 것이 그의 시가 지닌 개성이자 장점이다. 또한 현란한 시적 장치나 기교를 전혀 부리지 않으면서도 신선하고 차분하게 전개되는 시상의 흐름은 그의 시가 지닌 특징임에 틀림없다.

　그러나 통제되지 않은 자기 감정에 몰두되거나 시의 교시적 기능을 지나치게 의식한 나머지 자기 감정과 메시지 자체를 강조한 작품들이 더러 보인다. 그러한 작품들은 무질서한 감정이나 교시적 내용 자체는 직접적으로 드러나는 반면, 시로서의 형상력과 긴장감이 다소 뒤떨어질 뿐만 아니라 독자의 자율적 독서를 방해하는 경우가 있다.

몸이란 다만 껍데기
속이 없는 사랑이
어떻게 사랑일 수 있겠느냐
함께 있어도 홀로 있고
혼자 있어도 함께 있을 때
사랑은 빛이 되어주지 않겠느냐

ー「사랑을 위하여 · 1」에서

소중한 것은
말하지 않는 것

참으로 소중한 것
보여주지 않는 것

진정 소중한 것은

가슴에만 간직하는 것

—「소중한 것은」 전문

칼 보다 치명적이고
총 보다 위험한 것
사람이 무섭다는 것은
말이 그러하다는 것

—「말」 전문

좋은 집이란
면적이나 내부장식 여하에 있지 않고
주인의 인물됨에 달려 있는 것이다

—「사람과 집」에서

이상의 작품들에서 우리가 시적 감동을 느끼기란 쉽지가 않다. 게다가 신현봉 시인이 지닌 개성과 장점을 발견하기란 더욱 어렵다. 직접적으로 토로해낸 시인의 감정을 그저 이해할 뿐이요, 교시적인 설명을 들을 뿐이다. 시는 묘사를 통해 암시적으로 표현하는 것이지 제시적으로 설명하는 것이 결코 아닐 것이다. 위의 작품들에서 우리는 시인의 감정과 생각을 그저 단순히 뒤따라가 볼뿐이지, 결코 감동적으로 공감하거나 재체험할 수는 없을 것이다.

「상처」, 「명상의 숲」, 「아무 것도 없다」, 「병사와 장군에 대해서」 등과 같은 작품에서도 신선한 시적 감동보다는 관념과 서정의 단순한 연결과 메시지만을 보게되는 것도 그러한 문제점을 노출하고 있기 때문이다.

너무나 당연한 말이지만 시는 감동으로 말한다. 신현봉 시인이 자신이 지닌 타고난 자연스러움을 지속하면서 자신 속으로의 끝없는 여행, 그 순응에의 열망을 적절히 통제하여 시로서의 형상력을 다져 간다면 우리는 그의 다음 시에서 보다 새롭고 놀라운 시의 경이를 체험하게 될 것이다. 앞으로의 작품을 기대해 본다.

일상에서 보아낸 의미의 무늬들

— 김철순

1

시는 감동으로 말한다. 감동은 시를 논리적으로 분석하여 이해하는 데에서 얻어지는 것이 결코 아니다. 그것은 시작품 속에 매듭으로 엮어진 시적 자아와 제재의 올이 지닌 무늬와 결을 보아내면서 이른바 공감으로 얻어지는 것이다. 시작품 속에 표현된 여러 가지 형상들은 곧 시인의 감정과 사상을 대신하는 하나의 대체물이며, 각각의 시가 지닌 특성이란 곧 그 대체물이 지닌 무늬와 결에 다름 아니다.

모든 시인은 나름대로의 무늬와 결을 지니게 마련이다. 이것을 개성이라고 불러도 좋을 것이다. 김철순의 시들을 주목할 때 그의 개성으로 우선 제기할 수 있는 것은 무엇보다도 소재의 일상성이다. 다시 말해 그의 시에 선택되고 있는 소재나 제재들이 한결같이 일상적인 체험과 관련되어 있다는 것이다. 그러나 일상적인 소재를 단순히 시의 형식에 담았다고 모두 시가 되는 것은 결코 아니다. 그 체험을 자신만의 독특한 의미로 재인식하여 형상화해냈을 때, 비로소 감동을 주는 시가 되는 것이다.

김철순의 시들은 대부분 체험에서 우러나온 자기표현으로 나타나고 있다. 그러나 그녀의 시들은 결코 단순한 자기 내보이기나 감상적 고백에 그치지

않고 시적 형상력을 지니고 있다. 그것은 체험의 편린들을 예사로이 보지
않고, 작은 일상에서도 새로운 삶의 의미를 찾고자 하는 끝없는 몰입의 자
세가 시에 녹아들어 있기 때문이다.

2

　서정시의 본질적인 특질을 자아와 세계의 동일성이라고 할 때, 그녀의 세
계는 일상적인 체험이다. 곧 김철순의 시들이 지닌 가장 큰 특징은 자기체
험의 시적 형상이라고 할 수 있다.

　　갑자기 한기가 느껴졌어
　　내 몸의 수액을 뿌리 깊은 곳으로
　　밀어 넣었어 그러자 내 몸은 빈그릇처럼
　　달그락 거리는 소리가 났어
　　삭정이 매운 바람이
　　사납게 나를 치고 지나갔어

　　꺾어 봐 꺾어 봐
　　나 아무리 꺾어도 살 수 있어
　　나 몸이 없어도
　　몸 밖에서 꿈꿀 수 있어

　　한 십년쯤 몸을 말렸다가
　　한 백년쯤 마음을 비웠다가
　　까무룩 잠에 들었던 것처럼
　　그렇게 깨어나는 거야

　　한 십년쯤 뒤에

한 백년쯤 뒤에

—「마른 풀잎의 노래」 전문

  '마른 풀잎'을 시적 화자로 내세우고 있는 이 작품은 김철순의 시들이 지
닌 한 전형을 잘 보여준다. 일반적으로 시는 시인의 사상과 감정을 직접 드
러내는 것이 아니라 무언가를 통하여 보여준다고 할 때, 이 작품은 마른 풀
잎이 하는 노래를 통해 시인의 정서와 사상을 간접적으로 보여주고 있다.
따라서 우리는 마른 풀잎이 하는 이야기를 통해 시인의 이야기를 엿듣게 되
는 것이다. 곧 "삭정이 매운 바람이 / 사납게 나를 치고" 지나가면서 느껴진
한기는 차갑고 매서운 삶의 현실에 대한 시인의 자기표현이며, "내 몸의 수
액을 뿌리 깊은 곳으로" 밀어 넣는 모습은 그러한 현실에 대한 내면적 의지
력과 삶에의 강인성을 노래한 것이다. 2연, 3연, 4연은 그 의지력의 반복적
노래이며, 강조라고 할 수 있다. 특히 3연에서 아무리 오랜 시간동안 매서운
현실과 마주친다 하더라도 "까무룩 잠에 들었던 것처럼" 그렇게 깨어나겠
다는 구절은 삶에 대한 강한 집착과 소생력의 절정을 표현한 부분이라고 할
수 있다. 이 작품은 시적 화자와 어조의 선택에서부터 비유와 각 연간의 유
기적 의미맥락에 이르기까지 매우 잘 갖추어진 작품이며, 소재와 시어의 선
택도 자연스럽게 의미와 조화를 이루고 있다.
  「마른 풀잎의 노래」가 자아는 숨고 마른 풀잎을 화자로 내세워 시종일관
하고 있는 것이라면, 다음의 작품은 시적자아의 모습이 드러난 채로 자아와
세계가 일체화하는 예가 될 것이다.

  나뭇잎 한 장 마음 속에 들어온 날부터
  내 몸이 한결 가벼워 졌어요
  가볍게 둥둥 떠서
  우주를 유영하기도 하고
  발밑에 툭툭 채이는 인생 같은 거
  덧없게 보이더라구요

나뭇잎은 내 몸 어딘가의
상처난 구석마다 보듬어 주고
'인생은 끝났다'의 종결 어미를
가볍게 바꿔 놓을 줄도 알더라구요

부유하는 것들의 가벼움
그것을 알고부터 내 몸 가벼워져
나비보다 더 가벼운 삶을
살 수 있을 것 같아요
나뭇잎 한 장 내 속에 들어와서

—「나뭇잎 한 장」 전문

"나뭇잎 한 장 마음 속에 들어온 날부터 / 내 몸은 한결 가벼워"졌다는 처음 부분에서 시적자아와 나뭇잎은 '가벼움'의 의미로 자연스럽게 동일화하고 있다. 그 가벼움의 의미가 이 작품의 주도 모티프가 되어 '부유하는 것들의 가벼움', 곧 인생의 가벼움을 상기해내고 있는 것이다. 만일 이 작품이 그러한 인생의 덧없음만을 표현한 것이라면 감상적인 자기고백 정도에 그치고 말았을 것이다. 그러나 이 작품에서 그려진 가벼움은 전혀 다른 의미로 재현되고 있다. 나뭇잎은 "상처난 구석마다 보듬어 주고 / '인생은 끝났다'의 종결 어미를 / 가볍게 바꿔 놓을 줄도" 아는 가벼움의 의미로 새롭게 창조되고 있다. 곧 종결을 떠올려야 할만큼의 무겁고 처연한 현실의 삶을 오히려 가볍게 극복할 수 있는 창조적인 의미를 나뭇잎을 통해 배우고 있는 시적자아의 모습을 공감하게 된다. 따라서 2연의 "나비보다 더 가벼운 삶"은 인생의 덧없음과 경시를 의미하는 것이 아니라, 비록 무겁고 중압감에 시달리는 인생이지만 가볍고 여유로운 마음으로 인생을 순응할 수 있다는 의미를 표현한 것이다.

이상 두 편의 작품에서만 보더라도 김철순이 일상적인 체험과 제재들을 얼마만큼 몰입하고 있으며, 단순한 주변 소재에서도 인생에 대한 새로운 의

미를 읽어내려고 얼마만큼 열중하고 있는가를 알 수 있다. 다음의 작품들에
서도 그러한 시적 특성을 쉽게 공감할 수 있다.

> 꽃 한다발 벽에 걸어 둔 날부터
> 내 눈까지 걸어 두었다
> 시간은 점점 흐르고
> 생명을 조금씩 비워가면서
> 더욱 빛나던 한다발의 꽃
> 꽃은 벽의 한쪽 귀퉁이를 단단히 붙잡고
> 놓아 주지 않았다
>
> —「꽃 한다발」에서

> 나는 언제까지
> 고통처럼 시를 써야 하는지
> 생각들을 허공에 던져야 하는지
> 끝도 없이
> 생각의 물줄기를 뿜어내야 하는지
> 내가 나를 젖게하기 위함인지
> 누군가를 젖게하기 위함인지
> 도무지 알 수 없는 일을
> 계속하고 있는지
>
> —「폭포」 전문

> 깍두기 무를 썰다가
> 악성 종양처럼
> 내 깊은 곳에 뿌리 박혀 떠나지 않는
> 서럽고 질긴 추억들을 꺼내 썰다가
> 쉽게 토막나지 않는 기억들
> 시퍼런 칼날 세워
> 썰어본다
>
> —「무를 썰다가」에서

꽃 한다발 벽에 걸어두는 일상적 행위에서 "내 눈까지 걸어 두었다"라는 시적 발상도 독특하지만, 생명을 조금씩 비워가면서 더욱 빛나는 꽃과 인생의 편린을 이처럼 개성적으로 표현해낸 작품은 쉽게 발견하기 어려운 인식이다. 그만큼 일상적 행위를 예사로이 보아 넘기지 않고 그것에 생명을 불어넣으려는 시인의 집착과 몰입을 느낄 수 있다.

그리고 「폭포」는 '폭포'를 시적화자로 하여 자기를 드러내는 형식을 취하고 있으며, "고통처럼 시를 써야"하는 시인의 심사를 매우 자연스럽게 폭포와 일체화한 작품이다.

또한 무를 써는 행위에서 "서럽고 질긴 추억들을 꺼내" 써는 의미를 상호 조응시켜 "쉽게 토막나지 않는 기억들"을 회감하여 재체험하는 서정과 인식들은 김철순의 시적 특성을 매우 잘 대변한 경우라고 볼 수 있다.

「폭포」는 앞에서 살핀 「마른 풀잎의 노래」와, 「꽃 한다발」과 「무를 썰다가」는 「나뭇잎 한 장」과 같은 맥락에서 바라다 볼 수 있는 작품이라고 할 수 있다.

3

김철순의 시들을 주목할 때 또 하나 특기할 사항은 시어의 선택이 일상적이며, 이미지 형상이 개성적이고 참신하다는 점이다. 너무나 당연한 말이지만 시의 구조를 논할 때, 시어의 선택과 이미지의 조성은 다른 여하한 구성요소보다 우선한다. 더구나 현대시의 경우 그 감동의 실마리는 시어와 이미지들이 결합되어 나타나는 무늬와 결의 조직에서 비롯되는 경우가 많은 것이 사실이다.

김철순의 시들은 우선 언어 선택이 매우 일상적이고 평이하다는 데에 그 특징이 있다. 현대시에서 흔히 볼 수 있는 작위적인 조어나 언어유희를 그녀의 시에서는 결코 찾아볼 수 없다. 그러나 일상적이고 평이한 시어로 이루어졌다고 해서 의미나 시적 형상력이 평이하거나 상투적인 것은 결코 아니다. 그녀의 시에 사용된 평이한 시어들은 단단한 텐션과 참신한 시적 형상력을 지녀 새로운 의미로 재창조되는 강한 에네르기를 응축하고 있다. 이것은 그녀의 시들에 구축된 이미지의 형상들을 보면 쉽게 공감하게 될 것이다.

> 늦은 오후의 햇살이 어디 몸 기대지 못하고 흐느적 거린다
> 어디서 왔는지 잠자리 한 마리 정적이 깃든 골목길을 마구 휘젓고
> 다닌다 졸던 세상이 화들짝 깨어나 크게 눈을 뜬다
>
> 미루나무의 키큰 눈으로도
> 내려다 보지 못한 가을, 아 가을
> 가을이 여기저기 몸 쑤셔박고 말없이 있었구나
> 빨갛게 노랗게 갈대의 미친 손짓으로
> 지난 시간을 들었다 놓았다 당겼다 늘였다 하면서
>
> 어디 한 곳에 마음 기대지 못하고 포효하는
> 나의 하루는 길다
> 아니 짧다
>
> ─「가을, 아 가을」 전문

가을의 정취에서 환기될 수 있는 제재들이 다양하게 묘사된 작품이다. '햇살', '잠자리', '미루나무', '갈대'에다 시적자아까지 동원되고 있다. 그러나 이 시에서 우리가 단지 가을의 정취를 아름답게 느끼는 데에 머무르지 않고 그 속에서 생동하는 어떤 질서와 시적자아의 비극적 자기인식을 함께 공감할 수 있는 것은 그 제재들에 생명을 부여하여 이미지로 형상해낸 시적 능력 때문이다. 의인화에 기댄 흐느적거리는 '오후의 햇살'이나 골목길을 마구 휘젓고 다니는 '잠자리 한 마리', '미루나무의 키큰 눈'이나 '갈대의 미친 손짓' 등의 표현은 제재의 묘사와 더불어 주제로 지향하는 의미의 표출을 이중적

으로 함축한 효과적인 이미지들이다. 특히 "졸던 세상이 화들짝 깨어나 크게 눈을 뜬다"라거나 "가을이 여기저기 몸 쑤셔박고 말없이 있었구나" 와 같은 구절은 그 시어의 평이함에도 불구하고 매우 개성적인 이미지 형상이라고 할 수 있다. 게다가 이 각각의 이미지들이 상호 유기적으로 엮어내는 통합적 의미망은 가을의 정취와 시적자아의 매듭을 역동적으로 구축하여 주제를 형상해내고 있다.

김철순의 시가 지닌 이 같은 특질은 다음의 시편들에서도 쉽게 확인해 볼 수 있다.

밤새
땅끝을 끌어 올려
하늘에 닿게 하는 이
누구였을까
어둠의 닻을 내리고
그대 살속을 흘러
모두 강이 되게 하는

—「안개」에서

떠난 계절은
땅 속 깊은 곳에서 잠들어 있네
긴 밤을 접으려 해도 접혀지지 않아
뜬 눈으로 밤을 새우기도 하네
나는 겨울의 살 속 깊숙히
걸어 들어 갔네

—「겨울 나기」에서

서럽도록
밥보다 많은 나물을 먹으며
우린 그렇게
풋내에 길들여졌다

때로 올려다 본 하늘이
그렇게 맑을 수 있고
우리가 허기를 메웠던 그 나무들이
아픔을 딛고 일어설 때면
우리의 가슴엔
몇 개의 별이 뜨기 시작했다

풋내였다
기억의 저편
고향의 언덕배기
온통 풋내로 가득한 강이
내 속엔 흐르고 있다

—「고향의 봄」에서

위의 세 작품에서 발견할 수 있는 이미지들은 그 묘사의 독창성뿐만 아니라, 시의 의미와 주제를 형상해내는 이미지의 기능면에서도 매우 신선하며 우수하다. 「안개」와 「겨울 나기」에서 보여준 '살 속'의 의인화는 자아와 세계의 동일성을 자연스럽게 화합하고 있으며, 「안개」와 「고향의 봄」에서 나타난 '강'은 그 함축적 의미와 더불어 주제를 대신하는 상징적 기능을 유효적절하게 표출해 주고 있다. 한편 제재와 시적자아간의 적절한 거리도 유지하고 있어 긴장감을 잃지 않으면서 서정의 매듭을 엮어나가고 있음을 알 수 있다. 그리고 「고향의 봄」에서는 '나물', '하늘', '나무', '별' 등의 소재에 대한 묘사도 어린 시절 고향의 기억을 드러내는 데 효과적으로 작용하고 있지만, 특히 이들을 모두 '풋내'의 상징적 이미지로 결합하여 "온통 풋내로 가득한 강이 / 내 속엔 흐르고 있다"고 응축시킨 구절은 시인의 서정과 주제를 유기적으로 응결한 개성적인 표현이 아닐 수 없다. 그만큼 김철순의 시에 표현된 이미지들은 그 각각의 이미지가 지닌 개성뿐만 아니라, 그 이미지들이 상호조응하여 구축해낸 이미저리 또한 유기적인 완결성을 지녔다고 볼 수 있다.

4

    김철순의 시들은 일상적인 체험을 예사로이 보지 않고 새로운 의미를 보아내는 몰입과 진솔함이 녹아있으며, 개성적이고 참신한 이미지로 일상적인 것에 새로운 의미를 부여하는 능력도 배어있다.

    그러나 이 같은 그의 개성이 시의 내용과 형식 속에 유기적으로 자연스럽게 녹아들지 못하고 시의 형식을 빈 감정의 노출에 머문 경우도 있다. 이는 자기 감정을 형상화하지 못하고 직접 드러내거나 시의 형식 자체에 집착할 경우, 주제의식이 결여될 뿐만 아니라 자칫 감상적인 센티멘탈리즘에 빠지거나 의미가 단절된 작위적이고 기교적인 형식만이 남게 된다는 사실을 간과한 결과로 보인다.

> 어느날
> 잘려 나간 하루의 행방에 대해
> 끈적한 어둠에 대해
> 뿌리 없는 고통에 대해
> 내 혈관을 타고 오르던 절망에 대해
> 알 수 없는 사랑에 대해
> 끝없는 의문 부호들을 끌어안고 잠든 밤
> 아아 꿈속에서 그대가 일어나
> 푸덕이며 날아가는 걸
> 나는 보았습니다
>
> —「새」에서

> 한 사람만
> 눈 속에 넣고 사는 일
> 아름다워라
> 세상의 모든 것

다 안보여도 좋으니
한 남자만
내 눈속에 넣어 주소서
오직 한 남자만

—「사랑에 눈이 먼」에서

어쩔 수 없던 삶이
고통이 함께 했던 그 여름날
주머니 속에 달랑 남았던 동전 한닢
그것을 동태와 바꿔서
여름 동태국을 끓였다
밥도 없이
눈물 젖은 동태국을 먹으며
나는 세상을 겸손하게 살라는
무수한 채찍을 받았다
너무 아파서
끝도 없이 눈물을 말아 먹었다

—「여름에 먹는 동태국」에서

「새」에서 보여지는 '대해'의 반복이 시의 의미를 점층적으로 강조하거나 깊이와 넓이를 확대하는 효과를 지니지 못하고 단지 잡다한 감정을 관념적으로 드러내고 있을 뿐이다. 따라서 "꿈 속에서 그대가 일어나 / 푸덕거리며 날아가는" 새의 이미지도 형상력이 없을 뿐더러 시적 긴장감을 느낄 수 없다. 이처럼 관념적 정서의 드러냄만을 시의 형식에 기계적으로 맞추어내고 있는 것은 「사랑에 눈이 먼」의 경우에서도 마찬가지다.

한편 「여름에 먹는 동태국」은 자기 현실에 지나치게 집착한 나머지 감상적 자기 드러내기에 머문 한 예를 대변하고 있다. 이 작품에서는 단지 시인 자신의 공허한 울림만 있을 뿐 감정의 절제와 시적 형상력, 자아와 세계의 개성적 매듭 등 시의 가치를 논할 수 있는 시성을 찾기가 어렵다. 따라서 위의 세 작품에서는 시적자아보다는 시인 자신의 감상적 자기고백만을 들을 수 있을 뿐, 시적자아의 목소리를 엿들을 수 있거나 주제의식을 공감하기가 어렵다.

이처럼 시적 긴장감을 잃고 단지 감상적인 자기 드러내기에 머물거나, 시의 형식적 균형에 지나치게 집착한 나머지 의미가 단절되거나 주제의식이 결여된 작품으로는 그밖에도 「맨 처음의 나」, 「지는 꽃을 위하여」, 「공주병」, 「눈이, 그렇게 가벼운 눈이」, 「숲」 등을 들 수 있다. 김철순 시인이 항상 긴장을 잃지 않고 유념해야 할 점이라고 본다.

5

김철순의 시들이 지닌 가장 큰 특징이자 장점은 일상성이다. 그녀는 결코 낯설고 생소한 제재를 취하지 않는다. 평범한 일상의 체험에서 보아내는 신선하고 개성적인 의미들은 그녀의 시가 지닌 가장 큰 힘이다. 그것은 체험의 편린들을 예사로이 보아 넘기지 않으려는 삶에 대한 진지함과 몰입의 정신에서 비롯된 것이리라. 또한 대부분의 그녀의 시에는 자아와 세계가 매우 자연스럽게 매듭지어져 있으며, 시적 의미와 주제가 이미지와 시 형식 속에 유기적으로 녹아 들어가 내용과 형식의 유기성도 잘 이루어져 있다. 우리가 김철순의 시를 쉽게 접근할 수 있으며 잔잔한 가운데 깊은 감동을 느끼게 되는 것은 그녀의 이러한 시적 특성과 무관하지 않다.

감상적이고 관념적인 감정의 절제가 뒷받침되고, 사물을 보는 개성적인 눈과 일상을 대하는 성실한 자세가 보다 원숙해진다면, 우리는 그녀의 앞으로의 시작품에서 보다 깊고 신선한 감동을 체험하게 될 것이다.

사실 시는 자기표현이면서 우리 모두의 표현이 되는 것이다. 훌륭한 시에서 우리가 발견하는 것은 우선 시인의 사상과 감정이지만, 그것은 곧 우리 모두의 사상과 감정, 곧 우리의 모습을 공감하게 한다. 김철순의 「산을 오르

며」는 그녀만의 개성을 한껏 발휘하면서 이같은 훌륭한 시가 지녀야 할 감
동의 보편성을 동시에 지닌 시라고 할 수 있다. 여기에 그 작품 전문을 인용
하면서 평을 마친다.

산을 오를 때마다
나는 실어증 환자가 된다
모든 말을 버리고 나면
오롯이 열리는 귀
내 생의 한 부분에
이렇게 아름다운 소리가 살아있다는 걸
말을 버리고서야 비로소 알 수가 있다
솔바람이 불 때마다 작은 잎새들
몸 부딪는 소리
세찬 바람이 불 때는
큰 소리 쳐가며 살았지만
그래도 저렇게 몸을 부비며
살갑게 살아온 날이 더 많았어
산을 오르고서야
비로소 내려다 보이는 걸어온 길
내 뒤의 다른 사람들도 힘겹게 오르는 것이 보인다
힘들게 오를 때는
나만 힘든 길인줄 알았는데

시공(時空)을 초월한 비상(飛翔)의 의미

— 고창수

1

시는 인식이다. 따라서 시의 세계를 이해하기 위해 우리는 그 시가 무엇을 대상으로 묘사하고 노래했는가보다는, 시인이 그 대상을 어떻게 인식하고 의미화했는가에 기대기 마련이다. 어차피 어떤 대상을 제재로 취할 수밖에 없지만 시인은 결코 그 대상을 노래하는 것이 아니라, 그 대상에 자신의 서정과 인식을 담는 것이다. 곧 시인의 개성은 사물과 세계를 인식하는 방법과 현실을 바라보는 안목의 특징으로 갈무리 될 수 있다.

고창수(高昌秀)의 신작시들은 한결같이 지향의 서정을 담고 있음을 주목할 수 있다. 지향의 모티프는 서정시의 장르적 특징이기도 한 자기 동일성에의 끝없는 열망이기도 하다. 그러나 고창수의 지향 모티프는 자기 동일성에의 추구라든가, 어떤 내면적 대상에 대한 열망이기보다는 지향 그 자체에 대한 반복으로 나타나고 있다. 사실 고창수의 신작시에서 그 지향의 궁극적 대상을 구체적으로 찾기란 여간 힘들지 않다. 단지 지향의 끝없는 몸짓을 성실하게 보여주고 있을 따름이다.

고창수의 시세계를 이해하기 위해서는 바로 이 비상(飛翔)의 이미지로 표현되고 있는 지향의 의미와 인식을 탐색하는 일이 무엇보다 중요하다. 그의 신작시의 세계는 바로 시공을 초월한 비상의 의미들로 채워져 있기 때문이다.

2

아침 들판에 유칼리 나무가 하나
땅에 그림자를 길게 던지고 있다.
나무 그림자는 시나브로 흔들리면서
들새 같은 작은 그림자를
무수히 하늘로 날려 보내고 있다.
그 그림자를 보고서인지
동네 개들이 일제히 짖고 있다.
저녁때면 유칼리 나뭇잎은
푸른 하늘을 날아가는 새들의 날개같이
희뜩희뜩한 푸른 빛으로 번득인다.
저녁내 우리의 답답한 가슴을
우주공간으로 시원히 틔어주던
동네아이들의 목소리를 밤새 품고 있다가
이 아침
은은한 소리를 내는
작은 그림자들을 날려 보내는 듯하다.
그 그림자들이 다 날아가고 나면
들에 조금 드러나 보이는 地層에
新生代 사람들의 목소리가 울려올 듯도 하다.

—「유칼리 나무」 전문

　고창수의 신작시들 중에서도 대표작이라고 할 수 있는 이 작품은 그의 시적 특징을 대변하는 작품이라고 볼 수 있다. 비상의 모티프를 통한 시세계의 형상은 물론 낯설고 독창적인 비유로 비상의 이미지를 매우 효과적으로 구사하고 있는 작품이다. 아침 들판에 서 있는 '유칼리 나무'는 어떤 이국적인 정서를 자아내는 대상이 아니라 단지 소재로 선택되고 있을 뿐이다. 오히려 그의 서정은 '나무 그림자'에 집중되고 있다. 이 작품에서 첫 번째로 마주치게 되는 비상의 이미지는 "들새 같은 작은 그림자를 / 무수히 하늘로 날려 보내고 있다."이다. 나무의 작은 그림자에 들새의 보조관념을 결합시킨 낯설은 비유에서 우리는 어떤 의미론적 변용을 감지할 수 있을 것인가. 그것은 한마디로 그림자와 같은 어떤 대상을 향해 끝없이 비상하고자 하는 지향의 몸짓이다. 나무 그림자와 들새의 비유는 그대로 나뭇잎과 새들의 날개로 이어진다. 이는 곧 비상 이미지의 반복이며 강조다. 나무 그림자의 흔들림이 들새의 날갯짓으로 치환되면서 비상의 이미지가 고조되고 있는 것이다. 또한 '동네 개들'의 짖음이나 '동네아이들의 목소리', 그리고 '신생대 사람들의 목소리'와 같은 청각적 이미지는 비상의 모티프를 시공을 초월한 공감각으로 재구성해 준다. 그 비상은 "저녁내 우리의 답답한 가슴을 / 우주 공간으로 시원히 틔어주던" 것이며, "동네아이들의 목소리를 밤새 품고 있다가 / 이 아침 / 은은한 소리를 내는 / 작은 그림자들을" 날려보내는 것이다.

　어두운 밤의 답답한 가슴과 동네아이들의 목소리를 아침의 유칼리 나무 그림자를 통해 날려보낸다는 인식은 저녁과 아침의 대립이라기보다는 빛과 어둠의 연속성이나 시간의 지속성을 의미한 것으로 받아들여야 할 것이다. 사실 이 작품의 시간적 구성도 7행까지는 아침, 8행부터 13행까지는 저녁, 14행부터 끝 행까지는 다시 아침으로 이루어져 있다. "저녁때면 유칼리 나뭇잎은 / 푸른 하늘을 날아가는 새들의 날개같이 / 희뜩희뜩한 푸른 빛으로 번득인다."라는 부분을 통해 알 수 있듯이 저녁은 아침의 비상을 위한 준비와 숙련의 시간이지 결코 상실감으로 인한 허무는 아닌 것이다. 따라서 이 시는 과거와의 연속성 속에서 미래를 끝없이 염원하는 영원한 지속성이나 숙명성을 노래하고 있다고 볼 수 있다. 이 비상의 이미지는 하늘과 땅의 초월적 우주공간 뿐만 아니라, 아침과 저녁에서 신생대까지 이어지는 초월적 시간까지 닿아 있다. 곧 시공을 초월한 원형적 이미지를 통해 비상의 순환과 원형적 상징을 표현하고 있는 것이다.

　「유칼리 나무」가 하늘로 지향하는 비상 이미지를 표현하고 있다면, 「갯마을 小景」의 지향 모티프는 끊임없이 바다로 지향하고 있다.

　　　이 갯마을에서
　　　바다는 밤마다 깨어나
　　　魂을 들여다 보고 있는 巫堂같이 눈을 부라린다.
　　　바다의 목소리는 상기되어
　　　마을 사람들의 혼을 지긋한 아픔으로 밝혀준다.
　　　목로주점의 노랫소리는 바다 생각에 젖어 있고
　　　투전꾼이나 술꾼이나
　　　바다를 은근스레 속으로 뇌이기도 한다.
　　　바다는 이따금 그들의 사주팔자를 바꾸어 보기도 하고
　　　아닌 밤중에 마을 사람들을 깨우기도 한다.
　　　바다는 그들의 꿈에 코발트색 빛을 쏟기도 하고
　　　바다의 짙은 그림자는
　　　잠자는 술집작부의 얼굴을 일그러뜨린다.
　　　잠자면서 몸을 뒤채는 사람들은
　　　자꾸자꾸 바다쪽으로 돌아눕는다.
　　　밤새 그들의 幻聽에
　　　난파선의 소리가 들려온다.

—「갯마을 小景」 전문

　「유칼리 나무」에서 유칼리 나무가 시적 발상을 위한 단순한 소재로 채택되고 있는 것과 같이 「갯마을 小景」에서 갯마을의 작은 풍경은 바다의 이미지를 표상하기 위한 소재로 취해진 것이다. "魂을 들여다 보고 있는 巫堂같이 눈을" 부라리는 바다라는 부분에서 알 수 있듯이, 바다는 단순한 의인화를 넘어 인간의 혼을 들여다보는 투명한 원형의 이미지로 그려져 있다. 이것은 곧 「유칼리 나무」에서 끝없는 비상을 통해 부단히 열망하던 원형적 대상과 같은 모습이라고 할 수 있다. 따라서 '바다의 짙은 그림자'는 「유칼리나무」에서 표상한 무수히 하늘로 날려보내는 '나무 그림자'의 모습을 그대로 재현해 보여준다. 또한 밤마다 깨어나 상기된 목소리로 "마을 사람들의 혼을 지긋한 아픔으로 밝혀 준다"는 구절은 "저녁내 우리의 답답한 가슴을 / 우주공간으로 시원히 틔어주던" 동네아이들의 목소리와 같은 의미로 읽을 수 있다. 따라서 "잠자면서 몸을 뒤채는 사람들은 / 자꾸자꾸 바다쪽으로 돌아눕는다."라는 의미는 어떤 원형적 대상을 향한 끝없는 열망과 영원한 지향성을 상징적으로 표상한 것이라고 할 수 있다.

그의 시를 통해 볼 때 시적자아가 그토록 갈망하는 대상은 무엇인지 구체적으로 제시된 작품은 없다. 단지 그 원형적 대상을 향한 끝없는 비상과 지향의 몸짓이 순환적으로 반복될 뿐이다. 이는 상황적이고 제한적인 인간이 아닌 절대적이고 보편적인 인간의 모습을 표현하고자 한 그의 시적 특징에 다름 아니라고 생각한다. 그의 시가 신화적인 원형의 모습을 깊이 드리우고 있는 것은 바로 이 때문이다.

　　가) 내가 팔을 벌려
　　　　돛단배를 떠나보내듯
　　　　이 하루를 떠나보내는 것은
　　　　우리의 肉聲으로
　　　　魂을 부르는 것같이
　　　　하염없는 일일까요
　　　　몇 萬年의 별빛에
　　　　註釋을 붙이는 것과 같을까요

—「虛辭」 전반부

　　나) 아침 산책길에
　　　　정원의 나무 그림자는
　　　　어떤 강물을 거슬러 올라가는 것 같았다.
　　　　나는 며칠 후 시애틀만 그곳에 다시 가서

연어의 동정을 자세히 살펴보리라.
어쩌면 우주 어딘가 나의 출생지와 종착지를
찾아가는 길을 넌지시 볼 수도 있을 게다.
어떤 신비로운 힘이 있어
바다에서 그 산속 깊이까지 연어를 이끌고 간다면
그곳 넘어까지도 인도할 수 있지 않을까.
그런 생각이 따지는 내 마음에 위안이 되었다.
—「태평양 연어」 후반부

  앞에서 살펴 본 작품처럼 이 두 편의 시에서도 우리는 시공을 초월한 신화적 지향과 비상의 모습을 읽을 수 있다. 「허사」에서는 하루를 떠나보내는 것을 "내가 팔을 벌려 / 돛단배를 떠나보내듯"이라고 비유함으로써 바다로 지향하는가 하면, "몇 만년의 별빛에 / 주석을 붙이는 것"이라고 하늘로 지향하기도 한다. 하루를 떠나보내는 것은 곧 하루라는 일상성을 의미하기도 하지만 현실이라고 하는 인간사의 여정을 의미하기도 한다. 삶이라는 것이 "우리의 육성으로 / 혼을 부르는 것같이" 부질없고 하염없는 일임을 알면서도, 비록 문법적 기능밖에 지닐 수 없다 하더라도 어딘가에 붙어서 의미를 갖고 싶어하는 '虛辭'처럼 일상에 어떤 의미를 부여하면서 살아가고자 하는 갈망을 버리지 못하고 있는 것이다.

  그리고 「태평양 연어」는 관광선을 타고 시애틀만을 구경하면서 본 "제가 태어난 곳을 찾아가 죽는다"는 연어를 소재로 하고 있다. 「유칼리 나무」에서 나무 그림자를 하늘로의 비상 이미지로 표상하고 있듯이, 이 시에서는 정원의 나무 그림자를 "어떤 강물을 거슬러 올라가는 것 같았다."라고 물의 이미지와 비상의 이미지로 동시에 표상하고 있다. 또한 연어의 귀소본능을 제재로 하여 인간이 돌아가고자 하는 우주 어딘가에 있을 원형의 집과 그곳에 다다를 수 있는 길에 대한 열망을 노래하고 있는 것이다.

3

　지금까지 살펴 본 네 편의 시를 통해서 보더라도 고창수의 시세계는 끝없는 미래에의 비상으로 일관하고 있다. 물론 그 미래는 순차적 시간으로서의 단순한 미래는 결코 아니다. 과거와 더불어 있고 현재와 더불어 있는 연속성 속에서의 미래요, 모든 시간 개념을 초월한 원형의 시간이다. 사실 아직도 그에게 있어서 미래는 그의 시에서 그림자의 이미지로 나타나고 있듯이 구체적으로 묘사될 수 있는 것은 아니다. 단지 그 그림자의 미래를 시공을 초월한 신화적 원형의 대상으로 인식하면서 끝없이 열망하고 지향하는 숙명적 모습을 표현하고 있을 뿐이다.

　우리가 그의 시에서 감동을 받게 되는 것은 자기만의 개성적인 미래의 형상을 표현해 냈다거나 대상에 새로운 시적 의미를 창출해 냈기 때문이 아니다. 오히려 이 같은 시적 능력은 그의 시에서 찾아보기 힘들다. 그의 시가 지니고 있는 가장 큰 특성은 모든 시공을 초월한 어떤 원형적 대상을 끝없이 열망하는 몸짓을 성실하게 보여준 데에 있다. 그 성실한 염원이 자연스럽게 비유나 이미지 구사를 개성적으로 실현시켜 주게 된 것이다. 다른 시인의 작품에서 쉽게 찾아볼 수 없는 고창수 시인의 개성은 바로 여기에 있으며, 그 개성이 우리에게 독특한 감동으로 다가오는 것이다.

　그러나 앞에서 본 그의 시에는 끊임없는 열망은 있으되 자아와 대상간의 치열한 갈등이 없어 자칫 시적 긴장감을 잃고 공허한 정서로 빠질 우려가 있다. 사실 그가 제19회 시문학상을 수상한 1994년 9월에 발표했던 「仁旺山에서 본 새」는 갈등 양상이 적절히 드러나 있다. 앞에서 검토한 그의 시적 특성이 자아와 세계와의 보다 개성적인 갈등의 양상을 통해 표출될 때, 우리는 그의 시에서 보다 깊은 경이를 체험하게 될 것이다. 끝으로 「인왕산에서 본 새」에서 갈등 양상이 적절히 드러나고 있는 한 부분을 인용해 본다.

양지바른 오후 우리가 졸고 있을 때나 우리의 꿈속에 과거,
현재, 미래의 파노라마가 화려하게 펼쳐질 때, 우리의 목숨은
미래를 향하여 간절히 탄다. 미래는 우리의 목을 쉬게 하고
우리의 눈을 붓게 한다. 우리가 高熱에 시달리고
있을 때 하늘의 별들은 시간 밖 어느 중심으로
수렴하면서 우리를 유혹하기도 하지만, 잠에서 깨면 몇 관
무게의 우리의 뼈와 살은 바람부는 언덕에 버려져 있다.
날으는 새여! 너는 나보다 훨씬 현재에 충실하다. 너는
현재에 몰두하고 눈에 피가 고이도록 현재를 열망하고 있다.
현재와 미래에 초조한 나는 네가 누리는 현재의 충만을 제대로
맛보지 못한다.

현대시의 현장과 논리적 변명

1. 스며드는 감동의 시

　문학은 감동으로 말한다. 감동으로 다가서지 못하는 문학은 결코 진정한 문학, 적어도 좋은 문학일 수는 없다. 감동은 모든 문학의 시작이요 결론이다.

　다양한 문학의 양식이 새롭게 나타나고, 다양한 기법과 창작 방법이 대두되는 것은 감동을 위한 새롭고 다양한 실험이라고 할 수 있다. 또한 그 동안의 수많은 문학에 대한 연구와 비평의 다양한 관점들도 실은 감동을 주는 문학의 속성은 과연 무엇인가를 해명하려는 노력에 다름 아니다.

　시작품에서 얻게되는 감동의 실체는 실로 다양할 뿐만 아니라 불가사의 하기까지 하기 때문에 시인들은 저마다 독특한 매듭으로 그 감동을 엮어내고(창조해내고) 있는 것이다. 그러나 분명한 것은 그 감동은 낯설고 새로운 제재라든지, 그러한 제재에 반응하는 시인의 전위적인 기법이나 언어유희에서 얻어지는 것이 결코 아니라는 점이다. 평이하고 일상적인 소재의 시에서도 깊고 새로운 감동을 얻을 수 있는 작품이 있는가 하면, 아무리 낯설고 새로운 소재와 기법의 시라 하더라도 감동과는 거리가 먼 한낱 시라는 말놀이에 머물러 있는 작품을 우리는 얼마든지 발견할 수 있다. 어쩌면 요즈음의 시들은 후자의 경우가 더 우세하다고 볼 수 있다. 감동이 실종된 시의 시대라고나 할까. 한 편의 시가 감동을 강요하는 경우는 많지만, 저절로 스며드는 불가사의한 감동을 만나기란 그리 쉽지가 않다.

이런 우려 속에서 두 원로 시인의 시작품을 접하게 된 것은 여간 다행스럽지가 않다.

> 울타리 하나를 사이에 두고 이웃집 강아지는 우리집을 제집 드나들듯 하며 한낮에는 현관 앞에 와서 늘어지게 낮잠도 자고 또 양지바르고 깨끗한 잔디만 골라 배설도 한다.
>
> 나를 저의 뭘로 알고 있는지 배설하다 들켜도 도망갈 생각도 미안해하는 기색도 없이 오히려 내 뒤를 졸졸 따라다녔다.
>
> 그렇게 지낸 지도 벌써 몇 달째, 오늘 아침 나는 세수를 하다가 문득 (요즘 그 강아지를 본 지도 꽤 오래 되었구나)하는 생각이 들어 "이웃집 강아지가 요즘 안보이는데 왠 일일까?"하고 아내에게 물어보았다.
>
> 아내는 아무렇지도 않게 "개도둑이 잡아간 지가 언젠데 그러네"하면서 "요즘은 개도 함부로 내놓고 기를 수 없는 세상"이라며 혀를 찬다
>
> 날 빤히 쳐다보던 강아지의 눈이 떠올랐다. 그 신뢰에 찬 겁없는 순진한 눈이 지금도 어디선가 날 지켜보고 있는 것만 같았다.
>
> 잔디에는 그 강아지가 남기고 간 배설물이 햇볕에 말라 하얗게 바래져가고 있었다.
>
> ─ 金潤成, 「강아지」(『시문학』, 1998. 10) 전문

엘리어트의 용어를 빈다면 시는 감각적 등가물이다. 시인은 감각체험을 구체적이고 실감있게 표현하기 위해서 객관적 상관물(objective correlative)을 선택한다. 「강아지」에서 선택하고 있는 객관적 상관물은 제목대로 '강아지'이다. 그것도 강아지라는 하나의 대상이 선택되기보다는 강아지에 얽힌 시인의 체험, 즉 서사적 상황이 감각적 등가물로 제시되어 있다. 그렇다고 이 작품을 서술시라고 볼 수는 없다. 서사 자체가 시의 제재로 선택되었다기보다는 서정의 서사적 표현 정도로 받아들여야 하기 때문이다. 게다가 이 작품에는 아내와 남편의 대화, 즉 극적 요소도 활용되고 있다. 그만큼 이 시는

서사적 요소와 극적 요소를 복합적으로 활용하여 시의 주제를 형상해내고
있으며, 그 주제가 감동으로 스며들고 있다.

　강아지와 시적화자와의 평범한 관계설정이라든지 내외간의 어찌 보면 지
나치게 일상적인 대화설정이 낯설고 생소한 기교로 주제와 감동을 강요하
는 작위적인 현대시들을 여지없이 조롱해주고 있다. 마치 독자에게 이야기
해 주듯이 다가오는 이 작품의 문체적 특질도 감동이 젖어들도록 하는 신비
로운 공감대이다.

　강아지에 대한 서사적 상황은 작가가 표현하고자 하는 주제를 드러내는
데 매우 유효적절한 제재라고 할 수 있다. 따라서 우리는 이 작품을 통해
단지 작가의 개에 대한 체험을 공감하는 데에 머무르지 않고 과거와 현재가
맞닿은 지금의 우리를 자연스럽게 발견하면서 감동에 젖어들게 되는 것이
다. 강아지에 대한 추억을 회감하는 끝 부분은 이 시의 주제를 상기시키는
부분이라고 볼 수 있으며, 강아지의 '신뢰에 찬 겁없는 순진한 눈'과 '햇볕에
말라 하얗게 바래져가고' 있는 강아지가 남기고 간 배설물은 주제를 함축한
상징적 이미지라고 할 수 있다. 강아지에 대한 체험을 개성적인 눈으로 주
제로 형상해낸 시적 재구성을 엿들으면서 우리 독자들은 나름대로의 '눈'과
'배설물'을 만나게 될 것이며, 이 자연스러운 만남이야말로 불가사의한 감동
의 실체라고 할 수 있다.

　낯선 시방법으로 기교를 부리거나 주제를 강요하려 들지 않으면서도, 시
나브로 감동으로 스며드는 또 다른 작품으로 신작시 특집으로 마련된 함동
선(咸東鮮)의 작품 한 편을 살펴보고자 한다.

　　둥둥둥 둥둥둥 북소리에
　　마음을 빼앗긴 사람을 찾아
　　산수유꽃이 필 때마다 나비가 되었는데
　　그 사람 알던 이도 떠나고
　　또 떠나고

연초록 잎이 아가의 손처럼 커가는데
갸름한 얼굴 둥근 눈썹
아래로 뜬 눈 다문 입
깊이 파인 보조개가
낮게 드리운 구름 속에 나타났다가
이내 멀어지더니
다시 구름 속에 묻히는데
바람이었으니 어디고 머물 자리도 없을건데
옛날의 편지 펴보니
"먼 곳에 그리움이 있어요"하는 한 마디가
둥둥둥 둥둥둥 북소리로 울려오는데
— 함동선, 「산수유꽃이 필 때마다」(『시문학』, 1998. 10) 전문

삶의 순리를 떠남과 멀어짐의 의미로 형상화해낸 이 작품은 우선 제재의 선택과 이미지 형상이 자연스럽고 친숙하게 다가온다. 그만큼 작위적인 이음새나 꾸밈이 없으며, 의미와 주제가 감동으로 차분하게 젖어 스며든다.

특히 '산수유꽃'과 '나비'를 통한 떠남의 이미지 구사는 그 자체로도 신선한 개성을 엿보게 한다. "그 사람 알던 이도 떠나고 / 또 떠나고"라는 표현에서 느낄 수 있는 것은, 삶의 연륜과 삶이란 쌓아 가는 게 아니라 떠나가는 것이거나 비워 가는 것이라는 중의적 의미이다. 그만큼 시인은 언어를 자연스럽게 사용하면서도 철저하게 언어를 아껴 쓰고 있음을 알 수 있다.

6행부터는 떠난 빈 자리에 다시 채워지는 신기루와 같은 또 다른 자아를 형상하고 있다. 그러나 그 내면의 자아마저도 "이내 멀어지더니 / 다시 구름 속에" 묻히는 떠남을 반복하고 있다. 현실의 삶이나 내면의 형상이나 모두가 "바람이었으니" 어디고 머물 자리가 없을 것이라는 게 시인의 인식이다. 결국 "옛날의 편지"로 형상된 지나온 삶을 반추하면서 그리움의 정서를 소중하게 그려내고 있는 것이다.

우리는 이 시에 매듭지어진 인생에 대한 무늬와 결을 풀어 가면서 떠남과 비움의 삶에 대한 진정한 의미와 가치를 되새기며, 스며드는 감동을 체험하

게 되는 것이다.

두 원로시인의 작품을 공감해 가면서 원숙한 시세계를 다시 한번 깨닫게 되었으며, 기교와 주제 강요가 앞선 많은 요즘 시들에게 좋은 본보기와 경종이 되리라는 생각이 들었다.

그리고 신작시 특집으로 마련된 또 다른 시인의 작품으로 이무원의 「물詩」 시편들이 주목되었다.

이무원의 시들은 무엇보다도 대상에 대한 새로운 의미창조라는 측면과 작고 하찮은 것에서 인생의 진리를 보아낸다는 시의 본질을 잘 증거하는 작품이라는 점에서 관심이 갔다. '물'이라는 평이한 대상에서 보아내 형상한 다양한 의미의 궤적들은 시인이 소재에 얼마만큼 치밀한 애정과 몰입을 보이고 있는가를 잘 보여주고 있다.

너무나 당연한 되풀이이지만 시는 감동으로 말한다. 그것도 기교와 강요에 의한 감동이 아니라 공감으로 스며드는 감동이어야 한다. 더 많은 작품을 언급하지 못한 것은 지면 사정 때문만은 아니다. 자신의 작품이 활자화되어 공개된다는 것은 일단 두려움이어야 할 것이다. 그만큼 생산자로서의 시인의 책임이 크다는 말이다. 당신의 작품은 대학 강의실에서도 논의되고 평론가의 눈앞에도 놓이게 되며, 무엇보다도 시를 통해 내면의 감정을 공감하고자 하는 소박한 다수의 독자들에게 선택된다는 엄연한 사실을 잊어서는 안 될 것이다. 문학은 독자에게 봉사해야지 독자 위에 군림해서는 결코 안 될 일이다.

2. '詩다움'의 속성

시를 시답게 하는 속성은 무엇인가. 우리가 시작품에서 감지할 수 있는 이른 바 시성(詩性)의 실체들은 어떤 것인가. 이 같은 질문은 시를 비평하거나 연구하는 시론이 던지는 영원한 화두이다. 현대 문학비평에 지대한 영향을 끼친 형식주의 비평의 기초를 마련해 준 야콥슨은 "문예학의 주제는 눈학이 아니라 문학성 literariness, 즉 주어진 작품을 문학작품이게 하는 것"이라고 말한 바 있다. 이는 곧 문학을 문학답게 하는 속성을 규명하는 일이 문학작품의 이해나 연구에 중심과제가 되어야 한다는 발언인 것이다.

시의 이해를 위해 시의 본질이나 시의 구성요소(시어, 운율, 이미지, 시적 화자와 문체, 구조 등)를 논하는 것은 그것이 시성을 구성하는 요소들이라고 생각하기 때문이다. 이 같은 관점으로 미루어 시성은 언어 표현의 내용보다는 언어 표현의 기법이나 기능에서 찾아져야 할 것이다. 다시 말해서 이 작품이 '무엇을' 표현하고 있느냐보다는 나타내고자 하는 내용이나 주제를 '어떻게' 표현해 냈느냐가 관건이 되어야 할 것이다.

『시문학』1998년 11월호에 발표된 시작품들을 숙독하면서 시성에 관심을 갖게 된 것은 지난 10월의 작품들에 비해 '詩다움'의 속성을 보여준 작품들이 많았기 때문이다.

그 중에서도 최진연의 「꽃씨」는 작은 것에서 우주의 섭리를 보아내는 그 미시안적 눈과 제재들간의 개성적 매듭이 시다움의 특성을 매우 잘 보여준 수작이었다. 또한 이홍규의 「빈 집」, 윤여설의 「이상한 성형수술」 외 2편, 최재복의 「원텃치캔 식혜를 마시다」 등은 시멘트나 아파트로 대변된 문명의 허울 속에서 잃어 가는 인간 원형의 고향을 비극적 아이러니로 재구성해내는 개성적인 눈이 시다움의 현대적 속성을 잘 보여주었다.

우선 최진연의 「꽃씨」를 살펴보기로 하자.

저릿저릿한 사랑의 포옹
번갯불 실오라기들 흩어지고

잠들어 있는 하얀 구름너머
천둥소리 부서져 내린다.

검불이 되어버린 나의 지체들

그 속에 묻혀서 잠들고

풀풀 백발로 날리는 빗줄기
주검을 덮는 굴비 비늘같이 내리는 눈

별빛처럼 어둠을 뚫으며
바람과 이슬도 캄캄한 지하로 내려간다

이 땅의 내 님 황홀한 날개도
나와 함께 고욤처럼 썩어 사라지고

썩어야 소생하는 무수한 나
햇살도 천둥 번개도 썩고 있다.

— 최진연, 「꽃씨」 전문

이 작품은 시어의 선택에서부터 이미지의 조형, 운율, 구조에 이르기까지 시를 시답게 하는 이른바 시성의 속성을 다양하게 헤아릴 수 있는 '시다움'을 풍부하게 지니고 있다.

바람에 흩날리다 땅에 떨어져 누운 작은 꽃씨를 우주나 인생의 섭리로 매듭짓는 그 독특한 발상법이 우선 시다움의 속성이라고 할 수 있다. 그만큼 제재를 치밀하게 관찰하고 거기에 새로운 생명과 이름을 부여하여 시의 경이를 탄생시키고 있는 것이다.

1연은 뭉쳐있는 꽃씨들이 낱개로 흩어지는 모습을 감각적으로 묘사하고 있으며, 2연부터는 흩날려 땅에 떨어져 누운 꽃씨의 묘사에 우주나 인생의 섭리를 재구성하여 그려내고 있다. 1연과 2연에서 나타나는 정중동(靜中動)의 이미지 조화가 3연부터 지속적으로 확대 반복됨으로써 이 시의 리듬효과까지 이루어내고 있다. 또한 1, 3, 6연의 어미처리와 2, 5, 7연의 어미처리는 그 음운뿐만이 아니라 의미상으로도 교차반복을 통한 리듬을 형성하고 있어 시어선택과 운율에 대한 세심함도 엿볼 수 있다. 그리고 각 연의 이미지

들이 하강의 모티프로 엮어지면서 사라짐과 썩음으로 수렴되어 통일된 구
조를 이루고 있다. 그만큼 시어의 선택에서부터 이미지의 조형, 운율에 대한
배려는 물론 시의 본질적 특성이라고 할 수 있는 유기적 의미형성 면에서도
매우 성공하고 있다.

썩어야 소생하는 꽃씨에 부여한 살아있는 의미는 곧 "썩어야 소생하는 무
수한 나"로, 그리고 마침내 썩어야 소생하는 우주의 무한한 윤회적 생명과
삶의 진리로 재구성되면서 우리에게 감동으로 다가선다.

다음은 이홍규의 「빈 집」을 살펴보기로 하자.

삼대(三代)가 바람벽 하였던 낡은 창문을
스산한 바람이 넘나든다
세월이 훑고 간 지붕 위엔
메마른 햇빛이 널려 있을 뿐

할아비는 다랑논을 일구다 강물에 뛰어들고
아비는 등짐장수로 나가 돌아오지 않는다
운명을 저울질하던 나는
도시를 맴돌다
남은 고향마저 잃어버렸다

아파트 속에 가두어 놓인 빈 집은
불신의 폭발음이 퍼진다
집을 나갔던 아버지는 남의 문전(門前)을 돌며
사대와 오만을 팔고
물에 빠졌던 할아버지는 위선의 장대를 짚고 솟아오른다

그늘 한 자락
물기 한 방울
없는, 텅 빈 집.

— 이홍규, 「빈 집」 전문

삼대가 살아온 빈 집을 "아파트 속에 가두어 놓인 빈 집"으로 재구성하여 아파트로 상징화된 도시화를 통해 오늘날 현대인들의 초상을 허망하게 그려내고 있다. '스산한 바람'이나 '메마른 햇빛', '불신의 폭발음' 등은 아파트로 상징된 현대인들의 모습을 표상하는데 매우 적절한 에피세트요 제재들이다. 시인은 그러한 시어들이 엮어내는 무늬와 결에 생명력 있는 의미를 부여하면서 잃어버린 것에 대한 허망함을 노래하고 있는 것이다.

'남의 문전을 돌며 / 사대와 오만을' 파는 집을 나갔던 아버지와 '위선의 장대를 짚고' 솟아오르는 물에 빠졌던 할아버지의 환상적 형상은 아파트 속에 갇혀 상실되어 가는 것이 고향을 잃은 화자뿐만 아니라 삼대에 걸쳐 침투되어 간다는 비극적 아이러니의 표현이다.

4연은 다소 서사적인 진술로 느껴지는 1, 2, 3연의 의미와 정서를 절제된 시어로 응축하고 있다. 따라서 4연의 구성은 '시다움'을 가장 깊이 느낄 수 있게 해주며, 이 작품의 주제를 상징적으로 표현한 부분이라고 할 수 있다.

도시화나 산업화로 인해 상실되어 가는 인간성을 아프게 노래하는 작품은 현대시에서 흔히 볼 수 있는 경향이기도 하다. 이번 11월호에서도 이홍규의 「빈 집」 이외에 윤여설과 최재복 등의 시에서 그같은 주제의식을 만날 수 있다.

앞니 빠져 더욱 천진한 아이네 구옥은
아파트의 밀림 되어 위압감을 준다
자신의 조각품이 파괴되는 걸 한숨짓는
신의 진노를 예상 못하고
기상천외의 성형을 하는 개발현장

— 윤여설, 「이상한 성형수술」에서

원텃치캔 식혜 그 선 맛에
환경호르몬 생각을 하다가
잃어버린 故鄕을 생각하다가

마침내 어머님의 얼굴 떠올리고 만다
　　　　　　　　— 최재복, 「원텃치캔 식혜를 마시다」에서

윤여설은 그밖에도 「차마 볼 수 없는 아픔」에서 "숨길 것 하나 없이 / 시멘트 포장된 알몸으로 누워 / 하늘을 안고 뒤척이는 한강"을 통해 황폐한 도시의 정서와 원형의 인간성이 상실되어 가는 아픔을 노래하는가 하면, 「수척한 어둠」에서는 '도발하며 날뛰는 불빛들'에 의해 유린당한 밤을 "마음놓고 쉴 수 있는 / 참된 어둠"에 대한 그리움으로 표현함으로써 그러한 정서를 상징적으로 재구성하고 있다.

그러나 이러한 경향의 시작품이 자칫 메시지 강조에 주목하다 보면 시적 긴장감을 잃은 직설적이고 단선적인 알레고리의 시가 되기 쉽다는 것이다. 이 점은 매우 세심한 주의를 기울여야 할 것이다. 메시지 자체는 결코 '시다움'의 속성이 될 수 없기 때문이다.

3. 독자의 몫

시의 장르적 특성을 논할 때, 주관성과 서정이라든지 1인칭의 문학양식이라는 항목을 흔히 제기하게 된다. 시는 그만큼 개인의 사상과 감정을 표현하는 양식이라는 점을 운위하고자 하는 것이다.

그렇다고 과연 시가 자기 표현 그 자체로 모든 책임을 다한 것일까. 시인이 시집을 발간하거나 문예지 등에 자기 표현을 한 결과로 발표한 시작품이 과연 독자와 무관한 하나의 존재물일 뿐일까. 만일 그렇다면 우리가 하는 시의 독서행위는 얼마나 무망한 짓인가.

『시문학』 1998년 12월에 발표된 시를 독서하면서 독자와 관련한 이 같은 질문을 던져볼 수밖에 없었다. 해답은 자명하다. 지면에 활자화되어 하나의 완결된 작품이 되었을 때, 그것은 이미 작가의 손을 떠났지만 독자에게 무

엇인가를 끊임없이 질문하고 손짓하는 하나의 행위로 존재한다는 사실이
다. 하나의 작품을 살아있는 실체로 보는 유기적 시관이나 문학의 항구적인
생명력을 논하는 자체가 이미 독자의 적극적인 참여를 전제로 하고 있다.
아니 문학의 생명이라고 할 수 있는 감동이라는 것 자체가 작품과 독자와의
교감을 의미한다. 비록 서사와 극 양식의 담화형태와는 다를지라도 시도 엄
연한 담화의 한 양식임에는 틀림없다. 그런데도 요즈음의 많은 시작품들이
독자를 무시하거나 등한시할 뿐만 아니라 심지어 독자 위에 군림하여 전제
적이기까지 하다는 우려를 떨쳐버릴 수가 없다.

　독자는 일차적으로 작품 속에 표현된 시인(엄밀하게는 시적화자)의 사상과
감정을 미루어 공감하는 불특정인이면서 동시에 독자 개인 개인의 주관적 사
상과 감정을 시를 통해 구체화시켜 가는 창조적 인간임을 명심해야 할 것이다.

　이 같은 관점에서 김윤성(金潤成)의 다음 작품은 시로서의 문학성과 열린
독서를 갈망하는 독자에의 배려까지 잘 갖추어져 있다.

　　해는 졌다
　　실컷 울고 난 뒤처럼
　　서산 위의 노을빛
　　스러지기 시작한다

　　화려했던 한 때의 흔적인가
　　창가의 주황색 능소화
　　어스레한 빛 속에
　　더욱 곱게 빛나면

　　남이 알까
　　소리없이 다가오는
　　거대한 황포 돛단배
　　온 뜰을 덮는다.

—「능소화」 전문

우선 이 작품은 '능소화'라는 제재에 시적화자의 사상과 감정을 적절히 담아 표현하고 있다. 1연의 "서산 위의 노을빛 / 스러지기 시작한다"라는 표현은 '능소화'를 대하는 시적화자의 서정을 자아내는데 매우 적절한 선택이다. 게다가 '실컷 울고 난 뒤처럼'이라는 비유가 화자의 서정에 어떤 의미를 더해주고 있다. 그 의미는 2연에서 '화려했던 한 때의 흔적'으로 구체화한다. 여기서 자연스럽게 '흔적'은 '창가의 주황색 능소화'로 일체화되어 시의 경이를 이룬다. 마침내 3연에 이르러 '황포 돛단배'로 재구성되면서 시적화자의 '흔적'에 대한 애정과 그리움을 표출해낸다. 따라서 이 작품에서는 '노을빛―흔적―능소화―황포 돛단배' 등의 전혀 이질적인 소재들이 하나로 일체화하여 유기적인 생명으로 되살아난다. 또한 어두워지면서 더욱 확연해지는 자아의 실체가 능소화의 곱게 빛남과 매우 적절히 조화되고 있는 점도 특기할만 하다.

독자는 이 작품이 던지는 담화의 말(이것을 시의 말이라고 불러도 좋을 것이다)을 엿들으면서 시적화자의 사상과 감정에 공감해 갈 것이며, 더 나아가 독자 개인의 주관적인 체험을 구체화시켜 나갈 것이다. 이 활동적인 교류를 통해 궁극에는 시인의 능소화 체험이 독자의 능소화 체험으로 변이되면서 감동을 수반한 시의 경이를 이루게 될 것이다. 다음으로 김용례의 작품 한 편을 같은 관점에서 살펴보기로 하자.

사시사철 물 그림자 뜨는 한계령에 오면 수 천 만개의 검
고 축축한 눈들이 굽이굽이 한계령을 지키고 섰다. 바람은
성난 짐승처럼 머리칼을 쥐어뜯으며 벼랑아래로 뛰어내려라,
뛰어내려라 등을 밀어대고 벌거벗은 혼불들은 그 어둠 속에
서 하늘로 길을 내고 있다. 이승의 옷을 입고는 더 갈 수 없
는 곳. 부끄러운 이름은 한 줌 흙속에 재로 묻히겠지만 지나
온 발자욱은 영 지울 수 없다. 저 멀리 하늘과 바다가 서로
몸을 섞으며 직선으로 누워 있다. 너와 나의 삶과 죽음도 직
선 위에 마침표 하나 찍고 가는 것을

가끔은 한계령 용마루에 올라서 뒤를 돌아볼 일이다.
가끔은 삶의 벼랑에도 서 볼 일이다.

—「한계령안개비」 전문

김윤성의 「능소화」가 독자의 능동적인 독서를 위해 다양하게 열려진 상징적인 시라고 한다면, 「한계령안개비」는 거의 모든 독자가 함께 공유할 수 있는 알레고리의 시라고 할 수 있을 것이다. 그만큼 「한계령안개비」에 함축된 의미와 정서는 확연하게 드러난다고 볼 수 있다. 그렇다고 이 작품이 독자를 획일화시킨 권위적인 화자로 느껴지지는 않는다. 그것은 묘사의 부분들에 깃들어 있는 시적화자의 서정과 독자의 살아있는 정서가 함께 교감하면서 작품의 완성도를 더해가고 있기 때문이다. 곧 이 작품의 화자는 끊임없이 독자와의 동행을 유도하면서 체험을 공유해 가고 있다. 그만큼 독자의 주관적 인식과 시적화자의 체험이 작품의 행간에 스며들어가 활동적인 담화를 이루어내고 있는 것이다.

따라서 독자로서의 우리는 그 어둠 속에서 하늘로 길을 내고 있는 '벌거벗은 혼불'의 의미나, "부끄러운 이름은 한 줌 흙속에 재로 묻히겠지만 지나온 발자욱은 영 지울 수 없다."는 표현이 제기하는 함축된 의미를 시적화자와 함께 풀어가면서 공감하게 되는 것이다.

이성교의 「갈매골 꿩」이나 「그 얼굴」에서도 우리가 시적화자의 체험을 단순히 바라다보면서 느끼지 않고, 나의 체험으로 또는 나의 의미로 얼마든지 재구성하여 공감할 수 있는 것은 바로 독자의 몫을 향한 배려 때문임을 알 수 있다.

그에 비하여 이은무의 「분노의 웃음」이나 박영우의 「오두막집」 등과 같은 작품은 그 개성적이고 신선한 묘사와 작품성이 우수한데도 불구하고 독자의 적극적인 참여를 막고있는 한계가 있다. 이러한 작품에서 독자가 공감할 수 있는 것은 독창성과 구성력에 대한 시인의 능력에 대한 찬사이지, 결코 독자 개인의 어떤 체험을 자극받지는 못할 것이다.

감동의 주체는 독자이지, 시인이나 시작품이 결코 아니다. 작품은 감동의 대상으로 주어진 하나의 실체일 뿐이다. 독자는 그 실체와 끊임없이 담화할 것이며, 결국 독자의 어떤 체험을 구체화해 가면서 감동을 실감하게 될 것이다.

시와 시인은 갈수록 많아지고 독자는 갈수록 잃어간다는 말을 단순한 기우로만 여겨서는 안 될 것이다. 그것은 현실과 문명의 굴레에 세뇌(?)되어 가는 현대인(독자)의 탓만이 아니다. 오히려 독자의 자율적인 몫을 무시하고 자기방기의 카타르시스에만 골몰하는 작가의 탓이요 그 집적물인 시의 탓이다.

자신의 체험과 상실감을 시로 표현하면 그만 이라는 생각에서 벗어나야 할 것이다. 이 시대 시인에게 주어진 소임이 있다면 그것은 나의 카타르시스기 아니라 우리 인간(즉, 독자)의 카타르시스를 위한 속죄양이 되어주는 일이다. 1999년에 마주하게 될 시작품들은 바로 이 일을 어느 때보다도 유념해 주기를 기대한다.

문학은 인간이란 무엇인가, 인생이란 무엇인가를 끊임없이 질문하고 인생의 의미를 발굴해내는 심오한 사상성을 내포하고 있어야 한다. 그 질문하기와 해답찾기를 얼마나 진지하고 성실하게 수행하고 있는가에 문학의 참된 가치가 있기 때문이다. 이것은 인간의 영원한 원형적 화두이며, 작가는 그 일을 누구보다 성실하게 수행하는 자 일 뿐이다. 작가의 체험이 곧 인간의 보편적 공유체험이 될 수 있을 때, 우리는 경이로움과 공감을 통한 감동을 실감할 수 있을 것이다.

제3장

현대시조를 위한 논리와 변명

현대시조론의 형성

1

시조는 전통적인 문학양식에서 유일하게 현재까지 남아 있는 것이다. 그만큼 시조는 우리민족의 사상과 감정을 표현하는데 가장 가까운 양식이다.

개화 이래 서구문명이 휩쓸려 들어오고, 서구지향의 자유시와 시론이 범람하면서 그만큼 시조는 침체상태에 놓이게 되었다. 그러나 그것은 표면적인 쇠퇴였지 결코 시조의 단절을 가져온 것은 아니었다.

1906년 『대한매일신보』에는 사동우 대구(寺洞寓 大邱) 여사의 「혈죽가(血竹歌)」 3수를 비롯하여 작자미상의 작품이 385수나 발표되었고[1], 1907년 「대한유학생회회보」에는 최남선(崔南善)의 「국풍사수(國風四首)」와 「병중몽몽(病中夢夢)」이 발표되었다. 그리고 1908년 『소년』지에 1910년 통권21호에 이르기까지 최남선은 「삼면환해국(三面環海國)」을 비롯한 14제40여수의 시조를 발표했다.[2] 또한 1917년 6월 이후 『청춘』지의 매호에 발표된 <현상문예모집요강>에는 시조가 한 부분 자리하고 있었으며[3], 『청춘』에 발표된 최남

---

1) 박을수, 『한국시조문학전사』, 성문각, 1978, 205쪽.
2) 박을수, 전게서, 220쪽 참조.
3) 『청춘』의 <현상문예모집요강>은 다음과 같다.

선의 시조작품만 해도 10제 30수에 이른다.4) 그만큼 최남선은 근대문학초기에 침체된 시조의 부흥을 시도했으나 문단의 호응을 얻지 못하고 말았다.

개화이래 개화기시가와 관념적 논설을 통해 강조되어온 민족주의와 조선정신은 근대문학초기 서구지향의 시와 시론을 선호하는 서구경험이 범람하면서 내면으로 잠재했었다. 그러다 1924~5년을 고비로 서구지향의 시단에 대한 비판적 진단과 자기반성이 표면화되면서, 문학의 주체성 확립과 전통의 계승에 대한 자각이 일기 시작했다. 이것은 곧 전통적인 경험을 통한 자기 회복을 위한 일련의 다양한 움직임이었다. 이 움직임이 한편으로는 민요시론으로, 다른 한편으로는 시조이론으로 구체화했다. 따라서 시조시론은 서구경험에 대한 자기반성과 전통적 경험에 대한 자각이라는 점에서 민요시론과 그 근본명제를 같이한다. 그러나 민요시론이 한 민족의 보편적 이념을 표상한 민중의 공동적인 노래로 민요를 자각하면서 이루어졌다면, 시조시론은 전통적으로 전해져 내려온 문학양식으로서의 시조가 가장 조선적인 시형이라는 자각에서 이루어졌다.

20년대 중반의 시조시론은 곧 시조에 대한 재인식과 그 부흥운동이었다. 이것은 동시에 고시조의 계승과 발전으로서의 현대시조론의 출발이라는 문학사적 의의를 지닌다.

그것은 민요시론의 경우에서처럼 '조선심(朝鮮心)', '조선혼(朝鮮魂)' 및 '조선적(朝鮮的)'과 같은 용어가 따라다니며, '조선스러움'5)으로서의 문학형태로 재인식되어 시조의 부흥운동으로 시작되며 아울러 시조의 문제와 그 작법에 관련된 시조론이 나타나게 된다.

시조~즉경 즉흥(卽景 卽興).
한시~즉경 즉흥칠절칠율만.
잡가~장단과 제목은 자유.
잡체시가~조격은 임의로.
보통문~일행이십자, 삼십행이내, 순한문은 불취.
단편소설~한자를 약간 섞은 시문체(時文體), 이십삼자~일백이내.
 4) 박을수, 전게서, 224쪽 참조.
 5) 최남선, 「조선국민문학으로의 시조」, 『조선문단』 16호, 1926. 5, 6쪽.

이때에 시조부흥에 본격적인 움직임을 보인 인물은 개화기이래 꾸준히 그 시형을 시험해 왔던 최남선이었다.6) 그는 1926년 『조선문단』 5월호에 「조선국민문학으로의 시조」란 논문에서, 우선 우리의 버려졌던 것을 다시 찾고, 조선심과 조선정조를 담은 조선인의 시를 요구한다.

> 自己스스로를 모르고, 自己스스로에 터잡지안코, 自己스스로와 相應하지 아니하는 詩心詩態가 결국 개구리밥가튼것, 아즈랑이가튼것, 아니허수아비가튼것을 알게되었다. 남만보고허덕어리든눈이 한번 自己의 우로 廻照될 때에 自己발밋헤와 自己의壁樴속에 아모것보담 몬저검토해야할 緊切한 무엇이잇슬것을 알아보지아니할수가없다. 내던것든부지쌈속에는 나를좀보아주어야지하는 時調란 것이 이네의새注意주기를 기다리고 잇섯다.7)

우리 스스로를 알고, 우리 스스로를 토대로 우리 스스로와 상응한 시심시태(詩心詩態)를 추구하면서 최남선은 무엇보다도 먼저 검토해야할 것으로 시조를 각성한 것이다. 시조가 시의 형식으로 최선이라든지, 시적 절대가 시조라고 할 수는 없더라도 그것이 모든 조선적 요건을 구비한 문학양식임을 강조하고 있다.

> 時調가 人類의 詩的衝動·藝術的 ……의流露宣揚되는主要한─範疇─詩의主體가朝鮮國土, 朝鮮人, 朝鮮心, 朝鮮語, 朝鮮音律을通하 야 表現한 心然的─樣式─
> 世界온갖系流又潮流의文化,, 藝術이 흘러서흘러서 朝鮮이란체로들어가서밧쳐나온─걸려나온─精液인 것은 아모라도앙탈할수 업는일이오,
> ……하믈며이것이 朝鮮民族의 獨特한 ─産物로 世界의藝苑에빼지못할─要材요 또 時調에는 時調獨特의詩境과試脈 과詩體詩用이엇서 久遠한鑑常

---

6) 양건식의 「시조론」(『시대일보』, 1925. 7. 25~)이 최남선보다 앞서 나타나기는 하나 시조부흥이 필요한 뚜렷한 이념의 제시가 없고 단순한 단상이므로 논외로 했다.
7) 「조선국민문학으로의 시조」, 3쪽.

에値하는 무엇이 그속에本具自足함에랴.8)

시조는 조선국토 조선인, 조선심, 조선어, 조선음률을 통해서 표현한 필연
적인 하나의 양식으로서 조선이라는 체로 걸러진 정수라고 규정짓고 이 시
조에는 시조 독특의 시경과 시맥과 시체시용이 있는 조선민족의 독특한 하
나의 산물로서 세계문학에 빠지지 않는 한 문학양식임을 강조하고 있다. 최
남선의 시조부흥은 이 같은 시조가 갖는 '조선적'인 것에 대한 재인식에서
출발한다.

20년대 시조시론은 최남선을 시작으로 염상섭(廉想涉), 손진태(孫晋泰), 허
영호(許永鎬), 조운(曹雲) 등에 의한 시조에 대한 재인식과 그 부흥에 대한
의의와 필요성의 강조와 더불어 이은상(李殷相), 이광수(李光洙), 이병기(李
秉岐) 등에 의한 시조의 정의, 기원, 형태, 작법에 대한 논문들이 나타나면서
형성되었다.9)

---

8) 「조선국민문학으로의 시조」, 4쪽.
9) 당시 접할 수 있는 시조에 관한 논문은 다음과 같다.
   양건식, 「시조론」, 『시대일보』, 1925. 7. 27~.
   최남선, 「조선국민문학으로의 시조」, 『조선문단』 16호, 1926. 5.
   ＿＿＿, 「시조태반으로의 조선민성과 민속」, 『조선문단』 17호, 1926. 6.
   손진태, 「시조와 시조에 표현된 조선사람」, 『신민』 15호, 1926. 7.
   이병기, 「시조란 무엇인고」, 『동아일보』 1926. 11. 24~12. 13.
   ＿＿＿, 「시조와 한시」, 『조선문단』 19호, 1927. 2.
   조 운, 「병인년과 시조」, 『조선문단』 19호, 1927. 2.
   이병기 외11인, 「시조는 부흥할 것이냐?(특집)」, 『신민』 23호, 1927. 3.
   허영호, 「시조부흥에 대한 관견」, 『신민』 24호, 1927. 4.
   염상섭, 「시조와 민요」, 『동아일보』, 1927. 4. 30.
   ＿＿＿, 「시조에 관하여」, 『조선일보』, 1926. 12. 6.
   이은상, 「시조문제」, 『동아일보』, 1927. 4. 30~5. 4.
   김동환, 「시조배격소의」, 『조선지광』 68호, 1927. 6.
   안 확, 「시조작법」, 『현대평론』 7호, 1927. 8.
   이은상, 「시조문제소론」, 『동아일보』, 1928. 2. 9~2. 17.
   ＿＿＿, 「시조단형추의」, 『동아일보』, 1928. 4. 18~4. 25.
   이광수, 「시조」, 『동아일보』, 1928. 11. 1.
   ＿＿＿, 「시조의 자연률」, 『동아일보』, 1928. 11. 2~11. 18.

최남선의 「조선국민문학으로서의 시조」를 필두로 1920년 중반기부터 일기 시작한 시조에 대한 재인식과 그 부흥운동은 조선적이고 조선스러운 문학양식을 추구하는 데서 찾아진다.

> 時調는 朝鮮人의손으로 人類의 韻律界에堤出된一詩形이다. 朝鮮의風土와 朝鮮人의性情이音調를빌어 그 過動의一形相을具現한것이다. 音波의우에던진朝鮮我의 그림자이다. 어떠케自己그대로를가락잇는말로그려낼가하야 朝鮮人이오랜동안여러가지로 애를쓰고서 이때까지到達한막다란골이다. 朝鮮心의放射性과 朝鮮語이纖維組織이 가징壓搾된狀態에서 功는塔이다. 남으로우리를알려할때에 그가장要緊한 一材料일것도무론이지마는 우리로우리를觀照하고 味驗하는上으로도時調는아직까지 唯一最古의俊的일것이다.10)

시조를 조선국토, 조선인, 조선심, 조선어, 조선음률을 토대로 한 조선이라는 체로 걸러진 조선문학의 정수라고 보았던 최남선은, 그것이 조선적임을 다시 한번 설명하고 있다. 즉 시조는 조선인의 손으로 조선의 풍토와 조선인의 성정을 음조로 구현한 것으로 음파 위에 던져진 조선아의 그림자이며, 따라서 조선심의 방사성과 조선어의 섬유조직이 가장 압착된 상태에서 표현된 시형으로 보고 있는 것이다. "鄕土性을 除斥한人類的의 예술이란것이잇슬리업는것이다."11)고 향토성을 문학의 중요한 요소로 들고 있는 최남

_______, 「시조의 의적구성」, 『동아일보』, 1928. 11. 9.
　이병기, 「율격과 시조」, 『동아일보』, 1928. 11. 28~12. 1.
_______, 「시조원류론」, 『신생』 4호~6호, 1929. 1~.
_______, 「시조의 현재와 장래」, 『신생』 7호, 9호.
　이은상, 「시조작법」, 『문예공론』 2호, 1929. 6.
　소　간, 「시조와 조선문학」, 『조선일보』, 1929. 3. 16~30.
10) 「조선국민문학으로의시조」, 4쪽.

선의 관점에서 조선스러운 조선인의 시가로 시조를 강조하는 것은 그것이 갖는 조선적 향토성 때문이다. 조선의 특색과 본성 및 실정을 뚜렷이 묘출한 시만이 세계에 내놓을 수 있는 조선의 시가 될 수 있다는 전제에서 그는 새로운 조선문학의 출발점을 시조에서 찾으면서 그것은 부흥을 기대한다. 이 당시 그는 최초의 개인시조집『백팔번뇌』와 고시조 모음집인『가곡선』, 『시조유취』등을 발간하여 손수 그 부흥을 실천하기도 한다. 시조가 조선문학의 정화며 조선시가의 본류(本流)임을, 그리고 당시 조선인이 가지는 정신적 전통의 가장 오랜 실재며 예술적 재산의 오직 하나인 성형(成形)임을[12] 강조하는 노력이었다.

염상섭은「시조에 관하여」에서, 시조가 과거인에 의해 과거의 시대정신과 생활의식을 표현한 것이기는 하지만 그것이 현재의 모태일 수 있는 것은 시조에는 조선인의 호흡, 조선인의 혼의 전선이 흐르고 얽히고 터져 있기 때문이며, 그것이 예술적일수록 사상, 관념, 감정, 감각의 상이(相異)를 초월하여 조선적이라는 이름 아래 우리를 힘있게 불러줄[13] 것이라고 하고 있다.

조선인만이 감득할 수 있는 그 무엇을 시조는 가졌으며 그만큼 시조는 우리의 것이요, 우리가 가꾸어야 할 것이라고 옹호하고 심지어 "시조나마 내쫓으면 조선문단에는 무엇이 남을고"라고 하면서 조선문단에서 시조가 위치하는 중요성을 극단적으로 강조하기도 한다.[14] 또는 조운은 1926년의 시조시단에 대한 연평(年評)인「병인년과 시조」의 서두에서

남의본만뜨고 남의흉내만내든우리가 버리엇든自己를 도로차즈며 自

---

11)「조선국민문학으로의시조」, 6쪽.
12) 최남선,「시조유취서」,『육당최남선전집』, 현암사, 1974, 13권, 6쪽.
13) 염상섭,「시조에관하여」,『조선일보』, 1926. 12. 6.
14) 염상섭은「시조와 민요」(『동아일보』, 1927. 4. 30)에서 "우리의 시조와 민요가 새로운 내용을 가지고 부활되기를 기다리는 바이다. 새로운 내용을 가지고 원숙하고 정련된 표현을 아울러 갓수울제 우리문학은 신생면을 어들것이다"라고 하고 있는 것으로 보아 조선문단이 시조와 민요를 바탕으로 한 새로운 문학의 국면을 주장한 것으로 보인다.

己自身을省察하고 自己精神을 收拾하며 自己그릇을먼저 檢 討해야할 緊
切한무엇을 늑기게되여 이제부터는 모든것에 朝鮮心, 朝鮮魂, 朝鮮的이
따라다니게 되였다.15)

라고 하고 있다. 여태까지 남의 흉내만 내던 우리가 이제는 버렸던 자아를
각성하고 모든 것에 조선심, 조선혼, 조선적이 따라다니게 되었는바 그것이
문학의 방면에서는 시조부흥에서 비롯되었다고 보는 것이다. 당시의 문단에
조선사람의 운율에 맞는 시를 읊으려는 경향이 시인·문사들에 의해 활발해
졌고 따라서 시조의 부흥운동이 당연히 요구되고 있었음은 허영호의 「시조
부흥에 대한 관견」에서도 확인된다. 그는 이 글에서 "조선 사람의 운율이
요구되고 있는 이상 가장 적절한 형식으로—또 보편성을 가진—그 운율
을 표현하는 시조가 당연히 요구될 것"이라고 전제하고, 시조발전을 위해
형식의 정제가 필요하다고 주장한다.

時調形式의 整濟는장래時調發達의 初期에 있어서 무엇보다도 緊急한 일
로 생각한다. 그리고 그의 健實하고 자유로운 발달을 바라기 위해서는 묵
은 感覺과 情緒로부터 脫却시키는 대담한 作者天才가 나오기를 바란다. 淸
新한 感覺과 潑剌한 生命으로 彈力있는 詩形·詩想을 만들기를 바란다.16)

허영호가 말하고 있는 시조형식의 정제는 묵은 감각과 정서로부터 벗어
나 청신한 감각과 탄력 있는 시형·시상의 발굴이 시조의 자유로운 발달을
위해 긴급한 일임을 주지한 것이다.

이상의 검토에서 보더라도 시조부흥운동은 우리의 것을 찾고 제 본바탕
을 찾는 일이 모든 것의 근원임을 자각하고 스스로의 자의식의 각성에서 가
장 조선적이고 조선스러운 문학양식을 추구하는 데서 일어나고 있음을 알
수 있다. 이 점 민요시론과 그 근본적인 의식을 같이 한다고 볼 수 있으나,

---

15) 조운, 「병인년과시조」, 『조선문단』 19호, 29쪽.
16) 허영호, 「시조부흥에 대한 관견」, 『신민』 24호, 1927. 4.

민요시론이 조선민중(무산민중)의 공동적인 노래, 민족적 정서와 사상이 담긴 민요시로의 지향을 강조하고 있는 것으로 보아 새로운 시가 가져야할 시형보다는 시 속에 녹아 들어가야 할 조선적 내용을 강조한 것이며, 시조시론은 조선적 내용과 더불어 조선어의 섬유조직이라든지 조선음률을 토대로 했다는 점들로 미루어 조선적 시형으로까지 의식한 것으로 보인다.

한국 시가사상(詩歌史上) 오직 시조의 형식만이 시형으로서 지속적인 가치를 가졌다는 것은 시조의 형식이 한국시가의 다양한 변화 속에서도 일관하는 종족적 동일성과 가장 가깝다는 것을 의미한다고[17] 볼 때, 시조를 "조선심의 방사성과 조선어의 섬유조직이 가장 압착된 상태에서 표현된 조선아의 그림자"라고 하고 있는 최남선의 시조인식이나, 조선문단에서 시조를 빼버리면 남는 것은 아무 것도 없다는 염상섭의 극단적인 언급도, 시조가 갖는 시형으로서의 지속적인 가치와 한국 시가 속에 일관하는 종족적 동일성에 대한 의식에서 나온 것이라고 할 수 있다. 따라서 시조는 오직 조선사람만이 가진 넓은 세계를 통하여 다만 하나밖에 없는 보물로서[18] 시조의 부흥운동은 조선의 문예운동에 있어서 일으키지 않으면 안될 운동이고 일어나지 않고는 마지못할 성질을 가진 운동임을[19] 강조하고 있는 것이다.

그러나 이러한 재인식과 부흥운동은 시조를 부흥하자는 관념적 논설로 제시되었을 뿐 구체적으로 자기육성을 발견하고[20] 현대시조의 출발을 연 것은 이병기(李秉岐), 이은상(李殷相)의 시조론과 시조작품이 나타나면서였다.

---

17) 박철희, 전게서, 141쪽.
18) 손진태, 「시조와 시조에 표현된 조선사람」.
19) 허영호, 「시조 부흥에 대한 관견」.
20) 이우종, 『한국현대시조시의 이해』, 국제출판사, 1980, 11쪽.

3

20년대 중엽부터 시조에 대한 재인식과 시조부흥 운동이 일어나면서 시조론이라고 할 수 있는 일련의 논문들이 나타나는데, 이들은 대개 시조의 정의, 기원, 형태, 작법과 관련된 글로서 주로 이병기, 이은상, 이광수 등에 의해 쓰여졌다. 물론 시조론을 펴내면서 부분적으로 시조부흥에 대한 언급이 나타나지만, 이처럼 시조론의 모색이 대두된다는 사실만으로도 당시 문단에 시조에 대한 재인식과 부흥운동이 활발했음을 간접적으로 시사해준다. 시조론의 대두는 곧 시조부흥운동의 이론적 밑받침이 되었으며 현대시조로의 구체적 방향을 제시해 주었다.

당시의 시조론 정립에 가장 큰 공헌을 한 이로는 이병기를 들 수 있는데 그는 「시조란 무엇인고」, 「율격과 시조」, 「시조원류론」 등을 통해서 시조의 일반론에서 형태, 기원에 이르기까지 시조 전반에 걸쳐 시조론을 정립시켰다.

최초의 본격적인 시조론이라고 할 수 있는 이병기의 「시조란 무엇인고」는 일－명칭, 이－종류, 삼－자수, 사－구조(句調)), 오－운율, 육－체제, 칠－유래, 팔－낭음법, 구~십오－수사법, 십육－신운동 등의 항목으로 나누어 『동아일보』 1926년 11월 24일부터 12월 13일까지 연재한 시조일반론이다.[21)]

---

21) 이것을 각 부문별로 요약해 보는 것은 당시 시조론의 현황을 파악하는데 의미 있는 것이라고 생각된다.
1. 명칭 : "우리말로는 시절가라는 말이 가장 많이 쓰이엿스니 시절가의 싯자곳 때싯자시조임을 알것이다"라고 시조는 시절가로서 글시(詩)자가 아닌 때 시(詩)자의 시조라 하였고
2. 종류 : ⅰ) 평시조~자수가 어떤 범위까지 제한이 있고 어조가 평정한 것, ⅱ) 엇(어질)시조~자수가 초중종 삼장의 어느 일부분만 제한이 없고 어조는 좀 변조된 것, ⅲ) 사설시조~모두 제한이 없고 어조는 사설체로 된 것이라고 하고 자수의 제한과 어조의변화에 따라 세 종류로 나뉘었고
3. 자수 : 초장－첫구(六~九) 끝구(六~九), 중장－첫구(五~八) 끝구(六~九), 종장－첫구 (三) 둘째구(五~六), 셋째구(四~五) 끝구(三~四)로써 전장의 총수가

이와 같은 내용으로 쓰여진 이병기의 「시조란 무엇인고」는 시조일반이나 창작에 아무런 지침이나 방향이 설정되지 못한 당시의 시단에 이만큼 다방면에 걸쳐 체계적인 시조론이 소개됨으로써 시조부흥운동의 이론적 밑받침과 아울러 커다란 활력소가 되었을 것이다. 특히 「시조원류론」에서 앞으로 새롭게 쓰여질 시조에 대한 방향제시는 최남선의 관념적 시조부흥론과는 달리 현대시조로의 새로운 내용과 형식을 시사한다.[22]

가장 적은 것으로는 三十八자, 가장 많은 것으로는 五十五자라 하였다.
4. 구조 : 구의 조격, 언어의 음수가 모여 각기 조격을 이룬 것을 구조라고 하며, 초장·중장·종장에 쓰이는 구조를 각장에 따라

초장 : 첫구~육자구(2.4조, 3.3조), 칠자구(3.4조, 2.5조), 팔자구(3.5조, 4.4조)
　　　 끝구~육(2.4조, 3.3조), 칠(3.4조, 4.3조), 팔(4.4조, 3.5조), 구(5.4조, 4.5조, 3.6조)
중장 : 첫구~삼자구
　　　 둘째구~오(2.3조, 3.2조), 육(2.4조, 3.3조), 칠(3.4조), 팔(3.5조)
　　　 셋째구~사자구, 오자구
　　　 끝구~삼자구, 사자구

로 나열하고 가장 많이 쓰인 것이 칠자구(二·五조, 三·四조)와 팔자구(三·五조, 四四조)라 하였으며

五. 음률 : 동일한 음이나 또는 다른 음이 서로 조화되어 율격 있는 한 형식미를 나타낸 것이 운율이라고 정의하고, 강·약·평 삼음의 어떤 간격을 두고 향응하여 좋은 운을 이룬 예를 보임.

六. 체제 : 단어와 단어가 모여서 한 구가 되고 두 구씩 모여 초장, 중장이 되고 네 구가 모여 종장이 되는 체제를 가지고 있으나, 이상의 종류, 자수, 구조, 운율, 체제 등의 형식에 지나치게 얽매이지 말기를 당부하고 있다.

七. 유래 : 시조의 유래를 향가에서 찾으려 하고 있다.

八. 낭음법 : 시조의 창법은 그 종류가 다양하다고 하면서, 이른바 평조니 우조니 계면조니, 낙이니, 지름이니 또는 지방에 따라 반형판(영남), 중어릿제, 냇제, 웃내폿제, 아랫내폿제(호남) 등의 종류를 열거하고 있다.

九~十五. 수사법 : 직유법, 은유법, 풍유법, 활유법, 순호법, 과장법, 점층법, 문답법, 역서법, 연서법, 역순진법, 반복법, 전침법, 대우법등 15종으로 나누어, 각각의 수사법에 해당되는 작품을 예로 들어 설명하였으며

十六. 신운동 : 앞으로 새롭게 쓰여질 시조는 ⅰ)내용을 참신하고 충실하게 할 것과 ⅱ) 구조의 변화 ⅲ)조어의 선택 등을 고려하여 보다 새롭고 참신한 내용 과 형식으로 이루어져야 할 것이라고 지적해 주고 있다.

22) 이병기의 시조일반론으로 또한 「시조원유론」이 있다. 이것은 "놀애의 기원과 어원", "놀애와 시조의 형식", "시조발달의 과정", "시조의 현재와 장래"에 대해 언

이어서 이병기는 「율격과 시조」에서 율격의 정의 및 종류와, 과거의 시조 율격과는 달라야 할 현대의 시조율격을 말하고 있다.

> 律格은 詩形을일운것이고 語音을 音樂的으로 利用한 것인데 그 音度나 혹은 音長을 基調로한音位律과 그音數를基調로한音性律과 그音位를基調 로한音數律과의세가지가잇다. 다시말하면 漢詩의平仄法과가튼것을音性律 이라 韻脚法과가튼것을音位律이라 造句法과가튼것을音數律이라한다.[23]

라고 율격이란 어음을 음악적으로 이용하여 시형을 이룬 것으로 세 가지가 있다고 하고 있다. 즉 음도나 음장을 기조로 한 한시에서의 평측법과 같은 음성률, 그 음위를 기조로 한 한시에서의 운각법과 같은 음위률, 그 음수를 기조로 한 한시에서의 조구법과 같은 음수율이 그것이다. 그는 또한 이렇게 세 가지 시조율격을 설명하고 나서

> 어쨌든 律格도 時代에딸아 다를건 事實이다. 古時調에는 古時調의律格 이 잇서야하고 지금時調에는 지금 時調의律格이잇서야할것이다……
> 法則이作家를 맨드는것이 아니라 作家가法則을 맨드는 것이다.[24]

라고 하고 있다. 율격도 시대에 따라 변하는 것이므로 지금 시조에는 지금 시조에 적합한 율격이 있어야 한다는 것이다. 이것은 고시조의 정형(定型)에 서 보다 자유스러워진 현대시조의 정형(整形)에 대한 시사라고 할 수 있 다.[25]

급한 글이나 본고에서는 중복을 피하기 위해 내용파악을 생략한다.
23) 이병기, 「율격과 시조」, 『동아일보』, 1928. 11. 28.
24) 「율격과 시조」, 『동아일보』, 1928. 12. 1.
25) 박철희는 『한국시사연구』에서 "타설적 시조는 그 형식을 정형(整形)으로 파악하
   지 않고 정형(定型)으로 파악한 것이다. 원래 시조란 이병기의 말대로 정형시가
   아니고 정형적자유시(整形的自由詩)였다."(70쪽)라고 하고 있다. 이병기가 작가
   가 법칙을 만든다고 한 것은 정형적자유시, 곧 자설적시조로의 지향을 시사한
   것이라고 하겠다.

그리고 그는 「시조의 현재와 장래」라는 글에서 앞으로 새롭게 쓰여질 시조의 지침과 방향에 대해 보다 구체적으로 의견을 제시한다.

> 그런데 이 新運動(時調新運動)에 對하여 생각든바를 이에 統括하여 말하면 첫째 朝鮮語의美를 찾아 쓰자 둘째, 寫生法을 힘쓰자 셋째, 新律格을 지어내자 넷째, 唱法을 고치자함이다.26)

라고 시조 신운동은 조선어의 미를 찾아 쓰고, 사생법에 힘쓰며, 신율격을 지어내고, 시조의 창법을 고치는 방향으로 나아가야 한다는 의견이다. 첫째, 조선어의 미를 찾아 쓰자는 것은 '놀애'는27) 언어로 말미암아 표현되는 한 예술이라 '놀애'의 생명과 가치가 언어 그것에 매어있어 조선어의 영이 있는 그 본질적 미를 찾아 쓰자는 것이요, 둘째, 사생법에 힘쓰자 함은 자기가 모든 사실에 대하여 진실하게 보고 듣고 느끼는 바를 그대로 생신(生新)하게 그려내자는 것으로 즉 개인이 곧 독창자이어야 한다는 것이다. 그리고 셋째, 신율격을 지어내자는 것은 종래 일반적으로 쓰던 음률만 쓸 것이 아니라 특수적으로 쓰던 음률도 쓰며 자기의 독특한 「리듬」을 표현하자는 것이요, 넷째, 창법을 고치고자 함은 종래의 복잡한 창법을 배우기보다는 자기의 독특한 「리듬」에 맞도록 자기의 독특한 창법을 지어내어 부르는 것이 좋겠다는 것이라고28) 네 가지 지침과 방향에 대해 자세히 설명해 주고 있다.

이상에서 검토한 이병기의 시조론 이외에도 당시에 접할 수 있는 시조론과 관련된 글들이 상당량이 있으나29) 거의가 이병기의 시조론에 포괄될 수 있는 내용들로써 본고에서는 더 이상의 검토는 피한다.

개화이래 강조된 민족주의와 조선정신은 개화기 시가의 보편적 주제였다. 창가, 신체시, 개화가사와 더불어 시조는 최남선을 중심으로 개화기시가의

---

26) 이병기, 「시조의 현재와 장래」, 『신생』 2권6호, 32쪽.
27) 이병기에게 '놀애'(노래)는 시가를 일컫는 말로 사용되고 있다.
28) 「시조의 현재와 장래」, 32~33쪽.
29) 주 9) 참조.

한 형태로 나타났으나[30] 근대문학초기 서구지향의 시와 시론의 범람으로 거의 단절된 상태로 있었다. 그러다 20년대 중엽에 서구적 경험에 대한 자기반성이 표면화되고 전통의 계승과 조선적 문학의 모색이 강조되면서 시조는 '조선스러움'의 문학형태로 재인식되었다.

민요시론과 더불어 전통지향의 시론으로 형성된 시조시론은 조선의 특색과 본성 및 실정을 가장 잘 묘출한 조선스러운 조선인의 시만이 세계에 내놓을 수 있는 조선국민문학으로의 시가 될 수 있다는 전제에서 새로운 조선의 시를 시조에서 찾을 것을 강조한 최남선을 시작으로 염상섭, 조운, 손진태, 허영호 등의 시조에 대한 재인식과 그 부흥운동, 그리고 이 부흥운동을 이론적으로 뒷받침해 주고 동시에 현대시조로의 새로운 가능성을 열어준 이병기를 중심으로 한 일련의 시조론으로 나타났다.

새로운 조선문학의 출발점을 시조에서 찾자는 시조부흥운동은 그것이 조선국토, 조선인, 조선심, 조선어, 조선음률을 토대로 한 조선이라는 체로 걸러진 조선문학의 정수로 조선심의 방사성과 조선어의 섬유조직이 가장 압착된 상태에서 표현된 시형이라는 재인식(최남선)에서 시작되었다. 남의 흉내만 내던 데서 벗어나 스스로의 자의식의 각성에서 조선인, 조선혼이 담긴 가장 조선적인(조운) 문학양식이며, 조선사람의 보편적인 음률을 가장 적절한 형식으로 표현한 시(허영호)가 이른바 시조라는 점을 인식한 부흥운동이었다.

또한 시조부흥운동의 이론적 밑바탕이 되고, 새로운 시조가 나아갈 지침과 방향을 제시한 시조론이 대두하게 되었는데, 이들은 대개 시조의 정의, 기원, 형태, 작법과 관련하여 이병기, 이은상, 이광수 등에 의해 쓰여졌다. 특히 이병기는 「시조란 무엇인고」, 「율격과 시조」, 「시조원류론」 등을 통해 시조일반론에서 형태, 기원에 이르기까지 시조전반에 걸친 시조론을 정립시켰고, 「시조의 현재와 장래」에서는 앞으로 새롭게 쓰여질 시조의 지침과

---

30) 이때 최남선은 시조장르에 해당하는 것으로 '국풍' 또는 '신국풍'이란 용어를 사용하기도 했다.

방향을 구체적으로 제시해 주었다.

새롭게 쓰여질 시조는 내용을 참신하고 충실하게 할 것과 구조(句調)의 변화, 조어의 선택 등을 고려하여 보다 새로운 내용과 형식으로 이루어져야 할 것이며(「시조란 무엇인고」) 율격도 지금 시조에 적합한 새로운 율격이어야 할 것이라고(「율격과 시조」) 하고 있다.

조선어의 본질적인 미를 찾아 쓰며, 진실하고 독창적인 사생법에 힘쓰고, 개인의 독특한 리듬을 표현할 수 있는 새로운 율격을 지어낼 것이며, 개인의 독특한 리듬에 맞는 독특한 창법을 지어내어 부르자는 지침과 방향을 제시한 것이다.(「시조의 현재와 장래」)

1926년 <조선문단>을 중심으로 일어난 시조부흥운동과, 『동아일보』를 중심으로 한 시조론의 대두가 전개되지 않았다면 시조만이 갖는 시형으로서의 지속적인 가치와 그것의 계승은 서구문명의 수용과 서구지향 시가의 범람에 파묻혀 단절되었을지도 모른다.

20년대 문단에 형성된 시조시론은 바로 이러한 단절을 계승으로 이끌어 현대시조로의 맥을 이어준 계기가 되었다. 곧 시조시론은 민요시론과 더불어 관념적으로 지속되어 온 조선주의의 문학적 구체화이며 자아의 발견이었다.

현대시조의 양식론(樣式論)

1. 서 론

모든 문학양식은 항상 규범적 질서를 벗어나 새로운 형식체험을 시도하고 있다. 그것은 모든 예술적 체험이 본질적으로 새로운 서정과 인식을 지향하며, 개성적이고 독특한 세계로 형상되고자 하기 때문이다. 그만큼 인식의 변화는 내용의 변화를 초래하게 되고, 그러한 변형 에네르기는 자연히 양식이나 형식의 변화를 가져오기 마련이다.

현대의 문학 장르론이 과거의 전통적인 문학 장르관을 넘어서서, 장르종(種)의 확대는 물론 장르간의 구분을 초월한 개방장르관으로 논의되고 있는 것도 현대 문학양식의 다양한 형식체험과 무관하지 않다.

현대시조 또한 이 같은 형식체험의 연장선상에서 이해될 수 있다. 즉 현대시조는 전통적 시조 양식의 고수(固守)와 파괴(破壞)의 갈등 속에서 다양한 형식체험을 겪고 있는 것이다. 그것은 현대 자유시와 현대시조라는 공시적인 측면과, 전통시조와 현대시조라는 통시적인 측면이 함께 아우르는 갈등이다. 현대시조의 형식체험은 바로 이 같은 갈등의 긴장감을 내포하고 있으며, 이것이 곧 현대시조만의 독특한 시학을 마련하게 한다.

그만큼 현대시조는 창(唱)을 전제로 했던 전통시조의 엄격한 형(型)을 확장·변이시키면서 새로운 형식체험을 시도하고 있는 것이다. 따라서 현대시조는 전통시조의 보편적 형태였던 3章 6句나 4音步格 3行詩가 되어야 한다는 전제를 벗어나 시인의 개성과 창의력에 따라 변용된다. 문제는 부여된 시상(詩想)을 담는 새로운 형식이, 이미 있어 온 시조의 보편적 질서와 개인마다 다르게 나타나는 개인적 질서를 얼마만큼 융합할 수 있었느냐에 있다. 보편적 질서에 지나치게 의존할 때 그것은 상투형(常套形)이 되기 쉬우며, 개인적 질서에 지나치게 경도될 때 시조양식을 벗어나기 쉽다.

현대시조가 지니는 이 같은 양면성의 갈등과 긴장은 곧 현대시조만의 독특한 시성(詩性)이 될 것이다. 사실 시조를 가장 '조선스러운' 문학 형태로 재인식하면서 이른 바 시조부흥운동이 1920년대 중엽에 일기 시작하였으니, 이 때를 현대시조의 출발기로 잡는다 해도 벌써 70여년 이상이 흘렀다. 오늘날에도 수많은 시조시인과 시조단체가 있으며1), 한국문학의 중요한 일 분야로 자리잡고 있는 것이 사실이다.

그런데도 현대시조에 관한 그 동안의 논의는 시조 전문 문예지를 중심으로 시조시인들에 의해 매우 단편적이고 피상적으로 전개된 것이 사실이며, 그것도 현대시조 시인론 등이 주류를 이루었다. 그나마 현대시조의 시학과 양식론적 특질을 체계적으로 정리해 줄 전문적이고 학술적인 논의는 거의 찾아보기 힘든 실정이다.

이 연구는 현대시조론의 학술적 기틀을 마련하는 일환으로 현대시조의 출발기에 제기된 현대시조론의 논점을 점검하고, 현대시조의 다양한 형식체험을 실제적인 작품을 통해 체계적으로 규명함으로써 현대시조의 시학을 정리해 보고자 한 것이다.

---

1) 1997년 말 현재 등단하여 시작활동을 펼치고 있는 시조시인은 861명, 시조단체는 한국시조시인협회를 비롯 16개 단체가 활동하고 있는 것으로 조사되었다. 계간 『열린시조』, 1997년 겨울호 참조.

2. 현대시조론의 형성

개화이래 개화기시가와 관념적 논설 등을 통해 강조되어 온 민족주의와 '조선정신'은 근대문학 초기 서구지향의 시와 시론이 압도되면서 내면으로 잠재했었다. 그러다가 1924,5년을 기점으로 서구지향의 시단(詩壇)에 대한 비판적 진단과 자기반성이 표면화되면서, 문학의 주체성 확립과 전통의 계승에 대한 자기반성이 일기 시작했던 것이다.[2]

시조시론(時調詩論)은 이 같은 문단적 자기반성에서, 전통적으로 전해져 내려온 가장 조선적인 시형(詩形)의 문학양식으로 시조가 자각되면서 이루어졌다. 1920년대 중반부터 제기된 시조시론은 곧 시조에 대한 재인식과 그 부흥운동이었으며, 이것은 동시에 고시조(古時調)의 계승과 발전으로서의 현대시조론의 출발이었다.

이 때에 시조부흥에 본격적인 움직임을 보인 인물은 최남선(崔南善)이었다. 그는 이미 1907년 '대한유학생회회보'에 「國風四首」와 「病中夢夢」이라는 시조를 발표하였으며, 1908년부터는 『소년』지에 「三面環海國」을 비롯한 14題 40여 首를, 그리고 『청춘』지에는 10제 30수의 시조를 발표하였다.[3]

그는 1926년 『조선문단』 5월호에 「朝鮮國民文學으로의 時調」라는 글에서 시조야말로 모든 조선적 요건을 구비한 문학양식임을 강조한다. 그는 시조를 "詩의 主體가 朝鮮國土, 朝鮮人, 朝鮮心, 朝鮮語, 朝鮮音律을 통하여 표현한" 필연적인 양식(樣式)으로서, 조선이라는 체로 걸러진 정수라고 규정짓고, 이 시조에는 "時調 獨特의 詩境과 詩脈과 詩體詩用"이 있는 조선민족의 독특한 산물로서 세계문학계에도 빠지지 않을 하나의 문학양식임을 강조하고 있다.[4] 최남선의 시조부흥론은 이 같은 시조가 갖는 '조선적' 특질에 대

---

2) 白運福, 『韓國現代詩論史 硏究』, 계명문화사, 1993, 125쪽.
3) 朴乙洙, 『韓國時調文學全史』, 성문각, 1978, 220~224쪽 참조.
4) 崔南善, 「朝鮮國民文學으로의 時調」, 『朝鮮文壇』 16호, 1926. 5, 4쪽.

한 자각에서 출발된다.

같은 글에서 그는 시조를 조선인의 손으로 조선의 풍토와 조선인의 성정
(性情)을 음조(音調)로 구현한 '音波 위에 던져진 朝鮮我의 그림자'요, '朝鮮心
의 放射性과 朝鮮語의 纖維組織이 가장 壓搾된 상태에서 표현된 詩形'이라고
보고 있다. 그만큼 시조를 조선적 향토성을 강조한 가장 조선스러운 조선인
의 양식으로 인식한 것이다. 당시 그는 최초의 개인시조집인 『白八煩惱』와
고시조 모음집인 『歌曲選』, 『時調類聚』 등을 발간하여 손수 그 부흥운동에
앞장서기도 했다. 이러한 최남선의 시조부흥논의는 염상섭(廉想涉), 조운(曺
雲) 등에 의해 시조의 재인식과 그 부흥의 필요성이 강조되면서 전개된다.

또한 시조부흥운동의 이론적 밑바탕이 되고, 새로운 시조가 나아갈 지침
과 방향을 제시하는 시조론이 대두하게 되었는데, 이들은 대체로 시조의 정
의, 기원, 형태, 작법(作法)과 관련하여 이은상(李殷相), 이광수(李光洙), 이병
기(李秉岐) 등에 의해 쓰여졌다. 특히 이병기는 「시조란 무엇인고」, 「율격과
시조」, 「시조원류론」 등의 글을 통해 시조일반론에서 형태, 기원에 이르기
까지 시조전반에 걸친 시조론을 정립시켰고, 「시조의 현재와 장래」에서는
앞으로 새롭게 쓰여질 시조의 지침과 방향을 구체적으로 제시해 주었다.

곧 새롭게 쓰여질 시조는 내용을 참신하고 충실하게 할 것과 구조(句調)
의 변화, 조어의 선택 등을 고려하여 보다 새로운 내용과 형식으로 이루어
져야 할 것이며[5], 율격도 지금 시조에 적합한 새로운 율격이어야 할 것[6]을
강조하고 있다. 그리고 「시조의 현재와 장래」에서는 조선어의 본질적인 미
를 찾아 쓰며, 진실하고 독창적인 사생법에 힘쓰고, 개인의 독특한 리듬을
표현할 수 있는 새로운 율격을 지어낼 것[7]을 역설하고 있다.

이러한 새로운 시조론은 오늘날의 현대시조 논의에도 여전히 유효한 것
이며, 그 기초가 된다고 할 수 있다.

---

5) 李秉岐, 「時調란 무엇인고」, 『동아일보』 1926. 11. 24~12. 13 참조.
6) 李秉岐, 「律格과 時調」, 『동아일보』 1928. 11. 28~12. 1 참조.
7) 李秉岐, 「時調의 現在와 將來」, 『新生』 7호, 9호 참조.

3. 현대시조의 형식체험

전통시조와 비교해 볼 때, 현대시조는 우선 다양한 형식체험을 시도하고 있다. 그것은 전통적인 시조 형태의 변용뿐만 아니라 제재를 다루는 서정과 인식은 물론 주제를 구현하는 방식 등에서도 매우 다양한 체험을 겪고 있다. 그만큼 새로운 형태의 시조양식을 시험하고 있는 것이다.

그렇다고 그러한 실험이 무한정의 개방과 자유를 시도하는 것은 아니다. 그것은 시조가 지닌 전통적 질서에 통제를 받으면서 갈등과 긴장을 수반한 시도이며, 자유시와는 분명히 구별되는 변용이요 확대라고 할 수 있다.

현재까지 실험되고 있는 현대시조의 형식체험은 전통적 단수형(單首形), 2首 복합형, 3首 복합형, 章·首 확장형 등으로 나눌 수 있다.

1) 전통적 單首形

A. 무지개 건너오는 마음 여린 나그넨가
   올 고운 情의 색실 온누리에 수를 놓다
   주름살 고인 시름도 풀어내는 낙수 소리

—강호인, 「비」 전문

B. 창 아래 서리 묻은
   나뭇잎 흩날린다

   한 주름 소나기가
   세월을 훑고 간 후

   비 젖듯
   어머님 생각
   야윈 어깨 추스린다.

—송길자, 「思母」 전문

C. 짜아한 매미소리
   돌 틈으로 스며들고

   구름도 산도 숲도
   바람마저 조는 오후

   톡,
   톡,
   톡,
   고요를 딛고
   솔방울이 구른다.

— 허일, 「고요」 전문

위의 세 작품은 표현된 형태가 각기 다르나, 3장 6구 4음보격이라는 전통시조의 형식체험을 모두 유지하고 있다. 물론 A시조를 제외한 다른 두 수는 3행시라는 전통시조의 형태를 벗어나 있다. 다시 말해서 3행시라는 전통적 시조형태는 자유로워졌지만, 3장 6구 4음보격의 질서는 그대로 유지하고 있는 전통적 단수형태이다.

그리고 위의 작품들은 모두 주제구현의 방식이나 시상(詩想)의 전개에 있어서도 기·승·전·결이라는 전통적 표현논리를 그대로 보여주고 있다.

그러나 대상을 관념적이고 공적으로 인식하여 자아와 세계가 병렬적 구조로 이루어져 있는 유학자들의 고시조에서 흔히 볼 수 있는 미메시스의 의미구조와는 전혀 다른 의미형상을 지니고 있다. 즉 자아와 세계가 개성적으로 일체화하여 통합적 구조로 이루어져 있으며, 모든 제재들의 의미는 오직 해당 작품 내에서 구성적으로 재현되는 세미오시스의 의미구조를 통해 유기적으로 형상되고 있다. 이는 곧 전통시조가 지닌 단순성에 대한 개방이며, 관념성에 대한 구체성이요 개성이라고 할 수 있다. 현대시조가 지닌 이 같은 고시조와의 변별적 특질은 곧 현대 자유시의 특질에 다름 아니다.

A시조의 경우, 제재로 선택된 '비'와 시적자아의 상관물인 '나그네'가 자연

스럽게 서정적 동일성을 실현하고 있다. 곧 "무지개 건너오는 마음 여린 나그네"는 '비'이면서 동시에 시적자아가 되는 것이다. 이러한 동일성은 중장과 종장의 의미맥락과 상호조응되면서 유기적인 의미형상을 이루어내고 있다. 또한 전통시조의 시조성이라고 할 수 있는 종장의 역동성 면에서도 이 작품은 시조성을 충실히 이루어내고 있으며, 종장에서 구축해내는 주제구현의 방식도 전통성을 지니고 있다.

B시조의 경우, 초장과 중장은 각기 두 개의 행으로 배열하고 종장은 세 행으로 변화를 주고 있다. 특히 종장의 첫 구를 독립시킨 행 배열은 종장의 역동성을 강조한 개성적 선택이라고 할 수 있다. 또한 초장의 '서리 묻은 나뭇잎'과 중장의 '한 주름 소나기', 그리고 종장의 '비젖듯'은 동일한 의미자질을 창출하여, 새로운 의미 곧 이 시조 작품에서만 획득된 의미로 재현된다. 그것이 종장의 '어머님 생각'에 유기적으로 침투되어 어머니를 그리워하는 주제를 구체화하고 있다. 따라서 초장과 중장이 병렬적 구조를 지니기보다는 종장의 역동성을 위한 통합적 구조를 이루고 있다. 그만큼 이 작품의 제재는 시인의 개인적 정서와 일체화되고 있으며, 이 관계는 자연스럽게 주제로 지향되면서 독창적인 시조의 세계를 보여주고 있다.

그리고 C시조의 경우는, 종장 첫 구가 더욱 큰 변화를 보여 의성어를 3행으로 배열하고 있다. 이러한 의장은 '고요'라는 제재를 보다 효과적으로 재현하고자 하는 작가의 의도적 안배일 것이다. 초장에서 형상한 동적·청각적 이미지와 중장의 정적·시각적 이미지를 통합하는 종장의 기능을 효과적으로 형상한 것이다. 곧 종장은 초장과 중장의 유기적 통합, 즉 動과 靜, 청각과 시각의 완전한 통합을 이루어 주제를 응축하는 시조의 특질을 극대화한 것이라고 볼 수 있다.

2) 2首 복합형

앞에서 검토한 전통적 단수형은, 전통시조가 지닌 3장 6구 4음보의 형식적 특질을 지속하면서 단지 행의 배열에 변용을 준 형식체험이라고 할 수 있다. 이와는 달리 전통시조의 형식을 지닌 2首를 복합시켜 한 首의 시조작품으로 구성한 이른바 2首 복합형의 형식체험을 지닌 현대시조의 양식이 있다. 물론 이러한 양식은 단순히 두 수의 시조양식을 기계적으로 혼합한 것은 결코 아니다. 표면상으로 두 수의 복합형태를 취할 뿐, 그것은 엄연히 하나의 작품이기 때문이다. 따라서 그것은 복합적 질서와 구조를 지니고 있을 뿐만 아니라 유기적인 의미맥락도 복합적으로 이루어져 있다.

    A. 한번은 가야할 길
       언제인지 모르기에

       옷맵시 머리단장
       고즈넉한 미소 띄워

       순간을
       영원에 묶어
       거울 앞에 서봅니다.

       굽이친 세월자락
       가슴 깊이 삭이고서

       하늘 끝 지는 해를
       마음 비워 우러르면

       知天命
       예순 나이가
       하아얗게 빛납니다.

—손영자, 「사진」 전문

    B. 없다.

아니 있다.
한 장의 커단 白紙

밤 새 바랜 하얀 詩를
수 놓듯 놓아 두고

그 위로
점점점 점점 ……
고무신,
하얀 고무신.

눈은
귀를 세워
한 사흘 내리고,

모두 막힌 산길 위로
멧새의 맑은 소리,

마음 속
길을 틔우는
그리움 한 장
오버 랩(O.L.).

— 박정숙, 「雪景」 전문

　형식상 두 수의 전통적 단수형이 모여 한 편의 작품을 이룬 2수 복합형의 예들이다.
　A시조는 전형적인 단수형의 현대시조를 그 형태적 측면에서나 의미맥락의 측면에서 정확히 복합시켜 놓은 형태를 취하고 있다. 곧 이 작품은 제1수는 1수대로, 제2수는 2수대로 시조의 전통적인 형식미는 물론 시상(詩想)의 전개도 전래적인 방식을 따르고 있다. 그러면서 동시에 2수가 내적 연관성

을 지니며 한데 어우러져 한 편의 시조로 구축되어 있다. 통합된 구조로 볼 때, 전체적인 의미맥락은 제1수가 기(起)와 승(承)이 되고, 제2수는 전(轉)과 결(結)이 된다. 제1수에는 거울 앞에 서 있는 시인의 실상이 표현되어 있고, 제2수에는 그 실상을 통해 인식되는 시적자아의 자성(自省)과 주제의식이 표현되어 있다. 특히 결에 해당하는 "지천명 / 예순 나이가 / 하아얗게 빛납니다."는 구성상의 결말이며 주제가 응축된 표현으로 시조의 종장이 지닌 역동성을 잘 보여준다.

B시조의 경우는 A시조와 비교할 때, 같은 2수의 복합형이면서도 보다 파격적인 변형을 지니고 있다. 표면적으로 보아도 초장과 종장의 파격적인 시행 배열을 주목할 수 있으며, 전통적인 시조 율격인 3·4조의 음수율에 대한 파격도 보인다. 이러한 파격은 1수와 2수의 같은 부분에서 동시에 이루어짐으로써 그 자체가 또 다른 이 작품만의 개성적 질서를 이루고 있다. 또한 그러한 파격에도 불구하고 이 시조는 여전히 A시조와 같은 형식체험과 의미맥락을 지니고 있어 시조적 특질을 잘 보여주고 있다.

A시조가 시적자아의 개인적 정서에 치중했다면 B시조는 대상, 즉 설경(雪景)의 감각적 묘사에 중점을 둔 작품이다. '백지', '하얀 시', '하얀 고무신'의 비유를 통한 시각적 이미지의 형상과 '눈은 / 귀를 세워', '멧새의 맑은 소리'가 환기하는 청각적 이미지의 형상이 1수와 2수를 유기적으로 통합시켜주고 있다. 이는 곧 제1수와 제2수의 내적 조화이며, 정(靜)의 시각적 이미지와 동(動)의 청각적 이미지가 눈의 '맑은' 흰빛과 멧새의 '맑은' 소리와 함께 어우러져 공감각의 설경을 그려낸 것이다. 사실 이 작품의 주제는 "마음 속 / 길을 틔우는 / 그리움 한 장 / 오버 랩"이라는 결말부에 나타나 있다. 하얗고 맑게 형상된 설경 이미지로 인해 시적자아의 그리움도 하얗고 맑게 감각될 수 있는 것이다. 그만큼 시조의 종장이 갖는 역동성의 특질을 이 작품은 잘 드러내고 있다.

3) 3首 복합형

전통적 단수형과 2수 복합형에 이어서 현대시조의 형식체험으로 주목할
수 있는 것은 3首 복합형이다. 이 형식은 2수 복합형과 같은 형식체험으로
이해할 수 있다. 즉 2수 복합형이 지니는 전통시조 형식의 변용과 확대를
보다 확장한 양식으로 이해할 수 있다. 그만큼 전통시조의 보편적 질서를
다양한 개인적 질서로 재구성할 수 있는 가능성이 큰 형태라고 볼 수 있다.

솔바람 이는 대로
시린 이마 마주 대고

허공에 꽃을 피운
크고 작은 가슴끼리

어느녘 눈 먼 기다림에
목은 저리 늘어나고 …….

山頂을 반만 가린
노을 벗긴 강둑으로

고운님 오실 날이
이리도 멀 줄이야

새소리 하나만 안고
오솔길에 살라 한다.

별자리 열었어도
갈길은 아득해라

변함없는 목소리로

부르는 내 작은 연가

차디찬 한 줄기 詩가
憂愁처럼 나린다.

―우숙자, 「갈대를 보며」 전문

이 작품은 전통적 단수형이 세 수 복합된 형태로 이루어져 있다. 그러나 전체적으로 볼 때, 각 首가 독립되어 있거나 기계적으로 배열되어 있는 것은 결코 아니다. 첫째 수는 갈대의 모습과 특성을 감각적으로 묘사해 내고 있고, 둘째 수에서는 첫째 수에서 묘사한 갈대의 속성을 통한 시적자아의 심사(心思)를 노래하고 있다. 그리고 셋째 수에서는 갈대의 속성(첫째 수)과의 상호조응을 통해 환기된 시적자아의 서정과 인식(둘째 수)을 주제로 형상해 내고 있다. 즉, 각각의 首가 단순한 병렬적 구조로 이루어진 것이 아니라 상호 유기적으로 조성되어 통합적 구조를 이루고 있는 것이다.

또한 첫째 수는 낮 또는 오후의 시간이며, 둘째 수는 해질 무렵, 그리고 셋째 수는 밤이라는 시간의 흐름과 병치되면서 갈대의 가시적(可視的) 인식이 흐려지면서, 상대적으로 자아의 인식이 부각되고 있는 것도 유기적 통합을 뒷받침하고 있다. 그만큼 각각의 首들이 내적으로 긴밀하게 연결되어 한 수의 완결된 작품을 구성하고 있는 것이다. 이것은 곧 전통적 시조형식의 변용과 확장 형태로 볼 수 있다. 이러한 양식적 특질은 형식상의 측면보다는 기·승·전·결이라는 시상(詩想)의 전통적 전개방식이나 의미맥락을 함께 고려할 때 더욱 분명해진다.

위의 작품에서 첫째 수에서 형상된 갈대의 기다림에 대한 묘사는(起), 둘째 수의 고운 님 오실 날을 기다리는 시적자아의 기다림의 서정으로 이어진다(承). 그리고 갈대와 시적자아가 지닌 기다림의 숙명성(제2수 종장과 제3수 초장)을 전(轉)으로 하여, 이 시조의 주제로 볼 수 있는 기다림의 서정에 대한 마지막 인식 곧 '변함없는 목소리로 부르는' 차디찬 한줄기 시의 형상으로 갈무리되는(結) 시상의 전개를 따르고 있는 것이다.

그만큼 이 작품은 전통시조의 형식체험을 내면에 지속하면서 복합적인 구조를 이루어 확장과 변용을 통해 새로운 현대시조의 양식을 이루어내고 있는 것이다. 이는 곧 시조의 보편적 질서와 개인마다 다르게 나타나는 개인적 질서가 치밀한 갈등과 긴장을 겪으면서 새롭게 구성된 형식체험의 결과라고 할 수 있다.

4) 章 · 首 확장형

현대시조의 형식체험은 지금까지 논의한 세 가지 형태, 즉 전통적 단수형, 2수 복합형, 3수 복합형 등이 가장 흔히 접할 수 있는 일반적인 양식이라고 할 수 있다. 여기에 마지막으로 덧붙여 들 수 있는 것은 앞에서 검토한 세 가지 형식체험의 변형 형태라고 할 수 있는 章 · 首 확장형이다. 이것은 명칭대로 어떤 章이 확대되거나 4首 이상의 복합형태를 취하고 있는 경우를 말한다.

그는 오늘
살아 있다는
날개를 퍼덕인다

사라진 날 가슴 속으로 시간의 푸른 여행 모든 습관의 우울 버려진 저 막막한 길 문득문득 그리우며 두려운 나날의 손짓 속된 욕망의 그늘 비울 수 없는 가슴의 앙금 무엇이 드러나고 무엇이 숨어 있는가 무엇을 비우고 무엇이 비워지며 무엇이 비워지길 바라는가 끝내 분해할 수 없는 저 지친 삶의 헛된 해체 달겨드는 저 막무가내의 소란한 시공의 생식 ― 천천히 삭아드는 풍경속으로 바람이 이운다 살았을까 뼈만 남은 짧은 빛 순간에 빛날 때

상처의

상처를 뜯는
검은 시간의
광막한 춤

— 정공량, 「익명의 도시」 전문

  이 작품을 자유시와 구별되는 현대시조라고 할 수 있는가의 문제는 논의를 달리해야 할 것이다. 이러한 형태가 현대시조의 형식체험으로 빈번히 나타나는 것은 아니지만, 현대시조 시인들이 현대시조의 한 양식으로 취하고 있는 것은 사실이다.

  일단 이 작품을 현대시조의 형식체험으로 수용한다면, 단수형(單首形)의 시조에서 중장이 자유로운 변화를 한 이른바 章 확장형의 양식으로 받아들여야 할 것이다. 따라서 긴 중장에서 표현된 서정과 인식들은 초장의 정서를 보충하고 부연하는 내용의 확대 또는 구체화로 볼 수 있다. 또한 이 중장의 도움을 통해 종장의 전환과 작품의 주제가 확연히 드러나게 된다. 결국 확장된 중장은 초장과 종장과의 유기적 맥락을 보다 구체화시켜 주제를 강렬하게 하는 효과를 지닌다고 볼 수 있다.

  이와 같은 章의 확장 이외에 앞에서 검토한 3首 복합형보다 더 많은 首의 복합형으로 이루어진 작품도 있다. 이것은 별도로 首 확장형의 형식체험으로 설정할 수 있다고 본다.

작설차를 달이면서 미명의 하늘을 연다.
그리움의 섬을 향한 바람의 깃털처럼
뜨물빛 안개를 밟고
하얀 별들 떠난다.

물굽이 차오르는 해를 바라 서있으면
심장의 뜨거운 피 힘찬 박동 시작하고
꽃이슬 반짝임 같은

까치울음 떨어진다.

소망을 퍼올리는 가없는 두레박질
손 터져 진무르고 관절 꺾여 휘청이는
또 하루 노동을 실어다
건네주는 붉은 해여.

우리는 그 무엇을 이 세월에 물어보나
흘러서 물인 여울 제소리 제가 듣듯
가슴을 적시는 곡조도
제 부르는 노래인걸.

겹겹속 헤이리면 한생은 짧은 할니
마셔버린 찻잔처럼 잎 지운 나목처럼
빌수록 차오르는 영혼
온 우주가 들어앉네.

—강호인, 「세월 속에서」 전문

앞서 논의한 형식체험의 연장선상에서 볼 때, 이 작품은 5首 복합형으로 볼 수 있다. 그만큼 확장된 새로운 형식체험의 시조라고 할 수 있다. 그렇다고 시조가 갖는 독특한 시성이 파괴되었거나 산만해진 것은 결코 아니다. 오히려 현대시조의 새로운 가능성과 시조만이 갖는 시성의 확대를 열어 보여주고 있다.

우선 다섯 首의 복합으로 이루어진 이 작품은 우선 각 首마다 시조가 갖는 전통적인 형식과 문맥을 그대로 따르고 있다. 게다가 이 다섯 수가 단순히 기계적으로 병렬된 것이 아니라, 상호 유기적으로 교직(交織)되어 독특하고 새로운 형식체험으로 시조의 의미와 주제를 형상해내고 있다. 다시 말해서 각각의 首는 수대로 전통시조의 질서를 유지하면서 동시에 5수가 통합된 한 편의 시조작품은 그 자체대로 시조의 질서를 형성하고 있는 것이다.

전통시조의 의미맥락과 관련지을 때, 제1수와 제2수는 기(起)에, 제3수는 승(承)에, 제4수는 전(轉)에, 그리고 제5수는 결(結)에 해당한다고 볼 수 있다. 특히 각 수의 종장격인 "뜨물빛 안개를 밟고 / 하얀 별들 떠난다.", "꽃이슬 반짝임 같은 / 까치울음 떨어진다.", "또 하루 노동을 실어다 / 건네주는 붉은 해여.", "가슴을 적시는 곡조도 / 제 부르는 노래인걸.", "빌수록 차오르는 영혼 / 온 우주가 들어앉네." 등은 각각의 首마다에서 종장의 역동성을 잘 형상해내고 있다. 게다가 이 각 수의 종장끼리 맺어지는 유기적 의미형성, 곧 기·승·전·결로의 의미맥락은 전통시조의 그것과 같으면서도 이 작품 안에서 만의 독특한 질서를 구축하고 있다.

그것은 시조의 보편적 질서와 시인의 개인적 질서가 상호보족적인 긴장과 갈등을 지속하면서 독특한 시조의 질서로 새롭게 재구성된 형식체험이기 때문이다. 따라서 이 작품은 이미 주어진 시조의 보편적 형식과 개인적 경험과의 마찰에서 오는 갈등이 잘 융화되어 전통시조에서 볼 수 없었던 시조의 독특한 시성을 확대해 준 작품이라고 할 수 있다.

章·首 확장형은 앞서 검토한 현대시조의 세 가지 형식체험에 비해 시조가 지닌 보편적 질서를 확대하고 변용하고자 하는 개인적 질서가 우세한 경우라고 할 수 있다. 그만큼 시조의 시성을 새롭게 확장시키고자 하는 의지의 형식체험일 것이다. 문제는 현대 자유시와 변별될 수 있는 이른 바 시조의 질서를 파괴하지 않는 체험이어야 할 것은 자명하다. 이 점은 보다 심도 있는 논의가 이루어져야 할 것이다.

4. 결론 — 현대시조의 시학

지금까지 현대시조의 다양한 형식체험을 네 가지 양상으로 나누어 논의하였다. 이러한 구분은 어디까지나 현대시조의 출발기라고 할 수 있는 1920년대 중엽부터 오늘날까지 나타난 시조작품들을 대상으로 귀납적으로 얻어진 하나의 체계이다. 앞으로는 보다 새롭고 다양한 양식이 시도될 수도 있을 것이다. 다만 그러한 시도가 현재와는 또 다른 개성과 양식으로 이루어진다고 하더라도, 자유시와는 구별되는 시조만이 지닌 보편적 질서체계를 지속해야 한다는 것은 분명하다. 현대시조는 분명 전통시조 양식의 변형을 통한 지속이지, 새로운 문학양식의 출현은 아니기 때문이다.

그렇다면 현대시조의 시학은 어떻게 정리될 수 있을 것인가. 앞서 검토한 현대시조의 형식체험을 통해 볼 때, 그것은 한마디로 통시적 시조성(通時的 時調性)과 공시적 자유시성(共時的 自由詩性)이 함께 아우르는 긴장과 갈등의 양식이라고 할 수 있을 것이다.

통시적 시조성은 앞서 논의한 다양한 형식체험들이 공통적으로 유지하고 있는 시조가 지닌 보편적 질서를 말한다. 그것은 초·중·종 3章의 구성인식과 기·승·전·결의 질서를 지속하는 의미맥락, 그리고 서정적 전향을 결정짓는 전(轉)의 기능과 주제를 응축하는 종장의 역동적 속성이라고 할 수 있다. 이 같은 특성은 다른 문학양식과 구별되는 시조 양식만이 지니는 보편적 질서이다.

반면에 공시적 자유시성은 전통시조와 구별되는 현대시조의 개성을 말한다. 이것은 동시대 자유시의 특성과 함께 공유하는 속성이라고 할 수 있다. 곧 현대시조는 3장 6구 3행시라는 定型의 형식적 제약에서 어느 정도 자유로워 졌으며, 공적이고 제한적인 주제의식에서 벗어나 현대 자유시가 누리는 주제선택의 자율성을 공유하게 되었다.

이 같은 현대시조의 양면성은 곧 현대시조의 개성이요 시학이라고 할 수 있다. 이미 이병기가 지적하였듯이 처음부터 시조는 定型이 아니라 整形[8]이었다고 볼 수 있다. 그만큼 현대시조는 이미 주어진 보편적 형식과 개인적 경험과의 갈등에서 오는 긴장감을 다양한 양식으로 실천하고 있는 것이다. 다시 말해서 현대시조는 이미 있어 온(잠재적) 시조의 보편적 질서와 개인

---

8) 이병기, 『國文學槪論』, 일지사, 1961, 279쪽.

마다 다르게 나타나는 개인적 질서가 함께 나타나는 詩形9)이라고 할 수 있
다. 이처럼 현대시조는 시조의 보편적 질서(통시적 시조성)에 의해 안정을
얻고, 개인적 질서(공시적 자유시성)에 의해 다양한 형식체험으로 변형되고
자 하는 양면성을 지닌 양식이다. 그것은 곧 현대시조가 지닌 변형을 통한
지속의 원리이며, 새로운 형식체험에 대한 끊임없는 자기지향성에의 의지
라고 할 수 있다.

---

9) 박철희,『韓國詩史研究』, 일조각, 1981, 153쪽.

현대시조의 현장과 논리적 변명

1. 다양한 형식체험의 시도

1)

모든 문학양식은 항상 규범적 질서를 벗어나 새로운 형식 체험을 시도하고 있다. 그것은 모든 예술적 체험이 새로운 서정과 인식을 통해 그만큼 개성적이고 독특한 세계로 형상될 수 있기 때문이다. 현대의 문학 장르론이 과거의 전통적인 규범 장르관을 넘어서서, 장르간의 구분을 초월한 개방 장르관으로 논의되고 있는 것도 현대 문학양식의 다양한 형식 체험과 무관하지 않다.

현대시조 또한 전통적 시조 형식의 고수(固守)와 파괴(破壞)의 갈등 속에서 이어져 오고 있다. 그것은 현대 자유시와 현대시조라는 공시적인 측면과, 전통시조와 현대시조라는 통시적인 측면이 함께 아우르는 갈등이며, 현대시조의 형식 체험은 바로 이 같은 갈등의 긴장감을 내포하고 있다.

그만큼 현대시조는 창(唱)을 전제로 했던 전통시조의 엄격한 형(型)을 확장·변이시키면서 새로운 형식 체험을 통해 나타난다. 따라서 현대시조는 3章 6句나 4音步格 3行詩가 반드시 되어야 한다는 전제를 벗어나 시인의 개성과 창의력에 따라 변용(變容)된다. 문제는 부여된 시상(詩想)을 담는 새로운 형식이, 이미 있어 온 시조의 보편적 질서(普遍的 秩序)와 개인마다 다르게 나타나는 개인적 질서(個人的 秩序)를 얼마만큼 융합할 수 있었느냐에 있다. 보편적 질서에 지나치게 의존할 때 그것은 상투형(常套形)이 되기 쉬우며, 개인적 질서에 지나치게 경도될 때 그것은 시조 양식을 벗어나기 쉽다.

시조를 가장 '조선스러운' 문학형태로 재인식하면서 최남선을 중심으로 한 이른바 시조 부흥운동이 1920년대 중엽에 일기 시작했으니, 이 때를 현대시조의 출발기로 잡는다 해도 벌써 70여 년의 세월이 흘렀다. 당시 최남선은 "조선의 특색과 본성 및 실정을 가장 잘 표현한 조선스러운 조선인의 시만이 세계에 내놓을 수 있는 朝鮮國民文學으로서의 시가 될 수 있다"는 전제에서 이 새로운 조선의 시를 시조에서 찾을 것을 강조했다. 그리고 이병기(李秉岐)·이은상(李殷相) 등은 이 새롭게 쓰여질 시조에 대한 시론(詩論)을 전개했다. 이 시조시론에서 그들은 '내용을 참신하고 충실하게 할 것과 句調의 변화, 造語의 선택 등을 고려하여 새로운 내용과 형식으로 이루어져야 할 것'이라고 강조했다. 또한 '朝鮮語의 본질적인 美를 찾아 쓰며, 진실하고 독창적인 寫生法에 힘쓰고, 개인의 독특한 리듬을 표현할 수 있는 新律格을 지어낼 것'을 역설했다. 이때부터 이른바 현대시조는 음주·사종(音主·詞從)의 전통시조가 지닌 정형(定型)을 탈피, 리듬상의 변화를 가져오게 되었다. '새로운 형식은 새로운 내용을 낳고, 새로운 내용은 새로운 형식을 낳는다'는 내용과 형식의 유기성(有機性)을 염두에 둘 때, 현대시조도 다양한 변모를 겪어 온 것은 피할 수 없는 일일 것이다. 현대시조는 이제 전통시조의 定型이 아닌 整形으로의 형식체험을 시도하고 있는 것이다.

현대시조 70년사를 거쳐오면서 변화·발전되어온 오늘의 현대시조의 양상을 1988년 봄호『현대시조』와『시조문학』에 발표된 작품들을 통해 확인해 보기로 하자.

2)

1988년 봄에 발표된 많은 양의 시조작품을 읽으면서 갖게 된 인상은 우선 다양한 형식체험을 시도한 작품이 많았다는 점이다. 그것은 시조 형식의 변용뿐만 아니라 제재(題材)를 다루는 서정과 인식은 물론 주제를 구현하는 방식 등도 전통시조의 제한성에서 벗어나 다양해졌다는 것을 알 수 있다.

먼저 시조의 형식과 주제 구현의 방식이 모두 전통적 기법에 충실하게 닿아 있는 작품들을 살펴보기로 하자. 고두동의 「四季를 빙빙」(시조문학)과 송길자의 「思母」(시조문학), 김혜배의 「가슴」(현대시조)과 김회직의 「짧은 노래들」(현대시조) 같은 작품들이 좋은 예가 된다. 이중 김회직의 「짧은 노래들」 중의 한 首인 「비가 개이면」을 보기로 하자.

줄기찬 빗줄기 따라
마음 또한 흐리다가

질긴 시름 씻어내고
화알짝 피어나는 하늘

날 샌 날
빛나는 얼굴 하나
그만큼만 밝은 세상.

이 작품은 우선 그 형식에 있어서 전통시조의 기본형을 그대로 유지하고 있다. 초·중·종 3장 6구의 형식을 그대로 따르고 있을 뿐만 아니라 시상(詩想)의 전개에 있어서도 기·승·전·결(起·承·轉·結)이라는 전통적 표현방식을 그대로 보여주고 있다. 대상을 관념적으로 인식하여 자아와 세계가 병렬적 구조로 이루어져 있는 점도 조선시대 유학자들의 시조에서 흔히 볼 수 있는 방식이다. 그만큼 개인의 정서보다는 인식에 충실하고 있다.

이에 비해 송길자의 「思母」는 전통적 형식에 충실하면서도 전혀 다른 양상을 보여준다.

　　　창 아래 서리 묻은
　　　나뭇 잎 흩날린다

　　　한 주름 소나기가
　　　세월을 훑고 간 후

　　　비 젖듯
　　　어머님 생각
　　　야윈 어깨 추스린다.

초장의 '서리 묻은 나뭇잎'과 중장의 '한 주름 소나기'는 단순한 관념적 의미를 초월하고, 새로운 의미 곧 이 시조 작품에서만 획득된 의미를 지니게 된다. 그것이 종장의 '어머님 생각'에 유기적으로 침투되어 어머니를 생각하는 시인의 서정을 구체화하고 있다. 따라서 초장과 중장이 병렬적 구조를 지니기보다는 종장의 역동성을 위한 통합적 구조를 이루고 있다. 그만큼 제재는 시인의 개인적 정서와 관계를 맺고 있으며, 이 관계는 자연스럽게 주제로 지향되고 있다. 전통시조의 보편적 질서에 충실할 때 자칫 관념적 인식에 빠지기 쉬운데도 「思母」는 그 점을 극복하였을 뿐만 아니라 독창적 시조의 세계를 보여 주었다.

1988년 봄의 시조들을 읽으면서 형식상으로 가장 많이 눈에 띠는 것은 전통시조의 형식을 갖춘 6구가 2개 혹은 3개 모여 한 편의 시조작품을 이루고 있는 형태가 많았다는 점이다. 물론 이것들은 두세 수의 시조를 단순히 합해 놓은 형태가 아니라 내적 연관성을 지니고 있으며, 그만큼 의미의 복합구조를 이룩해 내고 있다. 3수가 모여 한 편의 작품을 구성하고 있는 시조들 중에서는 정위진의 「早春」(『현대시조』)과 박두익의 「상견례」(『현대시조』),

강호인의 「수(繡)와 여인」(『현대시조』)과 김동직의 「산촌일기(3)」(『시조문
학』) 등이 주목할 만했다.
  그 중 정위진의 「조춘」을 살펴보기로 하자.

      철새들 나래소리로
      바람이 몰려 가면

      살포시 깃옷 걸친 채
      봄빛은 내려 서고

      콩팥이 피를 거르듯
      樹液 잦는 소리들.

      온 겨울 움추렸던
      들풀들의 아우성이

      빈 벌판 햇살 속에
      파릇파릇 살로 트고

      청제비 물찬 맵씨가
      초록물감 떨군다.

      실눈 튼 매화가지에
      붉은 봄은 다시 피고

      감감한 영마루에
      소리개가 감는 세월

      바위도 서슬을 세워
      나이테를 헤고 있다.

이 작품은 시조의 전통적 형식미를 유지하면서 마치 3수의 시조를 조합한 것처럼 보인다. 그러나 자세히 살펴보면 그것이 단순한 병렬조합이 아닌 내적 연관성에 의한 통합적 구조를 이루고 있음을 알 수 있다. 제1수의 '철새들 나래소리'와 '수액 잦는 소리들'은 제2수의 '청제비 물찬 맵씨'와 '들풀들의 아우성'과 연관되어 상호 의미의 폭을 넓혀 준다. 그리고 제3수의 '붉은 봄은 다시 피고'에서 '붉은'의 의미 또한 제1수의 '콩팥이 피를 거르듯'에서 '피'의 의미와 연관될 때 공감할 수 있다. 봄의 소재들을 단순히 나열하는데 그치지 않고, 각 소재가 지닌 감각적 이미지들을 치밀하게 보아내고 있다. '철새들 나래소리로 / 바람이 몰려 가면 // 살포시 깃옷 걸친 채 / 봄빛은 내려 서고' 라는 표현은 제2수의 '청제비 물찬 맵씨가 / 초록물감 떨군다'와 어우러져 동적(動的)으로 봄의 생동을 형상해 준다. 그만큼 이 시인은 봄에서 감각될 수 있는 거의 모든 소재를 감각적 이미지로 재구성하고 있다. 이른 봄의 서경(敍景)을 단순한 정(靜)의 상태로 표현하고 있는 것이 아니라, 거기에 동(動)의 율동을 부여하고 있다. 따라서 우리는 이른 봄의 정경을 그냥 느끼는 것이 아니라, 봄의 생생한 움직임까지 감각하게 되는 것이다.

그리고 2수가 모여 한 편의 작품을 구성하고 있는 시조들 중에서는 용진호의 「봄」(『현대시조』)과 김석철의 「雨水에」(『현대시조』), 박정숙의 「雪景」(『시조문학』)과 손영자의 「사진」(『시조문학』) 등이 주목할 만했다. 그중 우선 손영자의 「사진」을 보기로 하자.

한번은 가야할 길
언제인지 모르기에

옷맵시 머리단장
고즈넉한 미소 띄워

순간을
영원에 묶어

거울 앞에 서봅니다.

굽이친 세월자락
가슴 깊이 삭이고서

하늘 끝 지는 해를
마음 비워 우러르면

知天命
예순 나이가
하아얗게 빛납니다.

이 작품은 시조의 전통적 형식미는 물론 시상(詩想)의 전개도 전래적인 방식을 따르고 있다. 그러면서도 내적 연관성을 지닌 2수가 어우러져 한 편의 시조를 구축해 내고 있다. 시상의 전개로 보아 제1수는 기(起)와 승(乘)이 되고, 제2수는 전(轉)과 결(結)이 된다. 제1수에는 거울 앞에 서있는 시인의 실상이 표현되어 있고, 제2수에는 그 실상을 통해 인식되는 시적자아의 자성(自省)이 표현되어 있다. 특히 결(結)에 해당하는 '知天命 / 예순 나이가 / 하아얗게 빛납니다'는 구성상의 결말이며 주제가 응축된 표현으로 매우 돋보인다. 시가 무엇보다도 언어의 함축을 중시한다고 볼 때, 시조는 성격상 이 점을 더욱 중시해야 할 것이다. 결구(結句)의 시어(詩語)와 그 의미는 특히 이 점에 성공하고 있다.
　다음으로는 박정숙의 「雪景」을 보자.

없다.
아니 있다.
한 장의 커단 白紙

밤 새 바랜 하얀 詩를

수 놓듯 놓아 두고

그 위로
점점점 점점……
고무신,
하얀 고무신.

눈은
귀를 세워
한 사흘 내리고,

모두 막힌 산길 위로
멧새의 맑은 소리,

마음 속
길을 틔우는
그리움 한 장
오버 랩(O.L.)

　이 작품 역시 그 형식면이나 시상의 전개 방식은 손영자의 「사진」과 매우 흡사하다. 그러나 「사진」이 시적자아의 개인적 정서에 치중했다면 이 작품은 대상, 곧 설경(雪景)의 감각적 묘사에 중점을 두고 있다. '白紙', '하얀 詩', '하얀 고무신'의 비유를 통한 시각적 이미지의 형상과 '눈은 / 귀를 세워', '멧새의 맑은 소리'가 환기하는 청각적 이미지의 형상이 잘 어우러져 있다. 이는 곧 제1수와 제2수의 내적 조화이며, 정(靜)의 시각적 이미지와 동(動)의 청각적 이미지가 눈의 '맑은' 흰빛과 멧새의 '맑은' 소리와 함께 어우러져 공감각의 설경을 그려낸 것이다. 사실 이 작품의 주제는 '마음속 / 길을 틔우는 / 그리움 한 장 / 오버랩(O.L)'이라는 결말부에 나타나 있다. 하얗고 맑게 형상된 설경(雪景) 이미지로 인해 시인의 그리움도 하얗고 맑게 감각될 수 있

는 것이다. 따라서 '오버 랩'이라는 외래어로 처리한 이 결말까지도 전혀 거
부감을 주지 않는다.

1988년 봄에 발표된 시조들 중에서 또 하나 특기할 만한 것으로는 상실된
동시대 현실의 아픔을 풍자적으로 드러낸 작품들이다. 선정주의 「구름 1·
2·3·4·5」(『현대시조』), 이준섭의 「불길속에서·7」(『현대시조』)와 이창희
의 「太仁島 金氏의 하루Ⅱ」(『현대시조』), 그리고 문도채의 「어느날 유세장에
서」(『시조문학』)와 홍진기의 「수해지구」(『시조문학』) 등은 모두 상실된 현
실인식을 주제로 하고 있다. 그중 선정주의 「구름 2」와 「구름 3」을 보자.

> 청개천 高架 다락에
> 살고 있는 비둘기 가족
>
> 이제는 자동차 행렬도 무섭지 않거니와, 아스팔트 길바닥에서 모이도 잘
> 찾아낸다.
>
> 바람이 불면 날아가는 구름에 뿌리박은
> 천둥에는 눈하나 깜짝 않고
>
> —「구름 2」

> 구름을 타고 다니는 神은
> 바람과 손이 맞지 않아
>
> 구름을 산꼭대기에 안착 시키지 못하고, 지상의 降臨을 缺하는 때가 많
> 다.
>
> 구름을 밀고 다니는 바람은
> 요사이 神의 말을 안 듣는다.
>
> —「구름 3」

이 작품은 모두 시조의 전통적 형식미를 따르면서 시상(詩想)의 전개 방식도 전래적인 기법을 유지하고 있다. 그러나 그 주제의식은 전통시조에서는 찾아보기 힘든 전혀 새로운 현상을 보인다. 「구름 2」에서는 '청개천 고가 다락에 / 살고 있는 비둘기 가족'을 통해 상실된 원형의 질서를 풍자적으로 제기한다. 여기서 '자동차 행렬'과 '아스팔트 길바닥'은 단순한 도시적 제재로만 머물지 않고, 비둘기가 지닌 원형의 질서를 파괴시키는 도시의 상징으로 작용한다. 따라서 우리는 도시생활에 적응된 비둘기 가족을 통해 비둘기의 순응성을 보는 것이 아니라, 원형을 상실당한 비둘기의 허무를 본다. 시인은 도시화되어 가는 이 비둘기를 통해 순수한 원형의 질서를 잃어 가는 도시인의 허무를 표상해 내고 있는 것이다. 이 같은 시인의 主旨는 「구름 3」에서도 그대로 나타나고 있다. '구름을 타고 다니는 神'과 '구름을 밀고 다니는 바람'과의 부조화를 통해 방향을 상실한 신(神), 곧 영혼을 상실한 인간의 모습을 보여주고 있다. 이밖에도 이준섭의 「불길 속에서·7」은 현란한 물질주의에 질식되어 가는 정신을 아프게 노래하고 있다. 특히 이 시의 결말부인 '끈끈한 한여름밤 폭발할 듯 달아오르는데 / 뒤엉킨 난기류는 쓰러질 듯 취한 오늘 / 무덤을 물어 뜯는 울부짖음 벌판 가득 울렸다.'에서 시적자아의 상실 의식은 절정에 이르고 있다. 또한 이창희의 「태인도 김씨의 하루 Ⅱ」는 제철소 매립공사로 한 평씩 먹어가던 광양만을 제재로 상실되어 가는 원형의 질서를 아프게 체험하고 있다. 이처럼 동시대 현실 문제, 그 중에서도 특히 현실 상황에 침식되어 가는 인간의 순수성을 아파하는 일련의 시조들은 현대시조의 또 다른 주제 양상을 보여준다는 점에서 주목할 만하다.

3)

현대시조 70년사를 통해 볼 때, 형식적 측면에서는 물론 시상(詩想)의 전개방식과 주제 구현의 양상에서도 다양한 변용을 겪어 왔다. 그것은 시조 양식 속에 이미 잠재되어 온 보편적 질서와 개인마다 다르게 나타나는 개인적 질서가 상호 작용하면서 나타난 결과였다. 이런 의미에서 현대시조는 현대 자유시와는 다른 형식 체험을 유지하기 위해 보편적 질서에 의해 안정을 얻는 한편, 현대의 다양한 사고의 틀과 개인적 정서를 표현하기 위해 새로운 변화를 시험하고 있다.

1988년 봄에 발표된 작품들만 보더라도, 그 형식면과 제재 선택, 주제 구현의 방식 등 모든 면에서 전통의 고수(固守)와 파괴(破壞)의 갈등이 드러나 있다. 앞으로 쓰여질 현대시조도 결국 이러한 갈등의 형식 체험이 될 것이며, 보다 다양한 양상을 띠게 될 것이다. 문제는 갈등의 형식 체험을 얼마만큼 성실하게 수행해 내느냐에 있을 것이다. 전통의 계승과 창조적 변화 추구라는 현대시조에 부여된 기대를 구체적 작품으로 얼마만큼 구현해 낼 수 있을지. 이번 시조들을 정독하면서 그 기대가 결코 헛되지 않을 것이라는 생각이 들었다.

2. 대상과 서정의 개성적 매듭

1)

한 편의 시작품을 시인의 서정(抒情)과 인식(認識)의 결정(結晶)이라고 할 때, 그것이 어떤 실체를 지녔느냐보다는 그것을 어떻게 구현(具顯)해 냈느냐가 시를 시답게 하는 이른바 시의 포에지(Poesie)가 될 것이다. 우리가 이미 알고 있거나 미처 깨닫지 못했다하더라도 문학은 결국 보편적인 자연과 인간의 심정을 제재(題材)로 하고 있다. 그러나 각 작품마다 다양한 반응과 감동을 체험하게 되는 것은 곧 제재를 어떻게 다루어 주제를 구현해 냈느냐와 밀접히 관련된다. 따라서 미적체험(美的體驗)은 어떤 대상 자체에 대한 설명이나 인식에 달려있는 것이 아니라, 그 대상을 어떻게 인식해내느냐에 근거한다. 작품이 우리에게 감동을 주는 근거도 대상에 대한 독특한 반응과 인식의 모양으로 갈무리된다고 보아지는 것이다.

단순한 소재로 널려있는 수많은 대상들이 시인의 서정과 만나면서 그 소재는 비로소 생명을 부여받아 새롭게 열리며, 새로운 이름을 얻게 된다. 따라서 시의 창작행위란 결국 대상에 새로운 이름을 부여하는 명명행위(命名行爲)이며, 우리는 그 새로운 이름을 통해 새로운 감동을 체험하게 되는 것이다.

같은 정형의 고시조에서도 전혀 다른 시세계와 감동을 느끼게 되는 그 신비로운 체험은 어디에서 비롯되는 것일까. 다음 두 수(首)의 시조를 통해 그것을 공감해 보기로 하자.

> A. 내 마음 버혀내여 저 달을 맹글고져
>   구만리 장천에 반듯이 걸려 이셔
>   고온 님 겨신 곳에 가 비취여나 보리라.

> B. 동지(冬至) ㅅ 달 기나긴 밤을 한 허리를 버혀내여
>   춘풍(春風) 아래 서리서리 넣었다가
>   어론 님 오신 날 밤이여드란 구비구비 펴리라.

A는 정철(鄭澈)의, B는 황진이(黃眞伊)의 잘 알려진 시조이다. 이 두 시조는 일단 공통의 제재와 모티브가 있다. 즉 '달'과 '베어낸다'는 행위가 있으며, 모두 임에 대한 그리움의 서정을 노래하고 있다. 그러나 위 두 시조가 우리에게 주는 감동은 매우 다르다. 그 이유는 곧 제재와 그리움의 서정을 '어떻게' 구현하고 있는가에 달려 있다.

A시조에서 '달'은 구만리 장천에서 모든 것을 비추는 가장 보편적인 의미로 인식되고 있으며, 시적자아가 달이 되고자 하는 갈망도 임 계신 곳을 달처럼 비춰보고자 하는 서정으로 나타나 있다. 곧 이 시조 구조에 참여하기 이전의 단순한 재료일 때의 달의 성질이나, 작품 내용에 참여했을 때나 같은 성질만을 지님으로써 단지 모방(미메시스)의 차원일 뿐이다. 시적자아가

달이 될 수 없기 때문에 님 계신 곳에 가 비춰볼 수도 없다는 판단 진술을 실제 시인의 목소리로 드러내 보이고 있을 뿐이다.

그러나 B시조는 '동짓달 기나긴 밤'을 단순히 시간의 장단(長短)만으로 인식하는데 그치지 않고 임에 대한 그리움의 길이로까지 함축하여 인식하고 있다. 또한 A시조에서는 '내 마음'을 베어내어 달의 보편적 속성에 동화되고자 하는데 반해 B시조에서는 보편적 시간 질서를 파괴하여 자아화(自我化)하고자 한다. 그만큼 시적자아는 실제 시인의 목소리가 아닌 잠재된 시인의 목소리로 나타나며 적극적 행위 주체로서 대상을 인식해내고 있다. '기나긴 밤'의 '한 허리'를 베어내는 행위는 중장과 종장과의 상호 유기적 통합에 의해서 비로소 새롭게 의미화한다(세미오시스). 곧 베어낸 길이만큼 차곡차곡 쌓아 두었다가 '어론님 오신날 밤'이면 구비 구비 펴고자 한 것이다. 이는 시간의 길이에 대한 이중의 의미부여이며, 곧 이 작품 속에서만 획득된 새로운 의미의 창출이다. A시조는 보편적 인식에 대한 순응과 진술을 관념적으로 제시하고 있는 데 반해, B시조는 새롭고 개성적 인식에 대한 구체적 창조며 갈등의 서정적 암시이다. 따라서 A시조에서는 시조의 가장 보편적인 질서만을 볼 수 있지만, B시조에서는 이 보편적 질서보다는 새롭고 독창적인 개성적 질서를 보게 되는 것이다. 우리가 A시조보다는 B시조에서 보다 깊은 서정성과 감동을 느끼게 되는 것은 바로 이 같은 이유에서이다.

2)

1988년 가을호 『현대시조』와 『시조문학』에 발표된 작품들을 몇 번씩 정독해 가면서 받은 첫 인상은 지난 봄이나 여름에 발표된 작품들에 비해 상대적으로 빈곤하다는 것이었다. 그 빈곤의 느낌이 어디에서 온 것인가를 숙고하면서 문득 두 수의 고시조가 생각나 서두부터 이를 감상해 보고 가을의 시조들을 검토하고자 한 것이다.

한 편의 시작품은 시인의 현실이나 대상을 보는 안목이며, 그것의 개성적

인식이다. 이 인식을 통해서 사물과 사물, 인간과 세계 사이에 매듭을 만들며 새로운 이름과 새로운 세계를 창조해 내는 것이다. 이처럼 대상과 세계를 새롭게 보아내려 하는 시인의 치밀한 몰입, 그것이 곧 시창작의 모태(母胎)라고 본다.

시조형식의 다양한 갈등보다는 대상에 대한 인식방법과 대현실안(對現實眼)의 특징을 염두에 두면서 1988년 가을에 발표된 시조들을 검토해 보기로 하자.

선택된 대상에 새로운 의미를 부여하면서 대상자체를 보다 감각적으로 묘사하는데 서정과 인식을 몰입하고 있는 작품들로 관심을 끄는 것은 김송배의 「가을산」(『현대시조』), 홍진기의 「안개비」(『현대시조』), 유선의 「장미꽃」(『시조문학』), 최승범의 「태산목련꽃봉오리」(『시조문학』), 김남환의 「내장산」(『시조문학』), 신순애의 「파꽃」(『시조문학』) 등이다. 이 작품들 중 우선 김송배의 「가을산」 두 수중 「내장산」을 살펴보기로 하자.

철새떼 떨군 불씨
온 산에 타오르고

쪽빛 하늘 아래
눈부신 임의 솜씨

포근한 사랑의 노래
그려 보는 저 노을.

이 작품은 전통적 시조형식을 취하고 있을 뿐만 아니라 시상(詩想)의 전개방식도 전통시조의 맥락을 그대로 따르고 있다. 대상과의 조우(遭遇)를 통한 시적자아의 서정과 그것의 인식을 표현하기보다는 대상 자체의 생생한 서경(敍景)을 위해 서정과 인식이 바쳐지고 있다. 가을이 환기할 수 있는 소재들, 곧 '철새떼', '쪽빛 하늘', '노을' 등을 이음새 없이 자연스럽게 통합하여 단풍에 물든 산의 빛깔을 한 순간에 포착하여 매우 감각적으로 그려내고 있다. 시가 언어의 함축과 절제를 요구한다면, 시조는 그 장르적 특성상 그것이 더욱 강조되기 마련이다. 선택된 소재들이 환기하는 이미지들을 내장산 단풍의 이미지로 형상해낸 이 시조는 정제된 시어의 선택은 물론 그 유기적 통합의 면에서도 매우 뛰어나 있다. 초·중·종장이 단순한 가을 단풍의 보편적 인식들로 자리메우기한 것이 아니라 '불씨'의 타오름과 '노을'의 타오름이 상호 적층적으로 의미를 부여하면서 내장산의 단풍은 그만큼 조화된 붉은 빛깔로 부조되는 것이다.

다음은 신순애의 「파꽃」을 살펴보기로 하자.

민들레씨를 띠리
허공을 날자한들
흙 속의 질긴 인연
차마 뜰 수 없는가
핏줄만 까망 낟알로
방울방울 맺혔네.

쭉 곧은 잎새마다
바람으로 채운 동굴
칼끝에 묻어나는
매몰찬 독소(毒素) 풀어
아! 정녕 너는 바보스런
지휘봉의 그리메.

너 죽어 내가 사는
인과(因果)의 무대 위에
새하얀 독백으로
백혈구만 춤추는가
도시 속 화분을 딛고 선
베란다의 파수꾼

현대시조에서 가장 흔히 볼 수 있는 세 수의 연작형식을 취하고 있다. 첫째 수에서는 파 꽃의 양태와 속성을, 둘째 수에서는 꽃을 매달고 있는 곧은 잎새를, 그리고 셋째 수에서는 꽃과 잎새의 인과적 속성을 감각적으로 그려내고 있다. 시적자아의 목소리는 겉으로 드러나지 않고 있으며, 서정과 인식은 파 꽃의 묘사에 몰입되고 있다. 그만큼 파 꽃의 양태와 속성은 새로운 이름을 부여받으면서 우리에게 구체적으로 다가온다. 시인의 서정과 인식은 곧 이 새롭게 부여된 파 꽃의 의미 속에 스며있는 것이다. 특히 '핏줄만 까망 낟알로'나 '칼 끝에 묻어나는 / 매몰찬 독소 풀어,' 그리고 '새하얀 독백으로 / 백혈구만 춤추는가'와 같은 묘사는 세 수를 유기적으로 이어주는 역할을 할뿐만 아니라, 파 꽃의 형상을 그만큼 새롭고 감각적으로 그려내는데 매우 효과적이었다고 볼 수 있다. 이는 대상을 치밀하게 관찰하여 그것을 새롭게 체험해낸 결과인 것이다.

홍진기가 안개비를 '실루엣 / 벗는 몸짓인가'라고 표현해 내고 있는 것이나, 유선이 장미꽃을 '안으로 안으로만 / 다독이다 멈춘 생명'으로, 최승범이 태산목련 꽃봉오리를 '푸르름 푸르름 속 / 알꼴(卵形) 큰 촛불밝혀' 라고 그려내고 있는 것은, 한결같이 대상에 치밀하게 몰입함으로써 그 대상과 조응한 결과 새롭게 보아낸 이름이요 이미지인 것이다. 이 치밀한 보아내기의 몰입, 이것이 또한 시조의 아름다움이라고 생각된다. 우리는 시인이 보아낸 이 새로운 이름을 통해 일상적이고 관념적으로 인식해 왔던 대상을 새롭게 체험하게 되며, 이 독특한 체험이 곧 감동으로 다가오는 것이다.

한편 지금까지 언급해 온 시조작품들과는 달리 시적 대상 자체를 묘사하기보다는 그러한 대상을 주제 구현을 위한 제재로 취하고 있는 작품들도 많았다. 그같은 양상을 보인 작품들 중에서는 이대영의 「추석달」(『현대시조』), 권오신의 「수수밭에서」(『현대시조』), 홍준오의 「하구에서」(『시조문학』), 권형하의 「녹음」(『시조문학』), 그리고 우숙자의 「갈대를 보며」(『현대시조』) 등이 특히 관심을 끌었다.

그 중에서 우숙자의 「갈대를 보며」를 살펴보기로 하자.

솔바람 이는 대로
시린 이마 마주 대고

허공에 꽃을 피운
크고 작은 가슴끼리

어느녘 눈 먼 기다림에
목은 저리 늘어나고…….

산정(山頂)을 반만 가린
노을 벗긴 강둑으로

고운님 오실 날이
이리도 멀 줄이야

새소리 하나만 안고
오솔길에 살라 한다

별자리 열었어도
갈길은 아득해라

변함없는 목소리로
부르는 내 작은 연가

차디찬 한 줄기 시(詩)가
우수(憂愁)처럼 나린다.

　형식상 세 수의 연작형태로 이루어진 이 작품은 첫째 수에서는 갈대의 모
습과 특성을 감각적으로 묘사해 내고 있으나, 둘째 수부터는 갈대의 속성을
통해 시적자아의 심사(心思)를 노래하고 있다. 이어서 셋째 수에서는 갈대의
속성과의 조응에서 환기된 시적자아의 서정과 인식을 주제로 형상해내고

있다. 게다가 첫째 수는 낮 또는 오후의 시간이며, 둘째 수는 해질 무렵, 그리고 셋째 수는 밤이라는 시간의 흐름과 병치되면서 갈대의 가시적(可視的) 인식이 흐려질수록 자아의 인식이 부각되고 있음을 알 수 있다. 연작형태로 이루어진 현대시조 작품들이 대부분 그렇듯이 각각의 수(首)들이 내적으로 긴밀하게 연결되어 한 수의 완결된 작품을 구성하고 있다. 그것은 마치 전통적 시조 형식의 확장 형태로 볼 수 있는 바 대체로 첫째 수는 초장, 둘째 수는 중장, 셋째 수는 종장에 해당된다. 이것은 단순히 형식상의 측면보다는 기·승·전·결이라는 시상(詩想)의 전통적 전개방식을 함께 고려할 때 더욱 분명해진다. 일반적으로 시조의 종장이 역동적(力動的) 구조와 주제의 응축을 지닌다는 것은 주지의 사실이다. 따라서 시조의 시조다운 멋과 개성 또한 무엇보다 이 종장에서 찾아지는 것이다. 우숙자의 「갈대를 보며」에서 첫째 수의 갈대의 기다림에 대한 묘사는(起), 둘째 수의 고운 님 오실 날을 기다리는 시적자아의 기다림으로 이어지며(承), 이 시조의 주제로 볼 수 있는 기다림의 서정에 대한 인식 곧 '변함없는 목소리로 / 부르는 내 작은 연가'로 갈무리되면서(結) 시심(詩心)이 전개된 것이다. 곧 시적자아의 기다림에 대한 서정이 갈대의 기다림과 조응되면서 보다 구체화한 모습으로 형상된 것이다.

이대영의 「추석달」에서 머리가 희어진 어머님에 대한 애틋한 서정을 추석달을 통해 구체적으로 인식해 내고 있으며, 권오신은 「수수밭에서」에서 동학 농민군의 죽창을 수수의 빈 대궁을 통해 환기해 내고 있고, 홍준오는 「하구에서」에서 선택된 제재를 통해 시적자아의 아픔을 구체화시키고 있다. 이상의 작품들은 모두 대상을 통해 시인 자신의 주제를 형상해낸 경우들이라고 할 수 있다.

지금까지 시조의 형식적 측면보다는 제재를 다루는 두 가지 양상, 즉 서정과 인식이 대상 자체의 묘사에 집중된 경우와, 대상이 주제 구현을 위한 제재로 취해진 경우를 중심으로 작품을 검토해 왔다.

다음으로 관심을 끄는 작품들로는 위의 두 가지 양상을 한 시조 속에 공

유(共有)한 것들이다. 이 유형에서 특히 주목할만한 작품은 김정희의 「억새
풀」(『시조문학』), 홍오선의 「등잔불」(『시조문학』), 신용직의 「폭포 앞에서」
(『현대시조』), 신순애의 「석류」(『현대시조』) 등이다.

　김정희의 「억새풀」에서 '가슴에 묻힌 화인(火印) / 보배로운 이 아픔'이라
든지, 홍오선의 「등잔불」에서 '해묵은 / 빛으로 앉아 / 홀로 익는 아픔하나,'
그리고 신용직의 「폭포 앞에서」 '울분을 소리치며 땅을 막 두드린다'와 같은
부분에서는 대상의 새로운 속성을 감각할 수 있을 뿐만 아니라 시적자아의
모습도 함께 엿볼 수 있다.

3)

　무엇이 시조를 시조답게 하는가? 1988년 가을의 시조 작품들을 정독하면
서 수없이 되풀이 해 본 질문이다. 이번에는 형식적인 측면보다는 제재를
다루는 다양한 양상을 염두에 두면서 그 질문에 대한 하나의 답변을 찾아보
고자 했다. 어차피 일상적으로 산재해 있는 모든 것들이 제재가 될 것이지
만, 문제는 그것을 어떻게 보아냈느냐에 달려 있다. 작은 의미와 평이한 대
상에 낯설고 의미심장한 새로운 이름을 부여하기 위해서는 무엇보다도 치
밀한 몰입이 강조되어야 할 것이다. 그 몰입이 신비스런 직관과 조응할 때,
하나의 작품은 영원한 생명을 지닌 결정체로 탄생될 것이다.

　시조는 그 장르적 특징상 이 점이 특히 강조되어야 할 것이며, 시조의 시
조다운 맛과 멋도 자연히 대상과 서정의 개성적 매듭에서 찾아질 것이다.
그 새롭고 낯설은 매듭은 항상 무한한 형태로 열려있으며 작가에 의해 형상
되어지기를 기다리고 있다. 독자는 새로운 이름으로 엮어진 이 매듭을 풀면
서 경이(驚異)를 체험하게 될 것이다.

3. 시대적 현실과 고통의 카타르시스

1)

한 편의 시작품은 시인이 현실을 보는 안목(眼目)이며, 그것의 인식이다. 사물과 사물을 연관지우고 인간과 세계 사이에 새로운 매듭을 만드는 일, 그것이 바로 시적 인식이다. 또한 이 인식행위는 세계는 내가 되고 나는 세계가 되는 이른바 함께 나누어 갖기(Mitteilung)에 몰입하는 행위이며, 시로 승화된 새로운 세계는 곧 그 몰입양상의 구체화라고 할 수 있다.

이러한 과정을 겪으며 시인이 재편성한 새로운 세계질서를 통해 우리는 시인의 내재적이고 잠재적인 인식을 읽어내며, 그것을 재체험하는 것이다. 그러나 우리는 결코 시인의 말을 듣는 것이 아니라 시의 말을 들을 뿐이다. 우리 앞에 펼쳐진 절대적인 현실은 시인이 아니라 하나의 객관적 실체로 응결된 시 자체이기 때문이다. 따라서 시인이 현실을 어떻게 인식하고 있는지, 세계와 자아가 함께 나누어 갖는 일을 어떻게 수행해 갔는지는 시인의 말을 통해서가 아니라 오직 시의 말을 통해서 공감하고 경험할 수밖에 없다.

이런 점에서 시의 언어는 의미를 전달하는 매체인 일상의 언어와는 달리 시인의 개성적인 말이 스며있는 표현의 매체이다. 따라서 시의 언어는 일상적인 언어의미를 전달하는 것이 아니라 그 언어와 관련된 시적 체험을 전달한다. 시는 무엇인가를 알리는 것이 아니라 상상력의 변용에서 이루어진 체험을 언어를 빌어 표현한 것이기 때문이다. 그만큼 시의 언어는 기술적 묘사를 통해 객관적으로 알리는 것이 목적인 일상언어와는 달리 독특하고 개별적인 의미를 함축하는 표현적 묘사를 주로 하게 되는 것이다. 특히 시조는 그 양식상의 특성으로 미루어 시적 언어의 조탁이 더욱 중시되어야 할 것이다. 추상적이고 관념적인 언어의미에 구체적이고 실제적인 모습을 부여하여 그것들을 한 편의 시작품 속에 상호관련 지으면서 유기적인 하나의 독특한 생명체로 형상해내는 일은 시인이 지닌 가장 가치 있는 행위요 소임 중의 하나일 것이다.

2)

　시적자아가 함께 나누어 갖는 대상 세계에 관심을 갖고 1989년 가을의 시 조들을 주목할 때, 시대적 현실과 상실의식을 대상으로 노래한 작품들이 유 난히 많았다. 그만큼 현실세계에 순응하지 못하고 끝없이 고통을 겪는 소외 와 아픔의 서정을 한 편의 시조작품 속에 구체의 모습으로 응축시키면서 현 실에 대한 허무의 인식을 카타르시스하고 있는 것이다.
　우선 박재두의 「잠버릇」(『현대시조』)을 살펴보기로 하자.

　　　공출 달던 저울대 눈금에서 맺힌 울화
　　　긴 밤 잠 못 이루고 숨이 멎은 할아버지
　　　몰아 쉰 한숨이 닿아 죄없이 오그려 잔다

　　　무식(無識)이나 벗기려고 논밭을 날렸는데
　　　벼슬도 재물도 멀어 시를 쓰다 겨운 밤
　　　새벽녘 깜깜한 막장 늘어져 늦잠을 잔다

　할아버지 대부터 이어져온 시대적 아픔의 서정을 대물림한 자아의 인식 이 응축되어 있다. '공출 달던 저울대 눈금에서 맺힌 울화'로 '긴 밤 잠 못 이루고 숨이 멎은' 농부였던 할아버지의 한과 '무식이나 벗기려고 논밭을 날 렸는데 / 벼슬도 재물도 멀어' 밤새워 시를 쓰고 있는 시적자아의 자조적(自 嘲的) 모습에는 피의 대물림뿐만 아니라 시대적 아픔의 대물림이라는 인식 이 담겨져 있다. '몰아 쉰 한숨이 닿아 죄없이 오그려'자는 형상은 할아버지 와 시적자아이면서 동시에 오늘날 시대적 아픔에 조여있는 우리 모두의 모 습을 조감해 보여주면서 공감대로 다가온다. 특히 두 번째 수의 종장 '새벽

녘 깜깜한 막장 늘어져 늦잠을 잔다'는 자탄적(自嘆的)인 포기의 시심(詩心)
으로 첫 번째 수의 종장과 상반된 의미인 듯 하나, 그것은 오히려 역설적으
로 표현된 것이며 아픔의 서정이 더욱 깊이 함축된 아이러니이기도 하다.
　박재두의 근작시선은 이 「잠버릇」 뿐만 아니라 다른 작품에도 한결같이
이 같은 시대적 현실과 자신의 서정을 매듭짓는 일에 충실해 있다.

　　뜨고도 캄캄한 대낮 햇빛도 서성거린다.

—「캄캄한 대낮」에서

　　밤은 대낮같아 불춤 어우러지고
　　터럭 하나 까딱 않은 바람이 죽어나갔다.
　　상상의 독주를 따며 취하고 다시 깨고…….

—「왕의 밀실」 두 번째 수

　　용하다, 참 용하다. 묵숨의 끄나풀은 …….
　　떨어진 풀씨 한 알도 앉은 채 말라지는
　　철공굴 세멘트 바닥 뿌리 걸고 사는 양은

—「분재(盆栽)」 두 번째 수

　대상세계와 함께 나누어 가지면서 구체적 모습으로 형상해낸 서정과 인
식의 편린들을 통해 우리는 시인과 더불어 아픔을 공감하는 것이다.
　박재두 시인이 자신의 사적인 체험과 관련지으며 현실의 아픔을 재구성
해냈다면, 정해송의 「脫毛症」(『현대시조』)은 보다 공적(公的)인 측면에서 같
은 주제를 형상해내고 있다.

　　어디를 둘러봐도 출구는 막혀 있다
　　부황난 시대의 그림자가 드리웠고
　　반도는 숨통이 죄어 비틀대며 떠다닌다.

폭우로 것을 담고 태풍이 휩쓸어도
오물로 남은 채로 썩는 냄새 풍기고
가난한 이 땅의 마음만 풀씨처럼 흩어진다.

머리칼 엉킨 구도를 밀어내고 싶었느라
이발사 면도날로 원형탈모 알려줄 때
꿈 속에 빠지던 두발이 한여름을 뚫고 간다.

　첫 번째 수에서 형상하고 있는 막혀있는 출구와 '부황난 시대의 그림자'는 곧 현실에 대한 시인의 인식이다. 그만큼 조여지고 답답해진 이 시대의 아픔을 부황한 시대의 그림자 이미지로 함축시키고 있는 것이다. '반도'의 시대적 현실을 출구가 막혀 숨통이 조여들고 부황 때문에 비틀대며 떠다닌다고 인식하고 있는 시인의 서정은 곧 그 아픔의 표상이다. 이 같은 서정은 두 번째 수에서 '오물'의 썩는 냄새를 통해 더욱 깊이 드리워진다. '폭우로 것을 담고 태풍이 휩쓸어도' 도저히 씻겨가지 않는 썩는 냄새, 그것은 곧 막혀있는 출구 때문이며 부황난 시대의 그림자를 따라 '가난한 이 땅의 마음만' 흩어지는 시대적 현실 때문이다. 시적자아의 현실적 모습이 드러나는 세 번째 수에서는 '새벽녘 깜깜한 막장 늘어져 늦잠을 잔다'는 박재두의 「잠버릇」에서 보여진 아이러니를 다시 엿볼 수 있다. '머리칼 엉킨 구도를 밀어내고'자 하는 표현은 곧 이 모든 시대의 아픔을 망각하고 싶어하는 시적자아의 모습이다. 이 망각 행위를 수없이 되풀이한 행위가 곧 탈모의 증후군으로 나타났으며 끝내는 꿈 속에서까지 탈모증을 헤어나지 못하고 있다. 시대의 아픔을 철저히 몰입할수록 시적자아는 소외의 서정과 고통의 인식을 그만큼 철저히 체험하고 있는 것이다. 현실을 대상으로 서정을 접맥시키면서 체험한 허무와 상실의식을 탈모증의 이미지로 조형한 이 시조는 매우 인상적이었다.

　이밖에도 시대적 현실과 조응하면서 허무와 상실의식을 노래한 것들 중 주목되는 작품은 석가정의 「이 지상에 산다는 것」(『현대시조』), 신후식의 「꿈」(『현대시조』), 전병택의 「당신은 아시나요」(『현대시조』), 정대훈의 「동냥」

(『시조문학』), 이태룡의 「지구의 밤」(『시조문학』) 등이다. 각각 그 제재의 선택과 인식의 방법은 달리했지만 한결같이 이 시대의 아픔을 노래하고 있었다.

　신문 사회면에 몇 단의 활자로 잠시 비쳤다 사라져버린 이 시대의 아픔들, 망각된 고향과 뒤바뀐 정의들, 그리고 화석화 되어버린 진실들을 다시 소생시켜 그 나름대로의 생명과 가치를 부여하는 일. 이 시대의 시인들은 이 무거운 짐도 짊어져야 하지 않을까.

4. 유기적 형식과 쎄미오시스의 미학

1)

　시작품의 무엇이 우리에게 감동을 주는가. 시조작품의 무엇이 우리에게 감동을 주는가. 시나 시조의 이해에 임하여 이 같은 질문은 가장 보편적이면서도 여전히 풀리지 않는 의문이다. 시의 구성요소와 그것들의 구조적 조직을 분석하고 해독하면서 그 감동의 근거를 드러내 보려는 문학비평론의 끝없는 노력에도 불구하고 그 감동의 실체는 여전히 신비스러움을 간직한 채 비평이론 저 멀리에 가 있다. 그 다양한 이론과 관점의 모색들이 작품 속에 얽혀 있는 감동의 실을 얼마만큼 밝혀냈는지, 시를 시답게 하는 이른바 시성(詩性)의 실체를 얼마만큼 구체화해 냈는지 하는 문제는 논의를 달리해야 할 것이다.

　현대시조의 경우도 이 일반적인 시성의 실체에 대한 관심은 당연히 중시되어야 한다. 여기에 시조만이 갖는 장르적 특징을 함께 고려할 때, 우리는 시조를 시조답게 하는 이른바 시조의 시성을 밝혀나갈 수 있을 것이다. 근자에 현대시조의 방향에 대한 가장 활발한 논의점의 하나는, 전통 형식의 고수와 새로운 형식 체험의 모색이다. 그 어느 것이 시조를 가장 바르게 이해하고 발전시켜 나가는 방법인지는 아직도 많은 논의가 이어져야 할 것이

다. 그러나 분명한 것은 현대시조가 어떠한 형식체험으로 변용 발전된다 하
더라도 시조의 시성을 단순화시키거나 폐쇄시켜서는 안 된다는 점이다. 전
통 형식의 고수이든 새로운 형식으로서의 모색이든 중요한 것은 시조의 시
조다움을 강화할 수 있고, 시조만이 갖는 독특한 시성을 풍부하게 할 수 있
는 방향이어야 할 것이다.

　근자의 현대시조들이 새로운 형식 체험을 다양하게 모색하고 있는 것도
실은 시조의 시성에 대한 새로운 가능성의 시도로 보인다. 그러나 이 같은
시도가 자칫 작위적일 때 이미 있어 온 시조의 시성은 물론 시가 지녀야 할
가장 보편적인 시성마저 상실하는 경우가 있다. 한 편이 시조작품은 시조이
기 이전에 시이어야 하며 또한 문학작품이어야 할 것은 자명한 사실이다.

　이번에는 시를 시답게 하는 속성 중의 하나리고 볼 수 있는 유기저 형식
과 세미오시스의 미학을 염두에 두고 1990년 여름의 시조들을 살펴보았다.

2)

　원래 시조는 주어진 글자 수의 형식에 맞추어 내용을 담았던 것이다. 따
라서 내용과 형식이 상호 필연적인 관계가 없이 미리 정해진 형식에 내용이
재료로 선택되었던 것이다. 이것이 곧 기계적 형식이다. 반면에 내용이 그
스스로를 발전시켜 필연적인 결과로 형식을 이루게 되었을 때, 우리는 그것
을 유기적 형식이라고 부른다. 비록 전통 형식을 고수한 시조작품이라도 그
내용과 형식이 유기적인 생명을 지니고 있다면 독자에게 얼마든지 새로운
감동을 가져다주게 될 것이다. 새롭고 독창적인 유기적 형식의 작품이 더
깊은 감동과 시성을 지니게 되는 것은 당연하다. 이 유기적 형식을 이해하
는데 가장 도움을 받을 수 있는 문학용어가 세미오시스(Semiosis)이다. 이 또
한 미메시스(Mimesis)와 대비하여 이해할 수 있다. 미메시스는 단순한 재료
일 때의 성질이나 작품의 구성요소로서 작품 내용에 참여했을 때나 같은 성
질만을 지닌, 즉 대상을 그대로 복사하는 모방의 차원을 의미한다. 반면에

세미오시스는 작품의 내용이 되면서 작품의 다른 모든 구성요소들과 상호 유기적 통합에 의해 새로운 의미를 획득하는 것을 뜻한다. 이는 구성적 재현에 의해 그 작품 안에서만 새로운 생명으로 탄생한 의미인 것이다.

1990년 여름의 『현대시조』와 『시조문학』에 발표된 작품들을 유기적 형식과 세미오시스의 관점에서 살펴볼 때, 정공량의 「투명」(『현대시조』)과 「파도」(『현대시조』), 김몽선의 「할미꽃」(『시조문학』), 황명륜의 「백목련 피는 날」(『시조문학』), 홍오선의 「낡은 양산」(『현대시조』), 그리고 강호인의 「세월 속에서」(『현대시조』) 등과 같은 작품에서 보다 깊고 개성적인 시조의 시성을 느낄 수 있었다.

먼저 정공량의 「투명」을 살펴보기로 하자.

빈 손
빈 가슴의
별들이 울먹인다.

저 어둠
찬란한 땅
숲그늘에 엎드리어

바람만
한 번 불어도
새가 되는
그리움.

이 작품은 우선 전통적 시조 형식을 그대로 따르고 있다. 그럼에도 불구하고 과거의 전통시조들이 갖는 보편적 질서보다는 새롭고 독창적인 개성적 질서를 구축하고 있다. 이는 보편적 인식에 대한 순응과 진술을 관념적으로 제시하고 있는 전통시조와는 달리, 새롭고 개성적인 인식에 대한 시인의 서정을 구체적으로 암시하고 있기 때문이다. 초장의 '빈 손'과 '빈 가슴'의 자연스러운 조합이나 중장의 '저 어둠'과 '찬란한 땅'의 이질적인 조합은, 전통시조가 지닌 기·승(起·承)의 보편적 발전과는 달리 매우 낯선 반전(反轉)의 발전이다. 이 같은 반전의 서정은 초장 내에서나 중장 내에서도 동시에 형상되고 있다. 별들이 울먹이는 빈 가슴과, 찬란한 어둠의 땅은 역설적 인식이다. 반전은 이 역설의 인식으로 새로운 의미를 창출해 낸다. 그 의미는 종장에 이르러 비로소 역동적으로 드러난다. 다름 아닌 그리움의 서정이 주제로 드리워져 있기 때문이다. 시인은 이 그리움의 서정을 직접 드러내지 않고 암시적으로 관조하고 있다. 제목 '투명'은 바로 이 관조의 시심(詩心)을 엿볼 수 있게 한다. 이처럼 모든 구성요소들이 상호침투하여 오직 이 작품 안에서만 생명을 갖는 새롭고 개성적인 의미를 형상하고 있는 것이다. 이것이 곧 유기적 형식이요 세미오시스의 미학이다. 따라서 우리는 전통시조에서는 거의 느낄 수 없었던 새로운 시성과 감동을 느끼게 되는 것이다.

같은 전통시조의 형식으로 쓰여진 정공량의 「파도」나 김몽선의 「할미꽃」에서도 우리가 새롭고 독창적인 서정성을 느끼게 되는 것은 모두 이같은 유기적인 생명력 때문이다.

다음에는 강호인의 「세월 속에서」를 살펴보기로 하자.

작설차를 달이면서 미명의 하늘을 연다.
그리움의 섬을 향한 바람의 깃털처럼
뜨물빛 안개를 밟고
하얀 별들 떠난다.

물굽이 차오르는 해를 바라 서있으면
심장의 뜨거운 피 힘찬 박동 시작하고
꽃이슬 반짝임 같은
까치울음 떨어진다.

소망을 퍼올리는 가없는 두레박질

손 터져 진무르고 관절 꺾여 휘청이는
또 하루 노동을 실어다
건네주는 붉은 해여.

우리는 그 무엇을 이 세월에 물어보나
흘러서 물인 여울 제소리 제가 듣듯
가슴을 적시는 곡조도
제 부르는 노래인걸.

영겁속 헤아리면 한생은 짧은 찰나
마셔버린 찻잔처럼 잎 지운 나목처럼
빌수록 차오르는 영혼
온 우주가 들어앉네.

전통시조의 형식을 따른 정공량의 「투명」과는 달리 이 작품은 우선 시조의 새로운 형식체험으로 쓰여져 있음을 알 수 있다. 그렇다고 시조가 갖는 독특한 시성이 파괴되었거나 산만해진 것은 결코 아니다. 오히려 현대시조의 새로운 가능성과 시조만이 갖는 시성의 확대를 열어 보여주고 있다.

이는 시조의 보편적 질서와 시인의 개인적 질서가 상호보존적으로 작용하여, 변증법적으로 드러난 새로운 형식체험이기 때문이다. 이미 주어진 형식과 개인적 경험과의 마찰에서 오는 긴장감이 잘 융화되어 전통시조에서 볼 수 없었던 시조의 독특한 시성을 표출해 낸 작품이다. 시조의 형식과 의미 맥락이 흩어진 듯 보이거나 5연의 자유시로 느껴지는 듯도 하나, 이 작품은 시조만이 갖는 형식체험과 문맥을 그대로 지니고 있을 뿐만 아니라 변용으로 인한 새로운 시조의 시성을 깊게 담고 있다.

우선 5수의 모음으로 이루어진 이 작품은 그 각 수마다 시조가 갖는 형식과 문맥을 그대로 따르고 있다. 게다가 이 5수가 단순히 기계적으로 나열된 것이 아니라, 상호 유기적으로 교직(交織)되어 독특하고 새로운 형식체험으로 시조의 의미와 주제를 형상해내고 있는 것이다. 전통시조의 의미맥락과 관련지을 때 제1수와 제2수는 기(起)에, 제3수는 승(承)에, 제4수는 전(轉)에, 그리고 제5수는 결(結)에 해당한다고 볼 수 있다. 특히 각 수의 종장격인 '뜨물빛 안개를 밟고 / 하얀 별들 떠난다.', '꽃이슬 반짝임 같은 / 까치울음 떨어진다.', '또 하루 노동을 실어다 / 건네주는 붉은 해여.', '가슴을 적시는 곡조도 / 제 부르는 노래인걸.', '비수로 차오르는 영혼 / 온 우주가 들어앉네.' 등은 각 수마다에서 종장의 역동성을 잘 형상해내고 있다. 게다가 이 각수의 종장끼리 맺어지는 유기적 의미 형성, 곧 기·승·전·결로의 문맥구성은 전통시조의 그것과 같으면서도 이 작품 안에서 만의 독특한 질서를 유지하고 있다. 또한 이 작품에 사용되고 있는 여러 비유와 상징적 이미지들, 예를 들면 '바람의 깃털', '뜨물빛 안개', '마셔버린 찻잔', '잎 지운나목'이나, '하얀 별', '까치울음', '두레박질' 등은 매우 소박하고 참신한 이미지들로서 이 작품의 주제와 잘 조화된다.

현대시조에서 독창적인 비유나 상징들은 흔히 볼 수 있으나 간혹 그것이 비유를 위한 비유거나 상징을 위한 상징이라는 비난을 피할 수 없는 작위적인 이미지일 경우가 많은 것도 사실이다. 비유나 상징은 그 작품의 다른 구성요소들과의 유기적 관련 속에서 새롭게 의미화 할 때 가치가 있는 것임을 분명히 자각해야 할 것이다. 「세월 속에서」에 표현된 이미지들이 자연스럽게 작품의 의미 속으로 용해되는 것은 바로 유기적 형식의 구성 능력 때문인 것이다.

3)

1990년 여름의 『현대시조』에 마련된 "신예작가 특집"은 말 그대로 새롭고 예리한 작품들을 선보여 주었다. 먼저 박기섭의 「못」을 살펴보기로 하자.

1
숱한 담금질 끝에

직립의
힘을 고눠
마침내 일어서는
견고한
자존의 뼈
스스로 극한의 빙벽을
이를 물고 버틴다.

2
못을 친다
저 生木의
건강한 육질을 밀어
그 환한
정수리에
굵은, 대못을 친다.

한 시대 처연한 꿈이
앙칼지게 박힌다.

　평범한 못을 소재로 다루는 시인의 서정과 인식이 매우 감동적이다. 시의
감동은 무엇을 대상으로 했느냐에 있는 것이 아니라, 그 대상을 어떻게 인
식해 냈느냐에 달려있다는 것을 분명히 알게 해 주는 작품이다. 시는 사물
과 사물을 관련지우고 인간과 세계사이에 새로운 매듭을 만들면서 형상화
하는 것이다. '못'이라는 일상적인 소재에 시인의 서정을 개성적으로 매듭짓
고 못의 의미를 새롭게 형상해내는 그 시적 재구성이 매우 참신해 보인다.
특히 못의 단단한 속성과 시적자아와의 동일성에 대한 인식도 아주 자연스
럽게 매듭지어져 유기적으로 융화되어 있다. 그것은 '견고한 자존의 뼈'라든
지, '그 환한 정수리'와 같은 표현을 통해 보면 쉽게 알 수 있을 뿐만 아니라,
'한 시대 처연한 꿈이 / 앙칼지게 박힌다'는 종장의 의미에서 시적자아와 못

의 동일성을 볼 수 있다. 곧 세계 속의 자아 인식이다. 이때 '극한의 빙벽'이나, '생목의 건강한 육질'은 시인이 인식한 자아를 둘러싼 현실인 것이다.

그리고 이 작품은 시조의 형식적인 면에서 매우 시험적이라고 할 수 있다. 시조의 전통적 질서에 의한 형식체험보다는 개인적 질서에 따른 새로운 형식에의 모색이 우위에 있다. 이것이 시조의 시성을 상실하고 있는지, 아니면 보다 새롭고 독특한 시조의 시성을 산출해 주고 있는지의 여부는 더 많은 논의가 필요하다고 본다. 이 같은 조심스럽고 새로운 형식체험은 이 시인의 「'순진무구'를 위하여」란 작품에서도 똑같이 느껴지는 기대요 염려이다.

일상적이고 평범한 소재를 개성적인 서정과 인식으로 형상해내고 있고 또 다른 작품으로 우리가 살펴보고자 하는 것은 김연동의 「신발」과, 정수자의 「구두 한짝」이다.

지름길 없는 먼 길
빛살 트는
아침을 향해
그냥 달려
이지러지고
구겨진
삶의 파편

바닥난
신발 한짝을
멍에처럼
끌고 간다.

—「신발」 전문

얼마나 큰 어둠을 혼자 지고 떠났는지
실밥이 다 터진 채 버려진 구두 한 짝

겨울날 허수아비처럼
바닥 난 우물처럼

한 생 내내 걸은 사내의 지친 눈빛

흰구름도 봤니라 눈비 또한 맞았니라
저무는 강둑에서 아아 별도 한껏 안았니라

그래도 가지 못한
숫길
다시 목이
탄다.

—「구두 한 짝」 전문

　평범한 신발과 구두 한 짝에서 삶의 한 단편을 보아내는 시인의 서정과
인식이 이채롭다. 새롭게 보아내는 눈 이것은 분명 시를 시답게 하는 속성
중의 하나이다. 그 새로움에서 경이와 낯설음을 경험하며, 그 생소한 인식이
곧 감동으로 다가오기 때문이다. '바닥난 신발 한 짝'과 '구겨진 삶의 파편'을
관련짓는 김연동의 서정이나, '실밥이 다 터진 채 버려진 구두 한 짝'과 '한
생 내내 걸은 사내의 지친 눈빛'을 매듭짓는 정수자의 서정은 모두가 대상
을 새롭게 인식한 결과이며 새로운 감동을 던져준다. 그러나 「구두 한 짝」
은 시어(詩語)선택이나 시형(詩形)이 좀더 정제되었더라면 하는 아쉬움이 있
다.
　"신예작가 특집"의 시조들은 그 형식뿐 아니라 의미 맥락의 구성에서도
새롭고 시험적인 것들이 많았다. 시험적인 만큼 현대시조의 새로운 가능성
을 보여주고 있으나, 개인적인 형식체험에 지나치게 경도된 나머지 시조만
이 갖는 독특한 시성을 자칫 손상시켜 오히려 고유한 장르적 특성을 상실하
지 않을까 하는 우려도 금할 수가 없다. 이번의 신예작품들은 또한 대체로
지나치게 자조적(自嘲的)이거나 자탄적(自嘆的)인 어조가 많았다. 이 같은

어조가 시조에 있어서는 안 된다는 것은 아니지만, 시인의 서정이 직접적으로 노출될 때 그만큼 시의 의미는 폐쇄되기 마련이다. 독자의 개성적이고 다양한 의미 해석도 시를 시답게 하는 속성으로 보아지기 때문이다. 자아와 세계를 관련지을 때 적당한 거리를 유지하여 서정과 인식을 형상해 나간다면 이 점은 극복되리라고 본다.

4)

이번에는 특히 시조를 시조답게 하는 속성은 과연 무엇인가를 염두에 두고 1990년 여름에 발표된 작품들을 읽어보았다. 그 신비스럽고 불가사의한 감동의 실체들을 밝혀낸다는 것은 어쩌면 영원한 과제일지도 모른다. 그러나 한 편의 완성된 작품은 유기적인 형식으로 구성되어 있어야 한다는 것은 분명한 사실이다. 모든 시조작품의 구성요소들은 오직 해당되는 그 작품 안에서만 비로소 의미를 지닐 수 있으며 또 지녀야 하기 때문이다.

신예작가들의 의욕적인 현대시조 시형의 모색도 매우 고무적이고 할 수 있다. 그러나 그것이 내용과 형식의 필연적인 융합에 의한 새로운 형식체험이어야지 결코 작위적이어서는 안될 것이다. 전통적 시조형식의 고수를 강조하든 새로운 시조형식의 모색을 강조하든 결국은 모두가 시조의 시성(詩性)을 풍요롭게 하고자 하는 노력일 것이다. 현대 시조 시인들이 이 시형에 대한 갈등과 긴장을 얼마만큼 진지하게 수행해 나가느냐가 참으로 중요한 과제라고 생각한다. 그것이 곧 현대시조의 새로운 가능성이요 발전이기 때문이다.

5. 개성적 이미지의 형상

1)

　시간과 공간은 거기에 모든 현실이 관계를 가지고 있는 틀이다. 우리는 시간과 공간의 조건하에서가 아니고서는 그 어떤 현실적인 사물의 개념도 인식할 수가 없다. 그만큼 시간과 공간은 우주의 모든 사상과 현상을 이해하고 해석하는 근간이 된다.

　작가가 대상세계와 정신세계와의 조우를 통해 한 편의 작품을 산출해내는 창작 행위나, 한 작품을 이해하고 해석하는 독자의 독서행위도 근본적으로 서로 다른 여러 형태의 시간적 공간적 경험에서 비롯한다. 구성, 리듬, 문법 등은 시간의 질서를 모방하는 문학의 분야라고 볼 수 있으며, 사상, 이미지, 성격 등은 공간의 질서를 모방하는 분야라고 볼 수 있다. 시의 세계는 이미지와 이미지의 유기적 결합, 곧 이미지의 논리에 의해 구축된다고 할 때, 자연 시간의 문제보다는 공간의 문제가 더 큰 비중을 지닌다. 시어들의 의미관계도 시간에 따라 연속적으로 읽을 경우 그 유기적인 의미망(意味網)을 이해할 수 없다. 시의 의미는 공간 속에서 모든 의미소(意味素)들을 동시적으로 인지할 때 비로소 해명될 수 있는 것이다.

　따라서 한 편의 시작품을 그 시의 구조 전체로 밝힐 때, 시를 구성하는 가장 중요한 요소가 되는 것은 이미지다. 곧 시의 세계는 이미지와 이미지의 유기적 결합에 의해 조성된다, 관념적이고 추상적인 것이 시작품 속에서 구체적으로 밝혀지고, 그 작품 속에서 만의 독특한 의미를 지니게 되는 것은 바로 이 이미지를 통해서 가능해진다. 대상에 대한 서정과 인식의 시적 반응은 결국 이미지를 통해 재현되며 구체화하는 것이다. 그만큼 관념의 구체화로서의 이미지는 곧 시작품에 표상된 시인의 미적 경험의 결정인 것이다. 그러나 개개의 독립된 형태로서의 이미지 형상이나 그것들의 단순한 나열만으로 시가 되는 것은 결코 아니다. 그 이미지들이 얼마만큼 적절한 유기적 상호조응을 이루어 주제로 통합되었는가가 무엇보다 중시되어야 할 것이다.

2)

시조는 그 장르적 특성 때문에도 이미지에 대한 배려와 천착이 자유시보다도 훨씬 더 중시되어야 한다. 1991년 여름에 발표된 현대시조 작품들을 정독하면서 유독 이 이미지 형상에 관한 관심이 강하게 느껴졌다. 대부분의 작품들이 시조의 형식체험을 지나치게 의식한 탓인지 새롭고 창의적인 이미지 구사를 등한시하고 있다. 더러 시적 긴장이 적절히 조화된 참신한 이미지가 나타나기는 하나, 그것도 작품 구조 속에 유기적으로 융합되지 못하고 단지 그 자체 독립된 의미만을 지니는 경우가 많았다. 시조의 형식체험은 이루어졌으나 시가 되지 못한 작품들이 많이 눈에 띄는 것은 사실 이 이미지의 유기적 형상에 실패한 때문이라고 생각한다.

그 가운데서도 김복실의 「동면」(『현대시조』)과 유성규의 「눈이 머는 도공의 노래」(「시조생활」) 등과 같은 작품은 이미지의 새로움뿐만 아니라 각 이미지들의 유기적 조성에도 세심한 배려를 보이고 있다.

먼저 유성규의 「눈이 머는 도공의 노래」를 살펴보기로 하자.

그냥은 아니 된다.
핏물 풀어 흙살이 된다.

한 금씩 모자라는
한(恨)을 풀어 빚어야지

고렷적 푸른 하늘에
학(鶴)을 띄워 보내야지.

지글지글 살을 태워
불씨를 얻고 나면

긴긴 기다림과
텅 빈 바람자리

실눈에 핏줄을 돌려
울음끝을 찾아야지.

목덜미 고운 살결
살이 붙어 도톰하고

허리께 나린 선(線)은
새침하게 잘록하라

그리고 도공(陶工)의 노래
눈이 멀어 버려야지.

　이 작품은 시조의 형식체험은 물론 이미지의 구상과 그것들의 유기적 형상에도 성공한 수작이다. 3연씩 어우러져 초장 중장 종장의 형식 체험을 이끌어 간 이 작품은 그 의미망의 구축에서도 거의 완벽한 시간성과 공간성의 융합을 이루고 있다. 초장의 3연은 흙을 빚는 형상을 묘사하고 있으며, 중장의 3연은 불을 지피는 시간의 심정을, 그리고 종장의 3연은 완성된 도자기의 숙명성을 묘사하고 있다. 이 작품에서 우리가 새롭고 독특한 시성과 감동을 체험하게 되는 것은 무엇보다도 시어의 선택과 이미지의 조성이 개성적이고 생생하기 때문이다. 이 작품은 도공의 육신과 영혼을 흙을 빚어 도자기를 완성할 때까지의 과정과 시간적으로 병치 융합시키고 있다. 그러나 병치로 인한 괴리감이나 이음새가 전혀 느껴지지 않고 대상(도자기)과 도공이 완전히 동화되고 있다. 그것은 특히 '핏물 풀어 흙살이 된다'거나 '한(恨)

을 품어 빚어야지', '살을 태워 / 불씨를 얻고 나면', '실눈에 핏줄을 돌려' 등
과 같은 싯귀를 통해 확인할 수 있다. 또한 종장에 나타난 '목덜미 고운 살
결'이나 '허리께 나린 선(線)'과 같은 의인적 표현은 도공과 도자기의 일체감
을 매우 잘 형상해내고 있다. 시조의 형식체험의 측면에서도 3연씩의 묶음
이 각각 하나의 장을 이루고 있을 뿐만 아니라, 각각의 장 내에서도 기승전
결의 의미 맥락을 따르고 있어 시조의 형식만이 지닌 시성을 성공적으로 형
상해내고 있다.

　다음은 김복실의 「동면」을 살펴보기로 하자.

　　　반란을 음모하는
　　　한 여자가 갇혀 있다

　　　영하의 계엄권에
　　　저 완강한 고압선

　　　주파수 감지한 진눈깨비가
　　　소설책을 덮고 있다.

　　　이미 말 끊어진
　　　역류를 떠밀었다

　　　격랑의 회오리가
　　　휩쓸고 간 늪지대에

　　　혼돈이 웅크리고 앉아
　　　재채기를 참고 있다.

　「눈이 머는 도공의 노래」가 흙을 빚고 불을 지펴 도자기가 완성될 때까지
의 시간성의 맥락을 따라 이미지를 형상하고 있었다면, 「동면」은 순간의 공

간성을 대상화하여 형상한 작품이다. 3개의 연을 묶음으로 시조의 형식체험을 이루고 있어 연시조의 형태로 볼 수 있으나 그 내적 의미망은 오히려 단형시조의 형태로 볼 수 있다. 1연과 4연, 2연과 5연, 그리고 3연과 6연은 각각 의미의 발전과 심화로 이어져 있기 때문이다. 그만큼 각 연의 이미지들이 교향적 이미저리를 형상하고 있어 매우 독특한 형식체험을 갖게 해 주고 있는 것이다. 또한 이 작품은 "동면"이라는 제재에서 일상적으로 제기될 수 있는 이미지의 선택이라기보다는 매우 낯선 이미지들을 구사하여 형상함으로써 이른바 낯설음의 시학을 지니고 있다. 이 낯설음은 곧 새로운 체험과 감동을 가져다주는 것이다. 사실 이 작품의 의미망은 매우 역설적인 의미의 충돌로 점철되어 있다. '반란을 음모하는 / 한 여자가 갇혀 있다'는 1연의 역설적 충돌은 이 작품의 모든 연에 거의 같은 방식으로 반복되고 있다. 영하의 계엄권—완강한 고압선, 주파수 감지한 진눈깨비—소설책의 덮음, 끊어진 말—역류의 떠밈, 격랑의 회오리—늪지대, 혼돈의 웅크림—재채기의 참음 등은 하나같이 이질적 이미지들의 결합이다. 이처럼 이질적 이미지들의 반복적 충돌은 끊임없이 유폐당해 가는 시적자아의 심정을 잘 표출해 주고 있다. 따라서 「동면」은 편안한 긴 겨울잠이 아니라 최고조의 자각 상태이며, 반란의 침묵임을 역설적으로 분명히 보여주고 있는 작품이다.

3)

서정시의 장르적 특징을 가름하는데 있어서 무엇보다 우선하는 것은 자아와 세계와의 동일성이라는 시적 세계관이다. 사실 이미지라는 것도 결국은 이 자아와 세계를 매듭짓는 양상의 표현인 것이다. 문제는 대상과 서정의 매듭짓기가 얼마나 자연스럽고 독특하게 이루어졌는가를 살펴야 할 것이다. 이 같은 살펴보기를 염두에 둘 때, 우숙자의 「친정하늘」(『시조생활』), 이성호의 「아카시아 꽃」(『시조생활』), 권형하의 「부두에서」(『시조문학』), 그리고 김옥중의 「실국화」(『현대시조』) 등과 같은 작품들이 우리의 기대에 값

한다.

　그 중에서 「실국화」를 살펴보기로 하자.

　달빛을 훔쳐 먹고 달같은 꽃을 피워

　속세에 묻혀 산들
　마음만은 하늘이라

　실실이
　바람결 따라
　바라춤을 일군다.

　서러운 눈물이 찌든 삶 밝혀 볼까

　슬그니 다가서면
　평화로운 북소리가

　은은한
　향기로움에
　벌나비로 날고 있다.

　시적자아는 작품 표면에 드러나 있지 않고 선택된 대상과 이미지에 이음새 없이 자연스럽게 융화되어 있다. 그리고 각 대상과 대상, 이미지와 이미지의 유기적 결합도 매우 성공적이다. 실국화를 '달빛을 훔쳐 먹고 달같은 꽃을 피워'로 묘사하여 실국화와 서정이 화합한 이미지를 형상하고 있다. '달빛'과 '달같은 꽃'은 단순한 말잇기의 유희가 아니라 자연친화의 서정이 빚어낸 인식이다. 그같은 자연친화의 서정이 이 작품을 주도하고 있기 때문에 '속세에 묻혀 산들 / 마음만은 하늘'일 수 있는 것이다. '달빛', '하늘', '바람결'과 같은 자연소재가 상호 유기적으로 동화할 수 있는 것도 이 자연친화의 서정 때문이다. 그것은 둘째 수에 이르러서도 적층적으로 형상되고 있다. '서러운 눈물'이나 '찌든 삶'과 같은 현실적 인식들이 '평화로운 북소리'나 '은근한 / 향기로움'으로 내면화할 수 있는 것도 자아와 세계의 동일성에 의한 것이다. 특히 이 작품은 전통시조의 형식체험을 잘 살려내고 있으면서도 청각의 시각화(둘째 수의 중장과 종장에서)와 같은 개성적 이미지 형성은 이 작품을 더욱 새롭게 해준다. 아울러 '실실이', '슬그니'와 같은 시어의 자연스런 선택이나, "바람결 따라 / 바라춤을 일군다."와 같은 동적 이미지의 조성도 이 작품에서 우리가 느낄 수 있는 새로움의 체험이며 감동이라고 할 수 있다.

대상과 서정의 개성적 매듭을 통해 새로운 이미지가 형성되고, 그 이미지들이 새롭고 독창적인 질서로 유기화할 때 우리는 보다 새롭고 놀라운 감동을 체험하게 될 것이다. 시인을 창조자라고 부르는 것은 바로 이 새롭게 보아내는 눈을 가진 사람이라는 뜻이리라.

6. 미시안적(微視眼的) 보아내기의 서정

한 편의 시작품은 시인의 서정과 인식의 결정이다. 인간의 주위에 산재해 있는 수많은 대상들이 모두 시의 소재가 될 수 있다. 그래서 우리는 시의 소재를 논할 때 흔히 우주라는 이름을 사용하기도 한다. 그러나 우리가 시에서 새로운 감동을 받게 되는 것은 어떤 대사에 대한 선택과 설명의 독창성 때문이 아니라 그 대상에 대한 독특한 서정과 인식의 모양새 때문이다. 따라서 우리는 그 작품이 무엇을 대상으로 노래했느냐보다는, 그 대상에 어떻게 반응하여 주제를 구현해 내고 있느냐에 관심을 집중하게 된다.

이처럼 한 편의 시작품은 시인이 현실을 보는 안목이며, 그것의 새로운 이름짓기이다. 사물과 사물을 연관지우고 인간과 세계 사이에 새로운 매듭을 만드는 일, 그것이 바로 시적 인식이다. 새롭고, 낯설고, 독창적으로 보아내는 눈을 갖는 것, 바로 그 눈이 시인에게는 참으로 중요한 능력일 수 있을 것이다.

　이 같은 시적 능력을 염두에 두고 1992년 12월호『현대문학』과『시문학』, 그리고『월간문학』등에 발표된 시조들을 정독하면서 어느 것보다도 관심이 갔던 작품은 이채란의「섭리(攝理)」(『월간문학』)이다.

　　결 침묵 무게 위로
　　봄빛 몇 올 타고 있다.

　　갈망의 숲에 남은 불씨
　　그 염원 심지를 돋궈

　　해묵은 바램을 낚는
　　새움들이 트고 있다.

　　그래도 허공을 가르며
　　솟아오른 빛줄기에

　　억겁의 아픔 타고 넘은
　　네 슬픔 향기로 오듯

　　그 세찬 엄동도 풀려
　　아 만개하는 꽃잎 속에—

　형식상 두 수의 연작 형태로 이루어진 이 작품은 첫째 수에서는 봄 햇살의 미세한 정경을 감각적으로 묘사하고 있으며, 둘째 수에서는 그 햇살의 소재를 통해 야기된 시적자아의 서정과 인식을 형상하고 있다.
　'결 침묵의 무게 위로' 타고 있는 '봄빛 몇 올'과 같은 묘사는 시인의 미시안적 보아내기가 잘 투영된 시적 형상이다. 또한 침묵과 갈망, 그리고 바램이라는 시어가 지닌 이중의 의무부여, 즉 자연의 섭리묘사와 동시에 그 섭리에 잘 조화된 시적자아의 인식의 결이 적절하게 혼화됨으로써 매우 효과적으로 의미를 나타내고 있다. 이 첫째 수의 차분한 어조는 둘째 수의 '그래도 허공을 가르며 / 솟아오른 빛 줄기에'에 이르러 하나의 전환점을 맞으며 시적자아의 서정과 인식이 강하게 드러난다. 허공을 가르며 솟아오른 빛줄기는 강한 어조와 더불어 인식의 새로운 전환을 이루는 시조 의미 맥락의 4단 구성에서 볼 때 전에 해당한다. 특히 첫째 수에서 '봄빛'이 심지 돋구는 '불씨'가 되어 '새움'들이 트고 있다는 의미 전개는 자연의 섭리가 지닌 시간적 흐름을 매우 유기적으로 형상해 낸 것이다. '결 침묵 무게'가 '억겁의 아픔'과 대비될 때, 타고 있는 '봄빛'은 아픔 타고 넘은 '향기'와 대비된다. 이 모든 의미망이 둘째 수 종장의 '만개하는 꽃잎'으로 수렴됨으로써 이 시조의 종장이 갖는 역동성을 매우 효과적으로 구성하고 있다. 자연의 섭리에 대한 치밀한 몰입과 보아내기의 서정으로 시적자아와 세계로서의 섭리가 동일성으로 형상되었을 뿐만 아니라, 시조가 아닌 4단 구상의 의미맥락과 4음보율의 음악성도 잘 유지하여 시조만이 지닌 독특한 시성을 성공적으로 표출한 작품이다.

이채란의 「섭리」와 함께 미시안적 보아내기의 서정이라는 같은 관점에서 주목되는 또 다른 작품으로는 최도선의 「지느러미의 변」(『월간문학』)을 들 수 있다.

> 언제부터인가 물이 걷는 것을 봤지
> 산 아래서 윗녘으로 떼지어 몰려가는
> 나 또한 그 하나되어 걷고걷고 걸었지
>
> 자리에 누우며는 떠오르는 저 환상이
> 얄팍한 눈썹 위서 떨어지질 않고 있어
> 손 털고 일어서다가 물비늘에 걸렸지

물 속을 헤짚다가 꼬리를 흔들다가
쫓겨난 인어처럼 쫓겨나고 싶었었어
진종일 꿈을 들이켜 몸 가눌 수 없었지.

어둠을 눌러주는 빛 발가락 보고 싶어
낯익은 꽃잎들과 입맞춤도 하고 싶어
시들어 신음하는 바달 떠나고픈 이 순간

이 작품은 서정시의 장르적 특징으로 가장 중시되는 자아와 세계의 동일성을 잘 드러내 보여준다. 시적자아의 지느러미가 동일시되면서 의인화된 지느러미의 변을 통해 자아를 노래하고 있는 것이다. 거꾸로 거슬러 올라가는 물의 역류를 통해 끈질기게 밀려드는 환상을 떨치고 새로운 삶을 지향하려는 끝없는 생명력을 잘 표출하고 있다. 특히 '걷고 있는 물'이라든지 '얄팍한 눈썹 위에 떨어지질 않고 있는 환상', 그리고 '일어서다가 걸린 물비늘'이나 '어둠을 눌러주는 빛 발가락'같은 이미지의 형상은 이 시인이 대상을 얼마만큼 치밀하게 몰입하고 있는가를 잘 보여준다. 이처럼 작고 미세한 것에서 삶의 어떤 측면을 보아내는 미시안적인 서정은 우리에게 시만이 지닌 독특한 미적 체험을 가져다준다. 그러나 「지느러미의 변」은 그 소재의 선택이나 이미지의 신선함에 비해 시조만이 갖는 독특한 의미맥락과 종장의 역동성을 구성해 내는 데는 무언가 미진한 느낌이 든다.

그밖에도 가난에 쪼들려 고생스러운 살림살이를 관조적으로 노래한 박상륜의 「애옥살이」(『월간문학』)에 형상된 '애옥살이 그 호롱불에 / 속 살 바랜 푸른 별빛'이라든지, 딸기의 붉은 빛깔과 서정을 '저 해를 베어 물어 온몸을 데우다가'와 같이 감각적으로 묘사한 신희숙의 「딸기」(『시문학』), 그리고 침수된 안동 근교의 감나무를 '두어 알 / 홍시를 달고 / 내내 울부짖고 있었다'고 묘사하고 있는 김상옥의 「안동 근교에서」(『현대문학』)에서 우리가 새로운 감동을 받게 되는 것은 모두가 미시안적 보아내기의 서정과 인식 때문이다.

한 순간의 정서와 참신한 어떤 이미지를 보여주는 것만으로 시가 될 수 없다는 것은 자명하다. 그 정서와 이미지들은 단지 시를 형상해내는 요소일 뿐 그것이 곧 시작품일 수는 없다. 그 요소들이 시심과 시적 상상력에 의해 유기적으로 결합되어 하나의 주제로 응결되어야 한다. 박기섭의 「별회심곡 (別悔心曲)」(『월간문학』)이나 전일희의 「이 하루 스물 넉 점을」(『월간문학』) 에서 시조다운 시성과 깊고 오묘한 감동을 받기 어려웠던 것은 바로 이 점을 등한시했기 때문이라고 할 수 있다. 그리고 또 하나 아쉬웠던 것은 1992 년 12월 『현대문학』과 『시문학』에는 시조가 한 두 편밖에 없었다는 점이다. 현대시조의 한국적 독창성과 그 문학성을 강조했던 최남선의 시조부흥론이 나온 지가 벌써 70여 년이 지났다. 시조시인들은 물론 현대문학 연구자들과 문예지들이 더욱 관심과 애정을 보여주기를 기대해 본다.

7. 시어(詩語)와 이미지의 신비로운 울림

시조의 무엇이 우리에게 감동을 주는가. 시조를 시조답게 하는 이른바 시 조의 시성은 과연 무엇인가. 지나치게 원론적인 의문 같지만 사실 시조에 관한 영원한 본질적 질문이다. 그것은 시조양식의 출현과 더불어 오늘날까 지 끊임없이 제기되어 온 문제이며, 그간의 시조에 관한 수많은 논의들도 실은 이 같은 문제에 대한 해명으로 일관된 것이다.

넓게는 시대와 국가에 따라, 이념과 사상에 따라 그 문제는 다양한 관점 을 제기하게 되었으며 시인과 시조의 이론가들은 각기 저마다의 시관을 정 립해 왔다. 그러나 그 어떠한 경우에도 시조의 시성에 관한 완벽한 해명이 될 수 없었던 것은 논자들의 과오나 관점의 오류라기보다는 오히려 시조 자 체가 갖는 불가사의한 본질적 속성 때문이다.

시조의 시성을 이루는 본질적 속성으로는 대상이나 현실을 새롭게 보아 내는 시적 인식과 그에 따르는 시적 언어의 사용, 자아와 세계가 각기 새로 운 의미를 나누어 가짐으로써 일체화하는 시적 세계관, 그리고 시조만이 갖는 독특한 운율과 형식의 유기적 조화 등을 고려할 수 있다.

시인의 주관적 인식내용을 담고 있는 시의 언어는 의미를 전달하는 매체인 일상의 언어와는 달리 시인의 개성적인 말이 스며있는 표현의 매체이다. 따라서 시의 언어는 일상적인 언어의미를 전달하는 것이 아니라 그 언어와 관련된 시적 체험을 전달한다. 시는 무엇인가를 알리는 것이 아니라, 상상력의 변용에서 이루어진 체험을 언어를 빌어 표현한 것이기 때문이다. 그만큼 시의 언어는 기술적 묘사를 통해 객관적으로 알리는 것이 목적인 일상언어와는 달리 독특하고 개별적인 의미를 함축하는 표현적 묘사를 주로 하게 되는 것이다. 특히 시조는 그 양식상의 특성으로 미루어 시적 언어의 조탁이 더욱 중시되어야 할 것이다.

시의 언어가 이처럼 작가의 체험을 담은 의미체로 작용할 때 그 의미는 항상 이미지를 통해 우리에게 재현되기 마련이다. 따라서 한 편의 시작품을 그 시의 구조 전체로 밝힐 때, 시를 구성하는 가장 중요한 요소가 되는 것은 이미지다. 곧 시의 세계는 이미지와 이미지의 유기적 결합에 의해 조성된다. 관념적이고 추상적인 것이 시작품 속에서 구체적으로 밝혀지고, 그 작품 속에서 만의 독특한 의미를 지니게 되는 것은 바로 이 이미지를 통해서 가능해진다. 대상에 대한 서정과 인식의 시적 반응은 결국 이미지를 통해 재현되며 구체화하는 것이다. 그만큼 관념의 구체화로서의 이미지는 곧 시작품 속에 표상된 시인의 미적경험의 결정(結晶)인 것이다. 그러나 개개의 독립된 형태로서의 이미지 형상이나 그것들의 단순한 나열만으로 시가 되는 것은 결코 아니다. 그 이미지들이 얼마만큼 새롭고 적절하게 유기적으로 상호조응(相互照應)하여 주제로 통합되었는가가 무엇보다 중시되어야 할 것이다.

이 시어의 육화(肉化)와 이미지 형상을 염두에 두고 근자에 발표된 시조들을 살펴보았을 때 단연 두드러진 작품은 최영균(崔榮均)의 「가을비」(『시조문학』, 1992년 겨울)였다.

가시내 맺힌 정염(情炎)

구름 살라 뿌리나

피안(彼岸)의 가람가엔
어느 임의 흐느낌이기

잎마다 애끓는 사연
풀벌레도 목이 멘다.

은초롱 환히 밝혀
목금(木琴)을 두드리나

동굴 속 눈물샘에
환희가 번져가네

누리에 쌓인 한분(恨憤)이
열락(悅樂)으로 솟구치네.

잉태기 거친 산야(山野)로
영글음 토닥이고

갈바람 가사(袈裟) 훨훨
관욕재(灌浴齋)를 올리니

억조의 푸른 숨결은
충만 위해 목 타는가.

    추천 완료 작품으로 발표된 이 작품은 신인답지 않게 매우 정제되어 있다. 특히 시어의 선택과 이미지 조형에서 볼 때 이 작가가 얼마나 끈기 있게 시조를 수련해 왔는가를 알 수 있다.
    현대시조에서 흔히 불 수 있는 3연씩 어우러져 초장 중장 종장의 형식 체

험을 이끌어 가고 있는 이 작품은 '가을 비'를 통한 서정의 울림을 형상하고
있다. 우선 시의 구조 전체로 볼 때 제재와 시어의 선택에 얼마만큼 각고의
조탁을 했는가를 알 수 있다. 여기에 선택된 시어들은 한결같이 유기적 상
호조응을 이루고 있으며, 불교적 용어들을 통해 그것들은 주제를 더욱 강하
게 부각시켜 주고 있다. 시각과 청각을 주로 한 감각적 이미지의 조형도 매
우 적절하고 효과적이다. 초장에 속한다고 볼 수 있는 3연까지와 중장의 4~
6연, 그리고 종장의 7~9연은 그 운율과 형식적이 시조체험뿐만 아니라 그
의미맥락의 흐름에서도 시조만이 지닌 의미 전개 체험을 성공적으로 표현
해내고 있다. 또한 하나의 장을 이루는 세 개의 연들도 그 각각의 장 자체
내에서 시조의 질서를 적절히 잘 유지해 냄으로써 시조의 질서를 복합적으
로 형상하고 있다. 이처럼 이 작품이 지나치리만큼 전통시조가 지닌 3장 6
구를 통한 기승전결의 질서를 유지하고 있지만, 우리가 이 시조에서 전통시
조에서 경험하는 상투적인 의미와 체험을 뛰어 넘어 새롭고 참신한 감동을
받게 되는 것은 무엇 때문일까. 그것은 곧 시어의 선택과 이미지의 조성이
유기적으로 조응을 이루고 있을 뿐만 아니라 개성적이고 생생하기 때문이
다. 특히 초장의 서글픈 정서가 기(起) 승(承)으로 계속 이어지다가 중장의
수렴구라고 할 수 있는 '누리에 쌓인 한분이 / 열락으로 솟구치네'라는 전(轉)
을 통해 종장의 '억조의 푸른 숨결은 / 충만 위해 목 타는가'라는 결(結)의 관
조적 자세로 이어지는 의미 맥락은 시조만이 지닌 독특한 구조를 매우 성공
적으로 그려낸 것이다.

　그러나 이 작품을 몇 번이고 정독하면서 아쉬움으로 남는 것은 음수율적
시어의 배율과 시조의 전통적 형식체험에 지나치게 몰두하고 있다는 점이
다. 그만큼 각고의 배려를 한 결과였겠으나 자칫 상투적인 틀에 얽매이는
결과를 가져올 수 있기 때문이다. 문제는 시조의 전통적 질서와 이른바 낯
설음의 시학과 관련지을 수 있는 개인적 질서를 얼마만큼 조화롭게 구축해
내느냐에 있는 것이다.

　자주 아쉬워하는 언급이지만 근자에는 전통 있는 문예지들마저도 시조

작품을 거의 싣지 않고 있었다. 이는 문예지의 편집만을 탓할 일은 아니라고 본다. 무엇보다도 가장 큰 책임은 시조 시인들에게 있다. 민족의 전통시인 시조의 발전을 위해 시조 시인들이 얼마나 각고의 노력을 기울여야 하는지는 각 시인들이 너무나 잘 알고 있으리라. 명성만 믿고 안이하게 쓰여진 작품들을 시조라고 발표하는 소수의 기성 시조시인들을 안타깝게 생각하며, 이번에는 그 아쉬움을 기대와 희망으로 바꾸어 준 한 신인의 작품을 중점적으로 다루어 보았다.

8. 제재(題材)의 다양성 추구

우리의 전통시조를 그 제재와 주제형상의 측면에서 살펴볼 때 대부분이 자연의 묘사라든지 삼강오륜과 관련한 주제였다. 그 같은 양상은 오늘날의 현대시조에서도 많은 양을 차지하고 있는 것이 사실이다. 어찌 보면 시조의 정통성이나 양식상의 특질과 무관하지 않은 것 같다. 그러나 시조양식이 담을 수 있는 제재와 주제가 그토록 제한적이라면 시조의 현대성은 불가능할 것이다. 근자에 이르러 시조의 제재와 주제가 다양화되고 있는 것은 시조의 발전이라는 면에서도 매우 고무적인 일이라고 본다.

1993년 3월에 발표된 시조 작품을 정독하면서 어느 때보다도 시조양식이 형상해낼 수 있는 제재와 주제가 다양하게 펼쳐져 있음을 발견할 수 있었다.

우선 경규희의 작품들은 그 시어의 선택이나 구조보다도 제재의 다양성에서 매우 신선하고 새로웠다. 이 같은 관점에서 이 시조시인의 작품으로 눈 여겨 정독해 본 작품은 「산담쟁이 덩굴보면」, 「손톱 밑 가시 뽑으며」(『월간문학』, 1993년 3월호), 「식칼 갈아 썰면서」(『시문학』, 1993년 3월호) 등이다. 우선 제목부터 관습적인 그간의 시조 제목들과는 다른 생소함을 지니고 있다. 이 중에서 「산담쟁이 덩굴 보면」을 살펴보기로 하자.

　　　1.
낮은 포복으로 뛰어들던 척후병들.
동족이 적이었던
그해 6월의 척후병들

따발총 연발 사격처럼
따따따
매달린 잎.

　　　2.
날 선 억새잎들 곁눈질로 피하면서

더듬는
산색시의 암벽
자일은 튼튼하다

바다가 산이 되도록
파도 타고 오르는 꿈

　　　3.
한 잎씩 동해를 오려
온몸에다 두른 관음(觀音)

천파(千波) 천도(千濤)로
일러주는 말씀 속에

반쪽이
하나로 될 꿈도
햇살처럼 반짝인다.

제재를 다루는 주지(主旨)와 이미지 형상이 시조에서 흔히 볼 수 있는 것은 아니다. 대상의 지시어나 주제와 관련된 관념어가 아닌 어떤 상황을 제시 서술하는 제목의 설정도 새롭다. 1장에서 산담쟁이 덩굴을 통해 보아내는 '척후병의 낮은 포복'이라든지, 매달린 산담쟁이 잎에서 '따발총 연발 사격처럼 / 따따따' 매달려 있다고 보아내는 서정과 인식은 우선 낯설고 새롭다. 그런데도 그 낯선 이미지 형상이 이 시조의 의미구조와 주제를 형상해 가는 초장의 상황제시로 매우 적합하게 구성되고 있다. 그같은 낯설음과 당혹감은 2장과 3장에서도 마찬가지다. '산색시의 암벽'이라든지 '바다가 산이 되도록 / 파도 타고 오르는 꿈'은 1장의 '낮은 포복으로 뛰어들던 척후병들'과 더불어 기어오르는 주지를 통해 유기적으로 의미를 형성해 주고 있다. 그러나 이 작품의 가치는 무엇보다도 3장(종장)에 있다. 보편적인 시조의 질서처럼 종장이 지닌 주제의 함축성과 역동성을 형상하는 능력이 충분히 발휘된 부분이다. '한 잎씩 동해를 오려 / 온몸에다 두른 관음'은 산담쟁이 덩굴에서 한반도 전체를 보아낼 만큼 시야가 확대되고 있으며, 시적자아의 기도하는 시심이 자리하고 있다. 동해 바다가 야기할 수 있는 천파만파가 '천파(千波) 천도(千濤)로 / 일러주는 말씀'으로 의인화되고 있는 것도 제재와 시적자아와의 일체화한 세계를 잘 보여준다. '천도'는 이 시인이 만들어낸 조어(造語)인 듯 하나 운율적인 면에서나 의미의 면에서 오히려 매우 효과적으로 작용하고 있다. '바다가 산이 되도록 / 파도 타고 오르는 꿈'이나 '반쪽이 / 하나로 될 꿈'에서 그 꿈이 얼마나 어렵고 힘든가를 암시하고 있다. 그러나 그 꿈이 '햇살처럼' 반짝이는 신념의 기도가 되어 이 작품의 주제로 형상될 수 있었던 것도, 그리고 자칫 격정적 감상에 빠질 수 있는 내용을 차분하게 구성해 갈 수 있었던 것도, 시종 제재와 서정의 거리를 조화롭게 유지해 갔기 때문이다. 또한 이 작품은 시조의 정형성을 충실히 따르면서도 각 행의 안배라든지 시어의 선택들이 이른바 낯설음의 시학을 느끼게 한다. 그러나 그 낯설음이 오히려 시조 전체의 구조를 정제(精製)시켜 더욱 신선하고 새롭다. 현대시조는 분명 정형(定型)이 아니라 정형(整形)이라는 점을 이 작품은 실제로 증거하고 있다.

　제재의 다양성 추구라는 면에서 볼 때, 이밖에도 몇 수의 시조 작품들을
살펴볼 수 있다.

　　찬 어름판 위에서
　　육체의 선율 하나로

　　백조이다가 바람이다가
　　애환의 무늬를 짜다가

　　혼연히 곧곧이 서서
　　팽이처럼 도는가.
　　　　　　　　　　　—선정주, 「신의 팽이」(『시문학』, 1993년 3월호)에서

　　지난 겨울은 수담(手談)으로
　　시간을 다 보냈다.

　　기력은 5급 약
　　그만큼의 회돌이 맛이여.

　　오늘은 천 원의 한 점을
　　봉수로 그린다.
　　　　　　　　　　　—김제현, 「바둑 이야기」(『현대문학』, 1993년 3월호)에서

　　무심코 다짐했던
　　말 한마디 지중함에

　　천길의 벼랑 위에서
　　두렴없이 뛰어내릴

　　진정한
　　용기가 있는